Auf glühendem Eis

Schriftsteller und Cartoonist Mike Mateescu war schon Werbetexter, Velomechaniker, Jäger der verlorenen Tantiemen und notorischer Schreibtischtäter. Danach verspürte er grosse Lust auf Mord und veröffentlichte 2014 sein Krimi-Debüt «Mordsfondue» beim Emons Verlag. Er lebt in Zürich-Wiedikon.

Dieses Buch ist ein Roman. Handlungen und Personen sind frei erfunden. Ähnlichkeiten mit lebenden oder toten Personen sind nicht gewollt und rein zufällig.
Auf den Seiten 299 bis 303 findet sich ein Glossar.

MIKE MATEESCU

Auf glühendem Eis

ZÜRI KRIMI

emons:

Bibliografische Information der Deutschen Nationalbibliothek
Die Deutsche Nationalbibliothek verzeichnet diese Publikation in der Deutschen Nationalbibliografie; detaillierte bibliografische Daten sind im Internet über http://dnb.d-nb.de abrufbar.

FSC www.fsc.org
MIX
Papier aus verantwortungsvollen Quellen
FSC® C083411

Umschlaggestaltung: Tobias Doetsch
Gestaltung Innenteil: César Satz & Grafik GmbH, Köln
Lektorat: Irène Kost, Biel/Bienne (CH)
Druck und Bindung: CPI – Clausen & Bosse, Leck
Printed in Germany 2016
ISBN 978-3-95451-780-0
Züri Krimi
Originalausgabe

Für Martina, Pascal und Stefanie

«Bist du nicht die Alte,
die den Techno-Laster im Zürisee versenkt hat?»

Anwanze bei einer WG-Party

Enittas MP3-Playlist

Division Kent	–	«Rooftop Rallye» (Main Theme)
The Horrors	–	«Still Life»
Dead Sara	–	«Whispers And Ashes»
The Magic Wands	–	«Wolves»
The Temper Trap	–	«Need Your Love»
Friendly Fires	–	«Kiss Of Life»
Ladyhawke	–	«Crazy World»
M83	–	«We Own The Sky»
Lexxodus (Lexx)	–	«More Than You Know»
Coldeve	–	«Signals»
Those Wicked Hours	–	«Red Moon»
Alpha and OMG	–	«Troll With Us»
Coldplay	–	«Charlie Brown»
The Evpatoria Report	–	«Mithridate»
Vitalic	–	«You Prefer Cocaine»
The Cardigans	–	«Erase And Rewind»
Garbage	–	«Control»
QOTSA	–	«Little Sister»
Radiohead	–	«Supercollider»
Silversun Pickups	–	«Panic Switch»
The Editors	–	«An End Has A Start» (End Credits)

«Hallo Enitta, lange nichts gehört. LG Andreas 13.20 Uhr»

1

Freitag, 20. Januar, 00.23 Uhr, -10°

Vom Abgrund aus starrte er in eine schaurig furchterregende Winternacht. Züri-West, das aus Beton gemeisselte Industriequartier, ruhte im postnuklearen Halbdunkel. Zwischen stark verschmutzten Bauplanen stehend blickte Vlàd Claviér (34) vom dritten Stockwerk des im Umbau befindlichen Toni-Areals auf erloschene Geschäftshäuser. Auf schneebedeckte Trottoirs und vereiste Kreuzungen. Das Rauschen der fernen Autobahn mischte sich mit dem ätherischen Schienengesang des SBB-Trassees. Wie Schmirgelpapier rieb sich der Nachtwind an seinen Wangen. Horden feister Schneeflocken taumelten vom smaragdfarbenen Firmament herab. Er schlotterte am ganzen Körper, weil die klirrende Kälte tief in seine abgetragenen Kleider kroch und weil ihm die Existenzangst im Nacken sass. Doch er zitterte noch aus einem anderen Grund. In seinem Blut prickelte die Aufregung über die sensationelle Entdeckung im Archiv. Damit würde er sich bestimmt etwas Zeit borgen, sich mit genügend Verhandlungsgeschick vielleicht sogar ganz aus seinem Schlamassel kaufen.

Er schielte auf den giftgrünen Schein seines 2G-Handys und stiess eine Verwünschung aus. Der Typ war schon wieder spät dran. Und warum bloss wollte der sich stets an einem so gefährlichen Ort wie auf einer Baustelle treffen? Reines Glück, dass er sich bislang nur den grossen Zeh an einem fies herumliegenden Ziegelstein gestossen hatte. Ganz zu schweigen davon, noch keiner Patrouille der «Servilas Gebäudeschutz AG» begegnet zu sein. Die Anzahl der Securityleute schien mit jedem Monat weiter zuzunehmen, nun, da die Bauarbeiten in die heisse Phase traten. Und warum verdammt ausgerechnet im Bauch dieser Baustelle?

Nach seiner Fertigstellung würde der Komplex zum neuen Hauptsitz der ZHdK werden, der Zürcher Hochschule der Künste. Jeden Tag würde er dann den Anblick von deren Studenten ertragen müssen. Diesen Schupfis und Schnaaggis mit ihren Jutebeuteln, hochgekrempelten Röhrenjeans, Hosenträgern, grünen Parkas und Männerdutts. Schimpften sich kreativ, ohne jemals hart geschuftet zu haben – ausser vielleicht bei verlängerten Kaffeepausen im «Starbucks» oder bei der schweren Misshandlung von Espressomaschinen in einer Szeni-Beiz. Nein, Gestaltungsschmieden wie diese, wo Kunz hineinging und Kunst herauskam, waren eine Abscheulichkeit. Damals, in den frühen Neunzigern, als er selber noch Schulabgänger gewesen war, da hatte man schon auswandern müssen, wenn man etwas anderes als Buchhalter werden wollte. Spieledesigner hatte man nur in Kalifornien, Maler nur in New York oder Paris werden können.

Wut trieb die Kälte aus seinen Gliedern. Wenn er doch bloss das Geld gehabt hätte. Wenn ihm bloss eine musikalische Ausbildung vergönnt gewesen wäre. Epische Werke hätte er geschaffen. Klänge gebastelt, die die Welt noch nicht gehört hatte. Ein triumphierendes Lächeln überzog sein Gesicht. Wahrlich ausgleichende Gerechtigkeit, dass er auf den Heiligen Gral der Schweizer Kunstgeschichte gestossen war! Sein Leben, das zwei Jahrzehnte lang von Krampf und Knechtschaft geprägt gewesen war, mochte nun endlich die lang ersehnte Kehrtwende nehmen. Anerkennung aus akademischen Kreisen und sozialer Aufstieg. Die würden die Bahnhofstrasse nach ihm benennen. Vorausgesetzt, er überstand die Nacht. Und dazu musste er diesem Vorzeigeproll erst einmal die Tragweite seines Fundes begreiflich machen.

Die Gelegenheit dazu bot sich schneller, als ihm lieb war. Schwere Schritte schlurften über den schmutzigen Beton und kickten einen wehrlosen Plastikeimer in den Schatten. Eine bullige Gestalt trat fluchend in den Schein der Strassenlaternen, der unten von der Strasse zaghaft in die Halle drängte. Wie immer trug er den halben Winterkatalog des PKZ am Leib. Wie konnte man bloss so viel Geld liegen lassen, um hinterher bestenfalls durchschnittlich auszusehen? Und warum trug der Typ sogar nachts eine Sonnenbrille? Dies war bereits ihr sechstes oder siebtes Treffen, aber so dick verpackt, wie der herumrannte, wäre es Vlàd wohl kaum gelungen, ihn bei Tageslicht wiederzuerkennen. Er kannte noch nicht einmal seinen Namen. Zeit, allen Mut zusammenzukratzen. «Können wir uns eigentlich nicht mal an einem normalen –»

«Halt's Maul!», knurrte der Fremde und streckte ihm den Kopf ins Gesicht. «Hast du es dabei?»

Vlàd glückte ein brüchiges Lächeln. «Nein, aber ich –»

Eine Ohrfeige explodierte an seiner Wange. «Zopenco! Du weisst haargenau, was passiert, wenn du heute nicht zahlst.»

Vlàd torkelte einen Schritt näher an den Rand des Abgrunds, wo ein tödlicher Sturz lauerte. «Warte!», stammelte er. Ungelenk fasste er in seine Jackentasche, nestelte ein paar gefaltete A4-Blätter hervor und streckte sie zitternd hin.

«Was soll das?», fragte der Fremde ohne den geringsten Funken Interesse in der Stimme.

«Schau es dir einfach an, okay? Ist ein gewaltiges Vermögen wert …»

Sichtlich verärgert streifte sich der Fremde die Sonnenbrille ab, um die Abzüge mit dunklen Augen zu überfliegen. Dann liess er die Seiten fallen und langte Vlàd gleich noch eine. «Im Ernst?»

Vlàd fiel auf die Knie und tastete verzweifelt nach den Blättern. «Jetzt lass mich mal ausreden.»

«Ich will aber keine Ausreden. Ich will einkassieren.» Stählerne Griffel packten ihn bei den Schultern, rissen ihn hoch und zerrten ihn zum Abgrund.

Panisch klammerte sich Vlàd an die Ärmel des Schlägers. «Ich kann dir mehr geben, als du verlangst», japste er.

«Schätze, für heut hab ich mehr als genug gehört.»

Vlàds Oberköper hing nun gänzlich in der Luft. Unter seinen Schuhen konnte er den eingezäunten Grund sehen, wo bald der Haupteingang aufgezogen würde. In den furchteinflössenden Anblick mischten sich aufwühlende Bilder aus seiner Kindergartenzeit. Erinnerungen an seine Pubertät. Ein einziger Horrorstreifen. Es kam ihm vor, als würde er sich selbst von weit weg sprechen hören. «Wir reden hier vom wichtigsten Schweizer Kunstschatz aller Zeiten. Ein unschätzbares Kulturgut. Friedhelm Döhr hat dem Klunker einen ganzen Roman gewidmet. ‹Gezeitenwechsel›. Du kennst Döhr, nicht?»

«Kenn ich. Ist aber egal. Zorillas Rose ist ein Märchen. So wie Tells Armbrust.»

«Sie existiert. Und ich kann es beweisen», ächzte Vlàd.

Ein amüsiertes Lächeln machte sich auf dem Gesicht des Fremden breit. «Womit? Mit ein paar Fresszetteln?»

Vlàd rüttelte verzweifelt an den Armen, die ihn mühelos stemmten. Der Eintreiber war so kräftig, er musste der Teufel persönlich sein. «Es ist die beste Spur seit Jahrzehnten. Die Lösung steht dort irgendwo drauf, ich weiss es.» Er konnte seine zittrigen Worte kaum selbst verstehen.

Der Fremde fixierte ihn einen endlosen Augenblick lang durch die finsteren Gläser seiner Sonnenbrille. «Komisches kleines Kerlchen …» Achtlos warf er ihn zurück auf den Grund, bückte sich gemächlich und hob erneut eine Seite hoch. Jene, die eine Fotografie abbildete, wie Vlàd im Gegenlicht der Strassenbeleuchtung erkannte. «Selbst wenn du sie finden solltest», brummte er nach einer Weile, «was dann? Willst du sie auf Ricardo stellen? Auf einen Finderlohn würde ich nämlich nicht hoffen.»

Vlàd stand schon wieder auf wackeligen Beinen, als der Fremde sich über ihn beugte. «Seit ich diesen Job mache, habe ich noch jedem, der nicht blechen konnte, Zähne ausgeschlagen. Aber du … du widerliche Filzlaus bist derart erbärmlich, dass selbst mich das Mitleid überkommt.» Beiläufig stopfte er das Papier in seine Jackentasche.

«Danke», stammelte Vlàd. «Danke, dass du langfristig denkst.»

Kaum hatte er die Worte gesprochen, traf ihn ein Faustschlag in die Magengrube. «Eine Woche!», knurrte der Fremde. «Das ist die einzige Frist, die du kriegst. Gleiche Zeit, gleicher Ort!» Auf seinem Weg in den Schatten trat er einen weiteren Plastikkübel.

Vlàd verblieb auf den Knien, bis seines Peinigers Schritte im Treppenhaus verklungen waren. Dann erst traute er sich wieder hoch und begann mit zittrigen Fingern die Seiten einzusammeln. Er hatte schon befürchtet, dass der Tubbel ihm die Geschichte nicht abkaufen würde, und nun hatte er tatsächlich eine letzte Erstreckung gewährt bekommen. Weise. Tote zahlten schliesslich nicht. Allerdings hatte er wahrscheinlich recht. Er würde den Schatz nicht einfach so den Behörden übergeben können, ohne eine entschädigungslose Konfiszierung zu riskieren. Nicht bei seiner Vorgeschichte. Nicht bei seinem Schuldenregister. Medien, Kunstsammler, Politiker. Die waren allesamt so korrupt, da konnte er sich gleich an die Unterwelt wenden.

Wer brauchte schon Ruhm, wenn sich Freiheit bot? Er würde den Klunker nach Hamburg schaffen und ihn mit Hilfe seines Halbcousins vom erstbesten Hehler in harte Währung ummünzen lassen. Das brauchten keine Millionen sein. Hunderttausend würden locker reichen für eine lange Auszeit auf einem Bauernhof irgendwo im ungarischen Hinterland, der Heimat seiner Anya. Wo niemand Fragen stellte, weil ihn keine Sau kannte. Wo es keinen interessierte, wenn er selbst gezüchtetes Gras rauchte, bis die Hirnlappen wackelten. Klar hätte er bereits gestern auswandern können, aber bevor er der Schweiz endgültig den Rücken kehrte, würde er erst noch den Fremden per Western Union ausbezahlen. Er wollte sich nämlich nicht für den Rest seines Lebens ängstlich über die Schulter blicken müssen. Zwar würden weder das Betreibungsamt noch der Boss des Eintreibers je vergeben oder vergessen. Doch nur Letzterer würde niemals ruhen.

Er klaubte die letzte Seite vom Plastikvorhang. Jene, die ihn überhaupt erst auf die Spur gebracht hatte. Der Anblick der lieblichen Handschrift liess ihn die erbarmungslose Kälte einen Moment lang vergessen. Noch wusste er nicht um die genaue Bedeutung der Worte, doch tief in seinem Inneren war er sich sicher, dass der Text alle nötigen Hinweise enthielt.

Rüschlikon, 12. Juni 1941

Mein teurer Robert

Wie sehr ich erleichtert bin, dass Du ein sicheres Plätzchen für meinen Schatz gefunden hast. Im Kreis 13 ist sie gewiss bestens aufgehoben.

Ewig dankbar
Ewig Dein

Harobeth

2

Dienstag, 24. Januar, 08.23 Uhr, -11°

Kriminaldetektiv Andreas Dähling (32) grub sich tiefer in die muffige Wolldecke mit dem hypnotischen Karomuster. Am liebsten hätte er sich den rauen Stoff gleich ganz über den Kopf gezogen. Doch zu Hause unter dem Duvet zu bleiben hatte heute nicht dringelegen. Es war egal, ob er lag, sass oder stand. Die Schmerzen in seiner Brust waren seit Nächten dieselben. Zwar vermochten die zahlreichen Medis den Stachel abzustumpfen, aber so richtig gelindert wurde sein Leiden nur durch Ablenkung, sprich Arbeit.

Wie an jedem Tag erwartete ihn auch an diesem Morgen ein Tatort, noch war er erst auf dem Weg dorthin. Seit gut anderthalb Stunden kroch er mit seinem Partner Jakob «Mette» Mettmenstetter (52) in dessen altem Volvo die Seepromenade hinab. Kurzer, aber heftiger Schneefall hatte weite Teile des ÖVs zum Erliegen gebracht. Wie so oft diesen Winter. Nun waren noch mehr Automobilisten noch langsamer unterwegs. Von allen Seiten erklangen Hupkonzerte. Rücklichter bluteten in den Dunst aus Nebel und Abgasen, und die Scheibenwischer verschmierten die Aussicht alle paar Augenblicke mit trägem Quietschen.

«Sorry wegen der kaputten Heizung», murmelte Mette und langte nach dem Autoradio, anscheinend selbst von dem Geräusch genervt. Klebriger Schluckauf-Pop bellte aus den altersschwachen Lautsprechern. Dieselbe Langeweile, wie sie auf allen Kanälen geboten wurde. Von früh bis spät. Wenigstens drehte er den Knopf runter, bis sich die Musik mit dem Brummen des Motors gleichmässig vermengt hatte.

Dass der alte Volvo keinen MP3-Player besass, hatte Andreas aber auch schon mehr gestört. Mittlerweile waren es eher grosse Kleinigkeiten wie die Autotür, die sich nicht mehr richtig schliessen liess, oder das Handschuhfach, das sich immer im falschen Moment ungefragt öffnete. Echt kriminell, in so einer Kiste durch die Stadt zu knödeln. «Wolltest du nicht schon letzte Woche bei der Werkstatt vorbeischauen?»

«Bin da halt nicht so …» Mette beendete den Satz mit schelmischem Grinsen und rückte die hageren Schultern unter dem dicken Mantel zurecht. So gefällig, wie er seinen Rücken in den abgeschabten Sitz schmiegte und die Finger um das Steuerrad schlang, musste sich Andreas fragen, ob sein Partner manchmal in dem Fahrzeug nächtigte. Der Gedanke hatte sich eher abrupt aufgedrängt, doch je mehr er darüber nachdachte, desto plausibler wurde er. Im Handschuhfach schlitterten eine Zahnbürste und eine Elmextube herum, unter dem Rücksitz schimmerte die Ecke einer Zweifelpackung, und seine Frau Irma hatte seit zwei Wochen nicht mehr auf dem Revier angerufen. Das tat sie sonst jeden Tag. Hatte sie ihn etwa ins Auto verbannt? Hatte er etwa … Umständlich streifte er sich die Decke vom Leib.

«Geht's?»

«Es muss», knurrte Andreas und unterdrückte ein Stöhnen, als sein Brustkorb seine Verrenkungen mit stechendem Schmerz quittierte.

Mette deutete seufzend einen Schlag gegen das Steuerrad an. «Ich hatte dich gewarnt. Ich hatte dir gesagt, dass du die Verfolgung sein lassen sollst.»

«Wenn ich immer schön auf andere gehört hätte, wäre ich jetzt bestimmt noch Ampelmann.» Wahrscheinlich war genau dies der Grund für die Kritik seines Partners und nicht sein kopfloses, aber beherztes Eingreifen in jener Nacht. Diese Entscheidung war richtig gewesen. Wie so oft hatten sie nach Dienstschluss für belegte Brötchen haltgemacht. Kurz nach Mitternacht. An der Vierundzwanzigstunden-Tanke «CORSAR» oberhalb des Grabens des Sattelbahnhofs Wiedikon. Gelegentlich hielten sie beim Tischchen vor dem Eingang noch einen kurzen Schwatz, bevor Mettmenstetter nach Hause fuhr und er über die Strasse zu seiner Wohnung spazierte. Eine Viertelstunde, in der er die Ereignisse des Tages Revue passieren lassen und etwas Frischluft schnappen konnte. Doch in dieser Nacht war alles anders gekommen. Der beissende Geruch von Sprühfarbe hatte seine Nase gestreift, als … Instinktiv hatte er sich nach einer schmächtigen Gestalt gedreht, die im dunklen Kapuzentrainer über die breite Seebahnstrasse schlich. Danach wurde seine Aufmerksamkeit dem Smart einer Sicherheitsfirma zuteil, der neben einer Zapfsäule herumstand. Verziert mit schiefem Spraytag, dessen schwarze Farbe taufrisch im Neonlicht glänzte. Der Anblick des Schriftzugs hatte Andreas' Eingeweide unter Strom gesetzt.

SHMUDR

Der meistgesuchte Schmierfink der Stadt.

Seit Monaten hatte er auf Fahrzeuge der Stapo und privater Sicherheitsfirmen abgezielt. Dabei wurde er zunehmend dreister, schlug immer häufiger zu, während noch Beamte in den Fahrzeugen sassen. Angefangen hatte es mit den Nachtkontrollen bei der «Totalbar» und der «Magnusbar». Jenen von der Stadtpolizei bestellten Kleinbussen, in denen ein einsamer Servilas-Angestellter darüber wachte, dass zu später Stunde ausschliesslich Anwohner ins Quartier fuhren. Aber mittlerweile hatte es dieser Punk tatsächlich fertiggebracht, sein Tag auf die Frontscheibe eines voll besetzten Kastenwagens zu sprayen, während dieser mit Blaulicht von der Urania-Wache zu einer Schlägerei im Chinagarten gerast war. Das Staatsfernsehen hatte zur besten Sendezeit darüber berichtet. Mittlerweile feierten die Gratiszeitungen den Sprayer als «David Colorfield», und die Politik pochte auf eine interne Untersuchung. So gesehen war der entstandene Sachschaden von über fünfundsiebzigtausend Franken nichts im Vergleich zum lädierten Image der Gesetzeshüter. Mit jeder weiteren Aktion von SHMUDR wurden sie aufs Neue der Lächerlichkeit preisgegeben. Wer immer ihn schnappte, würde die Ehre aller Stadtpolizisten wiederherstellen.

Andreas rief nach dem Verdächtigen, forderte ihn auf, herüberzukommen. Dieser ergriff sofort die Flucht, was den jungen Polizisten sein Sandwich fallen und der schmächtigen Gestalt hinterhereilen liess. In seinem Rücken hatte Mette halbherzig protestiert, ihm nachgerufen, es bleiben zu lassen. Flankiert vom Fahrer des beschmierten Kleinwagens, einem rundlichen

Nachtwächter, der trotz Bäuchlein und kurzen Beinen wacker mithalten konnte, war Andreas über die Hauptstrasse gehetzt. Um die Ecke, die Stationsstrasse hinab, hinein in die vom Räumungsdienst sträflich vernachlässigten Häuserschluchten Wiedikons. Der Verdächtige hatte etwa ein Dutzend Meter Vorsprung, gewann noch mehr Abstand, als er von der vereisten Strasse aufs schneebedeckte Trottoir wechselte, und gerade als er in die Weststrasse einbog, platschte ein Nachtwächter epochal auf seinen Hintern.

Andreas watete unbeirrt weiter. So rasch er konnte. Die Chance, den berüchtigten SHMUDR zu fassen, durfte er sich nicht entgehen lassen. Wo wollte der überhaupt hin? Es konnte bloss noch eine Frage der Zeit sein, bis er ihn eingeholt haben würde. Er hatte sich zu früh gefreut. Der Flüchtige verschwand in einem Hauseingang. Als Andreas das Gebäude erreichte, zögerte er einen Moment. Das braune Altbauhaus gegenüber dem Hauptsitz der Servilas-Gruppe war, wohl für einen geplanten Abriss, komplett geräumt worden. Die Scheiben waren eingeschlagen, die Fensterläden entfernt und der Boden im Hausgang von heruntergerissenen Milchkästen und Zeitungen übersät. Ein zerfetztes Minibanner mit der Aufschrift «Binz Bleibt» wehte trotzig an der Decke, wo rätselhafterweise auch eine altersschwache Glühbirne flackerte.

Andreas überlegte, wie gut die Chancen standen, dass der Punk das abgewrackte Wohnhaus längst durch den Hinterausgang verlassen hatte. Und falls nicht, wie gefährlich es wohl war, ihm ohne Verstärkung in die dunklen Gänge zu folgen. Das Geräusch von splitterndem Glas, das zweifellos aus einem der Obergeschosse stammte, liess ihn die verhängnisvolle Entscheidung treffen. Mit gezogener Waffe tastete er sich Stufe für Stufe in den ersten Stock hinauf. Gab sich mit lauter Stimme als Polizist zu erkennen. Forderte den Verfolgten auf, sich zu stellen. Ab da war der weitere Verlauf etwas lückenhaft. Irgendwo im zweiten rückgebauten Apartment war in der Dunkelheit ein Schmerz in seiner Brustgegend explodiert. Er fiel aufs Knie, hörte einen massiven metallenen Gegenstand auf den Grund krachen und hastige Schritte im Parterre verhallen. Als die blauen Blitze in seinem Blickfeld verblasst waren, sah er, wie sich im Innenhof die Büsche schüttelten. SHMUDR war ihm entwischt. Eine weitere Verfolgung in seinem angeschlagenen Zustand nicht länger möglich. Sein Partner würde ihn kurz darauf in die Notaufnahme des Triemlispitals fahren, wo die Ärztin ihm drei geprellte Rippen attestierte.

Er hörte sich sagen, dass es das Risiko absolut wert gewesen sei.

«Du bist viel zu ambitioniert. Übe dich ein wenig in Demut, statt diesen Schmuddergoof im Alleingang stellen zu wollen. Das ist viel gesünder.» Die väterliche Art, mit der Mette seinen Tadel anbrachte, machte Andreas nur noch ranziger. Es hatte keinen Sinn, ihm erklären zu wollen, dass sein Eifer nicht in Ehrgeiz wurzelte. Zu seiner Rechten versperrten die Umkleidebaracken der Badi Tiefenbrunnen den Ausblick auf den Zürisee. «Ich werde ihn finden!», brummte er.

«Jaja, immer eins nach dem anderen», kommentierte Mettmenstetter und begann zu kichern.

«Darf ich mitlachen?»

«Sorry», sagte er, «dieser Fall ... so witzig, das wirst du nicht glauben.»

Andreas wurde bewusst, dass er sich gar nicht nach den Details ihres Einsatzes erkundigt hatte. Er wusste bloss, dass es sich um einen eher unüblichen Raubüberfall auf eine Tankstelle handelte. Der Bahnhof Tiefenbrunnen, dem gegenüber sich das Panorama des gefrorenen Sees eröffnete, kam in Sichtweite. Und auf der linken Strassenseite leuchtete die Neontafel mit der gelben Muschel. «Worum geht's denn?»

Mette winkte lachend ab. «Davon kannst du dir gleich selbst –» Er blieb kopfschüttelnd mitten im Satz stecken.

Schien ja eine ganz ulkige Angelegenheit zu sein. Grossartig. Was zu lachen konnte er bei seinen brennenden Rippen derzeit gar nicht gebrauchen. Als sich die Sonne am Himmel endlich gegen die Wolkendecke durchsetzte und die Fahrzeugkolonne mit ihrem feinen Schein streichelte, setzte Mette den Blinker. Die kleine Tankstelle mit Imbiss-Shop befand sich an einer kleinen Seitenstrasse, eingekesselt von drei schlichten Mietshäusern mit Gitterbalkonen. Unmittelbar vor der Einfahrt hüpfte ein bärtiger, untersetzter Mann in roter Arbeitsuniform wild herum, offenbar um die Automobilisten von der Tanke fernzuhalten. Eben hatte er einen Langläufer und eine Frau mit einem Raumschiff von Kinderwagen hinfortgewedelt und redete nun gestenreich auf den Fahrer eines rosaroten Fiat Panda ein.

Mette hupte sich eine Lücke in die träge Kolonne auf der Gegenspur und rollte aufs Trottoir.

«Ist geschlossen imfall», bellte der Mann.

Mette versuchte erfolglos das Seitenfenster runterzukurbeln und stellte sich stattdessen durch die Scheibe als Polizist vor.

Der Bärtige schien kein Wort verstanden zu haben. «Ich sagte, verschwindet! Wir haben zu.» Erst als Mette seinen vergilbten Plastikausweis gegen die Windschutzscheibe presste, lenkte er ein. «Ach so. Ändli!»

Mette parkierte den Volvo neben der vierten Zapfsäule, und Andreas stieg so behutsam wie möglich aus. Jede falsche Bewegung würde sich böse rächen.

Der Mann schickte einen Jungen, ebenfalls in roter Uniform, zur Einfahrt, um an seiner Stelle die Kundschaft abzuwimmeln. Ein paar Worte später widmete er sich wieder Mettmenstetter. «Das geht hier jeden Tag so», rechtfertigte er sich. «Wenn die Leute amigs ihre Schokogipfel oder ihren blöden Kafi nicht bekommen. Ich *sage* Ihnen! Mann, so eine Kälte hier. Kommen Sie rasch rein.»

Andreas folgte den beiden durch die Schiebetür, an der ein Schild «Geschlossen» anzeigte. Ein Anschlag daneben informierte, dass die Tanke sieben Tage die Woche von jeweils sechs Uhr früh bis Mitternacht geöffnet sei. Im Sommer kaufte er hier schon mal ein Glacé, aber mittlerweile hatten die neuen Inhaber die Ladenfläche mehr als halbiert. Nun gab es nur noch die Kaffeemaschine mit der Gebäckablage, das Kühlregal mit den Fertigsalaten und den gefrorenen Italia-Artikeln, halb leere Gestelle mit Chips und Bierdosen und natürlich die obligate Berliner Mauer aus Zigarettenpackungen hinter den Kassentheken.

Während der Mann einen eingeschweissten Stapel schlüpfriger Magazine auf dem Tresen ausser Sichtweite hievte, erkundigte sich Andreas nach der Spurensicherung, die den Tatort eigentlich schon vor ihrer Ankunft hätte bearbeiten sollen.

«Diesmal nicht», raunte Mette zurück und tippte auf das Display seines Smartphones. «Greifenbergs Team hatte eine Kollision mit dem Fondue-Tram. Aber hier braucht's glaubs keine Raketenwissenschaftler. Mach einfach ein paar Fotos, okay?» Er adressierte sich an den Mann, der eben ein junges Mädchen ins Hinterzimmer gescheucht hatte. «Sind Sie der Pächter?»

«Der Shopleiter. Anton Medici. Meine Freunde nennen mich Töni.»

«Ich denke, wir sind alle geschäftlich hier», entgegnete Mette trocken und zückte seinen Notizblock. «Sie haben also seit dem Vorfall niemanden in den Shop gelassen?»

«Ich habe genau gemacht, was mir Ihre Kollegin am Telefon gesagt hat.»

«Gut, Herr Medici. Sie wurden also überfallen?»

Der Mann nickte heftig. «Um fünf nach sechs.»

«Fünf nach sechs?»

«Ganz genau!»

«Aha … Schräg … Wieso haben Sie uns dann erst um sieben verständigt?», fragte Mette.

«Ja weil die mich mit einer Lichterkette gefesselt hatten, Sie.» Er zeigte auf ein zerstückeltes Kabel mit LED-Leuchten am Boden. «Gott sei Dank ist die Tina, also meine Lehrtochter, früher erschienen und hat mich losgeschnitten.»

«Erzählen Sie doch von Anfang an.»

«Also, ich hab wie jeden Morgen um sechs Uhr den Shop aufgeschlossen, die Lichter eingeschaltet, die Aussenregale entriegelt und … ja und dann standen die plötzlich vor der Kasse.»

«Wer stand vor der Kasse?», fragte Andreas.

Mettmenstetter flüsterte über die Schulter zu Andreas. «Jetzt kommt der köstliche Teil.»

Medici begann sich in Rage zu reden. «Ja, so drei Typen mit grauen Uniformen und Sturmgewehren aus dem Zweiten

Weltkrieg. Wie so aus einem Nazifilm, Sie. Ich hab all meinen Mut zusammengenommen und geschrien, dass sie verschwinden sollen. Da ist einer von denen so erschrocken, dass sich ein Schuss gelöst hat.» Er nickte auf den Boden. «Der hat voll mein Toblerone-Regal zerschossen.»

Andreas knipste auch die Sauerei aus Schokosplittern und Papierschnipseln auf dem Teppich.

«Verstehe. Welche Sprache benutzten die Räuber?», fragte Mette.

«Ui, eine freche, Sie. So Gossen-Schnörrä.»

Mette beugte sich vor und bemühte sein gnädigstes Lächeln. «Was ich meinte, sprachen sie Schweizerdeutsch? Hochdeutsch? Sprachen sie mit Akzent?»

«Geredet hat eigentlich nur einer. Der Grosse. Schweizerdeutsch.»

«Können Sie Angaben über das Alter der Räuber machen?»

«Schwierig. Ich konnte deren Gesichter nicht sehen, weil sie alle Gasmasken trugen.»

«Gasmasken? Wirklich?»

«Ja, und Helme. Also ich kenne solches Zeugs natürlich nur aus den Heftchen, die wir hier …» Er brach ab, um seine Lehrtochter ungeduldig ins Hinterzimmer zurück zu winken. «Aber der Anführer … also das war so ein Kasten. Der wirkte irgendwie älter wie die anderen zwei. Vielleicht so um die dreissig?»

«Wie alt waren die anderen zwei?»

Medici zuckte mit den Schultern. «Bö. So wie die herumgezappelt haben … sagen wir, frühe Zwanziger? Ich weiss es wirklich nicht.»

«Was wurde denn gestohlen?»

«Ja, Chipstüten, Papierli, Zigaretten, Feuerzeuge, mehrere Calanda-Sixpacks … und Sprit! Gleich sieben Kanister haben die gezapft. Die hatten so ein Wägelchen dabei.»

«Ein Wägelchen?»

«So eines mit aufklappbarem Griff. Die man in Lagerhäusern braucht.»

«Einen Plattformwagen also. Verstehe», antwortete Mette.

«Bleifrei?»

Medici verzog das Gesicht, als hätte Andreas was ganz Blödes gefragt. «Nein, Diesel.»

«Und Geld?»

«Keines. Die Kasse stimmt.»

«Die wollten kein Geld …» Mette setzte eine verständnislose Fratze auf. «Sagen Sie, wirkten die Räuber betrunken? Oder schienen sie unter dem Einfluss von Substanzen zu stehen?»

«Kann gut sein. Die waren schampar laut. Ja und dann haben sie mich eben gefesselt und sind getürmt.»

«Nun gut. Wie ich sehe, haben Sie Kameras installiert. Wir würden uns gerne die Aufnahmen ansehen.»

«Natürlich, in meinem Büro.» Im Hinterzimmer angelangt, wedelte Medici die Lehrtochter in den Shop und stapelte auf einem kleinen Pult Unterlagen beiseite, bis ein alter VHS-Rekorder zum Vorschein kam. Er drückte einen kleinen Röhren-TV an der Wand ins Leben und spulte zum Zeitindex 06:07:14. Die Kamera hing offensichtlich direkt oberhalb des Eis-Depots und war schief auf die Zapfsäulen 1 und 2 gerichtet. «Ich weiss», kommentierte Medici, «der Winkel ist wenig optimal, aber komme halt nur schlecht an das Gerät heran.» Mit wehleidiger Miene fasste er sich ans Kreuz.

Im Zwei-Sekunden-Takt trollte sich eine Gruppe Soldaten in zu weiten Uniformen vor den Eingang der Tanke, füllte bei 06:13:23 simultan an den beiden Zapfstellen die Kanister und verschwand bei 06:17:11 im linken oberen Bildrand.

«Die scheinen zu Fuss unterwegs zu sein», sagte Andreas. «Hätten sie einen Wagen gehabt, wären sie direkt beim Eingang vorgefahren.»

«Nicht zwingend», widersprach Mette. «Vielleicht wollten sie das Nummernschild vor der Kamera verbergen.»

«Ich hab nicht grad den Eindruck, dass die so weit studierten.»

«Ein Auto hab ich jetzt also imfall nicht gehört», sagte Medici und tippte heftig gegen das Glas des Fernsehers. «Was glauben Sie, wohin die mit den Kanistern verschwunden sind? Wofür brauchen die den Sprit überhaupt?»

Mette lächelte spöttisch. «Besonders auf die erste Frage hätte ich gerne eine Antwort. Wir sollten uns draussen mal genauer umsehen.» Er steckte seinen Notizblock ein und verliess das Büro.

Medici folgte ihm hastig in den Shop und verjagte seine Lehrtochter ins Büro. «Ja, was geschieht denn nun?»

«Ist doch offensichtlich», sagte Mette väterlich und schob mit der Schuhkante die Papierfetzen auf dem Teppich näher ans Gestell. «Aufräumen wäre nicht verkehrt. Und danach vielleicht die Kundschaft bedienen.» Er wies zum Eingang, wo mehrere Leute ihre Nasen gegen die Scheibe pressten. «Wo bitte geht's zum Hinterausgang?»

Sie passierten die länger werdende Warteschlange vor dem Shop und stellten sich an die Bellerivestrasse, wo die Autokolonnen noch immer dampfend in beide Richtungen krochen. Andreas grub seine Hände tiefer in die Taschen. «Hier sind sie aus dem Kamerawinkel getreten. Wie es wohl weiterging?»

Die Fussspuren der Räuber im Schnee waren kaum von jenen anderer Passanten zu unterscheiden.

Mette zeigte über die Fahrzeugdächer hinweg. «Dort drüben gibt es einen direkten Zugang zum See. Wenn sie den Kurs nicht geändert haben, sind sie da lang.»

Auf der anderen Strassenseite, am unteren Ende der Badi Tiefenbrunnen, zwischen Metallregalen, auf denen Plastikbötchen festgefroren waren, führte eine breite Treppe direkt aufs Eis. Im Sommer ein beliebter Einstiegspunkt für Schwimmer. Tatsächlich befanden sich auf den Stufen Radspuren des Plateauwagens, die hinaus auf den See verliefen, hinein in den sich allmählich lichtenden Dunst. Sie folgten dem Reifenprofil, das von vielen Stiefelabdrücken flankiert war, bis sie nach etwa hundert Metern unvermittelt an ein Loch im Eis traten. Es war so riesig, man hätte problemlos einen Kleinlaster darin versenken können. Andreas schoss ein Foto. «Ertrunken sind sie offenbar nicht. Die Stiefelabdrücke verlaufen am Rand entlang.»

«Zumindest nicht alle Soldaten.»

Andreas zeigte in den Nebel hinein. «Und noch weiter hinaus.» Ein paar Schritte später musste er erkennen, dass sich die Abdrücke der Täter mit jenen der Spaziergänger vermischt hatten, die sich in den vergangenen zwei Stunden auf den See begeben hatten. Und je mehr sich der Nebel zerstieb, desto mehr Besucher tauchten auf. Er kehrte zu Mette zurück, der zaghaft den Rand des Loches abtastete.

«Diese Rindsköpfe», stöhnte Mette. «Kapieren die eigentlich nicht, dass man Löcherbohren verboten hat, weil es saugefährlich ist?» Er richtete sich auf und rieb sich leidenschaftlich die Hände. «Wer macht so was? Bei der letzten Seegfrörni '63 sind fünf Menschen ertrunken. Vier von ihnen wegen Löchern, die von Eisschwimmern gepickelt worden waren. Ich würde wirklich gerne mal einen von diesen Nichtgriechen in die Finger bekommen.»

Lautes Kriegsgebrüll erklang aus dem Nebel, und wie in einem Kinofilm stürmte ein Heer aus bärtigen Wikingern heran. Nur die nötigsten Stellen mit Fell bedeckt, Streitäxte und Beile über gehörnten Helmen schwingend. Bevor sie zum Angriff übergingen, rissen sich die jungen Männer und Frauen die Badetücher von den Schultern und sprangen kreischend in den eiskalten Zürisee. Ausgelassen stimmten sie ein Lied in einer nordländischen Sprache an und fuchtelten mit ihren Plastikwaffen herum. Einer der falschen Barbaren deutete eine Attacke auf Mette an, um ihm im allerletzten Augenblick auszuweichen und mit frecher Grimasse einen schiefen Köpfler ins Wasser zu vollführen.

«Jaja», griente Mette und wies einladend auf das Wasserloch. «Mach nur, du schneeblinder Laubfrosch.» Er wich einige Schritte zurück, um dem eiskalten Spritzwasser zu entgehen, und verfolgte das Planschen mit wenig Begeisterung im Gesicht.

Andreas trat ungeduldig von einem Fuss auf den anderen. «Wegen dem eigentlichen Grund unserer Anwesenheit …»

«Genau.» Er nickte und richtete den Blick auf die erstarrten Weiten des Sees. «Fassen wir also zusammen. Drei Wahnsinnige in Militäruniformen klauen kanisterweise Diesel an einer Tankstelle und flüchten damit zu Fuss in den Nebel über den gefrorenen Zürisee. Klingt das nur aus meinem Mund wie eine verlorene Wette?»

«Oder ein Schülerstreich.»

«Ziemlich alte Schüler.» Mette schaute den Eisschwimmern dabei zu, wie sie wieder aus dem Loch kletterten, sich ihre Felle und Handtücher über die Schultern warfen und bibbernd davoneilten. «Weisst du, was keinen Sinn macht? Die Armeeuniformen. Waffen braucht man immer für einen Raub. Und Benzin kann man für alles Mögliche verwenden. Aber diese kuriose Ankleide …»

«Vielleicht war es bloss ein Fasnachtsstreich.»

«Mit geladenen Gewehren? Wer vermietet denn so was. Aber frag dennoch bei allen Kostümverleihen an. Gibt es da nicht auch einen beim Bahnhof Tiefenbrunnen?»

«Medici meinte, dass die Klamotten müffelten.»

«Wer weiss schon, wo die sich vor dem Überfall herumgetrieben haben. Kann aber sein, dass die Kleider riechen, weil sie echt sind. Der Zivilschutz bunkert Uniformen aus den Dreissigern und Vierzigern. Die haben da ein veritables Rotationsprogramm, wo die Bestände von Bunkern in Schwamendingen zu den Bunkern in Albisrieden geschafft werden, nur um sie im Jahr darauf wieder zurück in den Kreis 12 zu schleiken. Quasi eine Art Beschäftigungstherapie.»

«In dem Fall hätte jemand genügend Möglichkeiten gehabt, ein paar Stücke mitlaufen zu lassen. Die führen da bestimmt keine Bestandslisten.»

«Gewiss nicht. Frag trotzdem nach. Ein paar Spuren müssen wir ja verfolgen.» Er steckte sich eine an. «Die sind eh längst über alle Berge. Weisst du, das ist genau eine dieser urbanen Legenden. So ein Freak-Event, der sich nie mehr wiederholen wird, aber von dem die Leute noch in dreissig Jahren reden.» Er blickte den letzten Schwimmern hinterher, wie sie schlotternd, aber fröhlich lachend davonliefen, und zeigte kopfschüttelnd auf das Loch. «Es gibt wirklich wichtigere Dinge, denen wir nachgehen sollten.» Sein Telefon piepte. Mette zückte den kleinen Apparat und zog die Stirn in Falten. «Kramer von der Abteilung 3. Der Schmierfink hat wieder zugeschlagen.»

«Der Schmudder?»

«Diesmal hat's den Porsche der Chefin erwischt. In der Waschanlage beim Letzipark.» Er warf die Kippe ins Eiswasser.

«Lass uns gehen. Bevor ich noch ausrutsche und mir das Genick breche.»

***

Enitta Carigiet (noch immer 23) hatte sich das alles viel aufregender vorgestellt, doch aus der Nähe wirkte es völlig banal. Wie ein unendlicher, schneebedeckter Parkplatz ohne Autos. Dann wiederum fiel ihr das immerwährende Schneechaos ein, von dem das Leben in der Stadt derzeit auf Zeitlupe verlangsamt wurde und das die Leute in den Trams und Bussen noch enger zusammenpferchte. Endlich etwas Abstand. Sie steckte sich die Sonnenbrille ins Haar, um die blendenden Aussichten ungefiltert geniessen zu können. Unter einem makellosen Firmament flutete die späte Vormittagssonne den zugefrorenen Zürisee mit grellem Winterlicht. Zum ersten Mal seit Monaten. Die halbe Stadt wuselte umher und erinnerte an die Spinner, die sonntags beim Flughafen Kloten über verlassene Landebahnen latschten, als würde am Wegrand was geboten.

Zwar milderte der Sonnenschein die klirrende Kälte der vergangenen Wochen ab, doch gefangen in einer Tiefkühltruhe war das stoische Modebewusstsein der Zürcher längst ihrer gleichwertig legendären Pragmatik zum Opfer gefallen. Hatte noch im Dezember kaum jemand seine Frisur mit einer Mütze gequält, so bevölkerten nun bunte Michelin-Männchen und -Frauchen die Eiswüste. Unsexy Rucksäcke inklusive. Schlurfende Rentner, herumhüpfende Schulklassen, Schlittenkinder, eng umschlungene Pärchen, Langläufer, kleine Eiskunstlaufprinzessinnen, wagemutige Velofahrer und sogar ein paar Töfflibuben. Da lobte sie sich den eigenen Untersatz, ein Velo mit zwei Sitzen auf vier Rädern. Es hatte einen grünen Metallrahmen, ein dunkles Stoffdach mit bunten Wimpeln und liess sich per Hebel steuern. Bei dem Blickfang handelte es sich jedoch nicht um Diebesgut aus dem Zirkus, sondern um eine Leihgabe von Dale Carpenter III, Enittas Lieblings-Velomechaniker.

Zufrieden labte sie sich einen bemessenen Augenblick lang

an den Reaktionen der Leute, bevor sie sich in den Polstersessel lehnte und sich die Sonnenbrille ins Gesicht drückte. Sie kam aber nur ein paar Takte dazu, die Musik der Brit-Rocker The Horrors zu geniessen, denn der Typ neben ihr wollte partout nicht die Klappe halten.

«Jetzt säg scho», wiederholte Felix Vollenwaider (28).

«Was?», murmelte Enitta.

«Du weisch genau was.»

«Du ruinierst noch die ganze Stimmung», flötete Enitta mit drohendem Unterton. Ohne hinzuschauen, konnte sie Felix' Funkeln an der Backe spüren. Wie hätte sie es ihm auch verübeln können? Damals im August, kurz nachdem sie gemeinsam die Appenzeller-Mafia zu Fall gebracht und nur Tage bevor der draufgängerische Velokurier eine mehrmonatige Reise angetreten hatte, war sie auf die Handynummer ihrer innig geliebten, aber lange verschollenen Schwester gestossen. Es war die erste brauchbare Spur seit einer gefühlten Ewigkeit gewesen. Und nun, fast ein halbes Jahr später, wollte er verständlicherweise wissen, was sie hatte in Erfahrung bringen können. Es war schliesslich das erste Mal, dass sie sich seither wiedersahen. Irgendwie überraschte es sie, dass sie immer wieder an ihn hatte denken müssen, denn über den Weg gelaufen waren sie sich nur deshalb, weil Felix sie einst mitten in der Nacht mit dem Velo umgenietet hatte. «Aso guat», seufzte sie und zog sich das Headset aus den Ohren. «Ich konnte mich nach drei Tagen endlich dazu durchringen, die Nummer zu wählen.»

«Und weiter?»

«Es meldete sich ihre Stimme … ihre aufgezeichnete Stimme. Und da ich normalerweise nicht mit Anrufbeantwortern verhandle, hinterliess ich erst nach dem dritten oder vierten Telefonat eine Nachricht. Als dann zwei lange Wochen jede Reaktion ausblieb, schickte ich ihr mehrere Textnachrichten. Als die ebenfalls nicht beantwortet wurden, rief ich wieder an. Mit Erfolg», fügte sie zerknirscht an.

«Du hast Janita erreicht?»

«Nein. Bloss so einen röchelnden Widerling, der eine schlüpfrige Gutenachtgeschichte erzählt haben wollte. Wie mir meine

Kontaktperson bei der Telefongesellschaft später verriet, war die Nummer längst neu vergeben worden. I blödi Kua han zlang gwartat.»

«Verstehe … Und was war mit dem Koffer?»

«Hä?»

«Na dem aus der WG, wo deine Schwester zuletzt gewohnt hatte. Sagte der Typ nicht, sie hätte ein Gepäckstück dagelassen?»

Enitta nickte stöhnend. «Die Manchester-Frisur wollte fünfzig Stutz dafür haben.»

Felix fuhr einen knappen Bogen um ein abgesperrtes, riesiges Loch im Eis. «War's das Geld wert?»

«Vom Warenwert her schon. Hat mich aber auf meiner Suche nicht weitergebracht.» Sie biss in einen Apfel, kaute auf dem eiskalten Fruchtfleisch herum, und dann platzte es aus ihr heraus. «Einfach unglaublich. Der Koffer war voller Chanel-Kleider! Janita hat sich noch nie was aus teuren Klamotten gemacht. Die konnte sich so was auch gar nicht leisten.» Trotzig warf sie den Apfel in eine vorbeigleitende Blechtonne. «Bestimmt hat sie den Koffer im Hauptbahnhof geklaut, weil sie Geld brauchte.»

«Passen dir die Kleider wenigstens?»

«Kannst du dir mich im Tutu vorstellen?»

Felix' Mundwinkel verrieten, dass ihn die Idee zumindest amüsierte. «Wie soll's jetzt mit der Suche weitergehen?»

Enitta zog den Reissverschluss ihrer kaffeebraunen Lederjacke bis zum Hals hoch. An einem Tag wie heute verspürte sie kein Bedürfnis, die schwindenden Chancen auszuloten. Sie schluckte die quälende Ungewissheit über den Verbleib ihrer Schwester hinunter und holte sich stattdessen ein einstudiertes Strahlen aufs Gesicht, mit dem sich jeweils herrlich das Thema wechseln liess. «Wie war eigentlich Argentinien?»

Seiner zögerlichen Antwort nach hätte er das vorherige Thema bestimmt weiter vertiefen wollen, aber da er mindestens genauso gerne über sich selbst redete, spielte er mit. «Gute Leute, gutes Essen, heisse Rhythmen. Hab viel an dich gedacht.»

«Und nie geschrieben.»

«Hatte auch kein Handy mit. Das war halt Teil meiner Erholungsstrategie.»

«Stimmt.» Enitta nickte vielsagend. «In Südamerika hat man ja noch nie was von Papier gehört.»

Felix lachte. «Eine Postkarte hab ich schon an dich adressiert. Die brauchen aber immer so lange bis in die Schweiz. Sie wird glaubs diese Woche bei dir eintreffen.»

«Das tut sie besser.»

Sie langte nach dem Migros-Eistee im Gitterkörbchen hinter der Sitzbank, fand aber nur einen gefrorenen Tetraklotz vor.

«Schau mal dort.» Felix zeigte auf eine Menschenmenge unterhalb eines weissen Transparents. Er hielt direkt auf die schwarze quadratische Freiluft-Bar der Hensel-Stiftung zu, parkierte etwas zu nah am Stand und grub sich mit dem Charme der Entschlossenheit ein Plätzchen am Tresen frei. Nachdem er zwei Orangen-Punsche und einen Riesencervelat bestellt hatte, nahm er endlich die Sonnenbrille von der Nase. «Hey, du hast ja die Haare getönt.»

Die waren tatsächlich eine Stufe heller. Der Junge passte besser auf, als seine Nonchalance glauben machte. «Wenn schon, dann schön.»

Felix reichte ihr den heissen Plastikbecher. «Wie läuft's mit der Detektei?»

Enitta hätte sich beinahe am Getränk verschluckt. «Grossartig …» Sie hasste es, zu lügen, doch sie war einfach noch nicht bereit, ihm die Wahrheit zu beichten. Oder sonst wem.

«Dann hat dein Erfolg an der Street Parade die Geschäfte angekurbelt?»

«Kunden hab ich schon. Aber die *Probleme*, die sie an mich herantragen.» Sie steckte sich andeutungsweise den Finger in den Mund. «Neulich sollte ich für die Besitzerin der Galerie ‹Holz & Stolz› ein Gemälde auffinden. Die Drossel war überzeugt, das Kernstück der neuesten Installation sei noch während der Vernissage entwendet worden. Der Fall war aber bereits nach zehn Minuten gelöst. Ihr seniler Gehilfe hatte das Werk einfach verkehrt herum an die Wand genagelt. Ein Glück, dass ich auf Vorkasse arbeite.» Lautes Gehupe lenkte ihre Aufmerksamkeit in die Ferne, wo ein silberner Deux Chevaux mit Chromfelgen vor zwei Velopolizisten flüchtete. Welcher Verrückte auch immer hinter dem Steuer sass, er schien die Verfolgungsjagd zu geniessen, begann sogar im Kreis zu fahren, während sich die Beamten die Lungen aus den Leibern trillerten. «Wenn ich ganz ehrlich bin, lebt es sich vom Privatschnüffeln eher schlecht. Immer dieser Schwebezustand, wie bei einem angeschossenen Luftkissenboot. Ich möchte mal einen richtig fetten Auftrag landen.»

Felix schielte hinauf. «Du müsstest die Goldene Wasserlilie aufspüren.»

«Die was?»

Er zeigte auf eins der flatternden Transparente über der Bar. Neben dem Schriftzug der Hensel-Stiftung prangte ein aus Ovalen geformtes Symbol, das entfernt an das majestätische Wassergewächs erinnerte. «Kennst du die Legende etwa nicht? Die kennt jedes Stadtkind –» Er packte sie schelmisch grinsend bei der Schulter. «Sorry. Ich hatte für einen Augenblick vergessen, dass du ja gar nicht … Egal. Die Familie vom Ehemann der Stiftungsmutter, Harobeth Hensel-Apfelbaum, war seit Anbeginn der Industrialisierung im Besitz eines der bedeutendsten Schweizer Kunstwerke. Dabei handelte es sich um eine Wasserlilie, gefertigt aus purem Gold, vom berühmten Francesco Zorilla. Angeblich wurde das millionenteure Stück um die Jahrhundertwende im Zürcher Landesmuseum zur Schau gestellt. Als der Zweite Weltkrieg ausbrach, befürchtete Harobeth den Einmarsch und die Plünderung des Landesmuseums durch die Wehrmacht. Sie forderte die Seerose deshalb zurück und versteckte sie an einem sicheren Ort. Leider verstarb die gute Frau noch bevor der Krieg zu Ende war.»

«So eine Räubergeschichte», schimpfte Enitta und wurde dennoch neugierig. «Und was wurde aus der Rose?»

Felix warf mit dem leeren Pappbecher nach einer Blechtonne und verfehlte sie eklatant. «Tja, das ist jetzt die Millionen-Schweizerfranken-Frage. Manche glauben, CIA-Agenten hätten den Klunker kurz nach ihrem Tod aus der verlassenen Villa in Rüschlikon gestohlen. Andere behaupten, Harobeth hätte sie in einer Vollmondnacht im Garten vergraben lassen. Nicht wenige sind überzeugt, sie werde von Verwandten in einem

Spinnenkeller in Jerusalem aufbewahrt. Vielleicht aber ruht sie tatsächlich auf dem Grund des Zürisees, wie eine DOK-Reportage vom Schweizer Fernsehen herausgefunden haben will.»

Enitta konnte kaum den Blick vom Seerosensymbol lösen, das sich sanft und unschuldig im Wind wiegte. Für einen kurzen Augenblick entrückter Verzückung sah sie alle ihre Probleme ins blütenreine Weiss des Leinenstoffes verblassen. «Du sagtest Zorilla? Der berühmte Maler?»

«Ja, wobei … Also ich erschlag dein Einhorn wirklich nur ungern, aber an der Suche sind schon unzählige Glücksritter gescheitert. Alleine auf dem Stiftungsanwesen in Rüschlikon hat man schon Dutzende Schaufelbesitzer verhaftet.» Er verdrückte den letzten Zipfel des Cervelats. «Ich persönlich glaube ja, dass die Rose eingeschmolzen wurde und als herrenloser Goldbarren in den Gewölben unter dem Paradeplatz lagert.»

Enitta hing dem Gedanken an ihre baldige finanzielle Unabhängigkeitserklärung noch einen süssen Moment lang nach. Bis ihr das bevorstehende Grauen vom Nachmittag wieder einfiel. Während sie sich von Felix zurück ans Ufer beim Bürkliplatz kutschieren liess, stellte sie erstaunt fest, dass die Verfolgungsjagd ein ungewöhnliches Ende genommen hatte. Der hochgewachsene Fahrer, der mit seinen langen Haaren und der Sonnenbrille an einen Fussballstar aus den Siebzigern erinnerte, posierte kühn mit einem der Beamten. Und dessen Kollege machte mit einem Fotoapparat in der Hand den Rücken krumm. Wer *war* dieser Duda?

«Was war eigentlich mit den Logs von Janitas Nummer?», fragte Felix. «Deine Kontaktperson bei ihrem Provider müsste dir doch sagen können, welche Nummern sie gewählt hatte, solange sie Besitzerin des Abos gewesen war.»

«Hab ich schon prüfen lassen. Als eingefleischter Handymuffel hatte sie ihr Natel ausser für den Pizzakurier kaum benutzt.» Eigentlich war sie genervt, dass Felix schon wieder damit anfing, aber der Gedanke an dieses eine Puzzleteil beschäftigte sie immer wieder. «Da war diese eine Nummer, von der Janita wiederholt angerufen worden war. Sie selber rief den Anschluss nur ein einziges Mal zurück. Am Tag, an dem sie die Wohngemeinschaft an der Erismannstrasse verliess.»

«Darf man erfahren, wer der mysteriöse Anrufer war?»

«Das wird wohl auf ewig ein Geheimnis bleiben», knurrte Enitta. «Die Person ist Teil eines exklusiven VIP-Programms, deren Mitglieder nur einem kleinen Kreis aus Vorgesetzten bekannt sind.»

«Du meinst Promis? Politiker?»

«Ja voll. Es macht absolut keinen Sinn. Mit solchen Leuten würde sich Janita niemals abgeben. Glamour und Autoritäten sind ihr total zuwider.»

Felix manövrierte das Gefährt in den Wald aus Fahrrädern rings um den grossen Schiffssteg beim Bürkliplatz und sicherte es mit einer fetten Eisenkette. Beim Klettern auf den Steg bemerkte Enitta zwei tiefe Kerben im Metall am vorderen Rand der Plattform. An genau dieser Stelle war letzten Sommer das Love Mobile in den Zürisee gestürzt. Und genau hier wäre sie dafür schier von einer aufgebrachten Ravermeute gelyncht worden. Zwischenzeitlich hatte man den Steg auf gesamter Länge mit Metallgeländern dreigeteilt, und Verkaufs- und Orientierungsstände drängten sich seit Beginn der Seegfrörni dicht an dicht. Die Feuerwehr, Sportartikelverkäufer, Metzgermeister und Marronimänner, Schnapsbuden und alle grossen Radiostationen hatten ihre Zelte aufgeschlagen, deren freie Seiten mit Warnungen der Polizei, Ratschlägen des Zivilschutzes und Werbegrafiken zugekleistert waren. Enitta schob sich zwischen einem Grüppchen heiterer Fasnächtler und Ordnungshüter in leuchtstoffgelben Uniformen vorbei, die sie unangenehm an die Technoparade erinnerten. So viel Volk, man hätte denken können, es sei Welttag der Dummrumsteher. Jenseits des Gemenges, fast exakt an der Stelle, wo sie die Führerkabine des Sattelschleppers gekapert hatten, fiel ihr die Frage wieder ein.

«Hast du auch mal ein Paket für mich?»

«Oh, fast hätte ich's vergessen.» Felix griff in seine Kuriertasche und streckte ihr ein faustgrosses, in Panzerband gewickeltes Päckli entgegen.

«Jesus Kreisch! Etwa aus Kolumbien?»

«Nein, Jamaica. Weil du übermässig Kafi trinkst. Apropos. Hast du heute Nachmittag frei?»

Enitta zuckte zusammen. Sie war effektiv noch nicht so weit, ihm die Wahrheit zu sagen. «Nein, ich hab einen Termin. Und – oh Schreck – nur noch eine knappe Viertelstunde, um dorthin zu gelangen.» Sie herzte Felix zum Abschied, nahm ihm das Versprechen, sich zu melden, ab und hob ein paar Meter weiter ihr umgestossenes Hollandvelo hoch. Behände schmiss sie das Geschenk in das Flechtkörbchen am Lenker und trat kräftig in die Pedalen. Wer jetzt die Frechheit oder das Pech besass, auf der Zwölf durchs Bild zu schleichen, den würde sie kurzerhand aus dem Weg bellen.

***

Kaum war Enitta aus dem Blickfeld verschwunden, da knisterte das Funkgerät an seiner Schulter. «Huhu», plärrte die piepsige Stimme von Babsy Blumentritt (21), der Administratorin seiner «Hallo Velo Kurierservice GmbH». «Schon wach?»

«Ich stehe immer zwei Stunden vor meiner ersten Tour auf», antwortete Felix gelassen.

«Prima. Dann mach gleich einen Schlenker ins Niederdorf. Du sollst dort ein Paket bei ‹Manser Lederwaren› holen und es unverzüglich ins ‹Dolder Grand› bringen.»

«Hast du erwähnt, dass wir neu über Mittag mehr verlangen?»

«Klaro.»

Felix schielte zum bewaldeten Zürichberg, den er würde erklimmen müssen, um das Luxushotel zu erreichen. «Hast du ihnen gesagt, dass der Bergtarif fällig wird?»

«Sicher.»

«Und den Zuschlag für Neuschnee hast du hoffentlich auch einberechnet.»

«Hallo?», reklamierte Babsy. «Den hab ich selbst erfunden.»

«Stimmt …»

«Übrigens, Meister Flitz: Du sollst die Sendung persönlich überbringen. Der Kunde hockt in der Maestro-Suite.»

Felix schluckte. Die Maestro-Suite war das Prunkstück des

«Dolders». Eine einzige Übernachtung kostete unerhörte vierzehntausend Franken. Angeblich wurden die heiligen Gemächer schon seit Wochen von demselben Gast bewohnt, und halb Zürich rätselte über dessen Identität. Ob er das Geheimnis wohl exklusiv in seinem Szenenheftchen würde lüften können? «Wer ist der Kunde?»

«Woher soll ich das wissen? Der Typ hat seinen Namen nicht genannt. Klang aber sexy.»

Halb so schlimm. Er würde es ohnehin gleich erfahren. «Okay. Ich bin dann mal auf dem Weg.»

Mit dem klobigen Paket des alten Handwerkers, das er nur mit viel Mühe in seine Blachentasche hatte stopfen können, quälte sich Felix die ansteigende Rämistrasse hinauf. Der Winterdienst hatte sich zwar blicken lassen, aber es dauerte alles dreimal so lang. Erst als er bei der Uni in die Zürichbergstrasse einbog, flachte das Gelände ab, zumindest ein paar hundert Meter lang. Danach wurden aus den Altbauten erst klobige Mehrfamilienhäuser, dann Villen, deren Abstände zueinander sich stetig vergrösserten, während die Strasse immer schmaler und steiler wurde. Er gelangte auf die Schneckenmannstrasse, die, ungeräumt, wie sie war, ihrem Namen alle Ehre machte. Felix musste hart in die Pedalen treten und alles Gewicht auf das Hinterrad verlagern, um vorwärtszukommen.

Nach einiger Zeit schmerzten seine Oberschenkel wie entzündete Auberginen, was ihn lange genug ablenkte, um einen Zettel zu übersehen, der am Boden festgefroren war, und diese Unachtsamkeit liess den Vorderpneu wegrutschen. Mühsam raffte er sich auf und klopfte sich den Neuschnee vom schmerzenden Ellbogen. In Leidensmomenten wie diesen beneidete er seine Kollegen in der Provinz, die in Schaffhausen oder Sankt Unterursel auf ihren Mountainbikes gemütlich übers Flachland rollen konnten. Niemand guckte blöd, wenn die mit ihren Sonnenbrillen, Plastikhelmen und Knieschonern angerollt kamen, selbst wenn sie dabei wie Cops aus einem billigen Scifi-Film wirkten. Er bückte sich nach dem Papierfetzen am Asphalt und realisierte, dass es ein Anschlag war, den er seit seiner Abfahrt beim Bellevue mit zunehmender Häufigkeit angetroffen hatte.

Dem Text unterhalb eines Teenieporträts nach handelte es sich um eine Vermisstenanzeige. Gesucht wurde nach einem Jeremias Stöhli, achtzehn Jahre, aus Hirslanden. Die etwas zu stark vergrösserte Aufnahme musste schon vor einer Weile geknipst worden sein, aber wenn der Junge mit der Indiesträhne heute noch so verwegen grinste, dann würde er schon klarkommen. Cowboys fanden immer den Weg zurück zur Ranch. Und Indianer kannten keinen Terz. Tapfer kämpfte er sich weiter den Berg Sinai hinauf.

***

Ein Kloss brannte in Enittas Magen, als sie durch einen der hohen Bögen des Aussersihler Eisenbahnviadukts glitt. Wie ein magisches Portal verband es die heile Welt der Genossenschaftssiedlungen rund um den Röntgenplatz mit dem futuristischen Reich der Eigentumsapartments, der klotzigen Konzernsilos und abgefuckten Partyschuppen vom Zementlabyrinth Züri-West. Wobei gerade Letztere immer mehr von kommerziell orientierten Neubauten verdrängt wurden. Ganz Hippe brüsteten sich ja damit, die Gegend noch nie bei Tag gesehen zu haben, und liessen sich nur in den frühen Morgenstunden blicken. In ein paar Jahren würden der Kinotempel «Abaton», die Dönerstuben und ein paar Hochpreis-Restaurants die letzten Überbleibsel einer einst florierenden Partymeile sein.

Das war nicht der wahre Grund für Enittas Unmut.

Je näher sie der von der Hardbrücke überdachten Hardstrasse kam, desto mehr rotzige KV-Schüler, Fübüs mit wichtigen Grinden und sonstige Angestellte säumten das Trottoir und damit ihren Veloweg. Lieber wäre sie privat statt geschäftlich in der Gegend unterwegs gewesen, wäre trotz des kalten Wetters gerne in eins der Lokale eingekehrt. Dem Brillenschlangen-Kafi «Sphères» an der Limmat zum Beispiel. Oder in «Das Gute leben» am Escher-Wyss-Platz.

Aber das war nicht der wahre Grund für ihren Unmut.

Einen Schlenker später, entlang der Pfingstweidstrasse, wurde das Quartier so hässlich, dass ihrem Blick kein Rückzug mehr blieb. Baukräne zogen zum SBB-Trassee hin scharfkantige Stahltürme hoch, die sich äusserlich bestenfalls durch ihre Höhe unterschieden. Hier wollte Zürich Weltstadt sein, doch statt der Welt erschien nur die Agglomeration. Zur Arbeit. Immer mehr internationale Unternehmen pflanzten hier ihre Hauptsitze in den Beton und boten Hunderte Schreibtischjobs. Profitierten von günstigen Steuersätzen, die allen Firmen zuteilwurden, welche hier reine Verwaltungsapparate betrieben und ihre Produktionsstätten im Ausland liessen. Ihre Namen leuchteten von allen Fassaden, so klingend und international sie auch gewählt waren, Enitta hatte von den meisten noch nie gehört.

Ihre gute Freundin Sabrina Leute, die in einem Grossraumbüro gegen gutes Geld absklavte, erklärte sich die rasche Verbreitung von unbekannten Konzernen mit einem einfachen Grund. Die paar Franken, die Konzerne für Löhne aufbringen mussten, waren nichts im Vergleich zu den Millionen, die sie – nur durch bare Anwesenheit bedingt – an Steuern sparten. Effizienz interessierte niemanden, weshalb sie ständig über ausgehölte Langeweile klagte. Ein bedrückender Gedanke, aber nicht der wahre Grund für Enittas Kummer.

Sie bremste an der Pfingstweidstrasse 60 und blickte eine sechsstöckige Rasterfassade hoch. Ein Geschäftshaus wie aus Stahl gemeisselt. Sie parkierte ihr Velo demonstrativ vor dem Eingang, sicherte es mit zwei Schlössern und liess sich erst einmal auf die aus Metall geformten Worte «West Park» nieder, die in den gefrorenen Rasen eingelassen waren. Noch brauchte sie einen Moment. Noch musste sie ein paar tiefe Atemzüge in ihre Lungen holen, während sie die schrägen Blicke der vorbeischreitenden Weisskragen geflissentlich ignorierte. Sie fasste sich ein Herz und durchschritt die Schiebetüre, auf deren Glas man mit weissen Lettern die Namen aller wichtigen Feriendestinationen geklebt hatte. Bestimmt wollte das Marketing damit die Internationalität des Unternehmens betonen, doch in letzter Konsequenz verhöhnte es all jene, die sich schon seit Jahren keinen Auslandsurlaub mehr hatten leisten können. Ausser Staycation auf Gran Gerania.

Aber auch das hatte nichts mit ihrem Verdruss zu tun. Zumindest nicht heute.

Sie passierte über einen Glaskorridor den schneebedeckten Innenhof und bestieg einen der Lifte am anderen Ende des lang gezogenen Gebäudes. Die metallverkleidete, spärlich beleuchtete Innenkabine mit ihrer gewölbten Decke wirkte wie ein emporschwebender Sarg. Im vierten Geschoss huschte Enitta über das edle Dunkelparkett im Korridor, bis sie vor den Glastoren eines Grossraumbüros stand.

«Carrington Davenport International» war in ein Blechschild neben dem Eingang graviert, und eine blinkende Metallplatte würde sie nur gegen die Berührung eines Badges vorlassen. Welchen sie nicht bei sich trug.

Sie holte ihr Smartphone hervor, strich auf dem Display herum und versuchte dabei möglichst unbedarft auszusehen. Sobald eine Angestellte in den Flur heraustrat, ergriff Enitta den Türknauf und schob sich verlegen lächelnd an der Frau vorbei in die administrativen Räumlichkeiten. Ihre Hand beiläufig an der Schläfe, schlich sie sich an der Empfangsdame vorbei und hielt schnurstracks Kurs auf den hinteren Abschnitt des Grossraumbüros, vorbei an Arbeitsplätzen, die alle exakt gleich aussahen. Die Mitarbeitenden hockten an dunklen Tischen, die durch Plastikpflanzen und hohe Korpusse vor neugierigen Blicken geschützt waren. Die meisten Rollläden waren auf Halbmast, sodass ein Heer Stehleuchten indirekten nikotingelben Schein spendete. Sie hielt den Blick auf den grauen Teppich gesenkt, der den Klang ihrer Schritte fast vollständig verschluckte.

«Carrington Davenport International» war ein englisch-französischer Mischmasch-Konzern, der neben manch fraglichen Dienstleistungen, wie etwa in der Rüstungsindustrie, auch Kommunikationsanlagen aller Art herstellte und vertrieb. Bei der Hauptniederlassung in Graubünden hatte Enitta vor vier Jahren ihre Informatiklehre abgeschlossen. Damals hatte sich in diesem Gebäude bloss eine Serverfarm im Untergeschoss befunden, welche von gerade mal fünf IT-Leuten gewartet worden war. Ihr guter Freund Peter Zeh war einst Teil dieses kleinen Teams gewesen, bevor er sich selbstständig gemacht und Enitta gelegentliche PC-Nothilfe-Aufträge zugeschanzt hatte. Aber vor zwei Jahren hatte die Firma ihre Produktion von Chur nach Westengland verlegt, zwei komplette Stockwerke in Zürich angemietet und die gesamte Administration hierher gezügelt. HR, die Buchhaltung, der Kundendienst, die IT und alle Manager residierten nun an der Pfingstweidstrasse. Und Peter Zeh hatte sich vor einem Vierteljahr von der Firma mit viel Geld dazu überreden lassen, sein kleines Geschäft zu schliessen und hier die IT zu leiten. Sie steuerte auf das einzige freie Pult am hintersten Eck zu und glitt lautlos auf den Bürosessel. Niemand hatte sie gesehen, niemand hatte Notiz genommen. Sie wollte schon erleichtert einen USB-Stick am toten Monitor anbringen, da liessen trotzige herannahende Schritte ihre Nackenhaare strammstehen.

«Du bist spät dran, Enitta», meckerte eine schrille Stimme in ihrem Rücken. «Einmal mehr!»

«Ich weiss», gab sie unbeeindruckt zurück, ohne die geringste Lust, sich zu rechtfertigen. Lieber schaltete sie den Bildschirm ein und hievte einen Papierstapel aus der Ablage. Der Kloss in ihrem Magen verklumpte sich endgültig zu einem Stein, der ihre Eingeweide in den Beckenboden drückte.

Dies war der wahre Grund für ihr Missbehagen.

Dieser Schreibtisch gehörte *ihr*.

***

Felix erreichte den Waldrand, wo eine Brücke die Schienen der Dolderbahn bergaufwärts zwischen die Baumstämme führte. Die untendurch verlaufende Kurhausstrasse stieg nochmals so richtig an, und dann ragte es majestätisch ins blaue Firmament wie das Mutterschloss des Disney-Konzerns.

Das «Grand Dolder».

Wenn Grössen wie Oprah Winfrey oder die Stones in die Stadt kamen, nächtigten sie hier, wo das billigste Zimmer noch immer den halben Monatslohn einer Kassiererin kostete. Erst kürzlich war der Traditionsbau für Hunderte Millionen mit neumodischen Komplexen ergänzt worden. Felix' Kunde residierte ganz konservativ im Turmzimmer direkt oberhalb des Hauptgebäudes, dem höchsten Punkt des «Dolders». Er folgte der geschlungenen Einfahrt, lehnte sein Fixie mit der Tigerentenbemalung demonstrativ ans Gemäuer und schritt über den roten Teppich, an dessen Ende die Flügel des Portals wie von Geisterhand aufschwangen. In der hochpolierten Eingangshalle stellte er sich linker Hand vor die Rezeption, die, von innen gelb ausgeleuchtet, an die Theke seines Lieblingsspuntens, der «Totalbar», erinnerte. Zwischen zwei Nachttischlampen erschien ein Angestellter in einer dunklen, schlicht gehaltenen Personaluniform.

«Ich hab hier etwas für die Maestro-Suite.»

«Vielen Dank», erwiderte der Concierge und streckte mit geübt gleichmütiger Miene die Hand aus.

Felix drückte sich das Paket an die Brust. «Sie haben mich da glaubs falsch verstanden. Man hat uns ausdrücklich um *persönliche* Zustellung gebeten.»

«Ich darf Ihnen versichern: Diskretion ist eine unserer Kernkompetenzen.» Das Lächeln des Angestellten verblieb, aber seine Finger begannen zu zucken. Die beiden Pagen am Eingang traten einen bemessenen Schritt näher.

So rasch würde sich Felix nicht geschlagen geben. Zu gerne wollte er erfahren, wer der geheimnisvolle Empfänger war. Falls der seine Post überhaupt selbst entgegennahm. «Sorry, dann muss ich den Auftrag leider canceln.» Er wandte sich ab und fand die zwei Pagen vor sich aufgebaut.

Bevor die Situation eskalierte, hallte unvermittelt das Geräusch von ungeduldigen Frauenabsätzen von den Wänden. Eine Dame in ihren frühen Dreissigern und einer Angestelltenuniform trat mit raschen Schritten näher und wedelte die Pagen zurück. «Sehr gut. Folgen», rief sie Felix zu und winkte ihn zu einem hölzern umrahmten Portal, das sich diskret hinter der Säule neben der Rezeption befand. Sie öffnete ein messingfarbenes Gittertor und bedeutete ihm, in die schummrige Liftkabine zu treten, welche bestimmt in die Maestro-Suite hinaufgleiten würde. So also konnten Hochwohlgeborene aus der Limo hüpfen und ungesehen in die luxuriöseste aller Suiten schleichen. Mit ihrer

Keycard setzte die Dame den Fahrstuhl in Bewegung, wobei Felix kaum eine Regung verspürte. Nach einer Weile zuckte sie mit den Schultern. «Unser Gast arbeitet gerade an einem wichtigen Projekt und hat in dem Zug den Verdacht geäussert, dass Sendungen manchmal an der Rezeption herumliegen. Darum lassen wir Pakete seit einigen Tagen von den Kurieren selber überbringen, um zu verdeutlichen, dass keine Zeit verloren wurde. Leider war mein Kollege nicht auf dem neuesten Stand.»

Sie mussten erst noch eine Zwischenschleuse durchschreiten, bevor sie in den Flur der Maestro-Suite gelangten. Die Dame ging ein paar Schritte über die weissen Fliesen vor, blieb abrupt stehen und setzte mit den Lippen zu einer Ankündigung an. Doch dann sparte sie sich den Atem. Wut blitzte in ihren Augen auf. War sie auf den Gast verärgert? Ob er sie wohl wie Luft behandelte? Sie forschte einen Augenblick in Felix' Gesicht und schielte ähnlich lange auf seine Blachentasche. Vielleicht weil sie hoffte, dass sich darin eine Bombe befand, oder um sich seine Nummer einzuprägen. Gleich nachdem sie ihn still aufforderte, den Rest des Weges alleine zu gehen, war sie in den Schatten der Schleuse verschwunden.

Felix trat in einen kleinen, lichtgefluteten Innenhof, dessen Mitte von einem Flügel der Marke Steinway & Sons dominiert wurde. Auf dem lackierten Holz stand eine ausgetrunkene Kaffeetasse herum. Die Quittung auf dem Tellerchen belief sich auf stolze acht Franken fünfzig. Mehr bezahlte man in Zürich nur an einer Adresse. In der Bar zuoberst im Prime Tower. Drum hiess die ja auch «Klaut's». Er reckte den Kopf. In alle Richtungen verliefen Gänge in Badezimmer, Schlafzimmer, Küchen, Saunas und Toiletten. Teufel, wahrscheinlich war selbst der begehbare Schrank geräumiger als seine Dreizimmerwohnung. In allen Ecken und Winkeln glänzte und schimmerte es. Wer hier drin eine Party schmiss, war einfach nur weich. Er spielte eine Taste auf dem Klavier, und eine tiefe Stimme meldete sich aus dem Obergeschoss. «Hier oben.»

Felix blickte eine Treppe mit gläsernen Stufen hoch, die hinter dem Flügel in die Turmspitze führte. Der Adler war im Horst.

Dann stand er ihm gegenüber und konnte seine Überraschung nur mit Mühe verbergen. Der athletische Endzwanziger trug weisse Jeans, ein offenes dunkelblaues Hemd und einen sorgfältig getrimmten Bart. Es war niemand Geringeres als Urs Scheller, der milliardenschwere Erbe von «Scheller Schuhe Schweiz», Europas grösstem Schuhkonzern.

Und er lief barfuss übers Holz.

Die Frauen liebten ihn noch mehr als Louis Vuitton, nannten ihn den Gott der Schuhe, wofür er von den meisten Männern verteufelt wurde. Doch seit einem mysteriösen Verkehrsunfall vor drei Jahren in Oerlikon, bei dem eine junge Frau den Tod gefunden hatte, trat der einstige Partyboy kaum mehr öffentlich in Erscheinung. Nur zu verständlich. Erst nach monatelangem Hexenprozess war er von jeglicher Schuld freigesprochen worden. Die Bluthunde der Boulevardpresse und allen voran das schamlose Zürcher Klatschmagazin «TRGT» hatten lange Zeit mit beissendem Hohn Zweifel an dem Urteil geäussert, bis der Erbe sie mit Gerichtsbeschlüssen zum Schweigen gebracht und die Schweiz anschliessend aus Protest verlassen hatte. Lange hatte Unklarheit über seinen Verbleib geherrscht, man wähnte ihn in Japan oder Kanada. Umso überraschender, dass er ausgerechnet mitten in Zürich wiederauftauchte.

Ein erholt wirkender Scheller winkte ihn näher. «Kommen Sie. Kann ich was zu trinken anbieten?» Er wartete die Antwort nicht ab und walkte über Schafsfelle zu den Lederfauteuils unter hohem dunklem Gebälk, eingefasst von einem Balkon, der fast ganz um den Turm herum verlief.

Scheller hob eine PET-Flasche mit Mineralwasser von einem silbernen Servicewagen, warf sie zielsicher in Felix' Hand und schenkte ein Glas Champagner ein. Er brachte das Cüpli einer jungen Frau, die, nur mit einem langen Hemdchen bekleidet, vor einer Staffelei hockte. Das Bild, das sie pinselte, zeigte einen abstrakten Schmetterling. Ob das die Malerin aus der Ostschweiz war, über die die Presse seit letztem Sommer mauschelte? Sie unterbrach die Arbeit für einen Schluck und richtete ihre Sonnenbrille auf ihn aus. *«Il veut quoi, lui?»*, knurrte sie über die Schulter. Es klang nicht wirklich wie eine Frage.

«Etwas mehr Respekt, Chérie», tadelte Scheller. «Gerade du, die so oft fliegt. Velofahrer haben schliesslich die Aviatik erfunden.» Er liess sich auf einem der Edelsessel nieder und lächelte ein freundliches Lächeln. «Was haben Sie für mich?»

Ja richtig! Vor lauter Pomp hatte Felix ganz den Grund seiner Anwesenheit vergessen. Er wollte das Paket Scheller überreichen, dieser winkte gönnerhaft ab. «Nur zu. Öffnen Sie es.»

Felix tat wie gebeten und staunte nicht schlecht, als er einige zerrissene Lagen Papier später lederne Herrenstiefel in Händen hielt.

«Wie gefallen sie Ihnen?», erkundigte sich Scheller.

«Nicht so ganz meins.» Er wendete sie einige Male. «Trotzdem schön geformt.» Seine Fingerkuppen strichen über die Nähte. «Gute Verarbeitung.»

«Wir lassen sie in Florenz herstellen. Nicht ganz billig, aber Qualität hat ihren Preis.»

«Ich dachte, es sei feste Firmenpolitik, nur Frauenschuhe anzubieten?»

«Das war der Wille meines Grossvaters. Er pflegte stets zu sagen, dass sich echte Männer nichts aus Mode machen. Nun, es ist so weit, dem Zeitgeist Rechnung zu tragen. Wir werden in ein paar Tagen die Lancierung eines neuen Labels bekannt geben.» Er schielte nach Felix' Turnschuhen und lächelte. «Sie mögen mir wahrscheinlich nicht zustimmen, doch der hiesige Markt hat viel Kapazität für ein hochpreisiges Herrensortiment.»

Felix war es herzlich egal, was ein Schmock wie Scheller von seinen Bekleidungsgewohnheiten hielt. Viel mehr interessierte ihn, warum ein Unternehmen siebzig Jahre lang fast die Hälfte der potenziellen Kundschaft aussen vor lassen konnte. Der Migros-Konzern weigerte sich ja schon ähnlich lange, Zigaretten und Alkohol ins Sortiment aufzunehmen. Aber auch die hatten mittlerweile ihre eigenen Statuten mit dem Denner umgangen. «Mit welchen Designern arbeiten Sie?»

Das Lächeln in Schellers Gesicht wurde breiter. «Wir konnten Svetlana Trümpi verpflichten. Ihnen ein Begriff?»

«Die Trümpi? Die hat seit Jahren keine Kundschaft ausserhalb von New York mehr bedient, erfolgreich, wie die ist.»

Scheller nickte sichtlich beeindruckt. «Sie scheinen sich auszukennen.»

«Meine Ex-Freundin war sehr … anspruchsvoll.» Er hätte beinahe kostspielig gesagt. Sein Funkgerät pfiff sich in Erinnerung. «Ich muss los.» Felix reichte Scheller die Schuhe, bedankte sich knapp und blickte noch ein letztes Mal zu der eingebildeten Schönheit mit den hochgesteckten kastanienfarbigen Haaren. Fast gewann er den Eindruck, sie würde absichtlich nicht herüberschauen.

Er verliess den Adlerhorst. Was für Neuigkeiten. Die Maestro-Suite wurde von Urs Scheller bewohnt. Und er plante ein neues Modelabel! Heute Abend, an der Redaktionssitzung seines Klatschheftlis «Zürich geht vor», würde das einiges zu reden geben. Wenn er's recht bedachte, sollte er den Erscheinungstermin für die nächste Ausgabe vorziehen. So geheim wollte Scheller seine Rückkehr nach Zürich bestimmt nicht halten, wenn er sich jedem beliebigen Laufburschen zeigte.

***

«Tamisiäch!», schimpfte eine Stimme von einem nahen Schreibtisch. «Wer hat meinen Bostitch geklaut?»

«Das ist gar nicht deiner», plärrte eine zweite Stimme. «Der gehört der Firma.»

Enitta schielte nach dem ihren, machte ihn am Rand des Pultes ausfindig und schob ihn verstohlen hinter den Flachbildschirm. Mit ihrem Job mochte sie nur halb gar werden, aber das Büromaterial würde sie sich nicht kampflos klauen lassen. Diese Einstellung teilten die meisten Mitarbeiterinnen, aber deren Strategie, die Utensilien jeden Abend wegzusperren, war ihr zu aufwendig. Deshalb hatte sie sich mehrere Bögen Hello-Kitty-Kleber besorgt und das debile Gesicht der Comic-Katze auf allem angebracht, was nicht niet- und nagelfest war. Von der Maus über den Locher bis hin zum Bildschirm hatte alles daran glauben müssen. Einmal hatte sich ihr Eingangsdatumsstempel auf schier unerklärliche Weise ins Büro des Verkaufschefs verirrt, doch in dem Moment, da er den Kleber erblickte, hatte er das Gerät mit angewiderter Miene freiwillig rausgerückt. Bei Männern funktionagelte der Trick prächtig. Für alle anderen gab's tödliche Blicke und im Ernstfall lange Fingernägel. Seufzend begann sie die Formulare auf ihrem Pult nach Farben zu sortieren.

Höchstvermutlich war es wirklich die einzig vernünftige Entscheidung gewesen. Ihr Business als private Ermittlerin hatte schon ein Weilchen vor sich hin gedarbt, und der Zustupf, den sie durch die von Peter zugeschanzten PC-Support-Einsätze erhalten hatte, war mit seinem neuerlichen Engagement bei «CDI» ebenfalls weggefallen. Das hatte ihrem Budget den Rest gegeben. Selbstverständlich hätte sie sich theoretisch auch für finanzielle Unterstützung ans Arbeitsamt wenden können, aber sich mit einem Räf von der Regionalen Arbeitsvermittlung RAV herumzuschlagen, das war wie Zopf-Probedrücken bei Coop. Busse mit einem Kebab verstinken. Die Gurkenscheibe im Big Mac. Fotos mit dem iPad schiessen. Weine mit Drehverschluss. Die «Hab-dich-gesehen-Rubrik» auf Ron Orp. Erwachsene Trottinett-Fahrer und Downhill-Biker. Sprint ab Zapf. Rekord auch. Tanten, die kreischten, die Bianca, Tina, Nina, Claudia oder Sara mit oder ohne h hiessen. Typen, die als Beruf Entrepreneur angaben, die einem im Ausgang ungefragt ihre Telefonnummer hinstreckten oder Florian hiessen. Alle Filme mit Adrien Brody und alle Alben von No Doubt. Mama- und Papablogs. Beim Nachtessen Trance hören. Red Bull im Glas trinken. Labernde Konzertbesucher. Internetkommentare und Fussballerinterviews. Und natürlich ganz besonders Wallisellen und «Die Weltwoche». Mit anderen Worten: Das ging überhaupt gar nicht. Weil vom Universum nie so vorgesehen. Darum verzichtete sie liebend gern auf den Staatsgroschen und krallte sich stattdessen zähneknirschend den Konzernfranken.

Dank Peters Fürsprache und dem Umstand, dass sie schon einmal für das Unternehmen tätig gewesen war, hatte sie leicht eine Stelle ergattern können. Dass die Nattern vom HR sie für eine Anstellung als Informatikerin als zu unqualifiziert einstuften, war ja klar gewesen, aber auf ihren gelernten Beruf hatte sie ohnehin keinen Bock gehabt. Dass sie ein dreimonatiges Try-

and-Hire mit einem Fünfzig-Prozent-Pensum im Kundendienst landen konnte, war ihr sehr entgegengekommen. Nur zu gerne redete sie sich ein, dass dies alles bloss Durchgangsstation war. Besonders wenn sie beobachtete, was der gemeine Büroalltag bei ihren Teamkolleginnen so anrichtete. Eine übertrieben charmante Stimme lenkte ihre Aufmerksamkeit auf den Arbeitsplatz vor ihr.

«Sì, sì. No, no. Va bene. Certo. Non c'è problema. Assolutamente. Sicuramente. Certo. Certo. Va'bè. A dopo.» Maria Macalister (29) legte den Hörer sachte auf die Gabel und knurrte ein «Na warte» hinterher. Sie machte den Job schon seit unglaublichen sieben Jahren. Den meisten hätte das aufs Hirn gedrückt. Maria drückte es auf die Blase. Jede halbe Stunde rannte sie aufs WC, weswegen die italienisch-schottische Doppelbürgerin auf dem Stockwerk vorzugsweise unter «Marie-en-toilette» geführt wurde.

«Enitta», rief sie aufgeregt. «Ich hab mein Telefon auf dich umgeleitet. Bin gleich wieder da.» Schon hüpfte sie davon wie eine angezündete Kröte. Enitta seufzte aus tiefster Seele. Im Dschungel des Grossraumbüros war sie die letzte Mohikanerin. Zumindest ihres eigenen Stammes. Yolibeth Meier (36), die dritte Kundendienstlerin, glänzte erneut durch Abwesenheit. Wahrscheinlich war der Vollblutesoterikerin einmal mehr die astrale Karmablase geplatzt. Das verhielt sich wie mit der Häufigkeit, mit der die Grossverteiler ihre Einkaufskörbchen reinigen liessen. So genau durfte man das nicht wissen.

Teamchef Roland Hardecker (44) wiederum war stets ausser Sichtweite, weil er in einer der Glaskabinen im oberen Stockwerk residierte. Da er seit Wochen mit kunterbunten Excel-Grafiken von einer Sitzung zur nächsten eilte, war er dort kaum je anzutreffen. Wenigstens liess er es sich nicht nehmen, jeden Morgen in einem umständlich formulierten E-Mail auf den eher suboptimalen Geschäftsgang zu verweisen und in Konsequenz vermehrte Kundenkontakte zu fordern. Viele Klienten hatten eine sehr exzentrische Zahlungsmoral, weswegen sein Team, der Kundendienst – offiziell *After-Sales* –, die Gründe ausbleibender finanzieller Gegenleistungen für geleistete Dienste zu ermitteln hatte. Interessanterweise war die Erklärung selten ein Fehler in der Aufführung erbrachter Leistungen, sondern fast immer eine veraltete Rechnungsadresse. Manch Partnerkonzern machte sich einen Spass daraus, seine Abteilungen entweder alle paar Wochen umzubenennen oder gleich ganz zu verlegen, nur um eine triftige Ausrede für die Zahlungsverzögerung zu haben. Dann galt es, die alte Rechnung zu stornieren, die richtige Anschrift anzubringen und die neue Faktura auszustellen.

Man hätte denken können, dass dies Aufgabe der Buchhaltung gewesen wäre. Dummerweise ging deren Boss jeden Tag mit den richtigen Leuten des Unternehmens Mittagessen und argumentierte, dass die Rechnungen von Hardeckers zweitem Team – *Deployment II* – falsch versandt worden wären und die deshalb ihre Fehler selbst ausbaden sollten. Weil Deployment II aber hoffnungslos unterbesetzt war, fiel die Aufgabe der Nachforschungen Enitta, Maria und Yolibeth zu. Meist in der Reihenfolge. Wobei ihr gerade bewusst wurde, dass sie gar nicht alleine war. Leider. Das fünfte Teammitglied steuerte direkt in ihre Richtung. Melanie Kellenberg (25) war Rolands zweite linke Hand und ein Prachtexemplar der Unberechenbarkeit. Es war gänzlich tagesabhängig, ob sie übermotiviert die schicke Direktionsassistentin gab oder mit Kapuzenpulli auf launigen Ghettogangster machte. Manchmal sogar beides gleichzeitig. Sie nahte derart raschen Schrittes, dass ihre blonden Locken nach allen Seiten wehten. Und das Gesicht darunter sah so aus, als hätte ihr jemand einen Zitronenschnitz in den Hintern gedrückt. «Hast du heute noch vor zu arbeiten?»

Enitta hätte beinahe laut herausgelacht. Fünfzig Prozent der Angestellten des Unternehmens wurden ja auch für ihre bare Anwesenheit bezahlt. Mitunter ein Grund, warum die andere Hälfte unter viel zu grossen Arbeitsladungen ächzte. Mit übertriebener Sorgfalt legte Enitta ein Formular vom einen Stapel auf den nächsten. «Wonach sieht das hier bitte aus?»

«Ich spreche von England», blaffte Melanie und klatschte ihre Handflächen angriffslustig auf den Korpus. «Heute wurde noch keine einzige Gutschrift ausgestellt.»

«Kunststück, wenn Maria nicht am Platz ist.»

«Keine Ausreden jetzt. Ich will, dass du dich sofort darum kümmerst.»

Enittas Einsatzgebiete waren eigentlich die Schweiz und Österreich. Aber ohne ihr Team konnte sie sich ja gleich um ganz Europa und den Rest der Welt kümmern. «Klar. Wie du willst.»

«Ich will die Liste spätestens um fünf in meiner Inbox.» Schon stürmte Melanie davon, kollidierte beinahe mit einer Kollegin, verfiel ins Kichern und folgte ihr in den Korridor zur Cafeteria.

Gelangweilt klickte sich Enitta in der eintönigen Buchhaltungssoftware SAP von einer Maske zur nächsten. Ihre Suchanfrage förderte zwölf Fakturen zutage, die alle ans gleiche Unternehmen gesandt worden waren. «Winchester Jackson Ltd.», eine erst kürzlich aufgekaufte Company in Liverpool. Sie rief mehrere der Dokumente auf, verglich die Rechnungsadressen mit den Bestellungen und konnte keine Abweichung feststellen. Sie würde die Buchhaltung der Firma nach dem Grund der Rückweisung fragen müssen. Leider lagen keine Telefonnummern oder E-Mail-Adressen vor. Die Webseite von «Winchester Jackson Ltd.» gab kaum Informationen her, und auf stundenlanges Herumtelefonieren verspürte sie keine Lust. Mit Schrecken dachte sie daran, wie sie das letzte Mal für Macalister eingesprungen war und bei einem Grossunternehmen im Londoner Gurken vom Hausmeister bis zum Topkader einfach jeden an die Strippe bekommen hatte. Marie-en-toilette lebte einem ja überdeutlich vor, wie rasch man von Liverpool Stuhl bekam. Vielleicht konnte ihr ja die Personalabteilung weiterhelfen. Sogleich setzte sie eine Nachricht auf.

From: Enitta.Carigiet@dc-international.com
To: Dandra Varese
Subject: Kontaktperson WJL
Hi Dandra
Weisst du noch, wie unsere Kontaktperson bei der Buchhaltung in Liverpool heisst?
Merci
E.

Dandra liess nicht lange auf sich warten.

From: Dandra.Varese@dc-international.com
To: Enitta Carigiet
Subject: Re: Kontaktperson WJL
Nicht für mich.

Enitta reckte den Kopf über den Plastikfarn. Allerhand. Die Gute sass tatsächlich mal vor dem Compi. Bestimmt nur, um auf ihrer Lieblingsseite Easyfly Schnäppchen zu jagen. Jetzt bloss keine Zeit verlieren!

From: Enitta.Carigiet@dc-international.com
To: Dandra Varese
Subject: Re: Re: Kontaktperson WJL
Hi Dandra
Für wen ist es dann?
Merci
E.

Sie verschickte die Nachricht und schaute aus dem Fenster, hinüber zur Baustelle, wo riesige Kräne ein weiteres Hochhaus aufzogen. Der klobige Turm glänzte im verbrauchten Licht der Nachmittagssonne. Sie wünschte sich schon lange, mal wieder davonzufliegen. Über die dahinterliegenden Hügel hinweg in den Westen. Ein sanftes Bimmeln holte sie zurück in die Geschäftswelt.

From: Dandra.Varese@dc-international.com
To: Enitta Carigiet
Subject: Re: Re: Re: Kontaktperson WJL
Vanushka Zenklow

So eine Frechheit! Enitta würde sich das nicht bieten lassen.

From: Enitta.Carigiet@dc-international.com
To: Dandra Varese

Bcc: Roland Hardecker
Subject: Re: Re: Re: Re: Kontaktperson WJL
Okay ... ist es wirklich zu viel verlangt, mein Mail an sie weiterzuleiten und mich in CC zu nehmen?

Wenigstens war Dandra nicht ganz so gemächlich wie sie gemütlich war. Zwei Minuten später bimmelte es erneut.

From: Dandra.Varese@dc-international.com
To: Vanushka Zenklow
Cc: Enitta Carigiet
Subject: Fw: Re: Re: Re: Re: Kontaktperson WJL
Thanks

«Ursprüngliche Nachricht:
Hi Dandra
Weisst du noch, wie unsere Kontaktperson bei der Buchhaltung in Liverpool heisst?
Merci
E.»

Bimmeln.

From: Vanushka.Zenklow@dc-international.com
To: Enitta Carigiet
Subject: Fw: Fw: Re: Re: Re: Re: Kontaktperson WJL
Da Sie müssen fragen bei Melanie

Enitta seufzte. Weiterleitungen waren wohl wirklich Wunschdenken. Genauso wie Höflichkeitsanreden oder Grussformeln. Wobei ihr diese bei Melanie besonders schwerfielen. Vielleicht, wenn sie ganz lieb fragte.

From: Enitta.Carigiet@dc-international.com
To: Melanie N. Kellenberg
Subject: Fw: Fw: Fw: Re: Re: Re: Re: Kontaktperson WJL

Hi Melanie
Ich brauche den Namen unserer Kontaktperson bei der Winchester Jackson Limited in Liverpool.
Kannst du mir da weiterhelfen?
Merci
E.

From: Melanie.Kellenberg@dc-international.com
To: Enitta Carigiet
Subject: Bin beschäftigt!

Diese! Die machte sich ja nicht mal die Mühe, den Editor zu benutzen, sondern tippte ihre Antwort gleich in die Betreffzeile. Zeit, die Gute wissen zu lassen, dass ihr Chef mitlas.

From: Enitta.Carigiet@dc-international.com
To: Melanie N. Kellenberg
Cc: Roland Hardecker
Subject: Re: Fw: Fw: Fw: Re: Re: Re: Re: Kontaktperson WJL
Hi Melanie
Ich brauche die Antwort bis um drei. Wenn ich mich recht entsinne, möchtest du die Gutschriften bis um fünf, ja?
Danke
E.

Tatsächlich brauchte Enitta nicht lange warten.

From: Melanie.Kellenberg@dc-international.com
To: Enitta Carigiet
Cc: Roland Hardecker
Subject: Re: Re: Fw: Fw: Fw: Re: Re: Re: Re: Kontaktperson WJL
Hoi Enitta!
Sorry, aber das weiss nur Dandra, gäll?
Regards

Melanie Natascha Kellenberg
Assistant to Roland Hardecker, Line Manager After-Sales and Deployment II

Zurück auf Feld eins. Enitta holte tief Luft, kniff die Augen zusammen und versuchte ganz fest an nichts zu denken. Ausser daran, wie Melanies Kopf in Zeitlupe explodierte.

From: Enitta.Carigiet@dc-international.com
To: Dandra Varese
Cc: Roland Hardecker
Subject: Fw: Re: Re: Fw: Fw: Fw: Re: Re: Re: Re: Kontaktperson WJL
… brauche noch immer deine Hilfe.
Please?

Und Dandra wusste noch immer nicht weiter.

From: Dandra.Varese@dc-international.com
To: Vanushka Zenklow
Cc: Enitta Carigiet
Subject: Fw: Fw: Re: Re: Fw: Fw: Fw: Re: Re: Re: Re: Kontaktperson WJL
Kennst du das Passwort vom F-Server? Komme nicht ins Excel.

Schön zu sehen, dass bei den geliebten Mitarbeiterinnen die Neugierde deren Hilfsbereitschaft noch immer überwiegte.

From: Vanushka.Zenklow@dc-international.com
To: Dandra Varese
Cc: Enitta Carigiet
Subject: Re: Fw: Fw: Re: Re: Fw: Fw: Fw: Re: Re: Re: Re: Kontaktperson WJL
Wozu Sie brauchen diese Information? Handelt es sich wirklich um eine Credit? Weil für Verrechnungen Sie müssen schauen bei D-Laufwerk.

Nun platzte Enitta endgültig der Kragen. Es war kurz vor zwei. Sie konnte sich nicht länger im Kreis bewegen. Zeit für einen Rundumschlag.

From: Enitta.Carigiet@dc-international.com
To: Vanushka Zenklow, Dandra Varese, Melanie N. Kellenberg, Roland Hardecker
Subject: Re: Re: Fw: Fw: Re: Re: Fw: Fw: Fw: Re: Re: Re: Re: Kontaktperson WJL
LEUTE! WENN ICH HIER NOCH WEITER ROMANE SCHREIBEN MUSS, SUCHE ICH MIR BALD EINEN VERLEGER! WIE HEISST JETZT DIE KONTAKTPERSON? DANKE!!!

Und siehe da. Erst der Holzhammer brachte den gewünschten Erfolg.

From: Vanushka.Zenklow@dc-international.com
To: Enitta Carigiet
Cc: Dandra Varese, Melanie N. Kellenberg, Roland Hardecker
Subject: Re: Re: Re: Fw: Fw: Re: Re: Fw: Fw: Fw: Re: Re: Re: Re: Kontaktperson WJL
Immer bitte mit Ruhe.
Blint.MacAttackney@winchester.jackson.co.uk.com
0044 734 29 99 48 23

Enitta atmete auf. Sie erreichte MacAttackney auf Anhieb und erfuhr, dass sich die Abteilungsbezeichnung geändert hatte. Sie stellte die Gutschriften entsprechend aus und schickte deren Nummern zur Freigabe an Melanie. Sogar eine halbe Stunde vor Ablauf der Deadline. Draussen versank die Sonne hinter der Tannenlinie des Uetlibergs. Genug geschuftet für heute. In unaufgeregten Augenblicken wie diesen gelang es ihr, sich selbst einzureden, dass dieser Job nichts anderes als Detektivarbeit war, nur besser und pünktlicher bezahlt. Jedoch konnte sie sich ihre Fälle nicht aussuchen, und an dieses wesentliche Detail wurde sie erinnert, als sie gerade das Mailprogramm schliessen wollte. Eine weitere Depesche aus der Räucherkammer der beleidigten Leberwürste schob sich in die Liste.

From: Vanushka.Zenklow@dc-international.com
To: Enitta Carigiet
Subject: Frankreich
Attachment: FranceNorth.pdf
Wollen Sie bitte prüfen.

Zähneknirschend überflog Enitta das angehängte Dokument. Diese Zenklow! Yolibeth, normalerweise für Frankreich verantwortlich, war noch keinen vollen Tag lang krank, da ging die Buchhaltung bereits auf den nächsten Kundendienstler los. Dabei hatte sie doch erst Marias Knoten in England gelöst. Bei näherem Hinsehen bemerkte Enitta gar, dass sie sich mit der Anfrage bereits schon einmal herumgeschlagen hatte. Weil sie sich aber gerade bei der Zenklow gewohnt war, dieselbe Frage mehrmals gestellt zu bekommen, löschte sie keine versandten E-Mails mehr. So grub sie das Antwortmail vom Dezember im Sent-Ordner aus und leitete es umgehend in die Buchhaltung weiter. Bevor noch ein weiterer Störenfried ihren Feierabend versalzen konnte, fuhr sie den Compi runter, eilte aus dem Grossraumbüro und fand Schutz hinter den stählernen Schiebetüren der Liftkabine.

Zu früh gefreut! Wie sie im Erdgeschoss über die Fliesen Richtung Westausgang eilte, rief jemand ihren Namen. Sie drehte sich nach der verkaterten Stimme um, und ein Schauer jagte ihren Rücken hinauf. Und wieder hinab. Und wieder hinauf. Ähnlich dem Gefühl, wenn beim Hausputz eine fette Kellerspinne hinter dem Sofa hervorkrabbelte. Eine verbinzte Gestalt mit fettigen, seitlich abstehenden Haaren suchte ihre Nähe. Es war Vlàd Claviér, der inoffizielle Klabautermann der Liegenschaft. Enitta versuchte Firmenklatsch so gut wie möglich zu umschiffen, aber an Vlàds Story kam man kaum vorbei. Angeblich war er ausgebildeter Buchbinder, der sich lange Zeit in Berlin herumgetrieben und sich mit erfolglosen Musikprojekten bis über die Sturmfrisur hinaus verschuldet hatte. Nach seiner Rückkehr hatte er mehrere Jahre für Roland als Supervisor im Deployment II gearbeitet und wäre für sein häufiges Zuspätkommen beinahe gefeuert worden. Es war allein Rolands Mitleid und Vlàds Ausbildung zu verdanken, dass er stattdessen ins Archiv verbannt wurde, wo er wohl – wie man bereits auf Distanz riechen konnte – bloss noch bei Raucherpausen Tageslicht abbekam.

Enitta wollte flüchten, doch der Anblick liess sie erstarren. Diese schlaffe Körperhaltung, diese abgeschabten Skaterklamotten und erst diese verklebten Augen. Darin glühte ein Blick, so als wäre sie nicht bloss essbar, sondern geradezu eine Delikatesse aus der Confiserie Sprüngli. Der Typ war eindeutig ein Spitzenkandidat bei *Stadelhofen's Next Personenunfall*. Und dann stand er plötzlich ganz nah.

«Hoi», begann er mit schmierigem, nach verbotenen Kräutern riechendem Grinsen. «Du, die Melanie meinte, du würdest mich mal unterstützen?»

Wenn der Duda noch einen halben Schritt näher kam, würde sie ihm bestimmt zu helfen wissen. Sie suchte Deckung hinter ihrer Sonnenbrille. «Hä?»

«Also, ich implementiere gerade die Unterlagen von ‹Winchester Jackson Ltd.› ins Archiv. Da könnte ich gut jemanden gebrauchen, der was vom Sortieren versteht.»

«Ach das. Du, das hat die sich so vorgestellt. Aber bei den dicken Stapeln auf meinem Pult hab ich da weder Bock noch Zeit für. Also Schöna, gäll …»

«Wirklich, du hast keine Vorstellung davon, auf was für kuriose Dinge man dort unten stösst», schwärmte Vlàd. «Dieses Archiv ist eine echte Fundgrube.»

Enitta machte einen Schritt zurück. «Aber danke.» Schon wollte sie sich davonmachen, da hakte er nach. «Kommst du mal in den Mittag?»

Schwang in seinen Worten tatsächlich Hoffnung mit? «Ich gehe hier nie in die Kantine.» Und das war sogar die Wahrheit. Entweder arbeitete sie vormittags und ging zum Lunch nach Hause oder kreuzte erst zur Mittagsstunde auf, damit sie um vier wieder verduften konnte. «Sieht man doch. Und jetzt ruft mein Leben. Bye!»

Sie gewann rasch Abstand, so als müsste sie vor dem zuckersüssen Abschiedsgruss flüchten, den er ihr hinterherquiekte. Sie fror, noch bevor sie durchs Hauptportal in die klirrende Kälte glitt. Was fiel dieser Gackerlake von Melanie eigentlich ein? Dachte die etwa, sie könnte sie so loswerden? Das einzige Teammitglied, das arbeitete? Handkehrum war Roland dafür berüchtigt, der Zufriedenheit seiner Assistentin zuliebe manch irrationale Entscheidung zu treffen. Wenn er sie wirklich mal auf Zeit in den Kerker verbannen sollte, würde sie keine Wahl haben. Sie brauchte das Geld. Und der Waldschrat? Na, dessen geistiger Horizont war mit Leichtigkeit zu besiegen. So unwahrscheinlich eine Zusammenarbeit mit Vlàd derzeit wirken mochte, der Gedanke war gruselig genug, um sich nicht abschütteln zu lassen, als sie ihr Hollandvelo über die Salzflecken am Boden auf die Duttweilerbrücke steuerte.

Erst nachdem sie alle Stockwerke des sterilen Einkaufszentrums Letzipark abgeschritten hatte, konnte sich Enitta dazu durchringen, ihre Detektei aufzusuchen. Bis vor wenigen Wochen hatte sich diese noch in einem vormaligen Bürogebäude der UBS befunden. Bis sie leichtsinnig in die Taliban-Sexfalle getreten war.

Um die leer stehende Liegenschaft vor Besetzern zu schützen, hatte die Eigentümerin eine Zwischennutzung durch eine Interessensgemeinschaft aus Kunstschaffenden genehmigt. So gelangte Enitta zum Dumpingpreis an ein Refugium auf stolzen fünfundzwanzig Quadratmetern. Die «Badi 595» beherbergte auf fünf Stockwerken Architekten, Maler, Grafiker und leider eben auch einen bärtigen Scheibentreiber mit unwiderstehlichem Charme. Eines fatal-langweiligen Nachmittags hatte sie den knackigen Kerl in seiner Klangwerkstatt am anderen Ende des Flurs besucht und sich seine Geräte ganz ausführlich erklären lassen. Es war alles viel zu schnell passiert. Vor allem aber viel zu laut.

Enitta hatte derart heftig mit der Faust gegen die Wand gehauen, dass die verdorrten Häkel-Zwetschgen im Büro nebenan sofort im Obergeschoss reklamieren gingen. Für den sündigen Verstoss gegen die Hausordnung hatte sie einen Fristlosen kassiert, doch schon am Tag nach dem Rauswurf war ihr Hilferuf auf Facebook von einem gut vernetzten Kollegen erhört worden. Dieser war nicht nur Barkeeper in einer ihrer Lieblingsabsteigen, sondern auch Vorstandsmitglied beim Verein «Limone», einem Kollektiv von Machern und Lebenskünstlern. Die Gruppe hatte sich in der Industriezone Altstetten, wo Zwischennutzungen allmählich zur Norm geworden waren, in die Räumlichkeiten einer ehemaligen Autofiliale eingemietet. Und wie der Zufall es wollte, war soeben ein kleines Zimmer frei geworden.

Ausserdem befand sich das Limonenhaus nicht nur an derselben Hauptstrasse wie die «Badi», es lag sogar noch ein Dutzend Blocks näher an ihrer Wohnung. Sie schlich in die finstere, lange Halle auf der Rückseite und erschrak einmal mehr, als das grelle Flutlicht an der Decke sich auf sie stürzte. Ihr gefiel das allgegenwärtige Artsy-Hartzy-Feeling der rückgebauten Liegenschaft. Entlang des Korridors stapelten sich sortierte Buchstaben von abmontierten Leuchtschriften neben dicht gedrängten Velos und der Verwüstungsschneise der Kunstbastler. Im Halbdunkel am anderen Ende des riesigen Durchgangs fummelte jemand mit einem Werkzeug herum. Anders als in der «Badi» war hier ständig jemand am Kleben und Kleckern. Darum lag auch viel Material in den mit Veranstaltungspostern ausgekleideten Gängen. Enitta wäre beinahe über eine Sprühdose gestolpert und kollidierte dafür im Halbdunkel mit einem Einkaufswagen voller Kabel.

Ihr neues Büro lag im zweiten Stock mit Blick auf das goldene Sternenmeer des Hönggerbergs. Sie hatte das wenige, was sie an Office-Möbeln besass, mit dem 2er-Tram herübergezügelt. Ein Tischchen mit einem iMac der ersten Generation, ein Metallregal voller Kitschromane und eine zerstochene Karte der Stadt Zürich. Einzig einen Rasenteppich hatte sie bei Ottos Warenposten besorgen müssen, weil der Betonboden derart dreckig war, dass man alles wegwerfen konnte, was mit ihm in Kontakt kam. Sie drückte den Lichtschalter, und kaum hatten sich die vier Neon-Phalanxen an der Decke eingeschaltet, begann eine davon zu knistern und zu brutzeln. Grauer Rauch strömte herab. Sofort machte sie das Licht wieder aus und eilte ans andere Ende des Raums, um das Fenster aufzureissen.

Unten rauschte das Tram über die Badenerstrasse, und der Billettautomat der ZVV tschilpte vor sich hin. Sie liess sich einen Augenblick lang vom Grossbuchstaben «A» hypnotisieren, der im Elektrogeschäft gegenüber gemächlich die Farben wechselte, und zog den Kopf wieder zurück, als ihr zu kalt wurde. War die Heizung etwa ausgefallen? Enitta kuschelte sich in eine Filzdecke und hockte auf den schwarzen Gartenstuhl vor ihren iMac. Während der sich schwerfällig hochfuhr, schielte sie mit schlechtem Gewissen nach dem hässlichen klobigen Gerät am äussersten Rand des gwaggligen Pults. Sie fühlte sich wie eine Swissair-Maschine in einem Michi-Steiner-Film. Die Anzeige ihres Anrufbeantworters zierte eine rote, eckige Null.

Kein Wunder, denn sie hatte in den über zwei Monaten, in denen sie nun schon für «Carrington Davenport International» arbeitete, keine Anzeigen für ihr Schnüffelbusiness mehr geschaltet. Dennoch fühlte sie sich fast ein wenig beleidigt, dass niemand ihre Dienste benötigte. Nach dem Mais, den sie an der Street Parade veranstaltet hatte, hätte man etwas mehr Interesse erwarten können. Besonders in den Wochen danach war ihr grosse Aufmerksamkeit zuteilgeworden. Wenngleich auch von der zweifelhaften Sorte. An Bord des Love Mobiles, dessen Versenkung sie mitverantwortete, hatte nämlich ausgerechnet die stellvertretende Chefredaktorin des berüchtigten «TRGT-Magazine» gefeiert. Und weil sie beim Absprung auf den Schiffssteg ausgerutscht und im Zürisee gelandet war, hatte sie Enitta kurzerhand für den «Jean-Jacques-D'Une-Phiffes-Award» nominiert. Die Auszeichnung war nach dem Genfer Anwalt J.J. Dunevive benannt, der das Heft Ende der Neunziger erfolgreich verklagte, weil es gewagt hatte, den Spross einer reichen Familie für seinen scheusslichen Gesang zu verspotten. Seither wurde der Award jährlich an die Person vergeben, die Redaktion und Leserschaft am meisten hassten. Dabei handelte es sich um die Büste eines glatzköpfigen Mannes, dem ein Revolver im weit aufgerissenen Mund steckte. So etwas wollte wirklich niemand im Regal stehen haben. Reto Felber, Präsident der Street Parade und Herausgeber vom «TRGT Magazine», hatte ihre Nomination aber gottlob noch vor der SMS-Abstimmung annulliert. Immerhin hatte er sie ja ursprünglich für die Rettung des mobilen Mega-Raves angeheuert. Jedenfalls wurde sie im Ausgang immer noch gelegentlich von dümmlichen Grinsekatern auf den Untergang des Lastwagens angesprochen.

Vielleicht stimmte es ja, und sie war als Privatdetektivin einfach nur schlecht. Die Entdeckung des Labors der Appenzeller-Mafia. Dass sie auf dem Dach der Seefelder WG zur richtigen Zeit Fernsehen geguckt hatte. All das war wohl Anfängerglück gewesen. Mindestens aber Kommissar Zufall. Vermutlich war die Entscheidung, an den Schreibtisch eines Konzerns zurückzukehren, einfach vernünftig gewesen.

Das Aufstarten des Bondi Blue dauerte aber lange! Der rote Ladebalken wollte sich partout nicht nach rechts bewegen. So ein elender Kommunist!

Wie gerne hätte sie sich einen neuen Computer gekauft. Dabei war das noch nicht einmal das dringendste Problem. Ihre finanzielle Situation hatte sich Ende letzten Jahres allmählich von prekär zu krepär entwickelt. Aber eben: Sie hatte sich ja nicht mehr gross um neue Aufträge bemüht, was grundsätzlich auf zwei Umstände zurückzuführen war. Nachdem sie endlich mal einen richtig grossen Fall fürs Street Parade Organisationskomitee gelöst hatte, war sie danach erstens von kleinen Aufträgen einfach nur gelangweilt gewesen. Was sie zweitens doppelt so oft hatte ausgehen lassen. Ihr bester Freund Simon hatte recht: Sie war längst zur Szenitta geworden. Stets unterwegs wo's drunter und drüber ging. Auf der Suche nach dem Mittendrin. So kalt und düster, wie das alles war, bekam sie Lust auf ein Glas Wein. Sie zog am Korken der angebrochenen Flasche neben dem Tischbein und schenkte sich ein wenig Roten ein. Er schmeckte säuerlich, war aber noch auf der geniessbaren Seite. Endlich wurde der Raum vom Schein des Desktops erhellt.

Draussen im Flur erging sich die alte Stockwerktür in einem erbärmlichen Klagelied, Schritte schlurften an ihrem Eingang vorbei, und kurz darauf begann die Band drei Zimmer weiter mit einem semi-akustischen Jam. Ja. Die hatten wirklich was drauf. Sie selbst konnte ja nicht mal singen, ohne dass die Fliegen von der Wand fielen. Besass keine künstlerischen Talente wie die Menschen in den Ateliers ringsum. War einfach nur ein gewöhnliches Mädchen. Mit einem gewöhnlichen Job, den sie abgrundtief hasste.

Sie hatte versucht sich einzureden, dass sie nur deshalb eine Detektei gegründet hatte, um ihre Schwester zu finden. Doch eigentlich entsprach das Knobeln, Hirnen und Schnüffeln ihrem Wesen mehr, als sie erwartet hatte. Privatermittlerin zu sein war das Einzige, was sie sich zumindest mittelfristig als Beruf vorstellen konnte. Die zwei einzigen Alternativen in der Branche waren eine Anstellung als Warenhausdetektivin oder des nachts als Security in einem Smart von einem leeren Bürogebäude zum nächsten fahren. Aber als Privatermittlerin musste man sich meist auf etwas spezialisieren, und ihr dämmerte, dass «Personenfahndung» nicht wirklich eine ihrer Stärken war. Erschwerend kam hinzu, dass der Markt durch Abgänger der Discount-Ausbildungsstätten, wie etwa der Überwachungs-Akademie «ÜKAD», mit Konkurrenz überschwemmt wurde.

Sie nahm noch einen Schluck. Informationen. *Das* war ihr Business. Wie schon damals in der Informatik. So abwegig war ihr Werdegang gar nicht. Was ihr fehlte, waren gute Kunden. Wenn sie nur diese Seerose finden würde, von der Felix erzählt hatte. Dann hätte sie nicht nur ein Weilchen ausgesorgt, sondern man würde sie endlich als Privatdetektivin ernst nehmen. Ausserdem würde sie dadurch vielleicht so bekannt werden, dass Janita sie in der Zeitung oder sonst wo in den Medien sehen würde. Eigentlich konnte sie bei der Sache nur gewinnen.

Das vorsintflutliche OS9 war endlich geladen. Enitta öffnete den Browser und klickte sich auf Wikipedia. Eine der wenigen Seiten, die noch halbwegs korrekt angezeigt wurden. Die Suchanfrage «Goldene Wasserlilie» leitete sie zum Hauptartikel «Zorilla-Rose» weiter.

Der Online-Enzyklopädie nach begann alles im Jahre 1336 mit der Vertreibung der selbstgefälligen Edelleute aus dem

Zürcher Stadtrat durch den Ritter Brun und sein Gefolge aus Kaufleuten und Handwerkern, mit dem Ziel, mehr politischen Einfluss zu gewinnen. Es folgte die Gründung der zwölf historischen Zünfte.

Die Gesellschaft zur Constaffel.

Die Zunft zur Saffran.

Die Zunft zur Meisen.

Die Zunft zur Schmiden.

Die Zunft zum Weggen.

Die Vereinigten Zünfte zur Gerwe und zur Schuhmachern.

Die Zunft zum Widder.

Die Zunft zur Zimmerleuten.

Die Zunft zur Schneidern.

Die Zunft zur Schiffleuten.

Die Zunft zum Kämbel.

Und die Zunft zur Waag.

Wie in der Neuzeit fand schon die damalige Geschäftswelt, namentlich Metzger, Fischer und Bäcker, wenig Gefallen an künstlerischem Treiben. Und weil Kunstschaffende in keiner der Zünfte willkommen waren, gründeten sie kurzerhand eine eigene: Die «Zunft zur Wasserlilie», benannt nach dem Gasthof Lilie am Limmatufer, in dessen Keller sie ihre klandestinen Versammlungen abhielten. Mitglied in dieser dreizehnten Zunft der Kunstschmiede und Volkschronisten war auch der Luganese Francesco Zorilla, ein Tausendsassa, der durchs Land zog und eine Stadt erst wieder verliess, wenn er ein neues Kunstwerk geschaffen hatte.

In einer finsteren Novembernacht im Jahre 1351 wurde eine der geheimen Zunftsitzungen von der Rittergarde entdeckt und alle Mitglieder wegen mehreren der Zunft zur Meisen gestohlenen Weinfässern den Stadtvätern vorgeführt. Es wurde die Auflösung der Zunft verfügt und als Wiedergutmachung für den entstandenen Schaden ein Schmuckstück beschlagnahmt, das Zorilla den Kunstschaffenden nur Monate zuvor zum Geschenk gemacht hatte. Die filigrane Wasserlilie aus Glas und Gold wurde im Zunfthaus zur Meisen untergebracht, dem Versammlungsort der Weinhändler, Wirte und Sattler, als herausragende Trophäe inmitten einer exquisiten Porzellansammlung. Der Aufbewahrungsort diente aber auch als Versteck vor dem Volk, dem die Bürgerlichen mit Vorliebe Krampf und Busse predigten.

Andererseits liess sich mit dem Schmuckstück herrlich prahlen. So fand die Rose 1412 nach hitzigen Diskussionen ihren Weg wenige Meter flussaufwärts ins Stadthaus, wo sie scharenweise Besucher anzog. So auch den gefürchteten Langfinger Willibald. Dieser stibitzte die Zorilla-Rose 1571, konnte aber nach nur drei Tagen stockbetrunken in einer Rapperswiler Taverne gefasst werden. Die Stadtväter waren über Willibalds Freveltat derart erzürnt, dass sie ihm auf dem Bürkliplatz mit einer stumpfen Hellebarde den Schädel spalten liessen.

Zorillas Rose sollte noch gut dreihundert Jahre im Stadthaus zu bewundern sein, bis man sie 1899 für die Finanzierung eines Umbaus von Zürich zur Grossstadt an den Industriellen Maximilian Hensel verkaufte. Aufgrund massiver Proteste durch die Öffentlichkeit und die Zürcher Kunstgesellschaft machte Hensel die Wasserlilie 1904 zur Leihgabe an das Schweizer Landesmuseum beim Hauptbahnhof in Zürich. Bis zum Ausbruch des Zweiten Weltkrieges steigerte sich die Popularität des Publikumsmagneten noch einmal erheblich. Doch 1941 entschied Hensels jüdische Gattin Harobeth, das Schmuckstück aus dem Landesmuseum zu entfernen und sich privat um dessen Obhut zu kümmern, da sie den Einmarsch fremder Armeen befürchtete.

Von da an verlor sich die Spur der Goldenen Wasserlilie im Reich der Mythen und Legenden. Enittas Blick fiel auf das einzige Bild, das der Browser korrekt anzeigte, ein Schwarz-Weiss-Foto des faustgrossen Kunststücks, als es noch in einer Vitrine des Landesmuseums geruht hatte. Am Ende des Artikels wurde Zorillas Schöpfung nach Expertenmeinung ein Wert von nicht weniger als fünfundsechzig Millionen Schweizerfranken zugeschrieben.

Enitta goss sich ein zweites Glas ein und kam ins Schwelgen. Rasch erinnerte sie sich wieder daran, dass der Schatz, den zu finden sie geschworen hatte, Janita war. Und dass sie noch immer keinen Plan hatte. Sie hatte die ganze Stadt abgesucht. Vielleicht war ja tatsächlich der schlimmste Fall eingetreten und sie … aber nein! Das hätte sie gefühlt.

Da blitzte auf dem Bildschirm ihres Smartphones ein Lächeln auf. Es gehörte Eric Stassel, dem weltweit gefeierten Lebensberater und Bestsellerautor, den sie über ihre Wohngenossin Fiona kennengelernt hatte. Stassel meldete sich immer mal wieder, versuchte sie auf ein Gläschen oder in eins seiner Seminare zu locken. Bis heute hatte sie ihn immer wieder vertröstet und fühlte sich dafür mehr als schuldig, weil er offenbar für die Bergungskosten des Lkws aus dem Seebecken aufgekommen war. Sie hatte ihn nie direkt darauf angesprochen, aber Reto Felber hatte es durchblicken lassen. Jedes einzelne Klingeln verursachte physische Schmerzen. Wie sollte sie dem Mann, der auf wirklich alles eine Antwort wusste, nur beichten, dass sie sich derzeit auf so ziemlich nichts einen Reim machen konnte? Höchstwahrscheinlich würde sein legendärer Optimismus ihr im Augenblick nur den letzten Nerv rauben, so verloren, wie sie war. Aber hatte sie etwas Besseres zu tun? Sie leerte das Glas, packte ihr iPhone und hielt den Atem an.

«Enitta?» Die Stimme am anderen Ende klang verunsichert.

«Herr Stassel?», schaffte sie zu fragen.

Nun klang der Anrufer wieder gewohnt väterlich. Beinahe zumindest. «Enitta, für Sie immer noch Eric. Ich hoffe, Sie verzeihen mir die Störung zu solch fortgeschrittener Stunde?»

«Ach, da gibt es Dinge, die stören mich grad weit mehr.»

«Verstehe», fuhr Stassel in angestrengtem Plauderton fort, «wie geht es Ihnen? Arbeiten Sie noch immer als Privatermittlerin?»

Enitta liess einen verstohlenen Blick über die Silhouetten ihrer kargen Möblierung schweifen. «Ich hab noch immer eine Detektei, ja.»

Papier raschelte. «Gut. Ich möchte Sie gerne morgen um neun Uhr im Restaurant ‹Bürgli› hier in Wollishofen treffen.»

Meine Güte. Jetzt wollte er sie schon zum Frühstück einladen. «Okay … Darf ich fragen, wozu? Falls Sie mir ein neues Buch schenken wollen, muss ich gestehen, dass ich das letzte noch nicht gelesen habe.» Sie hätte nicht einmal genau sagen können, wohin sie es verlegt hatte.

Stassel lächelte in die Leitung, Enitta konnte deutlich hören, wie sich seine Gesichtszüge strafften. «Ich habe einen Auftrag für Sie.»

***

«Kännsch Augä im Chopf?», brüllte Felix einem VW-Prolo-Fahrer hinterher, der ihn soeben in den dunkelgrauen Schneehaufen am Strassenrand gedrängt hatte. Genervt hievte er sein Fixie aufs Trottoir und ging zu Fuss. Als er bei der «Forum-Bar» um die Ecke bog, traf er auf das derzeit grösste kulinarische Rätsel der Langstrasse. Er konnte sich so gar nicht erklären, wie gleich mehrere asiatische Take-aways direkt nebeneinander überleben konnten. Zuerst war da der Malaysier, für den er hin und wieder Touren fuhr, zuhinterst der obligate Chinese, und dazwischen rangierte ein neuer, dritter Bewerber. Ein Thailänder. Dabei wusste jedes Kind der Achtziger: Es konnte nur *einen* geben. Warum eigentlich kam niemand auf die Idee, richtig ausgefallenen Food anzubieten?

Überhaupt wurden die Läden und Beizen an der Langstrasse immer unterdurchschnittlicher. Je tiefer er der Partymeile in den Kreis 4 folgte, desto mehr wurde ihm bewusst, dass man dank Rauchverbot die wirklich angesagten Lokale nicht nur im Vorbeifahren, sondern schon aus dem Augenwinkel erkennen konnte. Und zwar daran, dass die Gäste vor dem Eingang gruppenweise Kette rauchten. Wie etwa vor dem «Casablanca», dem «Kern» oder der «Perla-Mode». Den Anblick, der sich an seiner Destination bot, war selbst er sich nicht gewohnt. Auf der Strassenkreuzung vor der «Bar 63», einem Quartierspunten in einer Seitgasse der Langstrasse, stand eine Horde herum, wie er sie seit der Abschlussparty der «Bombay-Bar» nicht mehr gesehen hatte. Als er sich durch das empörte Geschwafel von Schaulustigen und den üblichen Verdächtigen gezwängt hatte, trat gerade ein Typ in einem orangen Overall die Eingangsstufen herab. So wie er eine verlängerte Spritzdüse in die Höhe stemmte und sich die Schutzbrille auf die Stirn zog, wirkte er wie ein Geisterfänger. Dem Kleinbus am Trottoir nach war er aber Kammerjäger. «Fehlalarm», wetterte er und verschwand in der wild tuschelnden Menge.

«Kommst gerade rechtzeitig», sagte jemand in Felix' Rücken, packte ihn am Arm und schleikte ihn hinauf in die leer gefegte Bar. Es war Sandro Berger (31), mit dem er zur Redaktionssitzung von «Zürich geht vor» verabredet war. Sandro pflanzte sich auf die limettenfarbenen Plüschsessel in der linken Barhälfte und rückte das schwarze Tischchen zurecht. «So gefällt mir das», strahlte er. «Endlich mal richtig Platz hier.»

Felix hingegen versuchte die feindseligen Blicke der übrigen Gäste bestmöglich zu ignorieren, die ihnen ins Lokal folgten. Wie um die Aufregung vergessen zu machen, die hier nur kurz zuvor stattgefunden haben musste, schwebten aus den Lautsprechern die ätherischen Sounds von The Evpatoria Report. Dies stimmte Felix wenig versöhnlich. «Du hast doch nicht etwa schon wieder ...»

Sandro schlug seine Mappe auf. «Klar hab ich.»

«Einen Exterminator? Willst du der ‹63› etwa das Gesundheitsamt auf den Hals hetzen?»

«Feuerwehr und Drogenfahndung kann ich ein Weilchen nicht mehr bemühen. Ist aber ein prima Vorschlag fürs nächste Mal.» Er sortierte ein paar Blätter durch, dann blickte er abrupt auf. «Komm schon, wir wissen beide, wie ungern du im Stehen arbeitest. Ganz zu schweigen davon, was ich mir anhören müsste, würde ich unsere Meetings im «Mäc» oder in der Brasserie am HB einberufen. Kann ja nicht sein, dass uns die Fübüs und Agglos in allen schönen Locations die Stühle wegschnappen. Und nun lass uns endlich anfangen.»

Ein Mädchen mit Blümchenkleid und Ballettbommel am Hinterkopf brachte drei Biere an den Tisch und setzte sich wie selbstverständlich zwischen sie.

«Wer ist das?», fragte Felix.

«Das ist unsere neue Praktikantin Lisa», antwortete Sandro und genehmigte sich einen Schluck. «Sie schrieb bisher Kolumnen für die ‹MOZ›.»

«Hallo, Lisa», begrüsste Felix die Neue kühl und wandte sich verstimmt seinem Kollegen zu. «Wo ist der Rest?»

«Kein Rest. Wir sind vollzählig. Domenica bereist gerade Alaska und schickt uns die Layouts per Mail. Lessaria muss sich um ihre Dissertation kümmern, und Jackie hat grad keinen Bock.» Er strich sich gefällig über seinen Fussballkamm. Mittlerweile musste er sich für so unwiderstehlich halten, dass er wohl glaubte, seinem guten Aussehen mit einer dicken Hornbrille entgegenwirken zu müssen. Jedenfalls schien er mit der Sternwarte Gedanken lesen zu können. «Schau mich nicht so an. Du selbst hast mich zum neuen Redaktionsleiter ernannt. Was kann ich dafür, dass dein Kurierservice vor sich hin serbelt? Und personelle Umstellungen sind erst der Anfang. Ich habe ausserdem beschlossen, dass wir einen neuen Namen brauchen. Einen, der unseren Claim klar markiert.» Er reichte einen Ausdruck. «Domenica hat bereits den Schriftzug entworfen.»

Felix studierte die kunstvolle Schnürlischrift. «*LifeSteil?* Ernsthaft?»

Sandro schrieb das Wort theatralisch in die Luft. «LifeSteil ...»

«Wie auch immer. Äusserlichkeiten waren schon immer deine Domäne. Lass uns lieber mal von Inhalten sprechen.»

Sandro zog ein weiteres Blatt aus seiner Mappe. «Lorenz Haas wurde zum Geschäftsführer der IFPI ernannt. Hab ich erst heute Nachmittag geflüstert bekommen.»

«Was ist die IFPI?», fragte Lisa.

«Der Verband der Plattenlabels. Der Erzfeind aller Musikschaffenden.» Er schaute streng zu Sandro. «Du meinst doch nicht etwa den Lorenz von Swandive?»

«Genau den. Ich treffe ihn Freitag für ein kurzes Interview.»

«Wer ist Swandive?», fragte Lisa.

«Das waren Schweizer Trip-Hop-Pioniere. Die erste gescheite Popband, die unser Land je hervorgebracht hat. Lange vor deiner Zeit.» Dass damit die lange erwartete Réunion der Band hinfällig war, konnte er nur mit einem Bier verkraften. «Cleverer Schachzug eigentlich.» Er rülpste. «Jetzt kann man nicht mal mehr die IFPI hassen.»

«Ja. Als würde Morgan Freeman zum Sprecher der FIFA. Aber zurück in die Zukunft. Was hast du recherchiert, Lisa?»

Die Kleine lehnte sich verschwörerisch vor. «Also, ich habe aus sicherer Quelle erfahren, dass Europas grösster Veganer-Verband ‹Gottes Korn› schon bald eine neue Parole für seine Mitglieder herausgibt. Denen soll es künftig strengstens untersagt sein, Produkte aus Kunststoff zu kaufen oder zu besitzen. Ausserdem dürfen sie nicht länger fliegen, Auto fahren oder sich in beheizten Räumen aufhalten. Angeblich weil ihre bisherige Lebensweise zu einer Mainstream-Farce verkommen und es an der Zeit sei, sich wieder auf ihre Grundwerte zu besinnen.»

Felix hob irritiert eine Augenbraue. «Gibt es für den Wahnsinn auch einen Grund?»

Lisa lehnte sich noch weiter vor. «Konkret soll es darum gehen, Rohöl-Erzeugnisse jedwelcher Art zu boykottieren, weil dieses aus toten Dinosauriern bestehe.»

«Erdöl besteht hauptsächlich aus Algen.»

Sie rückte ihren Bommel zurecht. «Ja, aber da ist auch Tyrannosaurus drin. Und Stegosaurus. Und Brontosaurus.»

«Kräht da echt ein Huhn danach?»

«Mehr Szene-Chicks, als du glaubst», tadelte Sandro. «Die Sängerin Helene Hunziker etwa. Und viele weitere der etwa zweitausend Mitglieder der Facebook-Gruppe ‹Gottes Korn Zürich›, von denen nicht wenige mit uns verbunden sind. Lisa, ich möchte, dass du dort anklopfst und einen dreiseitigen Artikel schreibst, der sogar einem Steak-Liebhaber wie mir ein schlechtes Gewissen einjagt, okay? Was ist eigentlich mit dir, Felix?»

Felix machte eine Kunstpause. «Ich weiss, wer in der Maestro-Suite des ‹Dolders› wohnt», verkündete er stolz und wartete genüsslich mit der Antwort. «Urs Scheller.»

Lisa geriet in helle Aufregung, während Sandro nicht sonderlich beeindruckt reagierte. «Der Schüeli ist also wieder in der Stadt …»

Die Kleine strahlte. «Was er wohl vorhat?»

«Er will ein neues Label gründen. Eines, das nichts mit Frauenschuhen zu tun hat.»

«Hat er das nicht schon einmal gegen den letzten Willen seines

Grossvaters versucht?» Sandro schnippte laut mit den Fingern. «Wie hiess das Label nochmals?»

«Schlazidra», seufzte Lisa sehnsüchtig. «Das war ein Avantgarde-Modelabel für Damenwäsche und Erotik-Spielzeuge. Ganz abgefahrene Sachen. Jammerschade gibt's die nicht mehr.»

Gemischte Gefühle durchfuhren Felix, wie er sich daran erinnerte, dass ihn seine Ex auch schon nächtelang mit Artikeln der Linie traktiert hatte. «Kein Wunder hatte Opa Scheller ein Problem damit, solch Schlüpfrigkeiten in seinen Läden zu sehen. Aber der Enkel scheint dazugelernt zu haben. Das neue Label wird Herrenschuhe anbieten. Scheller hat mir bereits ein Paar präsentiert. Beeindruckendes Design.»

Sandro nickte vielsagend. «Klingt nach Revolution. Weiss man schon, wie die Linie heissen wird?»

«Bö», erwiderte Felix und verlor beim anhaltenden Gedanken an Franziska gerade jedes Interesse an dem Thema. Seine Blase begann zu drücken und liess ihn lieber über die existenzielle Frage brüten, warum Mann erst sieben Biere in sich hineinschütten konnte, ohne aufstehen zu müssen, aber von da an plötzlich alle fünfzehn Minuten auf den Topf rennen musste.

Nachdem die Sitzung endlich fertig war, suchte er den Urimat auf und liess sich beim Automaten am Eingang eine Packung Zigis raus. Zwei junge Mädchen schoben ein paar Flyer herum, die bei dem Gerät auflagen, und warfen einen Blick in die letzte Ausgabe seines Heftes. Felix klaubte das Zellophan der Packung herunter und studierte dabei die Grössere der beiden. Sie trug einen trendig geschnittenen Filzmantel und besass offensichtlich Augen am golden gelockten Hinterkopf.

«Was isch? Wotsch en Schlumpf?»

Eine Kältewelle erfasste Felix' Gesicht, so als hätte jemand die Türe geöffnet. «Schöne Augen», grinste er und liess lässig die Zigarette von den Lippen baumeln.

«Ach, *die* Schiene …»

«Ist übrigens *mein* Heftli.» Er tippte aufs Editorial-Foto. Darauf stemmte er mit dem Bündner Rüpel-Rapper Churaz und dem Oltener Hardcore-Filmer und Rott 'n' Roll-Erfinder Ray Teddar einen Swiss Music Award. Zwar war er an der

Afterparty förmlich zu der Pose genötigt worden, aber insgeheim war er inzwischen dankbar dafür, denn das Bild verfehlte seine Wirkung bei den Mädels nicht.

«Was? Das bist du?» Das Mädchen lachte. «He, warte.»

Da war er bereits vors Lokal getreten. Mit brennender Kippe studierte er die Kreuzung zwischen der «Bar 63», dem «Biondi», der «Midway Bar» und dem «Kaiser Franz» genauer. Trotz gnadenloser Tiefsttemperatur herrschten allenthalben Good Weibs. Und wo Girls herumstanden, da traf man meist auch den notorischen Szenegänger Miguel Secada an. Sie waren sich gute drei Jahre lang immer wieder zufällig über den Weg gelaufen, bis sie endlich mal Telefonnummern austauschten. Ein gutes Geschäft, da sie einander stets mit Infos über halb private und illegale Events versorgen konnten. Der hochgewachsene Miguel starrte gerade mit gewohnt ausdrucksarmer Mimik auf ein Girl herab, das wie in Zeitlupe näher an den breitschultrigen Hünen mit der Sonnenbrille heranrückte. In Felix' Kopf erklang bereits der Soundtrack dazu. «Chumm bring sie hei, chumm bring sie …»

Jemand schupfte ihn grob beiseite. Es handelte sich um ein aufgeplustertes Mädel, dem er ein Lächeln schenkte, obwohl es so gar nicht sein Fall war.

«Alter», zischte sie zähnefletschend. «Déjà-würg, imfall.»

«Sorry?»

«Du erinnerst mich an meinen Ex», schimpfte sie und wedelte mit der Hand. «Abflug!»

«Dann wird's glaubs Zeit, dass du ihn endlich vergisst», erwiderte er cool. «Kann mir kaum vorstellen, dass der noch an dich denkt.»

Einige Meter weiter fand er eine richtige Schönheit ganz alleine herumstehen. Aus der Nähe betrachtet merkte er jedoch, dass sie noch ziemlich jung war. Ob er sie fragen sollte, was sie in fünf Jahren machte? Stattdessen hielt er weiter Ausschau und blieb mit dem Blick halb freiwillig an einer Art Skater-Tante mit Self-Strick-Mütze und Kinnpflaster hängen. Eine dieser schaurigen Low-Carb-Straight-Edge-Grieten, die er für gewöhnlich mit allen Lebensmitteln biokottierte. Zu spät. Sie hatte bereits den Mund geöffnet.

«Was glotzisch?»

«Ich, äh … ich kann einfach nicht genug von deinem Lächeln bekommen.»

Ihr Gesicht deformierte sich wie ein Schrebergarten während eines Erdbebens. «Als ob *du* wüsstest, wie mein Lächeln aussieht.»

«Bin eben Optimist.»

Sie streckte ihm kämpferisch eine säuerliche Fratze entgegen. «Du glaubst wohl auch, dass du jede kriegst?»

«Jede? Jesses, wo denkst du nur hin? Dafür bin ich viel zu wählerisch. Also Tschüsi Büsi.»

Er suchte rasch Abstand und zündete sich noch eine Romiennes Extra an. Jaja, der Fluch des Winters. Alle waren so dick verpackt, dass man nur von vorne sagen konnte, unter welchen Säcken was Gescheites steckte. Doch warum beklagte er sich. Im Sommer schien einem im Gegenzug die Sonne derart heiss auf den Grind, dass man jede dahergelaufene Jeansverkäuferin bereits auf Distanz zur Schönheitskönigin verklärte, wenn sie nur leicht bekleidet genug war.

Da standen ein paar neue Girls herum, die sich in unbeobachteten Momenten mit grossen Augen nach ihm umdrehten. Was er sich gewohnt war, auch ohne entblösste Radlerwaden. Doch irgendwie verspürte er grad keine Lust, zu wildern. Weil ihm immer noch Enitta im Kopf herumspukte und weil er erschöpft und der Stadtzürcher Singlemarkt ein granithartes Pflaster war. Wenn man sich nicht richtig ins Zeug legte, konnte man bestenfalls darauf hoffen, lauwarme Gefühlchen aus verklumpten Herzchen zu pressen. Kein Wunder, dass viele Zürcher, darunter manche seiner Freunde, die Jagd ins Internet verlegt hatten. Frei nach dem modernen Irrglauben, für jedes Problem gäbe es einen Download, verbrieten sie Stunden und ganze Abende mit Dating-Seiten und Flirt-Apps. Auf diesen Plattformen trieben sich meist fünfmal mehr Männer herum, weswegen die Frauen mit Nachrichten überschüttet wurden. Dabei gab es meist keinen vernünftigen Grund, eine Dame überhaupt anzuschreiben, weil die ihrem Profil kaum ein brauchbares Foto beigefügt hatte. Entweder posierten sie mit irgendeinem Bock, der Fräuleins Beuteschema kommunizieren sollte, oder hatten dasselbe Foto siebenmal hochgeladen oder posierten überall mit Schulklasse oder verwendeten gleich das weiss-blaue Platzhalterbild vom grossen Sozialnetzwerk. Präsentierten sich von hinten, mit Sonnenbrille oder Haaren im Gesicht.

Nei du! Auf diesen Tindergarten hatte er wirklich keine Lust; nichts konnte die direkte Begegnung ersetzen. Der einzig vernünftige Ort, um Frauen kennenzulernen, war die Piste, das echte Leben. Und dort musste man seinen Kerl stehen, denn die Mädels waren sich mittlerweile nur noch Beta-Männchen gewohnt, die sie, angetrieben vom Unwillen, sich von einem aufopferungswilligen Knilch führen zu lassen, immer häufiger zu Gammas, also Totalverstrahlten knechteten. Nur wenige wussten, dass es in Wirklichkeit bloss zwei Sorten von Männern gab.

Fürsorger und Liebhaber.

Der Fürsorger wurde früh in die Kategorie «Mögliches Boyfriend-Material» einsortiert und hatte so ziemlich jedes Wort auf die Goldwaage zu legen. Hatte keinen extremen Hobbys nachzugehen und falls er tatsächlich je einen Porno zu Gesicht bekommen hatte, höchstens mit geschlossener Hose zugeschaut. Und wehe, er leistete sich einen schlüpfrigen Spruch oder eine Bemerkung, die auch nur entfernt als sexuelle Eskalierung interpretiert werden konnte. Er war augenblicklich und für immer als hundsgrusiger Lustmolch, als *der Typ* gebrandmarkt. Er hatte die Dame mindestens fünfmal auf seine Rechnung auszuführen, bevor es zwischen die Laken ging, wobei von da an immer sie entscheiden würde, wann das nächste Mal war.

Dabei war es so easy, Erfolg bei Frauen zu haben, ohne dabei gleichzeitig seine Männlichkeit zu verraten. Man brauchte bloss der Liebhaber zu sein. Einfach jeden Blick so lange erwidern, bis sie wegschaute. Und nach zwei, drei Mal hingehen. Hallo, wie heisst du? Schon früh Berührungen anbringen, um die Rahmenbedingungen durchzugeben. Sich nie und nimmer danach erkundigen, was Madame wollte, denn das wusste Madame meist nur selten. Nur über Dinge reden, die einen selbst interessierten, und bei unliebsamem Gesprächsverlauf ohne Not das Thema wechseln. Sich nie fragen, ob man zu ihrem Lifestyle passte, sondern sie in die eigene Realität ziehen. Liebhaber konnten sich beinahe alles erlauben, weil die Mädchen spürten, dass ihnen das Endresultat egal war, weil sie den Augenblick lebten, darauf vertrauten, dass es gut kam. Deshalb kannten auch nur Liebhaber den Unterschied zwischen Versorgen und Verräumen.

Plötzlich stand sie vor ihm und riss ihn mit ihrer Erscheinung aus seinen Überlegungen. Fleischige, schwarz bemalte Lippen unter grossen tiefblauen Augen formten sich zu einem unwiderstehlichen Lächeln in einem feinen, fernöstlich angehauchten Gesichtchen, umrahmt von einer weissen Zipfelmütze. «Na du?» Als ihm die Luft zu lange wegblieb, hakte sie nach. «May May. Und selbst?»

«Immer ich selbst. Felix. Schön dableiben.»

«Siehst echt fertig aus, Felix.»

«Blödsinn. Ich werde gerade erst richtig wach.»

May Mays Augen wurden zu Schlitzen. «Scheinst dir deiner Sache ziemlich sicher.»

Er zuckte mit den Schultern und leerte sein Glas. «Noch nicht ganz, nein.» Schon stellte sie ihm den ersten Shit-Test, eine deftige Provokation, um festzustellen, wie viel Mist er hinzunehmen in der Lage war. Frauen boten das nur bei Typen, die sie cool fanden, um zu prüfen, ob die Coolness nicht bloss gespielt war. Das mussten sie auch. Sonst konnten sie ja gleich zu jedem ins Bett steigen, der sich auf die Brust trommelte. Auf der anderen Seite wusste er wiederum kaum etwas über ihren Charakter. Vielleicht lauerte hinter dem Gehäuse dieses Wahnsinnsapparates eine grosse Schüssel Psychosalat, die nicht mal die teuerste Zyliss-Schleuder aushielt. Wie bei Fränzi, seiner gestörten Ex. Aber nein. So viel Pech konnte er nicht haben. Das süsse Ding. Klein, aber yolo. Je länger er ihre Features unter der dicken Kleidung abschätzte, desto vertrauter wurde sie ihm. «Warst du nicht auf dem Cover vom ‹TRGT-Magazine›?»

«Ja», miaute sie, «letzten Oktober.»

«Ich wusste gar nicht, dass man mit Zigaretten so was anstellen kann.» Gott, diese Sneakers. Wirklich ein High-End-Gerät. Zeit für eine Eskalation. Aus dem «Kaiser Franz» dröhnte klebriger Dance-Pop. «Was sagst du, May May? Noch auf einen Schlummi? Ich kenne da ein lauschiges Plätzchen.»

«Ja, klar. Dein Schlafzimmer.»

«In der Nähe von.» Nur fünf Meter entfernt, auf der Wohnzimmercouch. Er schielte nach ihren Hüften und spielte ein paar Akkorde auf einer Luftgitarre. «Nur gute Vibes und Sounds.»

«Du hast also den *Funk*, ja?», fragte sie mit aufgesetzter Laszivität.

Felix wackelte mit dem Kopf. «Yeah, Baby. Ich hab den Dudelfunk zum Fudeldunk.»

Sie hämmerte sich den Zeigefinger an den Kopf. «Du gäll! Ich bin imfall keins von diesen Mädchen», blaffte sie mit gespielter Empörung. «Damit das von hintenherein klar ist.»

Mit einem leidenschaftlichen Zug verkürzte er die Romienne auf den knisternden Filter und schaute tief in diese quicklebendigen Augen. «Ja, ne. Schon klar.»

3

Mittwoch, 25. Januar, 08.19 Uhr, -13°

«Das glaub ich jetzt einfach nicht.» Andreas verschränkte die Arme seiner dunklen Daunenjacke so eng, dass sein Brustkorb zu brennen begann. Das waren die Optionen. Frieren oder Schmerzen, denn die Heizung von Mettes Karre war immer noch tot. Die roten Rücklichter des Pkws vor ihnen verschwammen in der Feuchtigkeit auf der Windschutzscheibe, und jenseits der schneebedeckten Fahrzeugdächer leuchtete die Neontafel mit der gelben Muschel. Einmal mehr versperrte ihm die Umkleidekabine der Badi Tiefenbrunnen den Blick auf den Zürisee. Einmal mehr krochen sie in der Autokolonne wie Treibgut in einem zähflüssigen Gewässer. Raubte ihm der träg quietschende Scheibenwischer den letzten Nerv. «Der Tatort liegt ja wohl eindeutig in Zollikon. Warum kümmert sich nicht die Kantonspolizei darum?»

«Sind nur wenige hundert Meter hinter der Stadtgrenze. Und wenn uns die Chefin persönlich abkommandiert, können wir schlecht Nein sagen», beschwichtigte Mette.

Andreas ärgerte sich, dass sich der Morgen des Vortags gerade exakt wiederholte. Zumindest fast. Wenigstens würden sie nicht schon wieder Station bei der Tanke machen. «Frau Mayer-Daguette schickt uns bloss dahin, weil der Tote prominent ist.»

«Sagt wer?»

«Sagt Peschmodt.»

«Ach der. Der weiss auch immer alles. Nur nicht immer besser.»

«Aber es stimmt schon, oder?»

«Jaja, es stimmt. Darum hat sie sich für eine grosszügige Auslegung der Zuständigkeit starkgemacht. Jetzt freu dich doch. Könnte ein wichtiger Fall werden.» Mette lächelte spöttisch. «Du magst doch Scheinwerferlicht.»

Andreas ignorierte die Stichelei zähneknirschend. «In deren Augen ist alles wichtig. Der Sprayer, die Tankstellenräuber … irgendwelche Mordfälle jenseits der Stadtgrenze, die gar nicht in unser Revier gehören.»

«Jetzt sei nicht immer so negativ. Herrgott! Wenn's dir stinkt, dass du dich vor lauter Schmerzen nicht richtig auf deine Arbeit konzentrieren kannst, dann lass dich beurlauben.»

«Ich kann mich nicht auf meine Arbeit konzentrieren, weil mir ständig ein neuer Fall auf die Stirn gedrückt wird. Ich will unbedingt den Mistkerl schnappen, dem ich diese Schmerzen verdanke.»

«Die verdankst du dir nun wirklich selber.»

«Wieder die alte Leier?»

«Sorry, das war jetzt etwas harsch. Aber … du weisst, was ich meine. Du bist mir einfach davongerannt. Partner warten aufeinander. Geben einander Rückendeckung. Sonst könnten wir ja gleich alleine losziehen. Mach dir keine Sorgen. Gemeinsam werden wir den Schmutzfink, der dich so übel zugerichtet hat, finden. Aber erst einmal ist Hausbesichtigung angesagt.» Mettmenstetter lächelte amüsiert. «Die Spurensicherung ist bereits vor Ort. Du wirst sehen, einen so schönen Tatort hatten wir schon lange nicht mehr.»

***

Die Hässlichkeit des Winters hatte einen Erzfeind. Die Dunkelheit. Wenn das eiskalte Tageslicht selbst die vertrautesten Fassaden von Enittas Quartier in Kulissen des falschen Films verwandelte, vermochte die Nacht Abhilfe zu schaffen. Noch tauchten die Laternen die Häuser an der Agnesstrasse in sanften Kupferschein. Die Sonne würde erst in einer halben Stunde auftauchen und mit ihr das hektische Treiben der Stadt. Entspannend war der Spaziergang deshalb aber noch lange nicht. Enittas Hundchen Ba hielt sich kaum mit Schnüffeln auf, sondern zerrte wie blöd an der Leine. Es zwang sie, um die Salzflecken auf dem Trottoir herumzulaufen, und konnte es bestimmt kaum erwarten, wieder in der warmen Wohnung im Dreiecks-Blockrand an der Sihlfeldstrasse einzukehren. Dort lebten sie seit drei Jahren in einer WG mit der Deutschen Fiona Bornschein (26).

Die Chefin der Marketingagentur «Spontimat GmbH» sass unerwartet früh am Küchentisch. Da sich die Büros ihrer Kleinfirma nur eine Kreuzung weiter befanden, stand sie selten vor acht auf. Doch heute hingen ihre langen braunen Haare bereits über dem iPad. «Morgen, Süsschen. Schon auf? Wie geht's dir so?»

Enitta schmiss den Schlüsselbund auf den Küchentisch und liess Ba von der Leine. «Huaravaschissa. In dem Laden dreh ich noch durch. All diese … du hast es niemandem erzählt, oder?»

«Wo denkst du hin. Das bleibt unser kleines Geheimnis.»

«Ich werde dringend reduzieren müssen, runtergehen auf dreissig Prozent und den Rest mit neuen Aufträgen für meine Detektei kompensieren.»

Noch immer starrte Fiona auf ihr Tablet. «Du, ich kann gerne mal eine kleine Guerilla-Kampagne für dein Business aufziehen, um die Geschäfte anzukurbeln. Würd ich für dich sogar gratis tun.»

«Das ist lieb …», antwortete Enitta, «aber ich will dir keine Umstände bereiten. Bin ja jetzt schon eine Monatsmiete in Rückstand.»

«Egal, das Angebot steht.» Fiona winkte ab.

Natürlich würde ihr eine solche Aktion gelegen kommen, doch ihr war unwohl beim Gedanken, ein leeres Versprechen abzugeben. Wenn sie wegen Fionas grosser Werbetrommel mit Aufträgen überhäuft würde, welche Referenzen hätte sie vorzuweisen? Ihren peinlichen Zufallstreffer an der Street Parade? Lieber würde sie erst versuchen, einen richtig grossen Coup zu landen. Wenn auch nur, um ihr Ego aufzubessern. Wie zum Beispiel diese verflixte Zorilla-Rose finden! «Will mal schauen, welche Fische ich mit der bisherigen Angeltechnik an Land ziehe. Und da gibt's durchaus Hoffnung; gestern Abend erhielt ich einen Anruf. Von unserem gemeinsamen Freund.»

Endlich blickte Fiona auf und streifte eine Strähne hinters Ohr. «Eric Stassel? Erzähl.»

«Er hat mich mal wieder in ein Restaurant bestellt.»

«Bestimmt ein Auftrag …»

Enitta seufzte. «Tschamutt.»

«Ich glaube, er mag dich.» Sie schob das Paket herüber, das Enitta gestern auf dem Tisch geparkt hatte. «Was von dir?»

«Hat mir Felix aus Argentinien mitgebracht.»

«Mach mal auf», sagte Fiona und schlürfte mit vielsagendem Blick ihren Kaffee. «Geht da was?»

Enitta schnappte sich das Brotmesser. «Zwischen mir und Felix? Wär mir nicht aufgefallen.» Sie schnitt das Paket auf und erschrak. Unter dem Band befand sich ein kubischer Plastikbeutel voller gehäckseltem Marihuana. Als sie das Pack wendete, kam ein simpel gestaltetes Etikett zum Vorschein: «Escu Mate – Argentina's Finest/100% Yerba Mate».

Enitta wiegte das Geschenk unschlüssig in der Hand. «Hm, Felix behauptete, ich würde zu viel Kaffee trinken.»

«Naja, Mate hat in etwa gleich viel Koffein.»

Vor der ersten Tasse tat jeder Gedanke weh. «Wie funktioniert das? Muss man das rauchen?»

«Tee? Also schau, das ist ganz einfach. Du brauchst eine Bombilla und eine Kalebasse. Dann füllst du die eine Hälfte mit dem Mate, giesst die andere Seite mit heissem Wasser auf und –»

«Das kommt mir jetzt grad alles spanisch vor. Ich brauch was Einfacheres.» Enitta griff nach der Kaffeekanne und goss den schwarzen Alabastertrank in ihre rote Lieblingstasse mit den grossen weissen Punkten. Die Espressokanne auf der Herdplatte und eine frisch aufgerissene rot glänzende Verpackung verrieten ihr, dass Fiona bei der Rösterei Schwarzenbach eingekauft hatte. Deren erlesene Aromabohnen hievten Kaffeetrinken auf eine Stufe mit gehobenem Weingenuss, nur dass man nicht schläfrig, sondern hellwach wurde. Sie schielte zum Küchenboden, wo ihr Hundchen mit wehleidigen Augen zu ihr hochblickte. Es brauchte einen Augenblick, ihren Mut zu sammeln. «Sag mal, Fiona. Könntest du mir einen klitzekleinen Gefallen tun?»

Fiona hob die Brauen. «Ba?»

«Nur noch diese Woche. Höchstens. Wirklich. Den Teamleiter hab ich schon dazu überreden können, Balu ins Büro zu bringen, aber er muss erst noch den Antrag unterschreiben.

Wenn ich ohne den Fackel im Büro auftauche, wird sich seine Assistentin querlegen und im Extremfall den Sicherheitsdienst rufen.»

«Hm … Die Zwetschge, von der du erzählt hast? Soll sie doch einfach ihren Chef anrufen.»

«Der hockt meist hinter fest verschlossenen Türen. Ich sage dir, wegen Schreckschrauben wie der wurde einst die Hexenverbrennung erfunden.»

«Na schön», seufzte Fiona und strich Ba, einem Mischling der temperamentvollen Rassen Jack Russell Terrier und Rehpinscher, liebevoll übers schwarze Fell. «Weil er sich bei uns immer artig benimmt.»

«Ich wusste, dass ich auf dich zählen kann.» Sie dachte an das bevorstehende Gespräch mit Stassel und wollte sichergehen, dass es so kurz wie möglich dauerte. Darum stopfte sie umständlich zwei Weggli und drei Gipfeli in sich hinein und verschwand unter die Dusche. Viel Zeit blieb nicht mehr, die Fahrt rüber nach Wollishofen würde eine gute halbe Stunde dauern. Bei den gegenwärtigen Strassenverhältnissen mindestens.

Als sie aus dem Haus auf die Sihlfeldstrasse trat, liess im Westen das zarte Morgenlicht die Fenster des Mobimo Towers silbern schimmern. In die Richtung würde sie erst gegen Mittag fahren. Bevor sie sich aufs Velo schwang, warf sie noch einen Blick in den Briefkasten, der von Felix' Postkarte erwartet wurde. Der Kerl hatte tatsächlich Wort gehalten. War die Vorderseite eine kunterbunte und klaustrophobische Collage aus Eindrücken der Hauptstadt, so glänzte die Rückseite durch lyrische Schlichtheit. Ihre Anschrift auf der rechten Hälfte war immerhin korrekt aufgeführt, aber die eigentliche Nachricht bestand lediglich aus einem einzelnen dahingeschluderten Wort. Das die gesamte linke Hälfte in Beschlag nahm.

Viele.

***

Das Anwesen befand sich nur wenige hundert Meter südlich vom Bahnhof Tiefenbrunnen, wo eine quer verlaufende Autobrücke die Stadtgrenze markierte. Ab da wurde die Seestrasse linker Hand von Architektur- und Kommunikationsbüros und zum Ufer hin von Herrenhäusern gesäumt. Mette steuerte gleich in die Einfahrt der ersten Residenz, an der Seestrasse 6b. Die Villa hinter den Büschen war ein kantiger weisser Neubau. Nicht wirklich hässlich, aber profund geschmacklos. Ein schwarzer Maibach stand mitten auf dem Vorplatz herum, wohl wegen der Spurensicherung. So hatten die Kollegen ihre Einsatzwagen auf der Seite parkiert und eine knappe Lücke für den Volvo gelassen. Mette warf die Türe leidenschaftlich ins Schloss und stapfte über den knirschenden Schnee voraus ins Gebäude. Am Eingang grüssten sie die Kollegen von der Forensik in ihren Schutzkleidungen, klopften sich die Schuhe ab und zogen sich Plastikhäubchen über. Ein paar Schritte später hatten sie den eigentlichen Tatort erreicht. Das Opfer lag zugedeckt auf den schwarzen Fliesen des Hauptkorridors.

Dietmar Peschmodt (44), Chef-Forensiker, wies gerade die Fotografin an, Bilder aus einem bestimmten Winkel zu schiessen, und schickte sie dann ans andere Ende des Gangs, um sich dort das Wohnzimmer vorzunehmen. Dann kam er aus der Hocke hoch. «Ah, die Kollegen. Tolles Timing. Sind eben fertig geworden.»

Soweit Andreas es erkennen konnte, herrschte im zehn Meter entfernten Salon ein ziemliches Durcheinander. Dort lagen umgeworfene Möbel und Haushaltsgegenstände auf dem Teppich. Hier, zu seinen Füssen, war längst eine grosse Blutlache eingetrocknet.

«Raubüberfall?», fragte Mette.

«Ne, denk ich nicht. Trotz der immensen Verwüstung scheint nichts gestohlen worden zu sein. Wir konnten Bargeld, Schmuck und Drogen im ganzen Haus finden.»

«Okay. Wen haben wir da?»

«Den Hausherrn. Tim Devlin. Wurde achtundvierzig Jahre alt, irisch-schweizerischer Doppelbürger, geschieden, Vater von zweien.»

«Zwei was?»

«Söhnen. Kirk und Todd.»

«Das hast du alles in der kurzen Zeit in Erfahrung gebracht?»

«Ha, der Mann war ein offenes Buch.» Er wies zur Korridorwand, wo mehrere Zeitungsartikel über das Opfer eingerahmt hingen. Darunter auch ein vergrösserter, zweiseitiger Bericht aus der «Schweizer Illustrierten».

«Wie es scheint, stand er mit seiner Selbstliebe alleine da. Todesursache?», fragte Mette.

Peschmodt kniete sich hin und hob das Laken. «Wahrscheinlich stumpfes Trauma. Ein einzelner, heftiger Schlag gegen die Stirn. Damit.» Er hielt Mette einen beschrifteten Plastikbeutel entgegen. Darin glänzte ein blutverschmierter Metallgegenstand. Es war die Büste eines Kahlköpfigen, der mit weit aufgerissenen Augen auf den Lauf eines Revolvers biss.

Mette liess sich die Tüte reichen. «Die Tatwaffe? Wie eklig. Was soll das sein?»

«Das, mein Freund, ist der *Jean-Jacques-D'Une-Phiffes-Award*», erklärte Peschmodt.

«Die Goldene Himbeere der Schweizer Unterhaltungsindustrie», entnahm Andreas der Presseschau. Wobei er genau wusste, dass sich sein Partner, der keinen Fernseher besass, kaum fürs Showbusiness interessierte.

Als sich Mettes verständnislose Fratze partout nicht glätten wollte, doppelte Andreas nach. «Die Auszeichnung wird jedes Jahr an den unbeliebtesten Promi vergeben.» Er zeigte auf den Kaminsims, wo sich mehrere identische Metallskulpturen aneinanderdrängten. «Devlin hat den Preis bisher schon ein halbes Dutzend Mal gewonnen.»

«Und ist offensichtlich noch stolz drauf. Dem war wohl jede Art von Aufmerksamkeit recht. Was war der Gute eigentlich von Beruf? Schlagersänger?», fragte Mette.

«Er war Werber.»

«Werber?» Mette spie das Wort förmlich.

«Ja», sagte Peschmodt und tippte auf eins der Bilder. «Er war … Seniorpartner bei ‹Yerk & Rubel›, einer der grössten Agenturen der Stadt.»

«Werbung», wiederholte Mette kopfschüttelnd und steckte den Beutel ein. «Na, das hat er ja jetzt hinter sich. Wie lang liegt er schon da?»

«Der Tod muss gegen Sonntagmorgen zwischen vier und fünf Uhr früh eingetreten sein.»

«Wohnte er alleine?», fragte Andreas.

«Das fragen wir am besten den Nachbarn. Er wartet in der Küche.»

«Hat *er* uns verständigt?»

«Ja. Ein gewisser Fritz Weber. Hatte offenbar von Devlin die Schlüssel bekommen, um nach den Pflanzen zu sehen.»

Die Küche befand sich rechts neben dem Haupteingang und war unerwartet klein und rustikal eingerichtet. So als stamme sie noch aus einer anderen Zeitepoche. Durch ein offenes Fenster strömte kalte Luft herein. Weber, ein hagerer Mann in seinen späten Siebzigern, lehnte an den weissen Küchentisch und zog hart an einer Zigarette. Ihre Bekanntmachung schien er nur entfernt zu registrieren.

«Was ist genau passiert?», fragte Mette mit gezücktem Block.

«Das sollen Sie doch herausfinden», platzte es aus Weber. «Ich wollte wie immer die Begonien giessen. Der Tim fährt schliesslich immer Ende Januar für ein paar Wochen in seine Hütte auf Sylt.»

Peschmodts Assistentin, die ebenfalls in einem weissen Ganzkörperanzug steckte, trat mit einem Smartphone herein, das sie wie einen unappetitlichen Gegenstand zwischen Daumen und Zeigefinger hielt. «Hatte keine Sperre. Beachten Sie die neuesten Fotos», kommentierte sie diskret und reichte das Gerät an Andreas.

Er bat Weber darum, fortzufahren, und wischte sich während dem Zuhören durch die Galerie.

«Als ich heute Morgen durch die Tür trat … Himmel, ich wäre im Flur beinahe über Tim gestolpert.» Er vergrub das Gesicht in seinen Händen. «Es ist alles so furchtbar.»

«Hatte ausser Ihnen sonst noch jemand einen Schlüssel? Seine Ex-Frau vielleicht?»

«Charmaine lebt schon seit fünf Jahren in Belgien. Oder Holland. Ich weiss es nicht genau. Hätte wahrscheinlich auch gar kein Motiv, bei dem gewaltigen Batzen, den sie durch die Scheidung bekommen hatte.» Er rammte die Zigarette in den

Schüttstein und zündete sich die nächste an. «Sein älterer Sohn hat bestimmt einen Schlüssel. Aber Kirk ist um diese Jahreszeit in Lausanne. Privatschule …»

Die letzten paar Aufnahmen, die Andreas in Devlins Samsung fand, zeigten krude Klippen, eine raue See, ein finsteres Firmament und die Trümmer eines Holzhäuschens. Er reichte das Gerät seinem Partner. «Sieh dir das an. Scheint, als hätte ein Sturm ihn dazu gezwungen, verfrüht die Heimreise anzutreten.»

«Nur um dort von jemandem überrascht zu werden, der ihn im Ausland wähnte», murmelte Mette und widmete sich wieder dem Nachbarn. «Was ist mit dem anderen Sohn, Todd?»

«Der lebt seit zwei Jahren im Internat. In Marseille. Ich glaube, auf Wunsch seiner Mutter.»

«Sie und Devlin scheinen sich näher gekannt zu haben.»

«Wir haben alle paar Monate ein Glas Wein in seinem Garten getrunken. Da erfährt man so manches. Aber ansonsten verbrachte er die Zeit lieber mit sich alleine. Der Mann sass ununterbrochen hinter seinem Laptop.»

Andreas wandte sich an Peschmodt. «Haben Sie die Schlösser überprüft?»

«Nicht ein Kratzer. Der Täter gelangte eindeutig über das Panoramafenster ins Haus. Kommt mit.» Peschmodt führte sie ins verwüstete Wohnzimmer, wo eins der Fenster von aussen eingeschlagen worden war.

Die spartanische Einrichtung mit skelettierten Designermöbeln auf weissem Faserteppich und den obligaten halb leeren Bücherregalen um cremefarbene Sofas und einen Esstisch aus Glas erinnerte Andreas stark an gängige Architektur-Visualisierungen. Von denen hatte er jede Menge gesehen, als er im Herbst eine neue Bleibe in der Stadt suchte. So wohnten also die Reichen. Glitzernde Splitter verteilten sich über den ganzen Teppich. Viele von ihnen hatten Gesellschaft von nummerierten gelben Plastiktäfelchen erhalten. Hinter der Einschlagsstelle eröffnete sich der Blick auf den Garten, die schneebedeckten Büsche und Waiden zu beiden Seiten und den zugefrorenen Zürisee in der Mitte. «Etwaige Fussspuren fielen leider dem Neuschnee zum Opfer.»

Andreas machte zwischen den weissen Büschen eine Konstruktion aus dunklen Brettern aus. «Ist das dort ein Bootshaus?»

Weber nickte und rieb sich umständlich den grauen Schnurrbart. «Ist aber Privatgrund.»

«Sie meinen, es gehört nicht zu diesem Anwesen?»

«Nein … es befindet sich seit vielen Jahrzehnten im Besitz eines Binder Benjamin. Soweit mir bekannt ist, hat Binder den Schuppen mitsamt Segelboot vom Vater des vormaligen Patrons geerbt, als jener in den Siebzigern verstarb.»

Unvermittelt kletterte eine Gestalt durch die Büsche und blieb vor der Villa stehen.

«Was ist das für einer?», knurrte Mette.

«Der muss unseren Posten am Eingang umgangen haben.» Andreas schob die Glastür beiseite und rief nach dem Mann, doch dieser stapfte bereits hinüber zum Bootshaus. Alle Rufe ignorierend verschwand er in der Baracke.

Andreas folgte ihm in das düstere Bootshaus und fand den Fremden haareraufend vor.

«Nein, nein, nein», wimmerte dieser. «Es ist weg. Fort. Verschwunden. Oh nein.»

Andreas packte ihn beim Arm. «Entschuldigung, darf ich fragen, wer Sie sind?»

«Lassen Sie mich!», rief der Mann und riss sich los.

«Das ist er», hörte Andreas Weber vom Eingang aus rufen. «Das ist der Binder.»

«Aha», knirschte Andreas und sah sich in dem leeren Bootshaus um. «Was tun Sie hier? Und wo ist Ihr Segelboot?»

Binders faltiges Gesicht, ein Abbild des Weltschmerzes, starrte ihn an.

«Wissen Sie etwas über Tim Devlins Tod?»

«Tot? Herr Devlin? Den kannte ich nicht. Ich meine, kaum, ich … Ich muss jetzt gehen. Gehen Sie mir sofort aus dem Weg.» Unerwartet geschwind verschwand der Greis aus dem Bootshaus und in den Büschen, die das Anwesen von der brach liegenden Badewiese nebenan trennten. Andreas versuchte noch, den Rentner zu verfolgen, aber sein Brustkasten schmerzte bei jedem Schritt. Schon nach wenigen Metern musste er die Verfolgung abbrechen und zu den Kollegen beim Wohnzimmereingang zurückhumpeln.

«Lass gut sein.» Mette winkte ab. «Den finden wir schon.» Er ging zur Holzhütte, deren Boden gefroren und deren Holzwände mit zufälligem Werkzeug behangen war, warf einen flüchtigen Blick hinein und kam wieder zum Haus zurück. «Scheint mir ein gewöhnlicher Fall von Diebstahl mit Todesfolge zu sein. Devlin war wohl einfach zur falschen Zeit am falschen Ort.»

«Ich weiss nicht recht. Jemand bricht in eine Millionärsvilla ein, und alles, was wegkommt, ist ein …» Er drehte sich nach der Baracke. «Ein Segelboot? Ausgerechnet jetzt, da der See komplett unbefahrbar ist?»

«Warum nicht? Kriminelle sind selten sehr gescheit. Mach du dich mal schlau, wo dieser Binder wohnt. Ich will wissen, um welchen Schiffstypen es sich handelt, damit wir das Boot zur Fahndung ausschreiben können. Finden wir den Dieb, finden wir womöglich den Mörder.»

«Das macht doch keinen Sinn. Der Einbrecher war hinter dem Boot her und hat auf seiner Suche erst mal das Haus auf den Kopf gestellt? Wer sagt überhaupt, dass da ein Boot war?»

«Alles sehr gute Fragen», konterte Mette schnöde. «Wie zum Beispiel der Aufenthaltsort seiner Ex-Frau während der Tatzeit … Wie alt sind seine Söhne?

«Todd ist elf, und Kirk ist … siebzehn», antwortete Peschmodt aus dem Stegreif.

Mette schniefte. «Dann kommt der Ältere der beiden halbwegs in Frage. Zumindest physisch. Finde heraus, ob sie Alibis haben. Wie war die Adresse der Agentur, für die Devlin arbeitete?»

Peschmodt konsultierte sein Tablet. «Die Büros der ‹Yerk & Rubel› befinden sich an der Hardturmstrasse 131.»

«Wir werden dort gleich nach der Mittagspause vorbeischauen», sagte Mette.

«Apropos essen», meldete sich Peschmodt. «Eine Sache wollte ich noch erwähnen. Auf dem Boden des Wohnzimmers fanden wir vereinzelt Essensreste und Getränkeflecken.»

Mette schielte mit mässig interessierter Miene ins Wohnzimmer hinein. «Und? So wie das dort drin aussieht, muss der Einbrecher ein ganzes Weilchen gewütet haben. Da wird man schon mal hungrig.»

«Dünkt mich schon etwas fahrlässig für einen Einbrecher», sagte Andreas.

«Wenn du wüsstest.» Mette grinste und richtete sich an Peschmodt. «Lass mich raten; das ganze Wohnzimmer ist voller Fingerabdrücke und Fussspuren.»

«Wie man es halt von einer Stube erwarten würde», sagte Peschmodt.

«Was war Herr Devlin für ein Typ?», fragte Mette Weber. «Hatte er gerne Besuch? Schmiss er Grillfeste? Der Mann suchte allem Anschein nach ja gerne das Rampenlicht.»

«Wie gesagt, gar nicht. Herr Devlin war ein sehr ruhiger Mann. Am liebsten verbrachte er seine Abende mit einem guten Buch im Garten.»

«Dacht ich's mir. Und da der werte Schöngeist bestimmt eine Haushälterin beschäftigt, die alle Fingerabdrücke der jüngsten Geschichte hinweggewedelt hat, müssen alle Spuren vom Einbrecher stammen. Und mit etwas Glück können wir sie dem grösseren Sohnemann zuordnen.»

«Kirk?», fragte Andreas skeptisch.

Mette rümpfte die Nase und schaute auf den See hinaus. «Vielleicht war es gar kein Einbruch. Vielleicht ist einfach nur jemand ausgerastet.» Er holte den Beutel mit dem blutverschmierten Jean-Jacques-D'Une-Phiffes-Award aus der Manteltasche und wiegte ihn mit Abscheu im Gesicht. «Sechsmal gewonnen …», brummte er. «Also ich könnte den Jungen verstehen. Bei *so* einem Vater …»

***

Wie es einem Juwel gebührt, ist das Restaurant «Bürgli» gut versteckt vor dem lärmigen Treiben unten in den Schluchten des Dorfkerns. Beheimatet zwischen der schmucken Alten Kirche Wollishofen und den Schulgebäuden, wirkt der Gourmettempel fast schon unscheinbar, doch im Inneren offenbart sich der

Besucherin eine liebevoll gepflegte Einrichtung. Ungleich dem snobistischen Prunk vieler Edel-Gasthöfe herrscht hier mehr selbstbewusste Tradition. Filigrane Kronleuchter schweben über dem dunklen Parkett, eingerahmt von cremefarbenen Tapeten, an denen handgemalte Werbeplakate aus den Dreissigern hängen.

Stassel sass vor der einzigen in königlichem Rot gestrichenen Wand, die von einem golden gerahmten Spiegel verziert wurde. In die Schämecke daneben hatte man einen schwarzen Flügel gepfercht, auf dem mehrere Töpfe voller weisser Bitches kühn posierten. Der Bestsellerautor sass am Kopf eines ovalen Sechsertisches, umgeben von zwei Körbchen mit unangetastetem Frühstücksgebäck, einer vollen Tasse eines grünlichen Getränks und der perfekt gefalteten Ausgabe einer deutschen Tageszeitung. Hatte er etwa keinen Hunger, weil er schlecht geschlafen hatte? Sein Lächeln war wie immer strahlend, aber jemand wie Eric Stassel besass bestimmt einen Badezimmerschrank voller Beautyprodukte.

«Enitta! So schön, Sie zu sehen. Setzen Sie sich.» Er schien seinen alten Optimismus wiedererlangt zu haben.

«Ich habe nur wenig Zeit. Ich arbeite nebenher halbtags.»

«Es dauert auch bestimmt nicht lange. Frühstück?»

«Hatte ich schon.» Sie wandte sich an die Bedienung. «Vielleicht einen Cappuccino.» Sie legte ihre Melone achtsam auf das makellos weisse Tischtuch. «Was genau kann ich für Sie tun?»

Stassels Lächeln verebbte. «Mein Göttibub ist verschwunden.»

Enitta fuhr sich mit beiden Händen durchs Haar. «Wie, verschwunden? Entführt? Davongelaufen?»

«Dies gilt es herauszufinden. Jeremias lebt in einer Wohngemeinschaft, oben in Fluntern, und besucht die HSO, die Hochschule in Oerlikon. Wir treffen uns immer am zweitletzten Montag im Monat, doch dieses Mal ist er nicht erschienen. Er hat sich weder abgemeldet, noch war er telefonisch zu erreichen. Daher sorge ich mich.»

«Wie lautet sein voller Name?»

«Jeremias Melchior Stöhli. Aber er mag es nicht, auf seinen zweiten Vornamen angesprochen zu werden.»

«Wie alt ist er?» Sie nahm einen Schluck aus dem Henkelglas, in das die Bedienung ihr liebstes Frühstücksgetränk gegossen hatte.

«Achtzehn.»

Enitta zuckte mit den Schultern. «Da scheinen mir zwei Tage keine Ewigkeit. Vielleicht hat er jemanden kennengelernt. Oder es vergessen oder sein Telefon nicht eingeschaltet.»

«Jeremias ist letztes Jahr bereits einmal abgehauen. Nach Prag. Wegen eines Mädchens.» Stassel lächelte. «Aber man sorgt sich jedes Mal.»

«Was ist mit den Eltern?»

Stassel verzog die Lippen. «Sind nicht mehr. Alles, was er an leiblicher Familie hat, ist eine Tante, und die ist derart beunruhigt, dass sie bereits Vermisstenzettel im Quartier hat aufhängen lassen. Ich selber hab bei der HSO angerufen. Er ist dort seit letztem Freitag nicht mehr erschienen. Auch wenn die Polizei schon avisiert ist, schadet es gewiss nicht, wenn Sie sich ebenfalls einschalten.» Stassel kritzelte die Adresse der Wohngemeinschaft mit der Handschrift eines Zahnarztes auf die Serviette und schob sie diskret hinüber.

Enitta fühlte ihre Innereien brutzeln. Personenfahndung. Ausgerechnet ihre Kernkompetenz. Verstohlen liess sie den Zettel in ihrer Tasche verschwinden und spähte hinaus in den leeren Garten, hinter dessen Hecke sich der nebelverhangene Zürisee in alle Ewigkeit zu erstrecken schien.

«Wissen Sie, mit wem er seine Freizeit verbringt?»

«Ich kenne seine Freunde nicht. Auch meine Anfrage auf Facebook hat er bislang nicht angenommen.»

«Wissen Sie vielleicht, *wo* er seine Freizeit verbringt? Bevorzugte Orte oder Lokale?»

Stassel lächelte verlegen. «Jeremias befindet sich in einer Art Umbruchsphase, wenn Sie so wollen. Jede Woche eine neue Band, ein neuer Haarschnitt, ein neuer Schwarm … Eine seiner Konstanten ist die Liebe zur Musik. Ich glaube, er bastelt immer noch gerne an Songs herum. Aber meist im stillen Kämmerlein.»

«Hm, verstehe. Also ich kann nichts versprechen.»

«Das sollen Sie auch nicht. Ich bin überzeugt, dass Sie Ihr

Bestes geben werden. Im Übrigen weile ich die nächsten zwei Wochen in der Stadt, falls Sie Fragen haben.»

Das hörte Enitta gerne. Sie würde sich ungern mit seinen kühlen Assistentinnen herumschlagen müssen. «Arbeiten Sie an einem neuen Buch?»

«Nein, ich organisiere derzeit ein Seminar für die Mitarbeiter einer grossen Schweizer Company. Gewissermassen um die Moral anzukurbeln. Und nebenher präsentiere ich heuer die Grosse Zürisee-Gala auf dem Bauschänzli. Zu Ehren von Harobeth Hensels Lebenswerk.» Seine Augen leuchteten. «Das wird ein wunderbares Fest werden. Mit viel Musik und Stargästen.»

«Die Harobeth Hensel von der gleichnamigen Stiftung?»

Er nickte sichtlich aufgeregt. «Ich wurde 2007 angefragt, ob ich den Vorsitz übernehmen möchte.»

«Sagen Sie … Was, denken Sie, ist aus der Zorilla-Rose geworden?»

Stassel neigte den Kopf. «Ich verrate es Ihnen. Sie steht bei mir im Büro.»

«Wirklich?»

Er legte seine Hand auf die ihre. «Dabei handelt es sich natürlich bloss um eine hochwertige Replik. Kommen Sie mich doch mal besuchen. Gleich beim Arboretum am General-Guisan-Quai. Ich führe Ihnen die Rose gerne vor. Und der Blick auf den See ist ebenso herrlich.»

«Sobald ich mehr über Ihren Göttibub weiss, gerne. Jetzt muss ich aber los.»

«Melden Sie sich bitte bald, Enitta. Und vielen lieben Dank für Ihren Besuch. Ist mir immer wieder ein besonderes Vergnügen.»

Sie bedankte sich für das Kompliment und machte sich auf den Weg zur ihrem Schreibtischjob. Als sie vor dem Restaurant aufs Velo kletterte, erreichte sie eine SMS von Stassel. Es war ein Foto von Jeremias, mit Strubbelfrisur und frechem Grinsen.

Sie beeilte sich nicht sonderlich, sondern genoss die Rückfahrt entlang dem See. Dennoch war es viel zu früh, als ihr Telefon piepste und eine Nummer anzeigte, die sonst erst um elf Uhr morgens auf dem Display erschien. Allerdings war es kein Anruf, sondern eine Nachricht. Ihr Busenkumpel, der weit über die Stadt hinaus bekannte Discjockey Simon Rinderknecht (29), hatte ihr eben via WhatsApp eine Applikation namens «Alkie-Talkie» zugestellt und bat um Rückruf mit ebenjener Software. Sie wartete, bis auf dem Icon zwei schief gemalte blaue Funkgeräte auf weissem Hintergrund heruntergeladen waren, und wählte Simons Nummer.

«Enittaaaa!», plärrte es aus dem Sprecher.

«Fux, hast du etwa durchgemacht? Du tönst angeheitert.»

«Nein, das ist diese App», lallte er. «Sie verfremdet deine Stimme, damit du so sprichst wie Sonntagmorgen um sieben im ‹Hive›.»

«Das Gegenteil wäre weit praktischer», motzte Enitta, unterbrach die Verbindung und rief regulär zurück. «Wie geht es dir?»

«Total aus dem Häuschen bin ich. Du musst heute Abend unbedingt vorbeischauen.»

«Hm, was ist der Anlass?»

«Der Videoclip von unserer Single ‹Schätzli, gäll› ist fertig und hat morgen TV-Premiere.»

«Und ich darf ihn vorab sehen? Welch Ehre.»

«Klar. Und ausserdem gibt's heut hohen Besuch. Hukki Zünd kommt auf ein paar Gläser vorbei.»

«Wow, ich lerne endlich mal deinen Mentor kennen.»

«Sagen wir, gegen halb neun? Hukki steht selten früh auf.»

«Perfekt. Güx.»

«Güx.»

Die Aussicht auf einen heiteren Abend liess sie weit enthusiastischer in den weiteren Tagesablauf blicken, als sie durch den Westeingang ins «CDI»-Bürogebäude trat. Auf in den Kampf! Für Ehre und Mutterkonzern.

Doch an ihrem Arbeitsplatz wünschte sich Enitta, sie wäre an dem Tag gar nicht erst aufgestanden. In ihrer Inbox lauerten drei neue Anfragen der Buchhaltung. Und je neuer die E-Mail, desto mehr Ausrufezeichen wies die Betreffzeile auf. Höchste

Zeit, die Sache mit dem Chef zu besprechen. Zunächst aber checkte sie die Lage im Grossraumbüro ab. Yolibeth war zwar immer noch nicht da, dafür wirkte Maria ganz in ihre Arbeit vertieft, und Melanie kicherte am Pult des Hausjuristen herum. Ihr PC-Bildschirm zeigte zehn Uhr dreissig. Das war ihr Zeitfenster. Teamchef Roland Hardecker würde in diesen Minuten von der zweiten Morgenpause zurückkehren und ein paar Augenblicke in seinem Büro verweilen, bevor er zur nächsten Sitzung aufbrach. Und damit es auf ihrem Weg ins obere Stockwerk, wo das Kader residierte, auch niemand wagen würde, sie anzusprechen und ihr Arbeit aufzubürden, griff sie zu Trick 666. Die wichtigste Regel beim Durchschreiten einer Firma war nämlich das Herumtragen von Klemmboards mit Dokumenten oder Arbeitsmappen. Hauptsache, man sah beschäftigt aus.

In Anlehnung an ihre gegenwärtige Lebenssituation bevorzugte Enitta derzeit Marilyn Mansons Biografie «The Long Hard Road Out of Hell», die sie so im Arm hielt, dass man des Schockrockers gestörte Dämonenfratze schon von Weitem fürchten konnte. Besonderen Spass machte es, damit leitende Angestellte zu ärgern. Die konnte man leicht daran erkennen, dass sie den Firmenbadge lässig um den Hals trugen, ganz so als arbeiteten sie im Kontrollzentrum der NASA. Was durchaus Sinn machte, da ja die meisten von ihnen diplomierte Raketenwissenschaftler waren. Meistens aber verschanzten sie sich im fünften Stock in vollverglasten Einzelbüros, die, dicht an dicht gereiht, einen Charme wie im Züri-Zoo versprühten. Was es da nicht alles an Getier zu bestaunen gab. Schlangen, Hyänen, Wildsäue, Tiger, Löwen und jede Menge Aasgeier. Im Terrarium, das Enitta besuchte, wartete jemand, dessen Gesicht mit seinen herabhängenden Backen an einen Bernhardinerhund erinnerte.

Roland Hardecker (44) rückte gerade sein eigenes Porträt auf dem Schreibtisch zurecht und strich sich liebevoll das Bäuchlein unter dem Pulli. In seinem letzten Leben war er Vizedirektor der «LISA» gewesen, der «Liechtensteiner Inkassostelle für Artisten». Bis das Unternehmen vom Konsumentenblatt «Beobachter» als Geldwäscherei enttarnt und der Schweizerischen Urheberrechts-

Gesellschaft «SUISA» unterstellt wurde. Wobei der eigentliche Skandal darin bestanden hatte, dass jahrzehntelang niemand etwas Verdächtiges bemerkt haben wollte. Immerhin wies die «LISA» Tantiemen-Ausschüttungen in dreistelliger Millionenhöhe aus, und das in einem Land, das gerade mal zwei Bands, eine Radiostation und keinen Fernsehsender besass. Roland wurde nicht müde zu betonen, nichts von den Vorgängen gewusst zu haben, was man bei den Weisheiten, die er so unters Team brachte, stark zu glauben versucht war. Wie etwa *«Man kann nicht immer nur kopieren – man muss auch mal einfügen.»* Oder sein Lieblingsmotto *«Wer Hunde jagt, fängt keine Katzen»*, das er stets anzubringen pflegte, wenn jemand die Vorgaben verfehlt hatte.

«Enitta, höhö.» Er zog einen zweiten Sessel heran und tätschelte das Leder. «Willkommen.»

Sie setzte sich widerwillig und presste die Lippen aneinander. Das war schon das dritte Mal, dass sie ihn auf das Thema ansprach. Sie suchte nach dem richtigen Einstieg. «Zenklow!», stiess sie hervor.

«Die Vanushka? Ja, was ist mit ihr?»

«Die macht mich noch schwanger.» Genau wie die Arglosigkeit, mit der er sich erkundigte. So als hätte er noch *nie* von dem Problem gehört.

Roland hob erwartungsvoll die Augenbraue.

«Mal ganz davon abgesehen, dass sie mich vermehrt unter Zeitdruck setzt, wird sie nicht müde, mich die gleichen Dinge dreimal zu fragen. Ich löse einen Fall, und keine Woche später bittet sie erneut um Aufklärung.»

Er zog etwas hilflos wirkend die Schultern hoch. «Ihr Chef Liam führt nun mal ein eisernes Regiment und verlangt nach Sicherheiten. Das müssen wir akzeptieren …»

«Stimmt», lachte Enitta, «der Liam. Der jeden Nachmittag ‹Oh Happy Day› singend durchs Gebäude schlendert. Schon klar. Nai, was mich wirklich ärgert, ist, dass ich alle Infos zu gelösten Fällen nach Nummern geordnet im Mainframe hinterlege. Aber statt dort selbst nachzuschauen, fragt sie lieber mich.»

«Halb so schlimm. Gib ihr einfach die Info, die sie braucht.»

«Ich weiss die Antworten auch nicht aus dem Stegreif. Und darum muss ich mich für jeden Fall mühselig durch die Untermenus vom Mainframe graben. Bei dem vorsintflutlichen Programm dauert das eine geschlagene Minute pro Seitenwechsel. An sonnigen Tagen. Plus Niederschrift der Daten. Plus Aufsetzung des E-Mails an die Zenklow. Plus meine Nerven.»

«Ach, hab ein wenig Geduld mit der Vanushka.» Er öffnete eine Riesenschublade im Korpus und hievte eine Silberplatte auf sein Pult. «Sie backt doch immer diese leckeren Kuchen. Möchtest du ein Stück?»

Die Rüeblitorte mit ihrem glitzernden Zuckerguss und dem süssen Duft, der Kindheitserinnerungen heraufbeschwor, übte in der Tat eine starke Anziehungskraft auf Enitta aus. Aber heiliger Zorn und Selbstrespekt geboten jungfräuliche Standhaftigkeit. Gleichwohl, wie süss des Bösen Bestechungsversuche sein mochten. «Geduld?», mauzte sie schliesslich. «Sie arbeitet seit zehn Jahren in der Buchhaltung ...»

«Woran du erkennst, dass sie halt schon etwas älter ist als du.»

«Die Firma verwendet Mainframe schon seit dreissig Jahren», erwiderte Enitta, wobei ihr klar wurde, dass das nicht zuletzt daran lag, dass das Management zu geizig war, eine neue Software zu lizensieren. «Sie müsste das Programm längst beherrschen.»

«Hach, für ihren Zuständigkeitsbereich braucht sie halt noch lange nicht alle Funktionen. Gut möglich, dass da auch eine gewisse Unsicherheit mitschwingt.»

«Nein, nein: Die macht das mit voller Absicht.»

Roland gönnte sich einen Bissen von der Torte. «Ihr kennt euch halt zu wenig, höhö. Ein zartes Pflänzchen, die Vanushka.»

«Bei Mails ohne Grüezi und Adieu kann sich Sympathie halt nur schwerlich entfalten.»

«Manchmal muss man eben den ersten Schritt tun. Ruf sie mal an und verabrede dich zum Mittagessen.»

«Eher schwierig, wenn ihr Telefon ständig besetzt ist. Und bevor du fragst: ja, ich *war* schon mal persönlich bei ihr. Zweimal. Beide Male war sie in ein privates Telefongespräch vertieft und wedelte mich weg wie einen Bienenschwarm.»

Roland setzte einen mitfühlenden Blick auf. «Ihre Frau Mama

leidet unheilbar an siamesischem Klumpfuss. Sie hat's wirklich nicht leicht, unsere Vanushka.»

«Aber dass sie ihre harte Zeit auf mich abwälzt, stört dich nicht?»

Roland starrte sie nur ausdruckslos an und schlürfte laut seinen Kaffee, wohl um die Stille zu überbrücken. So als ob sich die Frage von alleine klären würde, wenn er nur lange genug schwieg. Bei der kurzen Aufmerksamkeitsspanne der meisten Mitarbeiter eigentlich keine schlechte Strategie, doch bei ihr musste er sich etwas Besseres einfallen lassen.

Sie beugte sich leicht vor. «Durch ihre … *Nachlässigkeit* leidet meine Performance. Und damit die Leistung *deiner* Abteilung. Wie kannst du uns unaufhörlich die Zielvorgaben der Geschäftsleitung predigen und gleichzeitig solche Zustände dulden?»

Er schien endlich aus seiner künstlichen Kaninchenstarre zu erwachen und drückte seinen Rücken theatralisch in die Sessellehne. «Tja, weisst du … wenn du dich immer nur auf das Negative fokussierst, wirst du auch fündig. Das ist ein Fass ohne Boden. Wer die Unendlichkeit zu begreifen sucht, wird wahnsinnig. Und das wollen wir nicht.» Er schickte seiner Ausführung ein ersticktes Grölen hinterher. Als ihn auch dieses nicht von Enittas prüfendem Blick erlösen konnte, kam ihm sein grummelndes Bäuchlein zu Hilfe. Erleichtert seufzend schielte er nach seiner Armbanduhr. «Nun sieh einer an», seufzte er gefällig, «höchste Zeit, das grosse, böse Stinkebiest zu versenken. Höhö.» Noch bevor Enitta ihre Empörung in Worte kleiden konnte, stand er schon unter dem Türrahmen. «Nicht vergessen: Ich bin bis sieben in Meetings. Falls was ist, hilft dir die liebe Melanie bestimmt weiter.» Und weg war er.

Ja klar, dachte Enitta, schnappte ihr Buch und trottete zurück in den vierten. Keine Viertelstunde später hängte sich das SAP auf und würde laut einem E-Mail der Informatik an diesem Tag nicht länger verfügbar sein. Um auf ihre Stunden zu kommen, musste sich Enitta aber noch bis um halb fünf beschäftigen. Wege dafür gab's eigentlich genug. Sie könnte ihr Pult reinigen, was mindestens eine halbe Stunde eliminierte, und für den Rest des

Nachmittags ihre E-Mails sortieren, aber das erschien ihr ebenso fad wie schäbig. Dann war da noch die Alternative, vor der sie sich bis anhin gefürchtet hatte. Im Keller Akten sortieren. Mit Vlàd.

Wie gerne hätte sie jetzt Ba dabeigehabt, wobei ihr einfiel, dass sie Roland nun gar nicht auf die Erlaubnis angesprochen hatte. Cabrunz! Na wenn der Waldschrat was versuchte, war er fällig! Sie fuhr mit dem Lift ins zweite Untergeschoss, wo ein Labyrinth aus kalten Betongängen zum Archiv Ost führte. Am Ende des Korridors standen mit Kartonboxen beladene Metallgestelle auf Rädern herum. Sie rief nach Vlàd, trat durch eine weit offen stehende Bunkertüre ins muffige Gewölbe, knipste die Leuchtstoffröhren ins Leben, doch von dem finsteren Duda war weder was zu sehen noch zu riechen. Sie schritt die Reihen aus Holzregalen ab. Vlàd hatte sie schon zur Hälfte mit Schachteln vollgestopft und sein Mittagessen offen herumliegen lassen. War er etwa wieder am Kiffen? So verästelt und verlassen, wie die Gänge hier unten waren, fürchtete er wohl nicht, dass jemand per Zufall vorbeispazierte und seinen Schlendrian bemerkte. Ihr Blick fiel auf eine ausgebreitete Campingunterlage. Kein Wunder, dass er hin und wieder ein Nickerchen riss. Akten nach Eingangsdatum zu ordnen war ja auch ein einschläfernder Job. Aber sie würde weder in seine Arbeit reinpfuschen noch auf seine Rückkehr warten, sondern den Rest des Tages für ihre Ermittlungen im Fall Jeremias nutzen. Melanie konnte das eh nicht nachprüfen.

***

«Weisst du, was so richtig sympathisch ist an Züri-West?», spöttelte Mette, als er seinen Volvo den Tramschienen der Hardturmstrasse entlang durch eine Schlucht aus klobigen Betonblöcken und mehrstöckigen Wohncontainern steuerte. «Ich meine, als Polizist ist es sowieso Hans wie Heiri, wo man parkiert. Aber in *diesem* Brachenparadies ist es schon fast eine Kunst, sein Auto so abzustellen, dass man negativ auffällt.» Kaum hatte er die Worte gesprochen, hielten sie vor einem dunkelroten unbeschrifteten

Geschäftsgebäude direkt an der Duttweiler Eisenbahnbrücke. Sie traten über eine abgeflachte Rampe hoch zum Haupteingang, wo die schwarzen Namen mehrerer Werbeagenturen vor weissem Neonlicht prangten.

RGB/Ramoni Gartner Brausam

Lou Franz & Co. AG

Tank E

Leading. Ätsch.

Mette tippte auf das Board. «Avis Yerk & Rubel Switzerland AG. Erster Stock.» Durch ein verwinkeltes Treppenhaus erreichten sie den Empfang der Agentur. Von den hohen gelb gestrichenen Wänden fielen armdicke Plastik-Spaghetti herab, und allerlei Männer mit Glatzen und Hornbrillen eilten blonden Schönheiten mit Miniröcken und Stilettos hinterher. Mette verlangte am Schalter nach Agenturchef Oliver Ganz, und dieser liess keine Minute auf sich warten. Auf lauten Lackschuhen kam er um die Ecke geflitzt. So geschwind, dass ihm sein blau-weisses Flanellhemd wie ein Superheldencape vom Leib flatterte. Mit seiner Hornbrille, der hohen Stirn und den grauen langen Haaren wirkte er wie ein Mathematikprofessor, und sein Tonfall war entsprechend kalkuliert. «Ah, die Herren von der Stapo.» Statt ihnen die Hand zu reichen, presste er die Brille an seinen Schädel, so als betrachte er Insekten durch ein Mikroskop.

Andreas zückte diskret seinen Plastikausweis. «Kriminaldetektiv Dähling. Dies ist Kriminaldetektiv Mettmenstetter. Gibt es einen Ort, an dem wir uns in Ruhe unterhalten können?»

«Für Privatsphäre haben wir hier sanitäre Anlagen», sagte Ganz mit gespielter Verblüffung und führte sie ein paar Meter weiter zu den Ledersofas und dem riesigen Zeitschriftenregal der Warteecke. «Worum geht's bitte?»

«Ihr Seniorpartner Tim Devlin wurde heute Morgen tot in seiner Villa aufgefunden.»

Oliver Ganz riss die Augen auf, doch seine Mimik wurde keine Falte emotionaler. «Tot? Sind Sie ganz sicher?»

«Leider ja», sagte Mette.

Noch immer regte sich kein Muskel im Gesicht von Ganz.

«Ah, natürlich. Jetzt wollen Sie hier ein bisschen Detektivlis spielen, klar.»

«Sein Tod scheint Sie nicht sonderlich zu berühren», sagte Andreas.

«Käumlich. Er arbeitete ohnehin von seiner Villa aus und hat sich in den letzten neun Wochen mindestens kein einziges Mal hier blicken lassen.»

«Hatte er Feinde innerhalb der Firma?», fragte Andreas.

«Was haben Sie eigentlich das Gefühl? Der Mann wurde elf Mal hintereinander Werber des Jahres.» Ganz verwies auf eine lächerlich breite Vitrine in der Wand, wo sich gut hundert silber- und bronzefarbene Miniaturskulpturen dicht an dicht drängten. «Er hat es beispielsweise fertiggebracht, diese irische Rockband als Werbepartner für McDonald's zu gewinnen.» Er stiess ein lautes Lachen aus, das gleichzeitig amüsiert, hohl und furchteinflössend klang. «Devlin kreierte den ‹McNificent›, der sich bis heute besser als der Big Mac verkauft. Er erfand mit ‹Even Better Than The Meal Thing› das Kindermenü neu und setzte mit ‹The Fry› einen definitiven Standard für Pommes frites. So ein Riesenwichser. Einfach genial.» Es war, als würde Ganz dies nur widerwillig und unter Schmerzen eingestehen.

«Hm, lassen Sie mich die Frage anders formulieren. Hatte er *Freunde* innerhalb der Firma?»

«Eins möchte ich hier gleich mal klarstellen. Unsere Agentur hat nichts mit seinem Tod zu tun», sagte Ganz mit samtweicher Stimme. «Uns hat er alle reich und sexy gemacht. Wenn Sie nach einem Täter suchen, müssen Sie sich schon in den übrigen Etagen des Gebäudes umsehen, denn die ganze Branche wollte ihn tot sehen.»

«Wegen seines Erfolges?»

«Wegen seines *Einfallsreichtums*.»

«Das verstehe ich jetzt nicht. Wenn Sie ihn schon persönlich nicht mochten, vermissen Sie ihn nicht wenigstens für seine Originalität?»

Ganz seufzte aus tiefster Brust. «Wann haben Sie das letzte Mal eine witzige Werbung gesehen, die *nicht* von uns stammt? Genau! Das hiesige Metier *hasst* Originalität. Anders als England oder –

was weiss ich – Amiland wollen sich die Kunden hierzulande nicht zu weit aus dem Fenster lehnen. Grosse Aufmerksamkeit ist dem Schweizer Werbepartner zuwider.»

«Was wollen die dann?»

«Sie wollen in Würde *wahrgenommen* werden. Das ist etwas fundamental anderes. Aber der Devlin, der! Der wollte immer etwas total Verrücktes machen. Sich abheben. Seine Kunden und damit sich selbst ins Gespräch bringen. ‹Yerk & Rubel› hat wenigstens finanziell von dieser Besessenheit profitiert, aber alle unserer Konkurrenten gerieten durch seinen Arbeitseifer massiv unter Druck. Wirkten wie graue Mäuse. Für uns ändert sich durch seinen Tod rein gar nix. Den Ruf, die Besten zu sein, haben wir dank ihm schon weg. Die grossen Companys werden auch weiterhin selbst den langweiligsten Pitch durchwinken – alleine deshalb, weil er von uns kommt.» Er atmete tief auf, holte sein Handy hervor und ging die Aktualisierungsliste auf dem Sperrbildschirm durch. «Von nun an … wird hier alles etwas … *ruhiger* laufen. Gott sei Dank. Ich dachte schon, ich müsste zur Kur ins Engadin. Mit meinen Nierensteinen könnte ich die Chinesische Mauer auf voller Länge reparieren …» Er schaute abrupt auf. «Sie sind ja noch immer da», schimpfte er.

Mette bleckte theatralisch die Zähne. «Sind wir. Und wo waren *Sie* in der Nacht von Samstag auf Sonntag?»

«Im Ernst? Letztes Wochenende?» Er strich auf seinem Handybildschirm herum und präsentierte ein Foto. «Bitte schön. Stadtrat Kurt Ebnöther und ich im Club ‹Namberwann› in Dübendorf. Im Hintergrund sehen Sie DJ Alphonse. Der legte zwischen drei und sechs auf. Können Sie auf der Webseite nachlesen.»

«Das ‹Namberwann› gibt's noch?», sagte Mette mehr zu sich selbst. «Das ist vielleicht lange her …»

«Wir prüfen das», sagte Andreas. «Und falls wir Fragen haben, kommen wir gerne auf Sie zurück.»

«Quot erat expectandum.» Ganz nickte und rief nach der Empfangsdame. «Ich muss jetzt weiter. Die gute … die Nachricht der Firma mitteilen.» Schon beugte er sich beim Eingang über den Korpus und begann wild zu gestikulieren. So wie die

Rezeptionistin jauchzte, würde die Firma wohl bald ein riesiges Fest feiern.

Mette rieb sich umständlich das Kinn, als sie die Rampe vor dem Gebäude hinabschritten. «Komischer Kauz. Geht in dem Alter noch Party machen. In Dübendorf … Theoretisch hätte er das Foto um drei Uhr knipsen und dann bequem nach Zollikon fahren können.» Er zog schwungvoll die Wagentüre auf und legte einen Tausend-Meter-Blick auf. «Wenig wahrscheinlich, aber lass dir das Alibi von Ebnöther bestätigen. Wir haben's hier schliesslich mit Werbern zu tun. Lügen ist deren Geschäftsmodell.»

Während sie im Volvo aus dem Quartier rollten, holte Andreas den Laptop vom Rücksitz auf seinen Schoss. «Lass uns mal bei diesem Binder vorbeischauen, dem Bootshausbesitzer.»

«Wissen wir schon, wo der wohnt?»

Andreas' Finger huschten über die Tastatur. «Ecke Kern- und Kanzleistrasse.» Am Bildrand wurde der Eingang einer Nachricht angezeigt. «Ich hab eben die Kopie vom Vernehmungsprotokoll des Nachbarn erhalten», meldete er, während er die Zeilen überflog. «Darin beschreibt Weber den Binder als kauzigen Eigenbrötler, der jeden Mittwochvormittag ein paar Stunden im Bootshaus verweilte und danach ohne Gruss verschwand. Einmal habe er selber nachsehen wollen, was er dort drin so treibe, als er anklopfte, sei Binder wie ein Berserker aus der Hütte gestürmt und habe ihn derart zur Schnecke gemacht, dass er sich von da komplett von ihm fernhielt.»

«Ich würde echt gerne wissen, was der Alte dort drin geparkt hat. Ob das wirklich ein Schiff war. Gibt's dazu Neuigkeiten vom Strassenverkehrsamt?»

«Nein. Anfrage läuft noch. Aber ein Drogenlabor hat er dort bestimmt nicht betrieben. Das haben wir ja selbst gesehen. Der Schuppen war leer.»

«Aber wenn ein Boot drin war, wo ist es hin? Der See ist seit Wochen gefroren. Der Diebstahl hätte ihm also eher auffallen müssen, wenn er alle sieben Tage vorbeischaut. Da ist was gewaltig faul.»

Mette schnaubte. «Wie der gerannt ist, in seinem Alter.»

«Sandra hat geschrieben. Der Background-Check hat nichts ergeben. Bis heute hat sich Binder nichts zuschulden kommen lassen.»

Der Tatverdächtige wohnte zwischen Langstrasse und Bäckeranlage, in einem dreistöckigen schokoladenbraunen Altbau mit gelben Fensterläden, der sich allmählich in einen Mantel aus dichtem Rauch hüllte. Andreas begriff sofort, dass im Untergeschoss des Hauses Feuer ausgebrochen sein musste. Von weit her hörte er das Sirenengeheul der Feuerwehr. Mettes Einwände ignorierend, stieg er aus dem Fahrzeug, hastete vorbei an Schaulustigen, hin zum Eingang an der Kernstrasse. Der Qualm waberte bereits durch das Treppenhaus und zwang ihn, den Arm gegen Mund und Nase zu pressen. Eine Gestalt stürmte aus dem ersten Stock herab. «Gommesi, gommesi!», rief die Frau, doch Andreas scheuchte sie hinaus und eilte vor die Parterrewohnung. Der Klingelbeschriftung nach wohnte Binder hinter dieser Türe. Andreas' Augen brannten. Der Giftnebel wurde immer dichter, und das Holz begann sich nach aussen zu wölben. Ihm mochten nur Sekunden bleiben, bis ein Feuersturm die Türe zerfetzen und ins Treppenhaus explodieren würde. Er hoffte bloss, dass Binder nicht zu Hause war, denn es war zu spät, um ihn zu retten.

Als Andreas zum Ausgang rennen wollte, sah er im Augenwinkel ein Papierbündel aus der Wand ragen. Er realisierte, dass es Briefe und Prospekte waren, die sich in einem der Briefkästen gesammelt hatten. Binders Briefkasten. Instinktiv zog er die Couverts heraus und erreichte die Strasse im gleichen Augenblick, da sich hinter ihm ein wütender Feuersturm Bahn brach, dessen Wucht ihn aufs eisglatte Trottoir schleuderte. Zwei Passantinnen halfen ihm auf die Beine und beim Einsammeln der Umschläge. Als er wieder aufrecht stand und sich Binders Post an die Brust drückte, wurden ihm seine schmerzenden Rippen wieder bewusst, und die schrillen Sirenen der Rettungswagen bescherten ihm höllische Kopfschmerzen.

Feuerwehrmänner mit weissen Hosen und leuchtgelben Westen scheuchten die Schaulustigen und auch ihn beiseite, um Platz für den Einsatz zu machen. Er konnte kaum den Blick vom Gebäude abwenden, glaubte, verzweifelte Schreie aus der Feuersbrunst zu vernehmen. Flammen drangen aus den geborstenen Parterrefenstern und züngelten die Fassade hoch. Er konnte nichts mehr tun. Jenseits der gaffenden Gesichter sah er seinen Partner erwartungsvoll hinter der Fahrzeugtüre des Volvos stehen. Das würde ein Wörterbuch zum Sonntag geben, doch es war die richtige Entscheidung gewesen.

Er starrte auf die gerettete Post. Wenn er so ein Eigenbrötler war, keine Akte über ihn existierte, die meisten seiner Bekannten aufgrund seines hohen Alters vermutlich schon tot waren und seine Wohnung zerstört war, waren diese Briefe womöglich alles, was von ihm blieb. Rechnungen, Werbung, noch mehr Rechnungen. Wie triste. Im Alter kannten einen nur noch Firmen. Vielleicht würden ihm diese Schreiben etwas Aufschlussreiches verraten. Er biss auf die Zähne und trottete zum Volvo.

***

Normalerweise verbrachte Enitta Wintertage ungern im Freien. Doch der goldene Schein der Abendsonne, der die Dächer des Quartiers liebevoll streichelte, hatte sie auf den Balkon zur Sihlfeldstrasse hin gelockt. Mit einer Kuscheldecke und einer grossen Tasse Kaffee fahndete sie auf dem Netbook nach Stassels Göttibub. Hauptsächlich deshalb, weil Facebook an ihrem Arbeitsplatz gesperrt war, was es leider verunmöglichte, ihre Ermittlungen als Arbeitszeit zu tarnen. Mit dem Handy wäre es zu sehr aufgefallen und ausserdem zu anstrengend gewesen. Selbst unter Aufbietung aller Tricks konnte sie Jeremias' Profil nicht in dem sozialen Netzwerk ausfindig machen. Das wäre auch zu einfach gewesen. Die heutigen Kids benutzten nicht mehr ihre eigenen Namen so wie damals auf MySpace. Eine weitere Möglichkeit hätte darin bestanden, ihre Beziehungen zu den drei Schweizer Handyprovidern zu nutzen, um Jeremias' letzte Anrufe zu erfahren. Aber erstens hätte ihre Kontaktperson Tage gebraucht, um an die Daten zu gelangen, und ausserdem hätte sie von da an wildfremde Nummern wählen müssen.

Darum rief sie erst einmal einen Anschluss an, bei dem sie

wusste, wer rangehen würde. Sein Mitbewohner. Sollte jener zu Hause sein. Sie machte dessen Festnetznummer anhand der Adresse aus, die ihr Stassel gegeben hatte. Die Wohnung lag oben im Kreis 6, an dem Hang zwischen Zürich City und Oerlikon, und auf eine steile Velofahrt verspürte Enitta gerade keine Lust. Glücklicherweise wurde schon ihr erster Anruf entgegengenommen. Ein Junge, der seinem Tonfall nach älter als Jeremias war, erklärte, ihn seit Tagen nicht mehr gesehen zu haben. Dass dies aber nicht weiter sonderbar sei, da sie sich ohnehin kaum näher kennen würden. Er habe sich auch keine Sorgen gemacht, weil Jerry – wie er ihn nannte – die Miete für die nächsten drei Monate schon bezahlt habe. Dass er auch nicht wisse, wo er sich so herumtreibe, ausser, dass er mittwochabends meist in seinem Bandraum hocke und an irgendwelchen Tracks bastle. Eine Adresse hatte er nicht zur Hand, dafür las er den Namen von einem Flyer am Kühlschrank ab.

«Alpha and OMG».

Sofort suchte Enitta das Internet nach dem Namen ab. Das Dance-Projekt hatte eine verlassene Präsenz bei MX3, einen etwas aktiveren Auftritt bei Soundcloud und sogar eine eigene, sehr zurückhaltend gestaltete Webseite. Eine Telefonnummer stand dort keine, wohl aber eine Fanpostadresse im Industriegebiet von Alt-Wiedikon, und Googles Kartendienst verriet ihr, dass sich an der aufgeführten Staffelstrasse ein Bürobau befand. Sie blickte hoch und bezeugte, wie die Sonne just hinter die Dachzinnen schlich. Kurz nach fünf. Wenn sie jetzt losfuhr, würde sie den Block noch während der Geschäftszeit erreichen und womöglich auf eine offene Haupttüre stossen. Und Bandräume befanden sich fast immer frei zugänglich im Untergeschoss.

Keine Viertelstunde später, kurz bevor die Manessestrasse beim Einkaufszentrum Sihlcity ihr Ende fand, bog Enitta in ein Quartier aus berlinesken Altbauten und angejahrten Gewerbeblöcken. Die zwischen Fluss und Eisenbahnlinie gepferchte Gegend war den Beschilderungen zufolge ein Sammelbecken für Grafikateliers, Architekturbüros, Verlage, Werbeagenturen und Druckereien. Man munkelte, dass hier schon sehr bald kantige Neubauten mit Eigentumswohnungen hochgezogen werden würden. Die Trümmer eines Wohnhauses und breite Plakate mit protzigen Visualisierungen von Immobilienfirmen bestätigten die bevorstehende Entwicklung. Der kultige Rocker-Musikclub «Abart», der um die Ecke im Parterre eines Bürogebäudes untergebracht war, würde laut Simon Ende Jahres seine letzte Fete feiern. Sie folgte der Staffelstrasse zu einem vierstöckigen weissen Geschäftshaus, welches sich, das Quartier nach hinten abschliessend, der Bahnschiene entlang verbog. Ein riesiges LED-Schild mit Firmenauflistungen, das grell in die Dämmerung schien, markierte das Ziel ihrer Reise.

Sie schlüpfte in den noch nicht verriegelten Eingang Nummer zwölf und schlich ins Kellergewölbe, wo ihr dumpfe, rhythmische Klänge und subtiler Uringeruch den Weg wiesen. Sie streifte vorbei an wenig massiv wirkenden Holztüren, deren Vorschlösser die An- oder Abwesenheit ihrer Mieter verrieten. Mal blutete Gitarrengejaule, mal kätzischer Gesang, aber meistens kein Mucks in den kalten Betonkorridor. Da Jerry und sein Kumpel Tanzmusik machten, achtete Enitta auf Bassschläge und wurde nach zwei Abbiegungen fündig. Sie klopfte heftig gegen die Tür und streckte ihr Gesicht in einen halbdunklen, muffigen Raum. «Huhu! Öppart diheima?»

«Ist privat hier!», rotzte eine jugendliche Stimme irgendwo inmitten eines Instrumentenparks aus Verstärkertürmen, aufgebahrten Tasteninstrumenten und schäbigem Gemöbel. Der Mief von kaltem Jointrauch und nasser Wäsche lag in der Luft.

Schon stand Enitta im Raum und zog die Türe hinter sich zu. «Und ich bin *Privat*detektivin. Trifft sich doch super.» Sie trat über die zahlreichen Layer aus Persern, wohl bedacht, keine der blauen Bierdosen umzuwerfen, die auf allen möglichen und unmöglichen Stellen thronten. Bestimmt waren die meisten noch halb voll. Den Rauchzeichen folgend, fand sie in der hintersten Ecke einen Late Teen auf einem Sofa sitzen, der seine Frisur ins Laptop-Display hängte. «Ich suche … Jerry.»

«Der ist noch nicht hier», antwortete der Junge, ohne hochzusehen. Wobei er ohnehin nicht viel gesehen hätte. Sein Haarschnitt war der Rock-Standard. Einfach wachsen lassen und die Schere nur dort ansetzen, wo's eine Aussicht brauchte.

«Darf ich auf ihn warten?»

Endlich löste er den Blick vom Computer und bekam grosse Augen. «Aber klar doch.»

Anstatt sich neben ihn aufs Sofa zu pflanzen, fand sie Platz auf einer Dreierreihe Flugzeugsessel. «Du bist Jens Büttel, nicht?» Sie hatte das auf der Webseite gelesen.

«Bin ich.»

Musste man den vielleicht hinter dem Ofen hervorlocken. «Ziemlich ordentlich hier.»

«Bah, das muss so sein.» Jens bezeichnete den Raum mit lose fuchtelndem Arm. «Kreativität braucht Chaos. Ich mein, schau dir nur mal die Räume der anderen Bands an. Immer dasselbe Muster. Sobald jeder Teppich an seinem Ort liegt, jedes Bier kaltgestellt und jedes Kabel geschickt versteckt worden ist, geben sie das Jammen auf. Dann vermieten sie ihre Anlage stundenweise zu Wucherpreisen. Sind aber stolz darauf, einen Bandraum zu besitzen.»

«Ein Geschäftshaus mitten in der Stadt, in dessen Keller so viele Bands unterkommen können? Hätte nicht gedacht, dass es so was gibt.»

«Damit ist's eh bald vorbei. Ende März müssen wir alle raus. Und das nur, weil der versoffene Sänger von den Spacerockern nebenan ständig vor den Haupteingang schifft. Meistens in den Briefkasten vom Frauenbüro.» Er nahm einen kräftigen Schluck von seinem Dennergy-Drink.

«Du, äh … ich hab das Gefühl, dass Jerry nicht mehr auftauchen wird. Zumindest nicht heute», bemerkte Enitta.

«Wie kommst du da drauf?»

«Er ist seit fünf Tagen wie vom Erdboden verschwunden. Darum bin ich hier. Ich suche ihn.»

«Fünf Tage, sagst du?» Jens starrte angestrengt an die komplett mit Eierkartons übersäte Decke. «Das heisst, seit Samstag.» Er verwarf die Hand. «Dann hat er bestimmt eine im Ausgang kennengelernt.»

«Welches Mädchen würde fast eine Woche ununterbrochen mit einem Fremden verbringen wollen? Die hätte am Montag auch wieder zur Arbeit erscheinen oder in die Schule gehen müssen.»

«Ach, Jerry rennt mit der Kreditkarte seiner Mutter herum. Kennt die Concierges der besten Hotels und die Tender der angesagtesten Bars persönlich. Mit dem wird einem so rasch nicht langweilig. Welches Mädchen würde dafür nicht Arbeit oder Schule sausen lassen. Oder er taucht trotzdem jede Minute hier auf. Könnte echt grad seine Hilfe brauchen hier.» Er hämmerte auf die Enter-Taste. «Verdammter Delay …»

«Was macht ihr 'n so für Musik?»

«Ach, wir schieben bloss Klötzchen auf dem Bildschirm herum. Die ganzen Instrumente, die du hier siehst, gehören den drei anderen Bands, mit denen wir den Raum teilen. Aber ehrlich gesagt kommen die nur zum Kiffen her. Darum auch die vielen Sessel.»

«Aber ihr geht schon mal zusammen weg? Du und Jerry, mein ich.»

Jens schüttelte entschieden den Kopf. «Ausgang ist nix für mich. Zu teuer. Zu viel Volk. Aber Jerry zieht ständig um die Häuser. Kann nie genug Girls aufreissen. Ist fast schon zwanghaft bei dem.»

«Wo wildert er denn so?»

«Bö. Halt dort, wo grad was los ist. Das kann ein Edelclub im Seefeld oder eine Schalugge in Altstetten sein. Können ja mal den aktuellen Stand checken. Er schreibt meistens auf seine Pinnwand, wo er als Nächstes abgeht. Damit ihm seine Verehrerinnen auflauern können.» Er rief das Facebook-Profil seines Kumpels auf. Stassels Neffe nannte sich «Jerrio Jerrio». «Er ist ein grosser UB40-Fan», antwortete Jens auf die unausgesprochene Frage. «Dabei raucht er nicht mal. Egal.»

Am rechten Bildschirmrand konnte Enitta sehen, dass Jerry nicht online war. Sein letzter Status-Update lautete:

Freitag. Bar 3000. Ostzillator. OMGGGG!

Zweiundvierzig Leute hatten daraufhin den Daumen gestreckt.

Achtzehn Leute mit Namen wie Schätzli Hüttno, Aysan Gring oder Samstag Salome hatten Kommentare hinterlassen. Selten mehr als mit Emoticons geformte Gefühlsausbrüche aus der oberen Hälfte der Serotonin-Skala.

«Ostzillator», knurrte Jens. «So ein Sklave aus St. Gallen. Jerry findet den ganz grossartig. Keinen Plan, wieso.» Er schaute auf seine Uhr. «Wenn er heute nicht mehr aufkreuzt, findest du ihn übermorgen in der ‹3000›. Wenn du den Sound erträgst.»

In Enittas Bauch machte sich ein warmes Gefühl breit. Das war ja ganz leicht gewesen. Nun konnte sie den restlichen Abend unbeschwert mit Fux and Friends verbringen. Sie war zwischenzeitlich so tief in den Sessel gesunken, dass es ganze drei Anläufe brauchte, um wieder auf die Haxen zu kommen.

«Kannst du singen?», fragte Jens unverblümt, als sie sich verabschiedete.

«Meinen Gesang kann selbst die beste Software nicht geradebiegen.»

«Hast du mir deine Nummer?»

«Hä?»

«Na ja, falls Jerry kommt. Dann kann er dir Bescheid sagen.»

Der Kleine hatte Mut. Das musste sie ihm lassen. Aber sie erinnerte sich an ihren heiligen Eid, sich nie wieder auf einen Musiker einzulassen. Nicht nach dem Desaster mit DJ Alphonse im «Mascotte». «Sag ihm einfach, er soll Götti Eric anrufen.»

***

Mette hatte sich die ganze Zeit über angestrengt ausgeschwiegen. Daran war Andreas mitschuldig gewesen. Fast die halbe Fahrt zurück in die Urania-Wache, dem Hauptquartier der Stapo, hatte er in der Warteschlaufe von Kurt Ebnöthers Büroanschluss verbracht, war von seiner Sekretärin etwa viermal vertröstet worden, bis sich der Stadtrat endlich an den Hörer bequemte. Er bestätigte, mit Oliver Ganz bis zum bitteren Ende im «Namberwann» gefeiert zu haben und morgens um elf noch auf eine Bratwurst im Sternen Grill am Bellevue eingekehrt zu sein. Doch sosehr er beteuerte, auf Ganz nie und nimmer etwas kommen zu lassen, so dringend appellierte er an die polizeiliche Diskretion und bat darum, im Rapport höchstens als Fussnote zu erscheinen. Kein Wunder, wie man hörte, zielte Ebnöther auf einen Sitz im Kantonsrat.

Erst als sie die steineren Stufen des Treppengewölbes hochstiegen und Andreas über die Schmerzen seiner Brustkastenprellung stöhnte, gab's für Mette kein Halten mehr. «Gopfertori!», wetterte er, dass es von den Wänden schallte. «Das war jetzt völlig unverantwortlich gewesen. Gar nix aus der Weststrasse gelernt?»

Andreas tat sein Bestes, die Triade geflissentlich zu ignorieren, und schleppte sich ins Büro, das sie sich im zweiten Stock teilten. Am Schreibtisch drückte er drei Schmerztabletten aus der Alufolie. Die letzten. Draussen schimmerte die Stadt im künstlichen Licht.

«Siehst du? Genau das ist das Problem», polterte Mette. «Du hörst nie zu.» Und meinte, dass er nie *auf ihn* hörte. Da hatte er sogar recht. Er war es allmählich leid, von seinem älteren Partner bevormundet zu werden. Auch wenn er mehr Erfahrung im Beruf hatte, so waren sie sich rangmässig ebenbürtig. Und sofern es ihn betraf, würde er viel weiter oben in der Hierarchie rangieren, sobald er Mettes Alter dereinst erreichte. Sachte breitete er die geretteten Couverts auf seinem Schreibtisch aus. Ihre Absender hatte er auf der Rückfahrt schon überflogen, nun war es an der Zeit, genauer hinzusehen. «Binder kam in Frage. Tut es noch.»

Mette schob seine Büroutensilien herum. «Ganz genau», knurrte er. «Wer weiss, ob er überhaupt zu Hause war. Vielleicht wollte er seinen Tod bloss vortäuschen.»

«Lass uns erst einmal prüfen, ob es das Risiko nicht doch wert gewesen ist», grummelte Andreas und zückte einen Brieföffner, mit dem er die Couverts aufzuschlitzen begann. Die Swisscom-Rechnung führte nur die Grundgebühr eines Festnetzanschlusses auf. Nach Werbeschreiben der Rettungsflugwacht, vom Touring Club Schweiz und der Samdi-Sinti-Stiftung bekam er endlich einen aufschlussreicheren Brief in die Finger. Vom Versicherungsdienstleister «SOAR Life Insurances».

«Bingo», krächzte Mette hinter seinem Bildschirm. «Das Strassenverkehrsamt in Oberrieden hat uns die Zulassung für das Boot gesendet. Beim Boot handelt es sich um eine ‹Vanderberg Swan›.» Er stiess einen lauten Pfiff aus. «Diese schneeweissen Schönheiten werden seit den Dreissigern nicht mehr gebaut. Kein Wunder war er total aus dem Häuschen. Und hier haben wir den Besitzer. Benjamin Maria Binder. Geboren 1938. Heimatort Männedorf. Ich werde bei der Gemeindeverwaltung gleich mal seine Akte anfordern. Mal sehen, was die uns über ihn sagen können.»

«Hör dir das an», rief Andreas. «Das ist ein Check von der ‹SOAR Life Insurances›.»

«In welcher Höhe?»

«Fünf Mille.»

Mette hob eine Augenbraue. «Wofür er die wohl erhalten hat?»

«Das sollten wir bei der ‹SOAR› in Erfahrung bringen.»

Mette wählte eine Nummer auf der Festnetzstation, wartete eine Minute und legte dann mit missmutiger Miene auf. «Ich kann Devlins Frau noch immer nicht auf dem Handy erreichen. So ein Mist …»

Andreas erhob sich träge aus dem Sessel. Draussen schlug St. Peter sechs. «Dann informieren wir seine Angehörigen eben morgen.»

***

Simon wohnte dort, wo das aus dem HB wuchernde Schienentrassee die Langstrasse kreuzte, auf dem Röntgenareal, in einem der neun Sugus-Häuser. Sechsstöckige zitronengelbe Genossenschafts-Blöcke mit nach aussen geneigten Gitterbalkonen, gesäumt von einer erstarrten Baumallee. Als sie die Hecken am Siedlungseingang passierte, fiel ihr ein silberner Deux Chevaux auf, der mit grösstmöglicher Unachtsamkeit quer auf drei Parkfelder gestellt worden war. Es handelte sich den schimmernden Felgen nach um dasselbe Fahrzeug, das sie tags zuvor auf dem Zürisee hatte herumkurven sehen. Die Gangsterente hatte nicht mal Nummernschilder. Sie schritt über den Kies zum Block in der Mitte, schenkte dem Vollmond über dem Prime Tower einen sehnsüchtigen Blick und betrat das geweisselte Treppenhaus. Erst nachdem sie vier Stockwerke überwunden und über zwei Lauflernwagen und eine Ritterburg geklettert war, erreichte sie Simons Wohnung. Er wartete bereits an der Türe und begrüsste sie herzlich.

«Lust auf Bier?»

«Darum hier», erwiderte Enitta und folgte ihm in die Küche, die sich durch ein riesiges, mit Power Rangers und Fantasy-Romanen besetztes Gestell vom Esszimmer abgrenzte.

«Magst Quöllfrisch?»

Sie rümpfte die Nase. «Quöllfrisch ist doch das neue Feldschlösschen.»

«Stimmt.» Er beugte sich tiefer vor. «Seichhof, Müllerpfütze, Hirni-Bräu … Hey, wie wär's mit einem Vomkorn? Ganz neu von der Brauerei Blaubünden.»

«Zu konform.»

«Ha! Ich weiss was Neues. Züri-Hell.»

«Das gibt's aber schon über zehn Jahre.»

«Und genauso lange will ich's schon probieren», grinste er und langte nach zwei Flaschen.

«Du kaufst auch alles, wo Züri draufsteht, oder?» Angestossen und angesetzt. «Hm … recht bitterer Abgang. Passend zur Stadt.»

Er geleitete sie ins Arbeitszimmer. Die linke Wand war mit Plastikausweisen übersät. Backstagepässe, Kredit- und Fahrkarten von Kopenhagen bis Kairo. Gegenüber hing ein gerahmtes Foto einer stark vergrösserten Nadel, die sich auf eine drehende Schallplatte senkte, und auf dem grauen Teppich thronten Möbel.

Designer-Möbel.

Als Einwohnerin von Züri durfte man nur dann keine haben, wenn man in einer versifften Studi-WG oder unter einer Eisenbahnbrücke hauste. Andere Ausreden waren da einfach mal nichtig. Enitta versuchte angestrengt, nicht an das Confodrama in ihrem Zimmerchen zu denken. Und dann war da noch dieser Pascha, der tief in Simons Ledersofa versunken war. Lange, geföhnte Haare. Juweliersbrille. Grafenbärtchen. Beiger Designermantel.

Das war er also. Hans-Ueli «Hukki» Zünd. Der grosse Zampano, von dem Simon schon so oft so viel erzählt hatte, dass ihr das Treffen mehr wie ein Wiedersehen als eine Bekanntmachung vorkam. Hukki, dem Simon seinen ersten Fuss im Business verdankte, galt als der Superszeni schlechthin, hatte sich selbst zum «König von Wiedikon» gekrönt. Wenn der rief, kamen die Hipster angerannt und krabbelten erst nach Sonnenaufgang auf allen vieren nach Hause. Sein steiler Aufstieg hatte bereits 1998 begonnen. Mit der Entgegennahme des Preises als Jungunternehmer des Jahres für seine legendäre «Ausredenbüro AG». Nur aus einem Briefkasten, einem Postcheckkonto und einem Festnetztelefon bestehend, gab er den lieben langen Tag Ratschläge an alle, die bereit waren, in der Warteschlaufe einer 0900er-Nummer auf seine bahnbrechenden wie grenzwertigen Weisheiten zu warten. Schüler, die ihre Hausaufgaben nicht gemacht hatten oder Hilfe beim Schummeln brauchten. Hausfrauen, die Alibis fürs Fremdgehen benötigten, und alle anderen dubiosen Unterfangen, die gekonnt verkauft werden wollten.

Man munkelte, dass sich zum Schluss sogar Politiker, Wirtschaftskapitäne und einflussreiche Gestalten aus der Unterwelt von ihm beraten liessen. Schon bald ein reicher Mann, begann er sich bei der Zürcher Partyszene einzukaufen. Er wurde Gründungsmitglied der Demotape-Klinik, startete mit «Boccu Tamtam» die erste Dancehall-Party-Reihe im damaligen Nachtclub «UG», initiierte die Single-Party-Serie «all_fällig» im Volkshaus und eröffnete am Fusse des Uetliberg die «Mit Hill-Studios», wo bis dato alle angesagten Musiker ihre Platten aufnahmen. Nicht zu vergessen seine «Hukkident-Feten», die berüchtigte Ü-35-Reihe im Talacker, bei denen er als DJ Chefkönig höchstpersönlich auflegte. Angeblich hielt er Beteiligungen an über drei Dutzend Bars, Clubs und Restaurants. Wer mit ihm gutgestellt war, dem öffnete die Stadt ihre Tore. Was, gemessen an seinem skeptischen Blick, nicht allzu leicht zu bewerkstelligen war.

«Hukki, das ist Enitta.» Simon lachte und setzte sich an den Tisch unterhalb der Galerie.

Zünd tippte sich mit dem Zeigefinger an die Stirn. «'löchen!» Es klang reichlich unterwältigt.

Bereits bearbeitete Simon die Tasten seines Laptops. «Ich hab dir von ihr erzählt. Sie hat letzten Sommer das Zombie-Fondue aus dem Verkehr gezogen.»

«Ach? *Du* hast den Lastwagen über die Kante gejagt?» Zünd

lehnte sich hastig vor, grapschte fast nach ihrer Hand. «Wie war noch mal dein Name?»

«Wie er gesagt hat. Enitta. Hoi.»

«Freut mich.» Sein Gesicht wurde nicht freundlicher, aber gebannter. «Hans-Ueli. Freunde nennen mich Hukki.»

Enitta verschmähte die Sitzfläche neben Zünd und liess sich stattdessen am Tisch nieder. «Hukki ... Warum eigentlich?»

Der Hüne presste seinen Rücken gefällig ins Leder des Sofas. In seiner Manteltasche klimperten Münzen. «Weil der Hans-Ueli früher immer hukkedicht unterwegs war. Trunkenheit am Lenker. Bis ihm die Strassengräben dieser Stadt den Schnaps austrieben.»

«Du meinst wohl eher das Velofahren», feixte Simon.

«Den Kraftstoff hab ich aber auch gewechselt. Von da an war alles super.» Er nahm einen Schluck aus einem Glas, dessen klare Flüssigkeit von Hahnenburger über abgestandenes Citro bis hin zu einer Bärenfalle alles sein konnte. «Krieg ich jetzt endlich das Video zu sehen, Herr Discjockey?»

«Warte, jemand vom Blackface-Label hat meinen Tweet kommentiert.» Simon tippte herum und blickte wieder hoch. «Giarlo hat mir die Endfassung eben geschickt. Die Datei ist fast heruntergeladen.»

Giarlo Ionta bildete zusammen mit Simon das Hit-Duo «Lux & Fux».

«Wie geht es ihm eigentlich? Ich hab ihn bestimmt schon seit anderthalb Monaten –»

«Sorry», blockte Simon charmant ab, «Helene Hunziker hat an meine Pinnwand geschrieben.» Wieder klickerten die Tasten.

Enitta seufzte. So musste es sich anfühlen, mit Müttern im Café zu sitzen, die sich alle drei Sekunden um ihren Liebling im Kinderwagen kümmerten und so keine richtige Unterhaltung führen konnten. Noch war keine ihrer Kolleginnen schwanger, aber sie hatte Szenen jener Art schon oft beobachtet. Horror!

Zünd schien da weniger berührt und ruhte wie ein erschossener Kartoffelsack auf dem Sofa. Nur seine Hand gab Lebenszeichen und fummelte nervös mit dem Münz in der Manteltasche herum.

«Sodele.» Simon grinste. «Sie hat sich grad nochmals für die tolle Collabo bedankt. Echt ein Schatz, die Kleine.» Er fuhr sich durch die blonde Mähne und blickte wehmütig zu Enitta. «Ich hab ihn imfall auch schon seit drei Wochen nicht mehr gesehen. Momentan kommunizieren wir nur per WhatsApp … Oh! Der Download ist fertig.»

«Endlich», raunte Zünd. «Film ab!»

«Sorry schnell, Diggmagger hat eben den Remix unseres Songs auf Beatport gestellt.»

«Die Basler Rap-Bestie? Schick mir sofort den Link. Den Kerl versuche ich seit Monaten zu buchen. Aber er will und will einfach nicht nach Züri kommen», sagte Zünd.

Simon stiess einen lauten Seufzer aus und gönnte sich einen Schluck aus der noch immer vollen Bierflasche. «Immer diese Community-Arbeit. Das Leben besteht zu neunzig Prozent aus Maintenance. Aber echt.»

«Und zu zehn Prozent aus Contenance.» Zünd drückte sich theatralisch den Handrücken an die Stirn.

«Jetzt aber», lachte Simon und drehte den Bildschirm. «Hier der Clip zu unserer Hit-Single ‹Schätzli, gäll›.»

«Den habt ihr im ‹Schnupf› gedreht?», fragte Zünd.

«Yep.»

«Wart ihr beim Dreh dabei?», fragte Enitta.

«Haha. Giarlo und ich mussten draussen auf dem Trottoir warten. Die Location ist so winzig, dass kaum Cast und Crew reinpassen.»

Sie kannte das «Schnupf». Genau die Sorte Ort, in den sie sich nie hineingetrauen würde. Das Lokal befand sich in einer Bruchbude gleich neben ihrer geliebten Bar «Atötz» und wurde der Legende nach von einer trinkfesten Stammkundschaft am Leben gehalten. Im Schaufenster standen Modelle von Motorrädern herum.

Dann rollte der Clip. Das Quartieroriginal Bockschuss-Freddy, ein altes Männchen mit abgetragenem Jackett, hockte auf einem Stuhl vor der Bar und trank ein Bier nach dem anderen, die er von der als Servierdüse gekleideten Helene Hunziker gereicht bekam. Während ringsum die Rocker tanzten, kam immer wieder der Rapperkollege ins Bild und liess seine Zeilen vom Stapel. Den Refrain sang er mit Helene gemeinsam.

«Schätzli, gäll
Ich gib dir all mis Gäld
Flüg mit dir um d'Wält
Schleif dich nackt ufs Fäll
Bis s'Chätzli bällt (bis s'Chätzli bällt)»

Am Schluss hüpfte der Rapper mit Helene und Freddy im Arm in den Sonnenuntergang hinter den Bahngeleisen. Zünd klatschte jäh die Handflächen aneinander, so als würde er erfolgreich eine imaginäre Fliege fangen. Wohl ein Ausdruck des Entzückens, dachte Enitta.

Simon spiegelte die Geste augenblicklich.

«Wie macht sich der Song auf iTunes?»

«Ich schaue grad mal nach.» Sofort bekam er Gollum-Augen. «Meine Güte, wir stehen auf Platz vier.»

«Drück mal Refresh», bellte Zünd.

«Du hast recht. Nur noch Platz achtundsiebzig.»

«Ja, auf iTunes geht das rasch. Drück noch mal.»

«Yay», rief Simon, «wieder auf Platz zwei.»

«Nochmals.»

«Platz siebenundneunzig», sagte Simon mit gespielter Enttäuschung und drückte munter weiter. «Platz elf.» Klick. «Platz hundertachtzig ...» Klick. «Platz sechs.» Kichernd klappte er den Laptop zu. «Von den Downloads werden wir ohnehin nicht reich. Aber sie dienen als perfekte Promo für unsere Auftritte.»

«Läuft's gut?»

Simon atmete tief durch, sein Tonfall wurde ernster. «Sehr sogar. Wir haben so viele Booking-Angebote erhalten, dass Giarlo und ich sogar separat auftreten. So können ‹Lux & Fux› gleichzeitig an zwei verschiedenen Orten sein. Aber eben ... wir sehen uns daher auch kaum.»

«Die Doppelgage hast du bei deinem reichen Elternhaus ja auch bitter nötig», lästerte Zünd.

«So jetzt mal halblang», murmelte Simon. «Für deren Vermögen kann ich nun wirklich nichts. Und wenn ich weiterhin so herumhure und kampftrinke, werde ich sowieso bald enterbt.»

«Tust du doch gar nicht», widersprach Enitta.

Ein Schatten huschte über Simons Gesicht. «In deren Augen schon. Meine Familie ist strenggläubig.»

«Dir könnte Schlimmeres als die Streichung aus dem Testament widerfahren. Es gibt nichts Ätzenderes als Songs von satten Musikern. Wenn der Bauch voll ist, ist der Druck weg. Und ohne Druck plätschert's bloss vor sich hin, das ist mit allem so.»

«Erwähnte ich, dass ich meine Rechnungen aus dem eigenen Sack bezahle?»

«Für den Augenblick», räumte Zünd ein. «Aber es kann morgen vorbei sein. Und dieses Wissen tut dir gut.»

Simon leerte seine Flasche. «Glaub mir. Sobald mich mein eigener Sound langweilt, hör ich sofort auf.»

Zünd fing eine weitere imaginäre Fliege. «Glaub mir: Wenn du so wirst wie DJ Alphonse und dir deine Tracks von halb bekannten Möchtegernrockern basteln lässt, für die du dir bei den Swiss Music Awards auch noch Preise verleihen lässt, knall ich dich höchstpersönlich ab. Päng!»

«Themawechsel», rief Enitta. «Was machst du am Samstag?»

Die Frage war zwar eindeutig an Simon gerichtet gewesen, doch Zünd hatte rascher eine Antwort parat. «Schnaaggi-Party@rooftop.com.» Er sagte es so leidenschaftslos, als müsse er zur Bücherrückgabe in der Zentralbibliothek antanzen.

«Vanessa weiht ihre Dachterrasse ein?», fragte Simon mit ungläubiger Miene. «Im Januar?»

«Verrückte Zwetschge, gäll. Heizpilze aufstellen will die. Fackelt noch die ganze Hütte ab.»

Hatte Zünd Enitta die ganze Zeit beäugt, so erwiderte sie nun den Gefallen und studierte den Frühvierziger mit seinen blitzeblanken Wildlederschuhen einmal genauer. Er hatte sich auf dem Sofa so breitgemacht, dass er damit zu verschmelzen drohte. Die Ruhe selbst. Doch unter der Oberfläche, so konnte

Enitta sehen, brodelte es. Da wurde er ihrer Aufmerksamkeit gewahr und drehte sein Gesicht abrupt in ihre Richtung. «Was guckst du?»

Enitta kniff die Augen zusammen. «Ich versuche grad krampfhaft, mir Sie im Ausgang vorzustellen. Sorry. Nein. Will mir einfach nicht gelingen.»

«Pah! Darf man rechts der vierzig etwa kein Nachtleben mehr haben? Und hör gefälligst auf mich zu siezen.»

«Das gehört sich bei alten Leuten so. Hat meine Mama gesagt.»

Als Enitta nach elf zu ihrer schneeweissen Mietskaserne mit den Gitterbalkönchen an der Sihlfeldstrasse zurückkehrte, konnte sie gerade noch bezeugen, wie auf dem Trottoir gegenüber Stadtpräsidentin Maureen Gauch in ihre feiste Limousine huschte. Bestimmt hatte die Politikerin mit australischen Wurzeln – wie so oft – im Nobelrestaurant «Café Boy» diniert. Enitta selber hatte sich dort mal nach einer spätabendlichen Hungerattacke eine Peperoni-Penne bestellt, die ihr der Ober nur widerwillig zum Mitnehmen hatte einpacken lassen. Dabei war ihr Besuch nicht einmal freiwillig gewesen, ringsum gab es fast nur Kebabiers, und ein Darmageddon hatte wirklich nicht dringelegen. Die meisten Quartierbewohner hätten an der Stelle sowieso lieber einen Pizzakurier oder zumindest eine günstige Knelle gesehen, aber wenigstens konnte man mit dem «Café Boy» gut angeben. Als die Limo davonrauschte, erinnerte sie ihr knurrender Magen daran, dass sie von Simons Chips und Dips, wenn auch in Bergen serviert, nicht richtig satt geworden war.

In der Wohnung begrüsste ihr Hundchen sie so stürmisch, dass sie schon fürchtete, Fiona würde aus dem Schlaf gerissen. Deren Zimmertüre war nämlich schon geschlossen, was bedeutete, dass sie längst im Bett war. Ungewöhnlich für die fleissige Agenturchefin, die eher den Rhythmus einer Eule lebte. Enitta überfiel den Kühlschrank, stapelte ein paar grosse Guetzli auf ein Glas Milch und liess sich, von Ba gefolgt, auf ihrem Bettchen nieder. Als Lichtquelle diente ihr einzig das Display ihres kleinen Netbooks. Sie strich ihrem in letzter Zeit so arg vernachlässigten

Hundchen liebevoll über den Kopf. Seine Gesellschaft hatte sie zwar aufrichtig vermisst, doch ein bisschen geplaudert hätte sie im Moment ebenso gerne. Sie prüfte ihr iPhone und stellte verärgert fest, dass sich der Velokurier nach zwei Tagen noch immer nicht gemeldet hatte.

So ein Failix!

Dabei hatte er's fest versprochen. So waren sie halt, die Stadtzürcher. «Ja» hiess «vielleicht», und keine Antwort entsprach einem «Nein». Da verriet der Klang einer Harfe, dass Fiona nicht die Einzige war, deren Biorhythmus anders tickte als sonst. Ausgerechnet Andreas hatte ihr eine WhatsApp-Nachricht geschickt.

Hoi, Enitta 23.17
Wie geht's? 23.17

Das hatten wir schon 23.18

☺ 23.19

Gut, danke 23.22
Immer noch auf? 23.22

Kann nicht schlafen 23.24
3 geprellte Rippen 23.24
Berufsrisiko 23.25

☺ 23.25
Was ist passiert? 23.27

Sie machte sich auf die Suche nach Jerrys Facebook-Page. Ein Leichtes, da sie jetzt seinen Nicknamen wusste. Das Profil war nur für Freunde einsehbar, also studierte sie das generische Titelbild, das die Silhouette eines schlaksigen Jugendlichen zeigte, der am Strand vor einem goldenen Sonnenuntergang hochhüpfte. Auf dem Profilbild, das zu ihrem Erstaunen kein Selfie war, schaute Jerry nicht etwa in die Kamera, sondern entbot sein strahlendes Lächeln irgendjemandem oder irgendetwas jenseits des rechten Bildrandes. Das war so typisch Zeitgeist. Obwohl eine Linse auf einen gerichtet war, lächelte man an ihr vorbei, ganz als wollte man sagen: *Seht her, ich habe Optionen. Ich bin schon eins weiter, beim nächsten Fest.* Sie hasste diese Pose.

Harfenspiel.

Betriebsunfall 23.33
Bin gestürzt 23.33
War unvorsichtig 23.35

Hast du ihn wenigstens erwischt? 23.38

☺ 23.40
Nur eine Frage der Zeit 23.42
Jetzt hat er meine volle Aufmerksamkeit 23.42

Die will ich aber! 23.45

Ausserhalb der Bürozeiten kein Problem 23.47

Weiss nicht. Du arbeitest zu viel 23.47

Enitta stopfte den ersten Keks in den Mund und fragte sich, wo die anderen drei bloss abgeblieben waren.

Da war etwas an Jerrys Titelbild, das sie nicht losliess. Es dauerte einen Augenblick, bis es ihr einfiel, dass weder sie noch die meisten ihrer Freunde übermässige Selbstdarsteller waren. Mochten auch nur fünf Jahre zwischen ihr und dem verschwundenen Jungen liegen, ihre Altersklasse geizte lieber mit reisserischen Selbstbildnissen. Doch das war der Lauf der Zeit. Nach Generation X und Generation Y kam logischerweise die Generation Z. Generation Züri. Immer maybe, immer überall. Immer alles haben, immer nichts kennen. Immer erreichbar, immer in Erscheinung tretend, aber nie wirklich anwesend. Bestimmt knipste sich Jerry bei jeder Gelegenheit und stellte diese Fotos auf Facebook. Wenn sie also schon nicht auf sein Profil kam, dann vielleicht in seine Galerie. Glücklicherweise hatte sie im Internet von einer derben Schwachstelle des führenden sozialen Netzwerks gelesen, die bestimmt schon bald von

Zuckerbergs Programmierern ausgemerzt werden würde. Aber heute Abend stand diese Hintertüre gewiss noch sperrangelweit offen.

Trifft sich doch. Du arbeitest sicher zu wenig 23.53

So frech! Polizisten besassen wohl wirklich einen siebten Sinn.

Nicht arbeiten ist nicht gleich Freizeit 23.54

Zeit für einen Zaubertrick. Sie klickte auf Jerrys Profilbild und wählte am unteren Bildrand der Vergrösserung «Optionen». Dort gab es eine praktische Funktion namens «Melden». Als ein Eingabefeld nach einem Grund für die Reklamation verlangte, gab sie einen «Anstössigen Inhalt» an. Sie schickte ihre Meldung per Mausklick nach Palo Alto und erhielt als Dankeschön direkten Zugriff auf Jerrys gesamten Fotokatalog. Mit der Bitte, diesen auf weitere Verstösse gegen die Richtlinien von Facebook zu überprüfen.

Zeit für nette Menschen findet man immer 23.57

Nicht für Typen. In dieser Stadt leben nur Möngis. Jetzt echt! 23.58

Jerry war in den vergangenen Monaten wirklich fleissig gewesen. Nur wenige Fotos zeigten ihn beim Musikmachen. Meistens turnte er auf Tischen herum, hing in der Mitte von langen Umarmungsketten oder herzte wahllos minderjährig wirkende Schuhe-Shoppen-Taschen-Tussen.

Wirklich alle Typen? 23.59

Alle zwischen 18 und 31 23.59

32 hier 00.00

Sorry ☺ 00.00

Glück gehabt 00.01

Glaubsch? 00.03

Ba verfolgte ihre Suche aufmerksam. Und wie er konnte auch sie sich Gesichter sehr gut merken. Da waren drei Jugendliche, ein Junge und zwei Mädel, die immer wieder auf den Partyfotos auftauchten. Die würde sie sich gut einprägen. In der stets vollgestopften «Bar 3000» konnte es ein grosser Vorteil sein, wenn jemand von ihnen Jerry morgen begleitete.

Hoffe ich 00.08
Mache morgen früher Schluss 00.09
Magst du bei mir vorbeikommen? So um halb sechs? 00.10

Welchen Grund hätte ich dazu? ☺ 00.14

Ich möchte mit dir über Janita sprechen … 00.16

Enitta musste erst noch ein ganzes Glas Rotwein trinken, bevor sie sich zu einer Antwort aufraffen konnte. Wollte sie es wirklich wissen?

Warum? 00.32

Weil ich etwas in Erfahrung gebracht habe 00.35

4

Donnerstag, 26. Januar, 06.01 Uhr, -13°

Je näher sie an die weisse Linie heranrückte, desto finsterer und abweisender wurde das Firmament. Dabei drückte ihr die trostlose Umgebung schon bleiern genug aufs Gemüt. Sie hockte auf ihrem Hollandvelo. Auf einer Autobahnbrücke. Auf dem Sattel festklebend. Sie drückte die Bremsen, bis ihre Knöchel weiss wurden, doch die Klötze konnten das Unvermeidliche bloss verzögern. Ihr Velo bewegte sich wie von Geisterhand gezerrt quälend langsam näher und näher an die weisse Linie. Jenseits der Brücke ragten, von finsterem Gewäld umfasst, dunkelgraue Plattenbauten wie babylonische Türme in den Himmel, gegen die selbst das Lochergut den Charme einer Hundertwasser-Siedlung versprühte. Die Gegend war so erdrückend, dass sich sogar der Schnee braun verfärbte. Sie presste ihre Schuhsohlen gegen den Asphalt, doch es half alles nichts. In wenigen Zentimetern würde sie die Linie überqueren und sich in einem Reich der altersbeschleunigenden Tristesse, der beerdigten Ambitionen und der lästigen Familienpflichten wiederfinden. Einer Welt fettiger Stammtische, hermetischer Schützenvereine und entvölkerter Schlafquartiere. Denn die weisse Linie, die wie die Klinge einer Guillotine in Zeitlupe herannahte, war die Zürcher Stadtgrenze. Ihr grösster natürlicher Feind. Das splitternackte, ganzkörperbehaarte Grauen. Dahinter lauerten Menschen, die das Seefeld nicht von Seebach unterscheiden konnten. Die Agglomeration. Wallisellen. *Wäh!*

Nur noch wenige Zentimeter. Sie würde sich auflösen wie eine Schneefrau in der Sahara. Sobald das Vorderrad die Grenze überrollt hatte, spürte es Enitta in ihren Zehenspitzen. Ihre schwarzen Socken bleichten aus, bis sie schneeweiss waren, Ledersandalen sprossen aus ihren Sohlen und rankten sich bis zu den Knöcheln um ihre Füsse. Das Velo verbog sich wie durch Hexerei in einen Kinderwagen, aus dessen dunklem Inneren unerträgliche Babyschreie ihre Ohren quälten. Und zu allem Übel quoll auch noch ihr Bauch auf. Neben ihr schlurfte ein kahlköpfiger Wampian mit Schnauz und Fernbedienung aus den Schwaden. Er schielte auf ihren Hintern und kratzte den eigenen.

«Heut schon Socken gewaschen, Frau?»

Enitta schrie aus Leibeskräften. Und wachte auf. Klatschnass. Nur langsam wich ihr Schrecken der Erleichterung. Laut ihrem Radiowecker war es erst kurz nach sechs, aber ans Einschlafen war nicht mehr zu denken. Zu gross die Angst, nochmals im Glatttal zu landen. Sie zog mit Ba eine Runde ums Haus und überliess ihn Fionas Obhut in der Wohnung. Hoffentlich zum letzten Mal. Sehr gerne hätte sie ihn mit ins Geschäft genommen und nahm sich drum fest vor, bei Roland vorbeizuschauen.

Es war kurz vor sieben, als sie den ersten Turnschuh auf den Teppich des Grossraumbüros setzte. Bis auf das Klappern vereinzelter Tastaturen und das nervöse Brummen weniger Standlampen herrschte Totenstille. Die ideale Atmosphäre. Niemand laberte einen voll, niemand kam mit Dringlichkeiten an ihr Pult gestürmt. Sie startete ihren PC auf und befolgte Regel Nummer eins für Frühaufsteher. Tue was und schreib darüber. Damit ihr vorzeitiges Erscheinen vom Chef auch bemerkt wurde. Ein Rapport über Nebensächlichkeiten, den sie eigentlich schon vergangene Woche fertiggestellt hatte, war der perfekte Anlass. Sie heftete das Tabellendokument an eine E-Mail und schickte sie an Roland. Melanie in Kopie.

Dann gönnte sie sich etwas, was sie tagsüber eigentlich scharf verurteilte. Einen ausgedehnten Abstecher in die Cafeteria. Der feuerrote Automat im Kaffeeraum war so was wie der Ferrari unter den Kaffeemaschinen. Mit einem preisgekrönten Design von Luigi Colani. Mit einer vollautomatischen Reinigung, die wirklich funktionagelte. Mit verchromten Leitungen, die hochwertigstes braunes Benzin in schneeweisse Porzellantassen gossen. Dank der Apparatur wurde das Bürohaus der tausend Leichen allmorgendlich zum geschäftigen Bienenstock und verführte Heerscharen von Mitarbeitern zum Herumlungoleggero. Daher liess sie sich Zeit, behielt die Entwicklung im

Büro im Auge und kehrte erst nach einer halben Stunde an ihren Schreibtisch zurück.

SAP war noch immer offline, was bedeutete, dass ihre Arbeitsladung im Hintergrund immer grösser wurde, während sie vordergründig nichts zu tun hatte. Schrilles Gekicher aus den Tiefen des Büroraums liess sie wissen, dass die olle Melanie aufgetaucht war. Bestimmt würde sie jeden Moment vorbeischneien, um zu prüfen, dass Enitta auch wirklich am Arbeiten war, was, gemessen am SAP-Ausfall, nicht zu erwarten war. Sie würde ihr ein undankbares Amt wie das Ausräumen der Spülmaschine oder die Verteilung der Post aufbrummen. Enitta griff darum zu einer Notlösung und startete die VENUS-Software. Das Akronym stand für «Virtual Emendation- and Usability-System». Man benutzte es, um Prozessabläufe innerhalb der Firma zu durchleuchten. Jeder Mitarbeiter konnte sich dort einklinken und nach dem Kaizen-Prinzip auf strukturelle Schwachstellen hinweisen, welche die Firma Zeit und Geld kosteten, und gleichzeitig Verbesserungsvorschläge machen. In Tat und Wahrheit war VENUS jedoch nichts weiter als eine virtuelle Cafeteria. Aufgrund der integrierten, nicht moderierten Chat-Applikation ein Umschlagplatz für Klatsch und Tratsch, bei dem kaum brauchbare Resultate herausschauten. Cases wurden eröffnet, herumgereicht und wieder geschlossen. Damit der aufgewirbelte Staub nach Produktivität ausschaute, wurden kryptische Abkürzungen verwendet, die Produktivität vorgaukeln sollten. Enitta ging die Status-Updates der Cases durch.

KDE durch *KEA* gefixt.
LUE mit *SHAK* abgeglichen. *SHI* nötig. Wer übernimmt?
WEUL beendet. Fall abgeschlossen.

Vielleicht hätte sie die täglichen Memos mindestens überfliegen sollen. Dann erfolgte unverhofft die Rettung. Melanie, heute in der Erscheinung einer Langhosen-Prinzessin, verschwand mit ihren Kohorten hinter der Türe des Sitzungszimmers. Die erkaufte Zeit würde Enitta für unterhaltsamere Dinge nutzen.

Sie klickte VENUS weg und öffnete den Internet Explorer. Die schönen Seiten des Internets waren selbstverständlich vom Administrator gesperrt worden, aber das News-Portal vom «Blatt», ja das liessen sie wieder offen. Gelangweilt ging sie die Hauptmeldung durch.

Schon dritter Angriff!
Schweizersoldaten überfallen NASA-Tankstelle
Zürich-Enge (ZH) Die Überfallserie auf städtische Tankstellen will nicht abreissen. Einmal mehr erbeutet die Gang in uralten Armeeuniformen und Gasmasken mehrere Kanister Diesel. Wie lange noch, bis jemand zu Tode kommt?
Es ist die wohl kurioseste Überfallserie, die Zürich je erlebt hat. Seit mehreren Tagen suchen drei als Soldaten aus dem Zweiten Weltkrieg verkleidete Kriminelle Tankstellen rund um das Seebecken heim und bringen die Stapo zusehends in Verlegenheit. Bisherige Beute: ungefähr 900 Liter Diesel. Dies entspricht einer Schadenssumme von fast 1500 Franken.
Heute Morgen gegen halb fünf traf es die NASA-Tankstelle oberhalb des Bahnhofs Enge, wo die Täter gefälschte Kreditkarten zum Einsatz brachten. Laut Zeugen, einem Blatt-Zeitungsverträger, luden sie den Diesel kanisterweise auf ein Rollwägeli und verschwanden mit ausgelassener Stimmung in der Nacht.

Polizei steht vor Rätsel

Das Blatt sprach heute Morgen vor Ort mit Jakob Mettmenstetter, dem leitenden Kriminaldetektiv. «Die Sache ist äusserst gspässig. Nur Profis könnten diese Automaten knacken. Das äusserst juvenile Verhalten der Diebe lässt auf einen bösen Lausbubenstreich schliessen.» Diese Aussage überrascht. Gerade weil die Bande ihr letztes Ziel beim Bahnhof Tiefenbrunnen mit geladenen Maschinengewehren heimgesucht hatte.
Mettmenstetter relativiert. «Noch ist unklar, ob es sich dabei, zumindest teilweise, um Attrappen gehandelt hatte.» Bislang hat die Polizei keine Kenntnis, wozu die Täter so viel Diesel benötigen, und gibt sich dem Prinzip Hoffnung hin. «Es

besteht die Möglichkeit, dass es sich hier um einen verfrühten Fasnachtsscherz handelt.» Wenn der Diesel mal nicht in Form von Molotowcocktails am 1. Mai auftaucht. (bä)

Mettmenstetter? So hiess doch der alte Kommissar, mit dem Andreas das Büro teilte. Andreas. Der Gedanke an ihr heutiges Date hob ihre Stimmung, doch bis dahin galt es noch eine Menge Zeit zu überbrücken, und sie entschied, sogleich damit zu beginnen. Indem sie beispielsweise den Bericht verfasste, den sie Eric Stassel am Mittag überreichen würde. Sie öffnete ein Excel-Dokument, listete die Heldentaten auf, die für Jerrys Aufspürung nötig gewesen waren, übersetzte sie in aufgewendete Stunden und rechnete diese in einen Endbetrag um. Obwohl sie dabei so akribisch wie irgend möglich zu Werke ging, zeigte die Digitaluhr des Desktops beim Speichern erst neun Uhr zehn an.

Verzweiflung machte sich in ihrer Bauchhöhle breit. Verzweiflung, die sogleich kaltfeuchtem Ekel wich, als ihr einfiel, dass es einen Weg gab, die Zeit bis Mittag totzuschlagen: Vlàd im Archiv zu helfen. Sofern sie bereit war, sich akuter Grapschgefahr auszusetzen. Handkehrum wäre es vielleicht nicht einmal so schlecht, wenn ihr der kleine Bücherwurm zu nahe kam. Sie sehnte sich nämlich schon seit einiger Zeit danach – wenigstens ein einziges Mal –, handgreiflich zu werden, wenn ihr jemand so richtig dumm kam. Melanie einen handförmigen Sonnenbrand ins Gesicht zu klatschen kam beispielsweise einer Tätlichkeit gleich, während dasselbe Verhalten bei Vlàd automatisch Notwehr war. So warf sie ihre Jacke über die Schultern, getraute sich einmal mehr ins Untergeschoss, nur um die Rädergestelle in veränderter Formation im Flur herumstehend vorzufinden. Sie spähte in den Archivraum B. Trat einen Schritt hinein. Keine Spur von Vlàd. Was trieb dieser Kerl bloss? War er vom Kammerjäger geschnappt worden? Sie hätte es ihm nicht aktiv gewünscht, aber etwas passive Erleichterung musste erlaubt sein. Ihre Armbanduhr zeigte nicht mal halb zehn an. Wenigstens musste sie hier unten keine Mitarbeiter ertragen. Sie schob das erste Regal vom Flur ins Gewölbe und überflog die Beschriftungen der kaffeebraunen Kartons. Jahrgänge, Abteilungen und alphabetische Zuweisungen waren von Hand auf jeweils drei Zeilen gekritzelt worden. Enitta zog einen der Kartons heraus.

1999

HR

D–G

Sie fasste hinein und fand die Personalakten von Leuten wie Derenberg Doris, Emery Sandrine oder Giebelberger Jonas, die pikante Details enthüllten. Die Doris beispielsweise kämpfte mit einer Lohnpfändung, die gute Sandrine hatte vor ihrer Kündigung 2001 mehrere Verwarnungen wegen verspätetem Erscheinen kassiert, während der Jonas sich vermehrt über die Radiomusik in seiner Abteilung beschwert und schliesslich die Firma freiwillig verlassen hatte. Wenn sie jemand dabei erwischte, wie sie ihre Nase in solch vertrauliche Akten steckte, würde das für ihre Karriere bei «CDI» automatisch Geier Sturzflug bedeuten. Was aber noch nichts dagegen wäre, was Vlàd erwartete, wenn herauskam, dass er sensitive Dokumente einfach so im Flur herumstehen liess. Sie entschied, ihm einen Gefallen zu tun, und schaffte erst einmal alle Gestelle ins Archiv.

Ein paar quergelesene Akten von Menschen mit lustigen Namen später machte sie sich daran, die modrigen Kartons vom ersten Gestell auf die Holzregale zu übertragen, bis nur noch eine einzelne Schachtel zuoberst verschupft herumstand. Enitta zog sie näher heran. Jemand hatte die drei Zeilen mit dickem Filzstift durchgestrichen und stattdessen «Pendentes» hingeschrieben. Die klassisch-nichtssagende Bezeichnung, die man meistens dann bemühte, wenn man jemand von genauerem Hinsehen abhalten wollte. Beispielsweise bei Pornosammlungen und Lästermails. Neugierig hievte sie das staubige Teil herab und wunderte sich, wie wenig es wog. Ein Blick ins Innere offenbarte ihr, wieso. Die Schachtel enthielt keine Akten, sondern ein paar Papiere, die Enitta mit einem Handgriff ans Neonlicht holte. Es handelte sich um ein altes Foto einer Villa, ein paar ähnlich antiken Abbildungen von Pferden und einen handschriftlichen Brief der –

Sie musste sich augenblicklich ans Regal lehnen, denn ihr Gehirn schlug Purzelbäume. Atemlos las sie das Dokument. Und gleich noch einmal. Bis sie glauben konnte, was sie da las. Okay, es stand wirklich so auf dem Papier, wie sie es bereits auf den ersten Blick gesehen hatte. Bedeutete es auch, was sie in die Zeilen hineininterpretierte? Da schrieb eine gewisse Harobeth an einen gewissen Robert, dass der Schatz im Kreis 13 gut aufgehoben sei. Harobeth Hensel? Von der Hensel-Stiftung? Verriet sie in diesem Kurzbrief etwa den Verbleib der sagenhaften Zorilla-Rose? Das Schreiben war 1941 verfasst worden. War also durchaus möglich. Aber Kreis 13? Was in aller Welt sollte das sein? Und wer war dieser Robert, dem sie dieses Geheimnis anvertraute? Robert … So hatte damals jeder Zweite geheissen. Sie studierte das beschädigte Foto der Villa genauer. Ein altes Herrenhaus neben einer Trauerweide. Davor eine abfallende Wiese mit einem Parkbänkchen inmitten gestutzter Büsche. Das konnte irgendwo in Schaffhausen stehen. Oder Luzern. Oder – wäh – Wallisellen. Falls es überhaupt noch existierte.

Zwischen der Trauerweide und der Villa ragten drei Masten in einen blauen, wolkenlosen Himmel. Ihre Fahnen wiegten sich sanft im Wind und offenbarten die Wappen der Schweizer Eidgenossenschaft, des Kantons Zürich und ein Emblem, das Enitta gänzlich fremd war. Ein goldgelbes Schild mit einer roten Sonne über zwei abwärts gekreuzten Schwertern. Sie nahm eine Lunge voll süsser Kellerluft und überlegte. Wenn es ihr gelänge, dieses Wappen zu identifizieren, wäre sie der Zorilla-Rose einen Siebenmeilenschritt näher. Sie wusste auch schon genau, wer ihr dabei würde helfen können. Sie speicherte die drei Fotos und den kurzen Liebesbrief in die Galerie ihres iPhones, schob die Originale in den Karton und stellte diesen zurück auf die oberste Ablage des Rollregals. Einen Moment lang betrachtete sie die Schachtel, während dunkle Gedanken in ihren Geist drangen. Vlàd hatte die Box nicht ohne Grund aussortiert. Er musste dem Kunstschatz also ebenso auf der Spur sein. So wie der herumrannte, konnte er das Geld bestimmt noch dringender gebrauchen als sie selbst. War er deswegen ständig abwesend? Auf jeden Fall durfte er sie hier nicht finden.

Sie verliess das Gewölbe und kehrte so rasch sie konnte an ihren Schreibtisch zurück, wo sie die Stadtverwaltung anrief. Nachdem sie mit drei verschiedenen Beamtinnen gesprochen hatte, landete sie beim Staatsarchiv des Kantons Zürich, einer Einrichtung beim Irchelpark. Wie man ihr zuvor versichert hatte, wussten die dort über alle Familienwappen Zürichs Bescheid, zumindest ein gewisser Herr Professor Franz Ruttishauser, mit dem sie von der Telefonistin sofort verbunden wurde.

«Ruttishauser?» Seine Stimme klang merkwürdig gedämpft, so als wäre er in einem kleinen Kämmerchen voller Bundesordner und Aktenstapel eingekerkert. Er wirkte ausserdem ziemlich genervt, so als hätte er eben in den Mittag flüchten wollen. Sie würde ihre Worte weise wählen müssen.

«Äh, Grüezi. Carigiet hier. Ich bräuchte eine … also ich habe hier ein wunderschönes Wappen, das ich überprüft haben muss.»

Ruttishauser seufzte. In seiner Unterwältigung schwang deutlich hörbar stille Verzweiflung mit. «Frölein, kommen Sie doch einfach hier vorbei. Wir haben von Montag bis Freitag offen.»

«Es ist eben so», sagte Enitta, so charmant sie vermochte, «meine … äh … neue beste Freundin hat heute Geburtstag, und ich blöde Kuh habe das erst vor zwei Stunden auf Facebook gesehen. Ich möchte drum ihr Familienwappen auf ein Grossplakat drucken lassen, aber ich bin nicht sicher, ob es wirklich das richtige Emblem ist.»

Ruttishauser seufzte aus tiefster Seele. «Ich könnte heute Nachmittag –»

«Die Druckerei schliesst eben schon um halb zwei, weil … Ja, genau: Die Inhaber sind glaubs Hindus, und die haben heute … äh … so einen wichtigen Feiertag? Also, ich könnte Ihnen das Bild per E-Mail senden.»

«Hören Sie, das ist mir jetzt alles –»

«Ein Mann Ihrer Reputation sieht bestimmt gleich auf den allerersten Blick, welche Familie zu dem Wappen gehört.» Seit der Hörer der Feststation unter ihrer Wange klemmte, hatte sie das Wappen auf einen Notizblock gezeichnet, mit dem Handy fotografiert und das Bild bei der E-Mail-App als Attachment angefügt.

«Also, Sie sind jetzt wirklich eine ganz Aufdringliche, Sie.»

«Bloss leidenschaftlich», flötete Enitta und hängte gleich noch ein zuckersüsses «Herr Professor» an.

«Aber ich habe jetzt Hunger.»

«Und meine beste Freundin hat Geburtstag. Sie wird … äh … zweiundzwanzig?»

«Das ist aber kein runder Geburtstag», pfurrte Ruttishauser.

«Die hat ja auch ihre Ecken und Kanten. Bitte. Ich möchte ihr doch nicht das falsche Wappen schenken.»

«Himmel Herrgott … Also schön. Eff wie Fritz, Punkt, Ruttishuuser, ätt Staatsarchiv, Punkt Zettha, Punkt Zeha.»

«Schon geschehen», sagte Enitta.

Am anderen Ende der Leitung klickte Ruttishauser ungeduldig auf seiner Maus herum und machte ein angewidertes Geräusch. «Nein! Haben wir nicht.»

«Da sind Sie ganz sicher?»

«Sie, Frölein, hallo? Ich arbeite seit siebzehn Jahren für dieses Institut. Wenn Sie wollen, faxe ich Ihnen gerne eine Staatsgarantie, dass ein solches Sujet nicht in unseren Unterlagen hinterlegt ist.»

Enitta rief das Wappen in ihrer Handygalerie auf. Sie hatte es wirklich präzise nachgezeichnet.

«Also dann.»

«Moment noch, Herr Professor. Wäre es denkbar, dass nicht alle Familienwappen des Kantons bei Ihnen registriert sind?»

«Durchaus. Wir sind nicht die ‹Rock and Roll Hall of Fame›.» Sein Schnauben klang beinahe schadenfreudig. «Es hat sich sogar schon zugetragen, dass man ein Wappen aus unserem Register getilgt wünschte. So, und jetzt muss ich los. Wiederhören.»

Enitta legte den Hörer langsam zurück auf die Basisstation. Jenseits der Korpuslinie trat Melanie mit ihrer Gefolgschaft wild schnatternd aus dem Sitzungszimmer. Die Digitaluhr auf dem Bildschirm hatte die Elf endlich überschritten. Enitta gab den Druckbefehl für die Excel-Tabelle, fuhr den Compi runter und nahm beim Hinausgehen den Stassel-Rapport aus dem Multifunktionsprinter.

***

Aufmerksam klickte sich Andreas durch die Fotostrecke. Sie war so schneeweiss wie die Schmerztabletten, die er seit Tagen schluckte, und ihr Anblick wirkte ähnlich beruhigend. Er konnte kaum damit aufhören, ihre Abbilder auf der Webseite des Nautischen Nationalmuseums von Kanada anzustarren. Baujahr 1927 in der finnischen Hafenstadt Turku. Zwei Sitzplätze. Motormodell Chrysler 444 CID 8.8 Liter. Maximale Geschwindigkeit vierundvierzig Knoten. Rumpfmaterial Elfenbein. Aussenfarbe Engelweiss. Geschätzter Wert siebenhundertfünfzigtausend Kanadische Dollar. Insgesamt wurden nur drei Vanderberg Swan gebaut, die letzten überhaupt aus der «Wäärft Vanderberg Seemöötööräänböötään Ltd.», da das Unternehmen kurz darauf Konkurs anmelden musste. Angeblich war die zweite Swan in Sarajevo während des Krieges in den Neunzigern zu Brennholz verarbeitet worden, während sich die dritte im Privatbesitz eines europäischen Sammlers befand. Oder befunden hatte. In Binders Bootshaus. Viel lieber würde er diese verlorene Schönheit aufstöbern, als den ollen Tankstellenräubern hinterherzuschnüffeln. Die Swan war der Schlüssel zum Mordfall Devlin. Wer immer sie entwendet hatte, war ebenso für den Tod des Werbers verantwortlich. Die letzte Aufnahme der Bildstrecke zeigte das Motorboot bei voller Fahrt auf dem Lake Winnipeg.

Schon als kleiner Toggenburger hatte er eine grosse Liebe für schnelle Boote gehabt, wobei sich seine Sehnsucht nach Geschwindigkeit nicht von Wellen auf Asphalt übersetzen liess. Wie man an seinem ZVV-Abo erkennen konnte. Im Sommer würde er endlich das Brevet machen, um sodann selber ein Boot steuern zu dürfen. Der Gedanke entspannte ihn derart, dass er abrupt zusammenzuckte, als Mette ins Büro gestürmt kam und den «Blick» auf seinen Schreibtisch klatschte, welcher dem von Andreas gegenüberstand. «Gute Neuigkeiten,

Jungspund», bellte er, «Männedorf hat Binders Personalakte herausgerückt.»

Mettes Kopf verschwand hinter den beiden aneinander platzierten Flachbildschirmen. Papier raschelte. Dann lehnte er sich so weit in den Sessel, dass Andreas ihn wieder sehen konnte, und begann von einem Printpapier zu lesen. «Also … Benjamin Binder … bla bla bla … leibliche Eltern unbekannt … bla bla bla … Wuchs als Waisenkind in einem Heim an der Asylstrasse auf. Wurde im Alter von fünfzehn Jahren vom Fürsorgeamt in die Obhut des Besitzers der Villa Jungbluth überstellt.» Er blickte auf. «Das ist das Gebäude, das vor dem hässlichen Kasten in Zollikon am See gestanden hatte.»

Andreas nickte. «Ein Waisenbub, der in einem Herrenhaus arbeitet? Wie kam er in diesen Dienst?»

Mette schob die Papiere auf dem Schreibtisch herum und hob ein kaffeebraunes Dokument hoch. «Hier ist die Entlassungsurkunde des Waisenhauses. Gezeichnet von einem *B. Jungbluth*, dem Patron höchstpersönlich. Damals keine unübliche Art, Personal zu rekrutieren. Und Waisenkinder zogen dabei oft noch ein besseres Los. Man denke an Zigeunerkinder. Von Weber wissen wir, dass er dort bis zum Tod des Patrons als Haushaltshilfe und später Butler arbeitete … äh, 1973.» Mette zog seinen Notizblock näher und studierte sein eigenes Gekrakel. «Den Aussagen des Nachbars nach erbte Binder die Vanderberg ja samt Bootshaus. Angeblich weil er gerne segelte und das Anwesen tadellos in Stand gehalten hatte. Angeblich führte er seine Tätigkeit als Haushilfe im Dienste von Jungbluths Sohn Manuel fort, bis dieser die Villa 1996 verkaufte. An den toten Werbefritzen.»

«Sein Name ist Tim Devlin», ergänzte Andreas, der Anstoss an der Nonchalance seines Partners nahm.

«War. Dieser liess die Villa noch im gleichen Jahr abreissen, musste Binder aber weiterhin Zugang zum Bootshaus gewähren, weil dies aufgrund des Testaments so im Kaufvertrag geregelt worden war. Weber meinte weiter, Devlin hätte seinen Anwalt nach einem Weg suchen lassen, die Klausel für nichtig erklären zu lassen und Binder stattdessen auszuzahlen. Aber es wäre ein sehr kompliziertes Verfahren geworden, darum verwarf er den Plan wieder. Auch weil Binder das Bootshaus mit einer Besessenheit pflegte, die jeder Beschreibung spottete.»

«Geld wäre für ihn eh kaum ein Anreiz gewesen. Das Boot hatte den Wert von einer Dreiviertel Million Franken.» Andreas atmete tief durch. «Nachbars Wort in Ehren, aber das möchte ich gerne selbst nachlesen.»

«Schon geschehen. Jungbluths Erben werden uns eine Kopie des Testaments schicken. Darum werden wir uns in der Zwischenzeit um den Verbleib von Devlins Angehörigen kümmern. Der jüngere Sohn, Todd, ist mit seiner Mutter, Charmaine Jilleau in Frankreich, in einem … Internat.» Er reichte Andreas den Zettel mit einer französischen Festnetznummer. «Die stammt aus dem Adressbuch des Wohnzimmersekretärs. Dort stehen sieben verschiedene Einträge für seine Gattin. Wohl einer für jede Jahreszeit. Ich fühle inzwischen Kirk, dem älteren Spross, auf den Zahn.» Schon hielt er sich den Hörer an den Kopf.

Andreas tat es ihm gleich. Bereits nach zweimaligem Freizeichen meldete sich eine kühle Frauenstimme. *«Oui, allô?»*

«*Madame Jilleau?* Ich bin Andreas Dähling, Kriminaldetektiv bei der Stadtpolizei Zürich. Ich hätte ein paar Fragen an Sie.»

«Monsieur le Commissaire», hielt sie nüchtern fest.

«Ist es Ihnen recht, wenn wir dieses Gespräch auf Hochdeutsch führen?»

«Oui, oui. Continuez s'il vous plaît.»

«Besten Dank, dass Sie die Zeit für dieses Gespräch finden.»

«*De rien.* Sie rufen an wegen mein Ex-Mann, *n'est-ce pas*?»

«Ich fürchte, ja.»

«Tim, er ist wirklich tot?» Wieder klang es wie eine Feststellung. Diesmal wie eine schmerzliche.

«Darf ich … fragen, wie Sie von seinem Tod erfahren haben, Madame Jilleau?»

«Mein Anwalt mich hat angerufe vor ein paar Stunde. *Mon Dieu.* Ich kann noch immer nicht fassen. Was ist nur geschehen?»

«Was wir derzeit mit Sicherheit sagen können, ist, dass er

in der Nacht auf letzten Sonntag in seiner Villa Opfer eines Raubüberfalls wurde. Noch ist unklar, ob es sich dabei um einen Unfall oder Vorsatz gehandelt hat. Mich hätte höflich interessiert, wo Sie zu dem Zeitpunkt waren.»

Die Temperatur ihres Tonfalls fiel merklich. «Ich und Todd, wir waren hier in Provence in die IBS.»

«IBS ist der Name des Internats?»

«*Le voilà.* Letztes Wochenend es war das Elternversammlung.»

Er fütterte die Suchmaschine mit der Abkürzung. «International Bilingual School of Provence … in Luynes, Südfrankreich, richtig?»

«Ja. Mein Sohn dort ist aufgetreten in Theater. Viele Dutzend Leuten können bezeugen, dass ich war dort.»

Andreas hatte allmählich Mühe, die Frau zu verstehen, weil die Verbindung stark rauschte und sein Partner in der Deckung der Bildschirme in einer abnormalen Lautstärke telefonierte. Irgendetwas schien Mette aufzuregen.

«Wann haben Sie das letzte Mal mit Ihrem Ex-Mann gesprochen?», fragte er weiter, während er die Internetpräsenz des Edelinternats aufrief. Dort gab es farbenfrohe Videos von Kids zwischen elf und achtzehn, die ihre Eltern mit Anzügen und Abendkleidern nachmachten.

«Tim und ich, wir uns haben lange nicht mehr gesehen. Wir haben ein paarmal telefoniert. Sehr kurze Konversationen.»

«Madame Jilleau, darf ich fragen, was Sie beruflich machen?» Vielleicht war die Frage unhöflich, aber immerhin ging er davon aus, dass sie einer Tätigkeit nachging, statt nur vom Geld ihres Mannes zu leben.

«Real Estate.» Eine prompte Antwort. Sie sagte es auf Englisch.

«Sie arbeiten als Immobilienmaklerin?»

«Le voilà.»

«Verstehe … Andere Frage: Kannten Sie Benjamin Binder? Den Bootshausbesitzer?»

Die Frau stiess einen abweisenden Laut aus. «Diese Suppenkasper. Ich nie habe verstanden, was der dort hat gemacht.

Einmal ich ihn habe gefragt, ob er die blöde Baraque nicht will verkaufen. Da hat er mich angeschreit wie wilde Tier.»

«Wissen Sie etwas darüber, wie er an das Bootshaus gekommen ist?»

«Soweit mir Tim hat gesagt, Binder hat geerbt von die Vorbesitzer. Ein gewisser Jungbluth. Manuel Jungbluth? Ich weiss nicht mehr genau. Jedenfalls, er hat angeblich lange für Jungbluth gearbeitet. Als Domestique ... wie sagt man ... Dienstbote oder so. Aber auch nach die Kauf er immer wieder ist aufgetaucht in Garten. Stand einfach plötzlich da, während ich habe gebadet an Sonne. Man muss sich vorstellen. Ich bin mir gewöhnt ein bisschen ... wie man sagt ... *Exclusivité*. Es hat mich immer gestört, dass wir das Land mit diese scheussliche *Guignol* teilen mussten und dass seine Schuppen hat verschandelt unseren schönen Garten.»

Und dass ihr Gatte nichts dagegen unternahm, musste sie enorm verärgert haben. «Wieso haben Sie sich scheiden lassen?» Er hielt den Atem an. Woher kam das denn? Mettes Unverfrorenheit färbte allmählich auf ihn ab.

«Das ist nun wirklich nicht Ihre ... Business, *Monsieur le Commissaire*!» Doch die aufbrandende Tirade verebbte sogleich. «Tim, er war ... er war eine Denker. Viel Kopf, wenig Herz. Sie verstehen.»

«Gewiss, *Madame*. Gewiss.»

«Und nun ich muss leider ... Grüssen Sie mir die Nachbar. *Adieu*.»

«Ich verstehe. Vielen Dank, Frau ...» Sie hatte bereits aufgelegt. Andreas spähte aus dem Fenster zu der schneebedeckten Mauer unterhalb des Lindenhofs und spürte dem Gesagten nach. Auf jeden Fall würde er ihr Alibi überprüfen und notierte die Nummer des Rektors von der Webseite. Was wohl Mette über den zweiten Sohn Kirk in Erfahrung gebracht hatte? Noch hing er an der Strippe, machte seltsame Geräusche zwischen Knurren und Brummeln. Dann hängte er unvermittelt auf, erhob sich vom Sessel und sprach mit düsterer Miene: «Wir haben einen neuen Hauptverdächtigen.»

«Wen? Den Jungen?»

«Ich habe eben mit den Kollegen in der Westschweiz telefoniert.» Mette lehnte sich verschwörerisch vor. «Du, der Kirk ist seit einer guten Woche spurlos verschwunden.»

***

Enitta schlich auf ihrem Velo der Limmatstrasse entlang Richtung Hauptbahnhof, als ihr Handy wie erwartet klingelte. Es war Simon, und bestimmt lag er noch immer unter seiner warmen Bettdecke. «Auch schon wach?»

«Schon seit halb sechs», meldete sich ein quicklebendiger Simon.

Sie stieg ab. «Wie kam das denn?»

«Die haben mich in der Früh aus dem Pflegheim geworfen.»

«Pflegheim? Ich dachte, du wärst gestern zu Hause geblieben.»

«Bin ich ja auch. Also bis um drei. Dann gingen mir die Kippen aus. Ich bin bei einem Track einfach nicht weitergekommen und drum zum Express-Shop gepilgert, um Nachschub zu holen. Dort war die Warteschlange so lange, dass ich mit einer Dame ins Gespräch kam. Na ja, und da auf der anderen Strassenseite mindestens gleichviele Leute beim ‹Gonzo› anstanden, entschieden wir, hinüberzuwechseln.»

«Was ging dort ab?»

«So ein halber Privatanlass. Ein paar Nerds von der ETH feierten die ‹Stronzium-Party›. Eigentlich durfte man da nur mit Hornbrille rein, aber Türsteher Pion hat uns durchgeschleust. Leider, denn drinnen lief REM, Weezer und ähnlich schlimmer Dreck.»

«Hatte es da überhaupt Frauen?»

«Ja, aber die hockten alle unter dem DJ-Pult.»

«Fux!»

«Wirklich nicht meine Schuld. Hehe. Jedenfalls fand meine Begleitung, dass wir besser zu ihr gehen.»

«Ins Pflegeheim?»

«Ja, ins Alterszentrum Röslihof.»

«Das wird ja immer schlimmer.»

«Relax. Françoise *arbeitet* dort. Sie ist die Leiterin.»

«Françoise? Also doch ein fortgeschrittenes Semester.»

«Das war echt was für Fortgeschrittene. Und erst ihre autoritäre Art. Enitta, die hat mich völlig überrumpelt.»

«Und dich hinterher *entrümpelt*?»

«Ich hab ihr ein paar Komplimente gemacht, die sie glaubs falsch verstanden hat. Mein Französisch war ja noch nie ... Und alles, was mir von ihr blieb, war eine Gratiszeitung.» Er raschelte mit Papier herum. «Lieber Himmel, ich hab noch nie so viele Rechtschreibfehler in einem Wanzigminuten gesehen.» Dann brach er in Lachen aus. «Ach so! Das ist die Westschweizer Ausgabe der Pendlerzeitung. Jetzt wird mir einiges klar.»

«Du hast ja so einen am Sender.»

«Hast wahrscheinlich recht. Ich geh jetzt besser ins Fitnesscenter. Vielleicht wache ich dann endlich auf.»

«Du und Gym?»

«Ja, muss heute Abend fit für die Party in der Alten Kaserne sein. Da ist ‹Wegtreten!› angesagt. Mit Captain Störschaden. Schau doch vorbei.»

«Bedaure. Hab schon abgemacht.»

«Mit wem?»

Enitta zögerte. «Andreas ...»

«Dem Polypen? Ich dachte, mit dem wolltest du nicht mehr flirten.»

«Nix flirten. Er will mit mir über Janita reden.»

«Okay, das Gegenteil geht in Ordnung.»

«So, und jetzt muss ich an die Arbeit. Güx.»

Enitta schob ihren zweirädrigen Untersatz durch den höllischen Wahnsinn unter dem Riesenengel an der Decke der HB-Haupthalle, wo man immer am besten vorwärtskam, wenn man keinem in die Augen schaute. Dann floh sie durch einen Torbogen in den Trubel an der Bahnhofstrasse, schwang sich wieder auf den Sattel und erfuhr an deren Ende ein kleines bisschen Linderung von der Klaustrophobie durch die Weite des Seebeckens, das sich fast bis zum Horizont erstreckte. Von da aus waren es nur noch drei Steinwürfe entlang des General-Guisan-Quais an die Nummer 26, wo sie einen grauen Klotz aus Glas und Metall erreichte, auf dessen Rasterfassade in geschwungenen

Lettern der Firmenname «SOAR» prangte. Jenseits einer wuchtigen Drehtür neben einem leer stehenden Brunnenbassin fand sie sich in einer bewusst schlicht gehaltenen Empfangshalle wieder, in der man offensichtlich nicht verweilen sollte, sondern besser zu wissen hatte, wo man erwartet wurde. Nicht ungewöhnlich für ein Versicherungsunternehmen. Umso mehr freute sie sich, dass ihr Stassel den Standort seiner Unterkunft bereits verraten hatte, und eilte an den scheelen Blicken der beiden Empfangsdamen hinter einem Panzer von Korpus vorbei auf die Stufen einer skelettierten Steintreppe.

Sie passierte weisse ovale Vasen und pseudomoderne, rahmenlose Gemälde, die so wirkten, als wären sie versehentlich mit Glasreiniger abgewischt worden, und trat über den schwarzen Teppich des vierten Stocks zu Stassels Türschild. Sie klopfte an und streckte den Kopf durch den Türspalt, um Stassel in ein Telefongespräch vertieft anzutreffen. Ohne den Hörer vom Hals zu nehmen, winkte er sie herein, in ein Office, das mindestens das dreifache Ausmass eines üblichen Einzelbüros aufwies. Die weissen Wände waren bis auf Schulterhöhe mit edel schimmerndem Holz getäfert, und die Ausstattung stammte wohl mehrheitlich aus den Siebzigern. Doch selbst jemand wie sie, die herzlich wenig von Dekor verstand, konnte sagen, dass hier mindestens zwei verschiedene Einrichtungsstile kollidierten. Der Teppich wollte sich so gar nicht mit den Polstergruppen anfreunden, Stassels gewaltiger Herrensessel vertrug sich noch weniger mit dem Beamtenschreibtisch, und drei der fünf Büchergestelle waren hier neu an die Wand geschmiegt worden. Ein genaueres Studium der Bücherrücken bestätigte, dass er die Werke von mehreren Tablaren mindestens mitverfasst hatte.

Der Meister selbst lehnte sich lässig zurück und war ganz in seinem Element. «Schauen Sie mal», sprach er väterlich, «Kritik ist immer nur eine Bestandesaufnahme des Status quo, eine Momentaufnahme, wenn Sie so wollen. Es gibt kein Schicksal. Was man gerne als solches betrachtet, ist im Grunde bloss die Endstation des gegenwärtig eingeschlagenen Kurses. Sie können den Kurs aber jederzeit ändern, indem Sie sich beispielsweise entspannen. Mein Tipp an Sie: Besuchen Sie den Hauptbahnhof zur Stosszeit, setzen Sie Ihre Kopfhörer auf und hören Sie sich ‹I Still Haven't Found What I'm Looking For› von dieser, dieser Rockband … wie hiess die nochmals …»

«U2», flüsterte Enitta hinüber.

Stassel schnippte mit den Fingern. «U2, genau! Spazieren Sie dann mit grossen Schritten und zum halben Tempo des Songs durch die Menschenmassen im ShopVille. Sie werden die Welt in entspannter Zeitlupe erleben, während alle ringsum emsig herumrennen. Ein exquisiter Spass, Sie werden sehen.» Schmunzelnd legte er eine Minute später auf und trat galant um seinen Schreibtisch herum, um ihr so fürsorglich die Hand zu schütteln, als hätte er den ganzen Morgen nur auf sie gewartet.

Enitta schielte immer noch auf die Möblierung. «Ich dachte, Sie wären selbstständig?»

«Da trügt Sie Ihre Erinnerung nicht. Normalerweise wirke ich vom Arbeitszimmer meines Anwesens in Wollishofen aus. Aber da ich drei Wochen lang das obere Management von ‹SOAR› begleiten werde, wurde mir für die Dauer dieses grosszügige Büro zur Verfügung gestellt.» Er machte eine ausladende Bewegung in den Raum hinein, der bei starkem Lichteinfall durch die Gardinen bestimmt wie ein Ort der Ruhe wirken musste. Er stemmte die Fäuste in die Hüften. «Ehrlich gesagt bin ich nicht unfroh darüber. Mein Eigenheim wird derzeit von einer Delegation meiner berüchtigtsten Verehrerinnen belagert, die darauf bestehen, dass ich endlich meinen nächsten Bestseller schreibe.» Er rieb sich das Kinn und spannte die Gesichtsmuskeln an. «Und seit einigen Tagen schleichen dort auch vermehrt Autonome um den Zaun. Worauf ich mir allerdings noch keinen Reim zu machen vermag …»

«Haben Sie denn schon eine Buchidee?»

Er nickte. «Ich möchte mich an Leute wenden, die sich kein Arbeitsleben ausserhalb eines Büros vorstellen können. Gerade jene, die mit neuen Herausforderungen der kaufmännischen Welt, wie etwa Mobbing oder Bore-out konfrontiert werden, möchte ich erreichen, um ihnen Lösungsvorschläge anzubieten.»

Fast gedankenverloren zog sie eines seiner Bücher aus dem Regal. Es war eine Jubiläumsausgabe der «Jetstream-Theorie», anlässlich fünfundzwanzig Millionen weltweit verkaufter Exemplare. Sie blätterte ein wenig darin. «Sagen Sie, Herr Stassel … Also ich will jetzt nicht frech werden oder so, aber weshalb sind die meisten Ihrer Publikationen eigentlich so dünn?»

Stassel lächelte amüsiert. «Wissen Sie, Leser von Selbsthilfebüchern bevorzugen Wälzer, weil sie glauben, sie müssten erst *nach* der Lektüre zur Tat schreiten. Je höher die Seitenzahl, desto grösser die Prokrastination. Ich hingegen will, dass die Leute möglichst bald mit der Anwendung beginnen.» Er machte grosse Augen und schnippte mit den Fingern. «Der beste Augenblick ist immer jetzt, jetzt, *jetzt*! Verstehen Sie?»

Enitta schob das Büchlein zurück an seinen Platz. «Dann möchte ich gerne *jetzt* Bericht erstatten.»

«Unbedingt.» Er wies auf die Sesselgruppe.

Sie nahm Platz und händigte ihm den ausgedruckten Bericht aus. «Ich gebe mich stark der Hoffnung hin, dass Jeremias morgen Abend die ‹Bar 3000› an der Langstrasse aufsuchen wird. Und dort werde ich auf ihn warten.»

Stassel studierte die Zeilen genau. «Was, glauben Sie, hat er in der Zwischenzeit getrieben? Immerhin ist er schon bald eine Woche fort.»

Enitta dachte an Jerrys Fotogalerie. «Meine Recherchen haben ergeben, dass Ihr Göttibub momentan nur … wie soll ich sagen … Frauen und Partys im Kopf hat. Heutzutage kennt das Zürcher Nachtleben ja keinen Tagesanbruch mehr.»

«Ja, das klingt ganz nach Jeremias' altem Herrn.» Endlich schaute er auf. «Hervorragende Arbeit, wirklich. Wie ist Ihnen dieses Kunststück geglückt?»

«Hauptsächlich dank seiner regen Internetpräsenz. Noch kann ich nicht garantieren, dass er wirklich aufkreuzen wird, aber die Zeichen stehen gut.»

«Und für den Moment genügt mir das. Ich habe grosses Vertrauen in Ihre Fähigkeiten, das wissen Sie.»

Ohne Vorwarnung schwang am anderen Ende des Büros die Tür auf. Stassels blonde Assistentin, die Enitta bei der Autogrammstunde in der Buchhandlung kennengelernt hatte, stürmte mit grossen Schritten herbei und streckte ihrem Boss ein Tablet entgegen. «Die Vita für die Gala. Korrigierte Endfassung», meldete sie gepresst.

«Ah ja», sagte Stassel und schielte gelassen nach dem Pad. «Lesen Sie bitte vor.»

«Aber Sie müssen in einer Stunde in Oerlikon sein.»

«Gewiss. Ich werde erwartet. Also wartet man bestimmt noch ein paar Minuten länger.»

Die Assistentin hielt sich den Bildschirm vors müde Gesicht. «Harobeth Hensel-Apfelbaum, geboren als Harobeth Maria Heidelore Apfelbaum am 26. April 1894 in Thayngen bei Schaffhausen, stammte aus einfachen Verhältnissen und stieg dennoch innert kurzer Zeit zu einer der grössten Förderinnen der Schweizer Kulturschaffenden auf. Während ihrer Lehrzeit als Näherin lernte sie ihren späteren Ehemann, den Grossunternehmer Maximilian Hensel, kennen und verliebte sich unsterblich in ihn. Selbst als ihr werter Gatte achtzehn Monate lang auf Safari in Kenia war, kümmerte sie sich rührend um ihre Angestellten und das Baugeschäft. Daneben machte sie sich für die Rechte der Mütter stark und warnte in öffentlichen Reden schon Mitte der dreissiger Jahre vor den Gefahren des Nationalsozialismus, in einer Zeit, da viele Schweizer noch mit der politischen Entwicklung im Nachbarland sympathisierten.

Viel zu früh erlag sie am 5. Mai 1944 den Folgen eines Verkehrsunfalls, doch ihr Vermächtnis wirkt durch das 1952 eingeweihte ‹Haus Harobeth› bis in unsere Gegenwart. Das Premium-Tageszentrum in Rüschlikon, der erste Thinktank der Schweiz, gilt als Begegnungsort für Denker und Lenker aus allen Herren Länder. Darüber hinaus zeichnet sich die dort ansässige Hensel-Stiftung durch zahlreiche Leistungen aus. Wie etwa den Tanzkredit der Stadt Zürich oder das ‹Kulturviertel› in Altstetten, ein Wohnareal, dem fünfundzwanzig Prozent der jährlichen Stiftungsgelder zugutekommen. Dort leben Kunststudenten, Jungunternehmer und Randständige gemeinsam in friedlicher Koexistenz. Dieser wunderbaren Dame wollen wir heute mit einer Gedenkminute die Ehre erweisen, für die vielen magischen Stunden, die ihr Lebenswerk jedem Einzelnen von uns beschert hat.»

«Das haben Sie schön gelesen, Annina.»

Die Assistentin tippte mit dem Fingernagel auf ihre Armbanduhr. «Oerlikon», wiederholte sie und stapfte so energisch aus dem Büro, dass ihre Absätze kleine Quadrate auf dem Teppich hinterliessen.

«Stammt die Rede aus Ihrer Feder?», fragte Enitta.

Er nickte und drehte sich nach der sich schliessenden Bürotür um. «Eine Wahnsinnsfrau, denken Sie nicht auch?»

Enitta verzog die Lippen. «Vielleicht etwas jung für Sie. Ausserdem denke ich, dass die Hosenanzüge sie etwas steif aussehen lassen.»

«Ich sprach von Harobeth …»

«Aber natürlich! Die gute Frau Hensel. Bestimmt wissen Sie nun eine ganze Menge über deren Leben.»

«Ich habe mich mehrere Wochen intensiv mit ihrem Werdegang auseinandergesetzt. Beinahe kommt es mir so vor, als hätten wir uns persönlich gekannt. Im Mindesten aber spüre ich aus meinen Einsichten über Harobeth eine gewisse Art Seelenverwandtschaft heraus.»

«Sagen Sie … gab es im Leben von Frau Hensel einen Robert?»

«Einen Robert?» Stassel presste die Fingerspitzen aneinander und schickte einen strengen Blick zu den Neonröhren. «Damals ein sehr geläufiger Name. Ihr Sohn hatte einen Bernhardinerhund mit Namen Bert. Und ihr Gärtner hiess Robert. Antonio Robert. Die zwei waren eng befreundet, doch er musste fliehen, nachdem Maximilian, ihr Mann, von seiner Homosexualität erfahren hatte.»

Weder Hund noch Gärtner kamen als geheime Liebhaber in Frage. Wie jammerschade. «Andere Frage, Herr Stassel. Sie sagten, Sie besässen eine Kopie der Rose?»

Stassel nickte und stand auf. «Ich dachte mir schon, dass Sie danach fragen würden.» Er trat vor ein Drehgestell und zog ein Tuch herab, unter dem eine Vitrine zum Vorschein kam. Das dunstige Sonnenlicht, das immer stärker durch die Gardinen drängte, liess das Schmuckstück hinter dem Glas aufblitzen.

Enitta bückte sich über die Rose und war begeistert, wie

filigran Zorilla die Wasserlilie aus Glas und Gold gefertigt hatte. Sie drehte an dem Gestell und bezeugte entzückt, wie sie glitzerte. «Wer hat diese Kopie gefertigt?»

«Der Name des Künstlers ist mir spontan entfallen. Es war eine Auftragsarbeit, die die Hensel-Stiftung in den Siebzigern vergeben hatte. Schliesslich ist die Wasserlilie das Wappenzeichen des Instituts. Und seither wird sie von einem Präsidenten an den nächsten weitergereicht.»

«Ist sie wirklich identisch mit dem Original?»

«Die Zorilla-Rose ist ja seit den Vierzigern verschollen, daher musste der Künstler wohl auf Fotos und Zeichnungen zurückgreifen. Aber man versicherte mir, dass dieses Modell sehr nahe herankommt. Woran man erkennt, wie schwer der Verlust wiegt …»

Enitta wurde auf ein Fach unter der Vitrine aufmerksam, über dessen Kante ein weisses Büchlein ragte. Sie zog es hervor und blickte auf eine etwas verwackelte Zeichnung. Soldaten rannten Sturm gegen ein Gemäuer und spiessten dabei mit ihren Hellebarden feine Herrschaften auf. Es war der Roman «Gezeitenwechsel» von Friedhelm Döhr.

«Eine sehr aufwühlende Illustration, nicht?», bemerkte Stassel und nahm ihr das Büchlein ab. «Hat der Meister selbst gezeichnet. Zierte aber lediglich die erste Auflage. Ein echte Rarität.»

«Wovon handelt es?»

«Döhr verarbeitete die Vertreibung der bürgerlichen Obrigkeit aus dem Zürcher Stadtrat durch Ritter Brun und dessen Gefolge zu einem packenden Drama. Es geht hauptsächlich darum, wie dieser Umsturz an den Artisten vorbeiging und wie ihnen alle Besitztümer genommen wurden, weil man ihr Wirken unnütz schimpfte. Der Autor betrachtete die Konfiszierung der Wasserlilie als Ursünde der Stadtväter, die damit alle Kunstschaffenden zu Glückrittern abstempelten und Zorillas Schöpfung zu deren Heiligen Gral machten.» Er blätterte einige Seiten. «Darin fand Döhr wunderschöne Worte für das ewige Leiden der Kreativen: *Damit man dem Glanz und Zauber der Seerose auf Augenhöhe begegnen kann, muss einem schon das Wasser zum Halse stehen.*»

Er schloss das Buch und schaute mit verklärtem Blick auf die schillernde Nachbildung. «Angeblich schrieb er das Buch Ende der Vierziger. Sein grosser Erfolg mit Hörspielen bei den Deutschen Rundfunkanstalten hatte zu langen Verhandlungen mit dem damals grössten Publisher, dem KADA-Verlag, geführt. Als diese aus pessimistischen Erwartungen der kommerziell orientierten Verlagsleitung verworfen wurden, soll Döhr ausser sich gewesen sein vor Wut. Immerhin hatte er damals eine fünfköpfige Familie zu ernähren. Wie die Legende will, zog er sich mit seiner Weissglut und einem Karton Rotwein ins ‹Baur au Lac› zurück und verfasste ‹Gezeitenwechsel› innerhalb von nur drei Nächten. Danach habe er sich heftig in der Hotellobby übergeben. Später überkamen ihn jedoch Zweifel, und er liess das Manuskript in die Schublade wandern. So erschien es erst 1962 und wurde einer seiner grössten Erfolge.»

«Würde die Hensel-Stiftung einen Finderlohn bezahlen?»

«Einen Finderlohn wofür?»

«Na, für die Zorilla-Rose. Irgendwo muss sie ja sein.»

Stassel musste laut lachen. «Meine liebe Enitta. Jetzt wollen Sie aber hoch hinaus.»

Sie verspürte nicht das Verlangen, in die Belustigung einzustimmen. «Aber für den Fall, dass?»

Seine Lippen strafften sich, und er bedachte sie mit einem langen Blick. «Nun, die Hensel-Stiftung ist ein strikt gemeinnütziges Unternehmen. Aber sollte Ihnen diese Glanzleistung entgegen jeder Wahrscheinlichkeit wirklich gelingen, so würde ich Ihnen eine Belohnung aus dem eigenen Sack bezahlen. Das verspreche ich.» Er blickte auf seine Armbanduhr und kehrte an seinen Schreibtisch zurück, wo er seinen Mantel vom Ständer pflückte. «So, und nun muss ich aufs Züspa-Areal. An die ‹AWD› – Alle Welt der Zeit, Europas grösste Uhren-Messe. Ich soll den Preis für den ‹Montrepreneur des Jahres› überreichen.» Er fasste sie bei der Schulter. «Schade eigentlich. Ich hätte gerne noch ein Weilchen mit Ihnen geplaudert. Vielleicht kommen Sie ja Sonntagabend an die Gala?»

«Hängt von Sonntagmorgen ab.»

«Ich sage Ihnen. Wir haben ein erstklassiges Staraufgebot.

Marc Sway und Helene Hunziker. Oder Heiri Bölz, die Schweizer Fussball-Legende. Ausserdem konnten wir noch einen ganz besonderen Ehrengast verpflichten. Ich würde Ihnen so gerne verraten, um wen es sich handelt, aber ich kann nur sagen, dass selbst ich mit meinen Kontakten äusserst Mühe hatte, diese Person ans Telefon zu bekommen.» Er schnappte seine Ledertasche. «Annina wird Sie und eine Begleitung auf die Gästeliste setzen. Und rufen Sie mich an, sobald Sie Jeremias gefunden haben.» Dann hatte er das Büro verlassen.

Enitta trat nochmals vor die Vitrine und bestaunte das falsche Juwel. Ihr wurde klar, wie ernst es ihr gewesen war. Es musste einen Weg geben, das Original zu finden. Und den ersten Schritt musste sie in Richtung des ominösen Kreis 13 machen.

Zurück im Korridor wählte sie den Personenlift, weil die ohnehin schon glitschige Marmortreppe gerade von einer Putzfrau mit Wischmopp eingenässt wurde. In der geräumigen, verspiegelten Innenkabine prüfte sie, ob jemandem ihre Instagram-Bilder gefallen hatten, und schaute nicht auf, als ein Stockwerk später Leute zustiegen. Erst nachdem sie eine Gefolgschaftsanfrage von diesem Vlàd abgelehnt hatte, musterte sie das Pärchen, das ihr den Rücken zuwandte. So zwei leicht bekleidete Herrschaften hatte sie seit dem letzten Herbst nicht mehr gesehen. Sie trugen keine Winterkleidung, sondern eher die nächste Sommerkollektion. Er trug ein blaues Sakko über weissen Hosen, und die Garderobe seiner Begleiterin mit den hochgesteckten Haaren und dem langen dunklen Abendkleid erinnerte stark an das «Frühstück bei Tiffany». Und erst diese Schuhe. Wie die glänzten. Wo auf der Welt bekam man Viecher her, die solch ein Leder abgaben?

Die zwei würden bestimmt nicht zur Tramstation laufen. Bestimmt hatten sie eben ihren Vermögensberater in Grund und Boden geschimpft und vor der Türe einen Bentley mit laufendem Motor warten. Madame warf einen Blick über die Schulter, und obwohl Enitta ihre Augen hinter der riesigen Sonnenbrille nicht sehen konnte, erschauerte sie. Schwankte die Gute etwa? Ihr war, als rieche sie Champagner. Jaja, diese

Reichen. Immer Party machen. Als sich die Fremde längst wieder ihrem versilberten Handy widmete, konnte Enitta die Augen erst von ihrer Frisur wenden, da ihr Begleiter ebenfalls den Kopf nach ihr drehte. Enittas Rückgrat vibrierte. Es war niemand Geringerer als Urs Scheller, der sie da mit einem warmen Lächeln bedachte. Der Gott der Schuhe. Er stand leibhaftig vor ihr. Jetzt konnte die Welt getrost untergehen, wie von den Mayas vorhergesagt.

Und das tat sie auch gleich.

Die Deckenlichter begannen zu flackern. Die Kabine erzitterte, stürzte in Dunkelheit und kam so abrupt zum Stillstand, dass Enitta das Gleichgewicht verlor und gegen die Wand stiess. Was war geschehen? Ein Erdbeben? Eine Terrorattacke? Planet Nibiru? Sie hatte sich die Schulter am Handlauf gestossen und rappelte sich erst wieder auf, nachdem sie die Taschenlampe ihres Handys eingeschaltet hatte. Scheller war bereits wieder auf den Beinen und versuchte, seiner Begleitung zu helfen, die seine Unterstützung jedoch zurückwies und lieber mit verschränkten Armen in der Ecke sitzen blieb.

Scheller liess seufzend von ihr ab und richtete sein Licht auf Enitta. «He», rief er, «bist ein Hübsches. Wie heisst du?»

«Nein!», platzte es aus Enitta. Ihre Bewunderung war soeben in Ablehnung umgeschlagen, gerade weil er wohl glaubte, dass ihm jede Frau aus der Hand frass. Na, mit der Einstellung war er bei ihr aber an der komplett falschen Adresse.

Der Schuhgott trat sogar noch einen halben Schritt näher. «Wie alt bist du?»

«Älter, als ich aussehe.»

«Was ist denn los? Ich möchte mich bloss vergewissern, dass du okay bist.»

«Ach wirklich? Ich könnte schwören, dass Sie mich soeben angebaggert haben.»

Scheller schüttelte den Kopf. «Verzeih mir, ich … ich bin immer wieder auf der Suche nach Models für meine Kollektionen. Bin es mir einfach gewohnt … Leute direkt anzusprechen.»

«In einer Situation wie dieser denken Sie als Erstes an Ihre Mannequins? Und wer hat Ihnen eigentlich erlaubt, mich zu duzen, hä?» Sie wich zwei Schritte zurück. Gottlob war die Kabine für etwa ein Dutzend Leute konzipiert worden.

«Warum so feindselig? Ist bestimmt bloss ein Stromausfall. Kein Grund, die Nerven zu verlieren.» Er beugte sich über seine Begleitung. «Alles okay, Schatz. Wir werden bestimmt gleich befreit.»

Die Frau nahm ihre Sonnenbrille auch in der Finsternis nicht ab und wehrte seinen Beteuerungen mit fahrigen Bewegungen. Bestimmt war die halbe Stadt ohne Strom, aber er glaubte allen Ernstes, so wichtig zu sein, dass die Feuerwehr extra ein Team zu seiner Rettung losschickte.

«Wirkt auf mich, als wollte sie Ihre Hilfe nicht», knurrte Enitta und wunderte sich schon in der nächsten Sekunde, woher diese Intensität stammte. Doch das Gefühl war so stark, dass sie sich gleich treiben liess. Sie trat sogar noch näher an Scheller heran. «Mister, Sie sind imfall kein Messias!»

Scheller erhob sich mit verdutzter Miene. Wirkte, als wollte er etwas sagen, hörte aber weiter zu.

Enitta wurde klar, dass ihre Wut im Grunde daher rührte, dass sie sich die meisten seiner Schuhmodelle nicht leisten konnte. Dabei schien er mit dem vielen Geld, das er verdiente, nicht viel Schlaues anzustellen. Schnöder Neid eigentlich, aber das musste ja auch mal erlaubt sein. Und die Worte flossen nur so aus ihr heraus. «Immer wird so viel über Sie geschrieben, dabei frage ich mich, was Sie eigentlich genau dafür tun. Eben hab ich mit Eric Stassel gesprochen. An dem sollten Sie sich ein Beispiel nehmen. Der ist halb so oft in den Medien wie Sie und macht mindestens doppelt so viel für andere.»

«Eric Stassel? Aber ich …»

Sie würde ihn nicht zu Wort kommen lassen. «Was tun *Sie* eigentlich für die Welt, hm? Mit Ihrem Einfluss könnten Sie was für die Mädchen in der Dritten Welt tun. Sie könnten wie Harobeth Hensel eine Stiftung gründen. Stattdessen geben Sie bloss vor, wichtig zu sein. Weil Sie der geborene Plöffer sind. Ein kleiner gemeiner Plöffer!»

Scheller, der vor ihrem ausgestreckten Zeigefinger immer weiter zurückgewichen war, starrte sie mit offenem Mund an. Dann holte er sein Blackberry hervor und begann zu tippen.

Was er sich da bloss notierte? Schrieb er jedes Wort für seine Anwälte mit? Noch bevor er damit fertig war, erzitterte der Teppich unter ihren Füssen erneut, und die Deckenbeleuchtung stotterte sich ins Leben zurück. Sekunden später hatte die Kabine ihre Fahrt beendet, das Schott glitt beiseite, und Enitta schlüpfte zwischen den beiden Herrschaften hinaus in die Empfangshalle. Bloss raus aus dem Laden.

Doch sobald sie mit ihrem Velo an den General-Guisan-Quai gestürmt war, musste sie feststellen, dass das vom Winter ohnehin schon seit Wochen ins Schneckentempo gezwungene Züri nun komplett stillstand. So weit ihre Augen sehen konnten, standen Autokolonnen herum, so weit ihr Gehör reichte, wurde gehupt und gemotzt.

Von den Eindrücken vereinnahmt stiess sie ihr Velo einige Meter vor sich hin und genoss das Schauspiel. Tote Ampeln und Signalisierungen. Stillstehende Trams und Busse, überall Trauben schwafelnder Passanten und Angestellte vor verschlossenen Restaurants. Es brauchte also eine Katastrophe, damit in Zürich fremde Leute miteinander redeten. Enitta passierte die Stockerstrasse, den Alten Botanischen Garten, und als sie die Sihlporte erreichte, sah sie, wie sich das Servicepersonal mit Rechaudkerzen gegen die Dunkelheit in ihren Lokalen wehrte. Zwei Kreuzungen weiter, am überlaufenen Stauffacher, schalteten sich die Neonbeschriftungen, die in diesem finsteren Winter auch tagsüber leuchteten, wieder ein. Vor ihr war das ein grün umrandetes Logo mit einer Meerjungfrau, und Enitta interpretierte dies als Zeichen, bei «Starbucks» Station zu machen. Die hatten die ganz grossen Kafis, gratis Wi-Fi und ein geräumiges Oberdeck mit Aussicht. Das perfekte Laptop-Eldorado.

Mit einem warmen und verboten zimtigen Schneckengebäck und einem Extra-Latte belegte sie im ersten Stock einen der Sessel an der Fensterfront, wo niemand auf den Bildschirm ihres Netbooks blicken konnte. Wobei von den Dutzenden Studenten, die sich zu jeder Zeit dort zu tummeln schienen, sowieso kaum jemand den Blick von den Vaios, MacBooks und Galaxy-Tabs wenden konnte. Sie beschloss, ihre Safari zu starten, und holte sich die Google-Suchmaschine auf den Bildschirm.

Da wurde ihr klar, wie gewaltig ambitiös ihr Vorhaben war. Und was, falls sie das Ding wirklich fände? Würde man ihren Erfolg auch diesmal dem Zufall zuschreiben? Sie sah schon die Titelseite: «Schnüfflerin stolpert über Zorilla-Rose». Sie würde Interviews geben müssen. In die Geschichtsbücher eingehen. Nein, auf so viel Aufmerksamkeit konnte sie getrost verzichten. Fürchtete sich gar vor ihr.

Ihr Blick schweifte hinaus auf die Tramstation, über die traurigen Clowns und Clochis vor der Kirche, dem Offenen St. Jakob. An der Stauffacherstrasse nebenan röhrte ein italienischer Sportwagen über den Fussgängerstreifen. Jaja, ihre Scheu. Ein Grund für ihre schleppenden Geschäfte war bestimmt die Tatsache, dass sie ihren Erfolg an der Street Parade nicht richtig vermarktet hatte. Es war ihr sogar richtiggehend peinlich, wenn sie auf den Zwischenfall am Bürkliplatz angesprochen wurde. Einerseits fand sie ja, dass es ihrem Job nicht zuträglich war, wenn sie gleich von jedem Knilch erkannt wurde, andrerseits fuhr Magnum auch mit einem knallroten Ferrari durch die Gegend, aber … das war ja bloss Hollywood. Der Kirchenturm mit dem goldenen Zifferblatt schlug dreizehn. Stichwort.

Sie befragte die Suchmaschine nach der Geschichte dieser sagenumwobenen Zahl und stellte fest, dass die arme Dreizehn einen weiten Weg hinter sich hatte. Ursprünglich eine heidnische Glückszahl, war sie später von der katholischen Kirche verteufelt worden, um Andersgläubigen das Weltbild zu vermiesen. Auch zweitausend Jahre später gingen die Meinungen zu dem Thema noch immer weit auseinander, und dazwischen konnte man sich mit Leichtigkeit im tiefen Sumpf aus esoterischem Cabrunz verlieren. Da würde sie ihre Suche schon ein wenig spezifischer gestalten müssen. Vielleicht fand sich ja in der Biografie von Harobeth einen Hinweis, weshalb sie das Versteck als «Kreis 13» bezeichnete? Nur ein paar Klicks später hatte sie sich ein gehacktes PDF von einer Jubiläumsausgabe der Hensel-Stiftung über das Leben ihrer Gründerin auf den Schirm geholt. Doch die gab nicht viel her, egal, über wie viele Ecken sie Daten miteinander verglich. Keines der Gebäude, die erwähnt wurden, trug die Hausnummer 13, und auch im

Jahr 1913 hatte sich nichts Bahnbrechendes in ihrem Leben ereignet. Damals konnte sie diesen Robert auch noch nicht gekannt haben.

Enitta grub das Kinn in die Hand. Dieser Robert war ein Geist. Laut Stassels Rede war Harobeth ihrem Ehemann stets treu gewesen, hatte sich nie auf eine Liebschaft eingelassen. Und wenn, gab es dafür kein Indiz. Ausser dem Liebesbriefchen aus dem Archiv. Sie holte das Foto davon auf ihren Handyscreen und schob ihn beiseite, um das Bild des mysteriösen Herrenhauses eingehender zu studieren. Es *musste* das Anwesen dieses Robert gewesen sein, aber die Hütte konnte einfach überall stehen. Oder gestanden haben, so alt, wie die Aufnahme mittlerweile war. In einer anderen Stadt, einem anderen Kanton. Himmel, gar einem anderen Land. Es fehlte ihr schlicht ein Anhaltspunkt. Müde von der stundenlangen Sucherei lehnte sie sich in den Sessel und genoss den Rest ihrer Zimtschnecke. Sie musste wohl doch beim Backen von Brötchen bleiben. Jerry finden und sich einen besseren Tagesjob suchen. Etwas, was weniger mit Büro zu tun hatte.

Sie verdrückte den letzten Bissen und leckte sich die klebrigen Finger. Womöglich etwas hinter der Theke eines Cupcake-Stores? Von denen gab es mittlerweile ähnlich viele wie solche mit Velos und Vintage-Möbeln. Da fiel ihr ein, dass sie später noch bei Andreas vorbeischneien musste. Durfte? Sollte? Er hatte mit ihr etwas über Janita besprechen wollen. Der Gedanke liess die leckere Süssigkeit im Magen aufliegen. Sie klappte das Netbook zu. Es war nach fünfzehn Uhr. Noch genug Zeit, sich emotional auf das Treffen vorzubereiten. Und sich aufhübschen. Nur für alle Fälle.

***

Andreas' Dachwohnung befand sich exakt zwischen der CORSAR-Tanke beim Bahnhof Wiedikon und der Weststrasse, wo filigran geschmückte Ziegelsteinfassaden auf kalte Bürofronten trafen. Für einen Beamten eigentlich verboten trendy und fast schon gefährlich nahe an ihrer eigenen Adresse. Enittas

Weg führte in einen dieser schummrigen, verschachtelten Innenhöfe, wo Kleinbusse, massenweise Velos und Container herumstanden und dessen Mitte von einem Kleinhaus dominiert wurde. Das Treppenhaus ihrer Zieladresse erinnerte an dieses Horror-Hotel von Stanley Kubrick. Die von rätselhaft schimmernden Wandlampen beschriebene Treppe war viel zu breit, die Decke viel zu tief, Durchgänge erinnerten an Haustüren, und als sie endlich in Andreas' Bude stand, blickte sie eine Wendeltreppe hoch, die sie eine Etage weiter in den bewohnbaren Teil führen sollte. Sie folgte dem wohltuend würzigen Duft gekochter Kartoffeln in eine von Schrägbalken zerschnittene Landschaft aus geöffneten Umzugskartons. An der Wand über der Treppe prangte ein Flat-TV, dessen Kabel tot herunterhingen, und nur die dunkle, mit Magazinen übersäte Sitzgarnitur in der Ecke gab etwas Wohnlichkeit her. Was war es bloss mit Männern und schwarzen Ledersofas? Im Sommer klebte man daran, und im Winter machte einen das aalglatte Material frösteln.

Andreas kam um die Ecke mit einem freudigen Lächeln im Gesicht und einer Küchenschürze um die Hüfte. Er gab ihr ein Küsschen und herzte sie. Enitta erwiderte die Umarmung, woraufhin er einen unglücklichen Laut von sich gab.

«Die Rippen?», fragte sie entschuldigend.

Andreas' Lächeln wurde schmerzlich.

«Die Tankstellenräuber?»

«Nein, so ein anderer Knilch, dem ich hinterhergerannt bin. Bin ihm ein paar Häuser weiter in eine Bruchbude gefolgt. Hab ihm dann nur leider in der falschen Ecke aufgelauert. Tja, richtiges Haus, falsches Stockwerk. Das reicht bereits für eine schmerzhafte Lektion.» Er schob mit dem Fuss eine Kartonschachtel beiseite. «Verzeih das Chaos. Ich bin zwar schon vor einem Vierteljahr gezügelt, aber ich komme einfach nicht zum Einrichten.»

Enitta blickte über die Schulter. «Ja, nicht mal der Fernseher ist angeschlossen. Freut mich, dass du nicht so der Fussballtyp bist.»

«Ich lese auch lieber. Hauptsächlich Rezeptbücher.»

«Rezeptbücher?»
«Ja, ich koche leidenschaftlich gern.»

Typisch Polizist. Immer Daten sammeln. Sie schielte an ihm vorbei zum Kücheneingang, von wo dieser herrliche Duft in die Wohnung strömte. «Das wär also wirklich nicht nötig gewesen», sagte sie mechanisch.

«Ach was. Bei meinem Job bleibt ohnehin nur wenig Zeit, selber an den Herd zu stehen. Wenn sich dann mal die Gelegenheit bietet …» Er bat sie in den hinteren Teil der Dachwohnung, in eine Art fensterloses Esszimmer, wo sie ein festlich gedeckter Tisch samt Kerzenlicht erwartete. Kaum hatte sie Platz genommen und sich an die Schattenspiele an der Wand gewöhnt, war ihr Gastgeber auch schon fertig in der Küche und überraschte sie mit einer selten servierten Spezialität aus ihrem Heimatkanton. Ausgerechnet Maluns, ihre Lieblingsspeise seit Kindertagen. Das Kartoffelgericht war nicht mal so schwer zuzubereiten, aber alles, was mit Kochen und Backen zu tun hatte, dauerte ihr einfach zu lange. Warten tat sie genug im Büro oder bei Beschattungsaufträgen. Andreas, der getreu seiner Linie keinen Alkohol servierte, kannte sich offensichtlich umso besser mit Kochen aus. Wusste sogar, dass man Maluns im Bündnerland traditionell mit Milchkaffee genoss. Deshalb folgte sie ihm nach dem Essen über eine Kipptreppe auf die Dachterrasse, die sich über die ganze Fläche der Wohnung erstreckte und von der aus man weit in die Stadt sehen konnte. Das Lochergut ragte hoch in die Nacht, und dahinter badeten die Umrisse der Hardau-Türme im Flutlicht des Letzigrund-Stadions. Enittas Bemerkung, dass sie den Anblick von Züri nie leid wurde, lenkte das Gespräch in ihre Vergangenheit.

«Ich wurde in so einem kleinen Kaff geboren. Wiesen. Das ist so ein Mikroskigebiet, genau in der Mitte von Graubünden. Wo ‹Bio› mehr ist als ein Schlagwort und der sagenumwobene Wichtel Knorz im Winter sein Unwesen treibt. Meine Eltern waren dort zu Besuch beim Grosi, als ich fällig war. Meine Familie lebte bis zur Scheidung in Davos, dann zog ich mit meinem Vater nach Chur, während Janita bei Mutter blieb. Also technisch gesehen. Praktisch hing Janita ständig in Chur herum, sodass wir viel unternehmen konnten. Den saufrechen Töffli-buben Kaugummi in den Tank werfen, Plakate verschmieren und ähnlichen Scheiss.»

«Hast du engen Kontakt mit deinen Eltern?»

Enitta leckte den Kaffee von ihren Lippen und schaute in die Tasse. «Mit Mutter kaum. Und Vater lebt schon seit Jahren auf Teneriffa. Er arbeitet dort immer noch Teilzeit als Elektromonteur.»

Sorgenfalten gruben sich in Andreas' Stirn. «Mit wem verbringst du dann Weihnachten?»

«Mit Fiona, meiner deutschen Mitbewohnerin. Die hat auch nicht grad die beste Beziehung zu ihren Verwandten im grossen Kanton.»

Andreas lehnte sich ans Geländer. «Wie war Janita so?»

«Lebhaft, gescheit ... Leider erlebten sie viele bloss als laut ... Sie war immer für mich da. Mit niemandem konnte ich so sehr lachen wie mit ihr. Dann lernte sie so einen Rocker-Duda kennen und reiste wegen ihm immer häufiger hierher. Bis sie eines Tages einfach nicht mehr zurückkehrte.» Enitta schielte zu der von Neonlichtern ausgeleuchteten Glasfassade des Tramdepots und schluckte die andere Hälfte der Wahrheit hinunter. Über den eigentlichen Auslöser, jenen hässlichen Streit, wagte sie in diesem Moment nicht zu sprechen und liess den Gedanken vom eiskalten Nachtwind davontragen.

«Wieso hast du nie eine Vermisstenanzeige aufgegeben?»

«Die ersten paar Monate ... erreichten mich noch Postkarten. Danach dachte ich mir einfach nichts Böses, als ich eine Zeit lang nichts mehr hörte. Wochen wurden zu Monaten und die wiederum zu Jahren.» Sie blickte auf. «Aber woher weisst du das überhaupt?»

«Ich habe selber ein paar Nachforschungen angestellt, wofür ich ein paar ... Vorschriften ausblenden musste. Aber es hat mich einfach zu sehr beschäftigt. Darum habe ich die Akten von allen unbekannten Toten der letzten vier Jahre überprüft, die auf Janitas Beschreibung passen. Landesweit. Die gute Nachricht ist: Keine der Frauen passt auf das Profil, das aus Janitas Akte hervorgeht.»

«Ihrer Akte?

«Sie war einige Male festgenommen worden. Einmal, weil sie mit Spraydosen um die Häuser zog. Und ein anderes Mal, als sie am 1. Mai schwere Sachbeschädigung beging. So lag mir ein Verbrecherfoto vor.»

«Janita würde niemals kriminell werden! Also so richtig, mein ich …», fügte Enitta sanfter an.

«Wollte ich damit auch nicht sagen. Doch ich musste die Möglichkeit in Betracht ziehen und habe darum eine Anfrage bei Interpol gemacht. Auch dort ist sie nirgendwo aufgefallen.»

«Ich habe allerdings wenig Hoffnung, dass sie ausgewandert ist.»

«Wieso das?»

«Weil sie schon immer grottenschlecht mit Fremdsprachen war. Sie kann nicht mal richtig Hochdeutsch.» Enitta bedankte sich für seine Gründlichkeit, fragte sich jedoch gleichzeitig, ob er auch in *ihrem* Leben so tief gebuddelt hatte.

«Hat mich nur ein paar Gefallen gekostet.»

«Und im schlimmsten Fall deinen Job.»

«Ich war vorsichtig. Das war das Mindeste, was ich für dich tun konnte.»

«Danke. Für mich ist es auch nicht weiter verwunderlich, dass jegliche virtuelle Suche versandet. Janita hasst alles, was mit Elektronik zu tun hat, weil sie glaubt, die vielen Überstunden von Vater in seinem Radio-TV-Geschäft hätten die Ehekrise ausgelöst. Und das stimmte ja irgendwie auch.» Sie umklammerte das Geländer so fest, dass das kalte Eisen an ihren Handflächen schmerzte. «Sie *muss* hier sein! Ich habe wirklich überall in der Stadt nach ihr gesucht. An allen Orten, die in Frage kamen.»

«Hm. Hast du es auch bei den besetzten Arealen versucht? Der Binz? Dem Labitzke? Die bieten günstige Unterkünfte. Für eine gewisse Klientel, der ich deine Schwester durchaus zurechne.»

«Die waren unter den ersten Adressen, die ich ansteuerte. Auch das Kulturviertel hab ich so lange abgeklappert, bis man mich vom Grundstück verwies.»

«Was ist mit der Zeit, in der sie nicht schläft? Du sagtest, sie gehe gerne aus. Hast du dich in den Partylokalen umgeschaut?»

Enitta stöhnte beim Gedanken an ihre unzähligen Bar-Touren. «Ich war von der ‹Roten›, über den ‹Stall 6›, bis zum ‹Mascotte› und dem ‹Bazillus› eigentlich überall.»

«Die sagen mir jetzt nichts … Hast du es auch in weniger trendigen Lokalen versucht? Beispielsweise der ‹Mausefalle›?»

Sie riss die Augen auf. «Ehrlich, es hat alles seine Grenzen.»

Andreas fasste sie bei der Schulter. Es fühlte sich falsch an, doch sie konnte nicht sagen, ob zu brüderlich oder zu väterlich. «Auf so viel Bitterkeit haben wir uns aber was Süsses verdient. Magst du Dessert?»

Hatte er das eben wirklich gesagt? «Nur zu gerne.»

«Dann kümmerst du dich in der Zwischenzeit um die Musik», sagte Andreas, die knarzigen Stufen hinabsteigend. Enitta schaufelte zwischen den Zeitungen und Magazinen auf dem Sofa einen Sitzplatz frei. Aus reiner Gewohnheit zog sie ihr Handy hervor und nahm zur Kenntnis, dass Felix schon dreimal angerufen hatte, seit sie bei Andreas getafelt hatte. Mit Genugtuung steckte sie den Apparat wieder weg. Im Moment würde sie sich lieber mit den Lesegewohnheiten ihres Lieblingsbullen befassen. Sie hob eins der Magazine hoch und begann gedankenverloren zu blättern. Es befasste sich mit Schusswaffen und Hunden. Eine weitere Zeitschrift widmete sich Ernährung und Fitness. Sie wühlte noch etwas tiefer und stiess mit ihrer legendären Ungeschicktheit einen Stapel auf dem Beistelltisch um. Als sie sich nach den runtergefallenen Zeitungen reckte, fand sie inmitten der Unordnung den braunen Umschlag einer Akte liegen. Vorsichtig hob sie die Mappe auf und überflog eigentlich unfreiwillig den Titel.

Leib und Leben/87-12/Devlin, Tim Nicholas Jr.

Es war wirklich nicht ihre Absicht gewesen, genauer hinzuschauen, aber sie erinnerte sich an die Schreckensmeldung. So ein reicher Werbefritz war in seiner Villa am Zürisee erschlagen worden. Alle Medien hatten darüber berichtet. Geschwind fischte sie die restlichen Zeitungsausgaben vom Boden und wollte bereits die Akte unter ihnen verschwinden lassen, als sie auf ein Polaroid stiess, dessen Abbildung sie magisch in den Bann zog. Das Polizeifoto zeigte ein gerahmtes Bild mit zerbrochenem

Glas auf einem Teppich ruhen. Der Anblick schickte einen Stromstoss durch Enittas Rückgrat. Zwei jugendliche Gesichter strahlten ihr entgegen. Das eine gehörte einem unbekannten Teenager, und das andere war unverkennbar das von Jerry Stöhli! Bestand hier etwa eine Verbindung zwischen dem Verschwinden von Stassels Göttibub und dem Mord in Zollikon? War der zweite Junge etwa der Sohn dieses Werbers, dieses Devlins? Das Verlangen nach Antworten dominierte gerade klar die Scham darüber, sich Einsicht in verbotene Unterlagen zu verschaffen. Welches Unheil konnten denn schon ein paar scheue Blicke heraufbeschwören? Hastig schlug sie das Deckblatt auf und stöberte durch die Seiten, während sie bestmöglich versuchte, die blutigen Polizeifotos zu ignorieren. Tatsächlich. Jerrys Kumpel war Kirk Devlin, der ältere von zwei Brüdern, und ein Vermerk verriet ihr, dass Andreas nicht wusste, wo der sich gegenwärtig aufhielt.

Enitta wurde heisskalt. Kirk und Jerry waren also alle beide verschwunden? Was konnte das nur bedeuten?

«Alles okay bei dir?», hörte sie Andreas aus der Küche rufen.

«Alles grossartig», rief sie rasch zurück. Vielleicht zu rasch. Sie erinnerte sich an Andreas' Bitte und langte nach der Hi-Fi-Anlage auf dem Regal über ihr. Durch die Musik hindurch würde sie nun nicht mehr hören, wenn Andreas aus der Küche herannahte. Darum heftete sie das Foto mit den Jungs dahin, wo sie es zugehörig fand, und bettete die Mappe zurück unter die Lifestyle-Magazine. Mit dieser Sache durfte sie nichts zu tun haben. Bestimmt handelte es sich um einen Zufall. Stassel war ja ein reicher Mann, also bewegte sich möglicherweise auch der Grossteil seiner Verwandtschaft in mehrbesseren Kreisen. Da war man sich rasch mal bekannt. Gewiss würde Jerry in der «Bar 3000» auftauchen. Was anderes lag einfach nicht drin.

Das Vibrieren ihres Telefons liess sie aufschrecken. Felix wollte ihr heute einfach keine Ruhe lassen und versuchte es mit einer Kurznachricht, die aus zahlreichen Rosensymbolen bestand. Wenn der wirklich glaubte, mit *so* einer billigen Nummer … Unmittelbar fiel ihr ein, dass er damit tatsächlich Erfolg haben würde. Auch wenn er bloss einen Zufallstreffer gelandet hatte. Felix war womöglich die richtige Adresse, um bei dem Rätselraten über die Wasserlilie und die Dreizehn auf einen grünen Zweig zu kommen. Darüber hinaus – und dies gestand sie sich nur äusserst ungern ein – war er die riskantere Wette. War hier bei Andreas alles schön auf dem Silbertablett serviert, so hatte sie bei Felix nicht den geringsten Plan, was der eigentlich von ihr wollte. Und gerade diese Ungewissheit zog sie auf abenteuerliche Weise zu ihm hin. Ausserdem war die romantische Stimmung nach der Durchsicht der Fleischerfotos ohnehin futsch. «Andreas!», rief sie. Sie hatte es nicht einmal bewusst getan. Es war ihr einfach so herausgerutscht.

Er stand bereits im Korridor und hielt zwei kleine Dessertschalen in den Händen.

«Ich muss los. Es geht um einen Fall», erklärte sie und lächelte auf eine Art, die wie eine Grimasse wirken musste.

«Um diese Zeit?»

«Sagtest du nicht, ich arbeite zu wenig?» Sie schlich sich an ihn heran. «Schön blöd, ich weiss. Aber das kennst du von deinem Job bestimmt auch.»

Er nickte. Sagte, er würde verstehen. Sah aber nicht so aus.

Sie pflückte eine der kalten Himbeeren aus der warmen Vanilleglacé und liess sie sich zwischen den Lippen zergehen. «Danke fürs feine Essen», hauchte sie auf seine Wange und war schon einen flüchtigen Kuss später aus seiner Wohnung verschwunden.

Sie radelte die Weststrasse hinab, so rasch es der Neuschnee zuliess, ohne einen Sturz zu provozieren. Erst beim Idaplatz, der ollen Hipsterbrache an der nahen Bertastrasse, machte sie halt an der Litfasssäule. In den warmen Monaten lümmelten hier traubenweise Szenis und Anwohner vor dem «Piazza», dem «Corazon» und den Sitzbänken herum, doch in diesem hässlichen Winter war nicht mal ein Schneemann anzutreffen. Sie wählte Felix' Nummer. «Bisch diheima?»

«Ja. Und du?»

«Fast. Aber je weniger weit ich heute noch trampen muss, desto besser.»

«Gut. Treffen wir uns in der Mitte.»

Das rot angestrichene Haus mit den blauen Fensterläden lag dort, wo sich die Hohlstrasse mit dem Bahngraben kreuzte. Einem so trostlosen Ort, dass das schmutzgelbe Restaurant nebenan verdient den Namen «Güterbahnhof» trug. Und ja, der Schuppen lag wirklich exakt zwischen ihren Heimen. Im Parterre waren Ramsch-Boutiquen untergebracht, in den oberen Stockwerken befanden sich angeblich Ateliers und Wohngemeinschaften, und im Keller der Liegenschaft wurde der Legende nach immer wieder was gefeiert. Diese Anlässe, Konzis und Partys aller Unarten kannte Enitta jedoch bloss aus Simons verschwommener Erinnerung.

Sie trat in den mit Sprühfarben verzierten Zwischengang, vorbei an mehreren Lagen Velos, hinein ins muffige Treppengeschoss und hinab ins Gewölbe. Wo sich in jedem anderen Haus die Waschküche befunden hätte, erwartete sie hier eine mit Plakaten ausgeschmückte, improvisierte Kassentheke. Zwei Mädchen starrten sich gegenseitig auf die Fingernägel und beendeten ihr Gespräch nicht einmal, als Enitta einen Flyer vom Tischchen hob. Verlustigten Buchstaben entnahm sie, dass die Indie-Rocker Those Wicked Hours heute Abend ein Konzert spielten, das wohl aber gleich zu Ende sein würde. Darauf würde ein DJ-Set folgen.

Aufstehen mochte die blutjunge Kassiererin zwar nicht, aber wenigstens lehnte sie sich mit ihrem ausgeleierten Tanktop über die Kasse. «Flyer?», fragte sie so paressös, dass ihr schier der Kaugummi aus dem Mund fiel.

«Ich hab nur Bargeld.»

Die Kleine verdrehte die Augen. «Bist du auf der Gästeliste? Du musst entweder ein ausgedrucktes Flugblatt mitbringen oder auf der Gästeliste stehen. Sonst wird das nichts. Also, noch mal: Name?»

So fühlte sich das also an. «Nai», knurrte sie.

«Dann kannst du gleich wieder gehen. Sorry, nur Members and Friends, gäll, Schätzli.»

An was für einen Ort hatte Felix sie hier gelotst? Sie hasste sich einen klitzekleinen Augenblick dafür, dass sie von ihrer eigenen Faustregel abgewichen war, nur dann bei privaten Anlässen aufzukreuzen, wenn sie auf der Gästeliste stand.

«Salome, du windschiefer Angelhaken», höhnte jemand in ihrem Rücken, und das Mädchen brachte tatsächlich ein Lächeln zustande. «Feeelix! So schön.»

Felix, noch immer in Arbeitsmontur, legte einen Arm um Enitta und kniff mit der andern Hand Salome in die Backen. «Da hat's ja richtig Speck gegeben. Bald ist Notschlachtung angesagt.»

Vielleicht lag es an seinem Charme, dass sie ihm den Spruch nicht verübelte.

«Gar nicht wahr, hihi.»

Felix steckte sich eine an. «Und deine Freundin da? Wieso ist die noch nicht unter dem Tisch, wo sie hingehört?»

«Hihi, du bisch so blöd», kicherte das zweite Mädchen und wurde rot wie eine Erdbeere.

«Mehr Zeit habe ich heute leider nicht für euch.» Er lachte und langte nach dem Stempel, um sich und Enitta gleich selber einen Abdruck aufs Handgelenk zu drücken. «Die da gehört zu mir.»

Enitta liess sich liebend gerne in den Keller entführen, jedoch nicht ohne den beiden Kassiererinnen die lange Nase zu machen. «Wie hast du denn mit *denen* geredet?», fragte sie ein paar Stufen später.

«Ach, die verstehen keine andere Sprache. Die arbeiten am Empfang einer Marketingbude, der ich immer wieder Päckchen bringe.»

Eine Ebene tiefer fand sie sich von Rauchschwaden umfangen auf dem schiefen Steinboden eines ausgeräumten Weinkellers wieder. Lichterketten führten in alle Richtungen eines labyrinthartigen Grundrisses, und dünne Holzwände formten die stillen Örtchen. Irgendwo um die Ecke verklang gerade frenetischer Applaus.

Felix drängte auf die Gegenrichtung. «Lass uns ins Kino gehen.»

Tatsächlich befand sich eine Verzweigung weiter ein kleiner Lichtspielsaal. Ein Dutzend Sofas und Fauteuils waren gegenüber einer weissen Wand so eng aneinandergestapelt worden, dass man fast klettern musste, um in die hinteren Reihen zu gelangen.

Darum liessen sie sich zuvorderst in zwei würfelförmigen Sesseln nieder. Enitta hängte ihre Lederjacke über die Lehne und zog ihr rotes T-Shirt mit dem kritischen Konterfei von Mr. Spock straff.

Felix schielte über seine Schulter, als wolle er die übrigen Zuschauer studieren. Meistens Zweier- und Dreiergruppen. Ein würziger Geruch stieg Enitta in die Nase. Er war ihr bereits am Eingang aufgefallen und jetzt erst so richtig stark. «Hier riecht's nach Thai-Food. Moment … bist du das?»

Er schnupperte an seinem Hemd. «Schuldig. Ich hab vorher noch ein paar Portionen für den ‹Curricane› ausgeliefert. Der neue Asia-Kurier an der Langstrasse. Kännsch?»

«He!», rief ein Duda mit Sturmfrisur. «Hast mir mal eine Zigi?» Felix händigte ihm eine aus, die der Typ anzündete, nur um ihm mitten ins Gesicht zu exhalieren. «Jetzt weisst du, wie es ist, eingenebelt zu werden.» Schon machte er sich aus dem Rauch.

«Dieser Depp, als ob hier Rauchverbot …» Abrupt fuhr Felix hoch.

Enitta hielt ihn an der Jacke fest. «Nicht! Lass ihn!»

«Ich geh bloss Bier holen.»

Enitta schaute ihm noch einen Augenblick nach und verlor sich dann im Lichtspiel vor ihrer Nase. Ein Beamer projizierte Bilder eines Achtziger-Jahre-Films an die unebene Wand. Dieser war so rätselhaft, dass sie erst nach ein paar Minuten begriff, dass der Streifen rückwärts lief. Der Versuch, die Geschehnisse im Kopf halbwegs linear zusammenzusetzen, überforderte sie geradezu. Da gabelte eine blonde Frau in einer amerikanischen Metropole wahllos Typen auf, die später mitten im Sex verschwanden. Sie lösten sich einfach in Luft auf. Danach brannten sich Löcher ins Zelluloid, und anschliessend schwebten jedes Mal fliegende Untertassen über Wolkenkratzern. Und das war noch nicht einmal das Unheimlichste. Viel schräger war die Tatsache, dass der Film ohne Ton lief und bloss von der Technomusik im Nebengewölbe untermalt wurde, welche verboten gut passte. Ganz zu schweigen davon, dass die Klamotten der Darsteller fast deckungsgleich von der Ankleide der Szenis gespiegelt wurden, die immer wieder durchs Bild latschten. Obwohl der Film bestimmt dreissig Jahre alt sein musste. Es schien, als gäbe es einen fliessenden Übergang zwischen dem Film und der Party, als sässe sie direkt vor einem Wurmloch.

Da senkte sich Felix mit den rettenden Bieren in den Sessel neben ihr.

«Dieser Film macht mich ganz anders», murmelte Enitta.

«Das ist ‹Liquid Sky›. Ein Klassiker.»

«Woher weisst du so Sachen?»

«Ich schreib hin und wieder Rezensionen für mein Heftli.»

Enitta machte sich wenig aus Spielfilmen, und wenn, durfte es ein Blockbuster sein. Solange er nicht nur aus frauenfeindlichen Witzen und Explosionen bestand. Sie hielt sich selber zwar für mehr Art als House, doch hier wurde eindeutig zu viel Kunst geboten. Verstört bezeugte sie, wie ein weiterer Mann inmitten des Liebesaktes von der Bildfläche verschwand. Diesmal vor den entsetzten Augen einer kompletten Filmcrew. «Was geht da bloss vor sich?»

«Ach, das sind heroinsüchtige Aliens, die in New York City landen und in menschlichen Orgasmen eine prima Ersatzdroge finden. Quasi die Vorwegnahme von Monika Stockers Methadon-Programm.»

«Du hast mir auch bestimmt nichts ins Bier geträufelt?»

Felix lachte. «Nicht mein Stil.»

«Was ist denn dein Stil?»

Er hielt ihrem Blick stand, lächelte verwegen. Dann lehnte er sich rüber, packte sie sanft, aber bestimmt am Nacken und legte seine Lippen auf die ihren.

Instinktiv wehrte Enitta ab. «Was hast du eigentlich das Gefühl? Dafür hab ich mich nicht mit dir getroffen», zeterte sie.

Felix rückte sich in seinem Sessel zurück und lachte in sein Bierglas. «Was du nicht sagst. Da bin ich aber gespannt.»

Sie zögerte. «Was, wenn ich dir sage, dass ich eine neue Spur zur Wasserlilie gefunden habe?»

«Zur Zorilla-Rose?»

Enitta nickte.

«Ich glaub, jetzt hast du *mir* was ins Bier getan.»

Enitta hielt ihm ihr Handy hin. «Schau selbst.»

Je länger er auf das Foto starrte, das sie von Harobeths Brief an Robert geschossen hatte, desto tiefer wurde die Falte zwischen seinen Augenbrauen. Er vergrösserte es mit den Fingerspitzen, schob es hin und her, aber seine Miene blieb skeptisch. «Kreis 13? Was soll das sein? Die Stadt Zürich hat bloss zwölf.»

«Nicht so laut», zischte Enitta und luchste ihm das Gerät wieder ab. «Ich dachte, das wüsstest du. Du bist doch in Zürich aufgewachsen, oder?»

«Wipkingen, ja.»

«Ein Hügelkind. Wie ich.» Enitta grinste. «Darum hast du vielleicht ja eine Idee …»

«Also zunächst mal», knurrte Felix und tippte auf ihr Handy, «woher willst du überhaupt wissen, ob das Dokument echt ist?»

«Ich hatte es in den Fingern. Fühlte sich ziemlich alt an.»

«Und wo war das?»

«Im Archiv von ‹Carrington Davenport›.»

«Deiner ehemaligen Lehrfirma? Wie kam *das* denn?»

Sie biss auf die Hinterzähne. Jetzt nichts Falsches sagen. «Ist eine lange Geschichte. Hab noch Kontakte dort. Und einer davon hat mir von dem Papier erzählt und mich ins Gebäude geschleust …»

Felix rutschte so tief in den Sessel, bis er seinen Nacken auf die Lehne betten konnte. «Wie kommst du eigentlich auf die Idee, dass sich das Wort ‹Schatz› auf die Rose bezieht?»

«Was sonst soll sie damit gemeint haben? Wäre es nicht wirklich wertvoll, hätte sie es bestimmt beim Namen genannt. Ausserdem kommt der Zeitraum hin.»

«Wann hat sie das noch mal geschrieben? In den Vierzigern?»

«1941. War damals vielleicht ein dreizehnter Kreis geplant?»

«Wer würde diese Zahl schon freiwillig haben wollen? Falls neue Gebiete wie das Limmattal dazukämen, würden sie einfach einem bestehenden Kreis zugeordnet. Oder gleich zur Vierzehn übergegangen. Von den Seegemeinden will jedenfalls keine zur Stadt stossen.» Sein Blick wurde starr. «Meinte sie womöglich den Kreis 4?»

«Etwa, wenn man eins und drei zusammenzählt?»

Felix nestelte sein Handy hervor. «Vielleicht dort, wo Kreis 1 und 3 aufeinandertreffen?» Er schob die Google-Ansicht der Stadt Zürich so lange herum, bis er die Stelle vergrössert hatte, an der die Tunnelstrasse die Sihl überquerte, an der Grenze zwischen Wiedikon und Enge. «Das zeigt genau den Hügel, auf dem die Internationale Eishockey-Föderation ihren Hauptsitz hat. Die haben sich aber glaubs erst in den fünfziger Jahren dort breitgemacht.»

«Und es wäre an sich auch kein Kreis.»

«Es könnte sich auch um einen Personenkreis handeln. Ob dieser Robert die Rose in dreizehn Teile zerlegt und an Vertraute vergeben hat?»

«Wenig wahrscheinlich. Hab heute eine originalgetreue Replik der Rose in Eric Stassels Büro gesehen, und die sah ziemlich solide aus. Fast so, als wäre sie aus einem Guss.»

Felix drückte sich das Display seines Handys an die Stirn. «Warum würde sie sich überhaupt auf die Dreizehn festlegen? Die ist im Christentum doch des Teufels.»

«Harobeth war aber jüdisch. Bei denen ist das eine Glückszahl.»

«Das ergibt alles keinen Sinn ... *im Kreis 13 bestens aufgehoben* ... Das könnte der Code für ein Schliessfach sein, einen Hotelsafe, ein Lagerhaus ...»

«Ein Plätzchen, das die Jahrzehnte überdauern kann.»

«Wie ich schon sagte, der Goldbarren im Grossbankgewölbe. Eine Sackgasse.»

«Ein wenig mehr hätte ich jetzt schon erwartet.»

Felix tippte auf seinem Handy herum. «Vielleicht eine Postleitzahl? 8013? ... Leider nein. Keine Treffer.» Er liess sich das Foto erneut zeigen. «Könnte es sich etwa um einen Schreibfehler handeln? Dass es *B* und nicht *13* heisst?»

«Kreis B?»

Er tippte bereits auf seinem Handy herum. «Unter dem Namen gibt es bloss einen Häkelclub in Bad Säckingen.» Er steckte das Handy ein. «Nun ja. Ich bin eben nicht so einfallsreich, wie du dachtest.»

Enitta trank ihr Bier leer und bemerkte, dass der Film inzwischen wieder vorwärts lief. Genug gesehen. Aber noch lange nicht genug gehört. «Hast recht. Lass uns tanzen gehen.»

Sie folgten den Klängen in den anderen Teil des vorkriegszeitlichen Kellergewölbes, wo sich bereits mehrere Dutzend Gestalten von Steinwänden umgeben im Halbschatten der Stützpfeiler rhythmisch verrenkten. Ein paar Biere später wurde Felix zutraulicher. Seine warmen Hände strichen über ihre Wangen und Hüften. «Hey!», protestierte Enitta. Doch seine Leidenschaft war längst nicht mehr zu bremsen. Zärtlich, aber bestimmt schob er sie hinter eine Säule, wo Teelichter flackerten und die Schatten zuckten. Zünsi meets Züsi. Sie folgte dem Jetstream tiefer und tiefer in einen leidenschaftlichen Kuss.

5

Freitag, 27. Januar, 08.45 Uhr, -7°

Beschwingt von den Geschehnissen in der Katakombe hing Enitta in ihrem Sessel, dünkelte ihr Laugengipfeli in den Kaffee, nahm einen Bissen vom Wiederbelebkuchen und wartete darauf, dass sich ihr Gehirn einschaltete. Obwohl es früh geworden war, hatte sie es fertiggebracht, um sieben im Büro zu sein. Gerade noch rechtzeitig, um Rolands Unterschrift auf die Erlaubnis zu bekommen, Ba künftig neben ihrem Schreibtisch zu parken. Während der Geräuschpegel ringsum anschwoll, ging sie in Ruhe ihren E-Mail-Eingang durch. Neben den üblichen, hauptsächlich ans Sales-Team adressierten Verlautbarungen sowie Anzeigen über personelle Neuzugänge mit Porträts von Zahnpasta-Models wurde auch wortreich auf die neueste Videobotschaft von CEO Julius Carrington verwiesen. Alle zwei Wochen zeichnete der eine etwa zehnminütige Rede auf. Meist redete er in französisch gefärbtem Englisch, vor einem dunkelblauen Seidentuch sitzend, der globalen Belegschaft ins Gewissen.

Die eigentliche Meldung des Tages aber war der Hinweis der Informatik, dass die SAP-Software wieder online war. Nicht dass Enitta sie sonderlich vermisst hätte, aber heute freute sie sich beinahe über deren Renaissance. Besonders weil sie nicht mehr zu Vlàd ins Gewölbe musste. Kaum hatte sie das gedacht, tauchte in ihrem Augenwinkel etwas Unscharfes, Haariges auf. Vlàd schlich gerade wie ein Hühnerdieb über den Spannteppich, was ihm aber gründlich misslang, weil seine löchrigen Turnschuhe wie aufgeregte Meerschweinchen pfiffen. Das vergilbte Unterhemd hing ihm über die abgetragenen Jeans, das schüttere Haar stand ihm in alle Richtungen vom Schädel. Er hielt direkt auf Melanie zu, die an diesem Tag den berüchtigten Schuhe-Shoppen-Taschen-Tussi-Club an ihren Schreibtisch bestellt hatte. Maria, Yolibeth und die garstige Brrr-Igitte aus dem HR. Wild gestikulierend ignorierte sie Vlàd so lange, bis er seinen

Rücken zum Buckel gekrümmt hatte. Man ging allgemein davon aus, dass ihr Groll auf ihn noch aus der Zeit stammte, da Vlàd ihr Supervisor gewesen war. Damals in der Deployment II. Es hiess, er hätte sie richtig hart rangenommen, was vielleicht auch notwendig gewesen war, so launisch, wie die unterwegs war. Melanie hatte angeblich viele unbezahlte Überstunden leisten müssen und irgendwann behauptet, von ihrem Vorgesetzten unsittlich angefasst worden zu sein. Allerdings hatte ihr Roland den Vorwurf nicht ganz abgenommen und Vlàd darum statt ausradiert nur degradiert. Zum temporären Angestellten. Als der Bittsteller aus dem Keller endgültig wie Quasimodo dastand, bequemte sich Melanie endlich zu einem barschen «Was?».

«Du-uuu, Meli …», flehte er, «ich brauche deine Unterschrift auf dem Stundenrapport.»

«Die bekommst du nicht vor fünf.»

«Aber … aber du gehst freitags immer um drei.»

Melanie kicherte erst verlegen in die Runde, fand aber schnell wieder zu stalinistischem Drill zurück. «Wende dich an Herrn Hardecker.»

«Mann», maulte Vlàd, «der Chef hat Sitzungen bis in den späten Abend. Danach hat die ‹Powermen AG› zu.»

«Das wäre dann *dein* Problem. Und jetzt geh an die Arbeit. Du wirst hier nicht fürs Motzen bezahlt.»

«Bitte, Meli! Ich brauch das Geld. Für meine … für meine Medikamente …»

«Medikamente, von wegen», höhnte sie. «Du gibst es eh bloss fürs Haschen aus.»

Enitta war sich sicher, dass Melanie dies deshalb wusste, weil sie früher mit ihrem ehemaligen Vorgesetzten auf dem Balkon gekifft hatte. Auch dies behauptete die Legende.

«Meine psychischen Probleme bringen mich um», flehte er.

Melanie kannte keine Gnade und packte ihn bei der Schulter. «Vlàd. *Vlàd*, jetzt hör mir mal ganz gut zu: Du *hast* keine psychischen Probleme. Du bist einfach nur ein *Arsch.*» Danach ergingen sich die jungen Frauen in bösem Gelächter, das erst verklang, als sich der arme Tropf wieder davongetrollt hatte. Rolands zweite linke Hand griff nach dem Telefonhörer. «Und jetzt ruf ich gleich mal die Informatik an», verkündete sie. «Die sollen gefälligst die Zutrittsberechtigung von seinem Badge aufs Archiv reduzieren. Ich will diesem Habasch nicht mehr über den Weg laufen. Da kommen mir ja die Bagels hoch.»

Enitta hing noch einen Moment lang dem Gedanken nach, wie sie Melanie ein kleines bisschen hauen würde, wenn sie ihr je so unverschämt käme. Wirklich nur ein winziges bisschen, bis ihr Gesicht ein paar wenige Millimeter verschoben wäre.

Die Bimmel ihres Outlooks holte sie aus dem Tagtraum. Sie erinnerte sich an die Telefonkonferenz, die für neun Uhr angesetzt worden war. «Productivity Assessment Vantaa Plant» sagte die Überschrift. Widerwillig pflanzte sie sich das Headset auf die blonde Mähne, folgte dem Link in einen mintgrünen Chatroom und loggte sich ein. Sobald die Namen der bereits eingewählten Mitarbeiter über den Bildschirm ratterten, ging der Horror los. Vor allem deshalb, weil die meisten Teilnehmer ihre Mikrofone nicht ausgeschaltet hatten. Jemand keuchte wie am Galgen. Jemand kaute feucht Kaugummi und liess alle zehn Sekunden eine Blase platzen. Jemand anderes stopfte sich hörbar schlecht gezielt Chips in den Mund und knisterte mit der Alupackung. Jemand ganz anderes bellte unaufhörlich «Test! Test! Test?» und würzte seinen Monolog mit derben Verwünschungen. Und dann war da noch eine Kollegin, die verzweifelt aus der Wüste Gobi «Hallo?» rief. War aber in Ordnung, denn irgendeine schrie immer herum. Mehr und mehr Kollegen aus dem hohen Norden wurden im Chatfenster aufgelistet. Man durfte es nicht laut sagen, aber mit finnischen Namen verhielt es sich ähnlich wie mit asiatischen Gesichtern. Man konnte sie sich nur schwerlich einprägen.

«Ja, hallo allerseits. Höhö», meldete sich endlich Roland zu Wort und bat sogleich darum, dass alle ihre Mikrofone abschalteten. «Also, die Kollegen im Werk in Vantaa kämpfen ja bekanntlich gerade mit schleppenden Umsätzen. Wie sagt man das auf Finnisch? Sell Hinki? Höhö. Darum habe ich dieses kleine Meeting einberufen, um den Gründen für diese etwas unliebsame Entwicklung nachzuspüren, denn das Problem aufzuschieben bringt keine Lösung. Oder wie ich immer zu sagen pflege: Heute ist morgen Morgen.» Er stellte die Werksmanagerin vor, eine gewisse Trine, die sich sogleich in einem niedergeschlagenen Monolog über Quartalszahlen und Verkaufsstatistiken erging. Dabei war ihr Tonfall derart eintönig, dass – wäre sie nur ein kleines bisschen musikalischer gewesen – ein prima Klagelied dabei herausgekommen wäre.

Mit halb offenen Augen stellte Enitta sich vor, wie Simon das Gelaber mit einem knackigen Beat und Cartoon-Sounds unterlegte. Als Trine mit ihrer Ausführung endlich fertig war, machte sich Stille in der Leitung breit, die erst durch ein peinlich berührtes Lachen von Roland durchbrochen wurde. «Richtig unheimlich, diese Zustände bei euch oben. Wie sagt man das auf Finnisch? Käripi? Höhöhö.»

Der Rest seiner weisen Worte wurde von brutzelndem Rauschen weggespült. Als sie zurückkehrten, waren sie von der schlechten Datenrate zu einem gläsern scheppernden, glucksenden Schluckauf verfremdet worden, und kurz darauf begannen sogar einzelne Buchstaben zu oszillieren.

«Enitta!», bellte plötzlich die Stimme von Joachim, dem IT-Chef, der sie seit der ersten Woche auf dem Kieker hatte, weil sie sich erfolgreich durch die Firewall auf den YouTube-Kanal von Josh Bush gehackt hatte. «Hast du nicht gehört?»

«Welchen Teil? Ich hab nur die Hälfte mitbekommen.»

«Sapperlot», polterte Joachim. «Pass gefälligst ein wenig auf, ja?»

«Ja, also», ging Roland mit väterlichem Unterton dazwischen, «da muss ich Joachim jetzt schon ein bisschen recht geben, Enitta. Höhö. Wir sollten alle bemüht sein, unser Bestes zu geben. Setz dich also baldmöglichst mit ihm in Verbindung, um deine Aktivitäten im SAP mit den neuen Protokollen abzugleichen.»

Auch das noch. Niemand machte so viel mit SAP wie sie. Und jetzt sollte sie wohl auch noch alles anders machen? Joachim würde sie auf den heissen Grillrost legen.

«Hat noch jemand eine Frage? Eine, die sich auf das Gesagte bezieht?» Rolands Stimme liess keinen Zweifel daran, dass er nicht wirklich eine Antwort erwartete.

«Ja, ich», piepste es von irgendwo.

«Höhö. Wer ist denn *ich*?»

«Samantha, von der Deployment III.»

«Ja, Samantha?»

«Das hat jetzt nichts mit dem Thema zu tun, aber wieso kann man im Acrobat-Reader die PDFs eigentlich nicht nach links drehen?»

Nach der Telefonkonferenz begann sich Enitta immer unwohler zu fühlen, und das hatte wenig damit zu tun, dass sie sich im Anschluss das Gejammer des IT-Chefs hatte anhören müssen. Dessen Sprüche war sie gewohnt gewesen. Sie schob im VENUS gelangweilt die Bildlaufleiste herum und wurde endlich des wahren Grundes gewahr. Felix hatte sich noch nicht gemeldet. Obwohl er fest versprochen hatte, vor Mittag zu schreiben. Mindestens aber mit ihr zu Abend zu essen. Also tat sie den ersten Schritt.

«Dinner noch ok? 10.39»

Er brauchte für die Antwort ein paar Minuten, dafür aber nur wenige Worte.

«Heute schon verplant. 10.53»

Wütend knallte sie das Telefon auf den Tisch. So ein Glünggi! Gut, dass ihre vier Stunden schon fast um waren. Sie brauchte dringend frische Luft. Vor dem Firmeneingang setzte sie sich auf das «WEST» und liess ihren Zorn vom Winter herabkühlen. Dann klingelte ihr Telefon. Wie immer um elf. Sie nahm sofort entgegen. «Ach, Fux», begann sie zu jammern, «ich fühl mich grad so schrecklich.»

«Alles nur halb so tragisch, Kindchen», nölte eine tiefe, amüsierte Stimme, die ihr auf eine fremde Art sehr vertraut vorkam. Doch sie gehörte bestimmt nicht Simon. Sie nahm ihr iPhone vom Ohr und schaute aufs Display. Da stand nur «Unbekannt». «Wer ist da?»

«Dänk der Hukki», polterte die Stimme, «Fux war so nett, mir deine Nummer zu geben.»

«Die gibt er nur jenen, die unverschämt genug fragen ...»

«Eben. Was treibst denn so?»

Enitta schlurfte über das viel zu breite Trottoir. «Ach, ich steh grad auf der Strasse.»

«Perfekt. In dem Fall weiss ich, wo du ein Dach über den

Kopf bekommst. Schau bei der Brockenstube am Manesseplatz vorbei. Gegen zwei.»

«Ich weiss nicht, irgendwie hab ich schon genug gwagglige Stühle zu Hause.»

«Du sollst auch wegen mir kommen.»

«Hm, ich hab eigentlich einen Freund», log Enitta.

«Jetzt fang vor Begeisterung nicht grad zu tanzen an. Ich kann auch richtig langweilig sein.»

«Damit werden Sie mich kaum beeindrucken können, mit Langweilern bin ich mir schon so manches gewohnt.»

«Es gibt für alles ein erstes Mal. Und wie ich so höre, hast du momentan ohnehin nicht viel zu tun. Jobless oblige! Folge einfach dem Pfeil.»

Sie sagte zu, um das Gespräch endlich beenden zu können. Auf dem Weg nach Hause fragte sie sich allerdings, ob das wirklich der wahre Grund gewesen war.

***

Klaus Brupbacher riss eine Grimasse zwischen Abscheu und Belustigung. «Nicht schon wieder die Geschichte», lachte er krampfhaft. «Die hab ich schon tausendmal erzählt.»

«Dann wird es dir bestimmt nicht schwerfallen, sie zu wiederholen.»

«Lass dir einfach die Akte reichen, ja?» Er warf die Türe des VW-Polizeibusses vor der Urania-Wache herzhaft ins Schloss.

«Als Detektiv verlasse ich mich lieber auf Augenzeugenberichte.»

«Pah, du weisst genau, wie wenig die meist taugen.»

Andreas lächelte. Ertappt. «Nun sag schon. Du hast an dem Abend am Steuer gesessen, stimmt's?»

Klaus gab einen knurrenden Laut von sich und rieb sich die Glatze zwischen kurzgeschorenen roten Haaren. «Allerdings … man könnte denken, die Sache würde mit jeder weiteren Schilderung stimmiger. Dabei kann ich immer weniger glauben, dass das alles wirklich passiert ist.» Es bedurfte noch einer weiteren Beäugung, um ihm die Geschichte zu entlocken. «Also gut. Es war einmal an einem Donnerstagabend. Das weiss ich deshalb noch, weil meine Frau dann immer ins Yoga geht. Und ich sie an dem Abend nicht wie üblich abholen konnte. Wofür sie mir noch tagelang die Hölle heissmachte … Wie dem auch sei. Wir kehrten an dem Abend gerade von einem Einsatz an der Badenerstrasse zurück und –»

«Was war das für ein Einsatz?»

Klaus verzog die Lippen. «Ein paar Kunststudenten hatten in einem vormaligen Bürogebäude eine Performance veranstaltet. Laut genug, um die Einwohner noch vor der Tagesschau zum Hörer greifen zu lassen. Die nisten sich derzeit ja scharenweise in Altstettens Industriequartieren ein. Ich –»

«Wann wart ihr vor Ort?»

Der bullige Streifenpolizist missbilligte die erneute Unterbrechung offenkundig. «Etwa gegen halb acht», krächzte er. «Das glaubst du nicht. So ein irrer Typ schob sich zu harter Technomusik eine Ananas in den Hintern. Hat's zumindest mit Hingabe versucht. Das Publikum quoll drum bis aufs Trottoir.» Er verwarf die Hand. «Aber das tut jetzt nichts zur Sache. Wir nahmen die arme Ananas in Schutzhaft und sprachen eine scharfe Verwarnung aus. Als wir kurz nach acht wieder hier im Hof vorfuhren, ging gerade der Notruf aus dem Chinagarten ein.»

«Welche Art Notruf?»

«Ach, ein 311er. Angeblich eine Schlägerei. Die hatten in der Woche ja die ganze Wiese mit Weihnachtsständen gepflastert. Es sei Streit zwischen zwei Verkäufern ausgebrochen, hiess es.» Er hämmerte mit dem Zeigefinger an seine Stirn. «Na ja, in der Nacht waren sowieso nur Verrückte unterwegs.»

«Wie meinst du das?»

Klaus zeigte zum Eingangstor. «Sobald wir losfuhren, warf uns ein Volldepp eine Tomate gegen die Windschutzscheibe. Ich wäre beinahe ausgestiegen und ihm hinterher, aber der Einsatzleiter bestand auf Weiterfahrt.» Sie verliessen den Parkplatz. «Ja, und dann raste ich runter zum Zürihorn. Vor Ort schlichteten wir den Streit und bemerkten hinterher, dass jemand ein Tag auf die Windschutzscheibe gesprayt hatte. Und das, obwohl wir zu siebt waren.»

«Warte, nicht so schnell. Wie viele von euch verliessen den Wagen?»

Klaus rieb sich die Schläfe. «Vier … nein fünf. Huber und Kramer blieben im Wagen. Wir anderen brauchten etwa zehn Minuten, um für Ruhe auf dem Platz zu sorgen.»

«Was war genau los?»

«Eine Gruppe Jugendlicher hatte nicht bezahlen wollen. Entpuppte sich aber als Missverständnis.»

«Also kein Streit unter Verkäufern?»

«Nicht mal entfernt. So läuft das manchmal. Jedenfalls … als wir zum Fahrzeug zurückkehrten, sahen wir die Sauerei.»

«Niemand hatte etwas gesehen?»

«Nicht mal die Kollegen auf dem Rücksitz. Plötzlich stand da: SHMUDR.»

«Einfach so?»

Klaus lachte hart und kopfschüttelnd. «Wie von Geisterhand. Aber ich glaub nicht an Gespenster. Ich denke eher, da war jemand blitzschnell und äusserst geschickt. So eine Art böser Superheld.» Er lachte humorlos. «Da waren nicht mal Fussspuren im Schnee.»

«Aber der Vorfall wurde doch von einem Kamerateam des Schweizer Fernsehens gefilmt. Konnten die nichts einfangen?»

Klaus stiess eine wüste Verwünschung aus. «Die TV-Fritzen waren nur auf uns aufmerksam geworden, weil der Huber so rumgeflucht hatte. Eigentlich hatten die einen Beitrag über das Lebkuchenhaus zwei Reihen weiter gemacht. Deshalb tauchten sie erst auf, als der Schmutzfink schon über alle Hecken war.»

Andreas' Schulter wurde von einer Zeitungsrolle getroffen. «Jungspund», rief Mette im Vorbeigehen. «Was treibst du hier draussen?»

«Ich ermittle gerade wegen dem Sprayer, und …»

«Vergiss es», unterbrach ihn Mette. «Es gibt Neuigkeiten im Fall Devlin. Binder ist tatsächlich im Feuer an der Kernstrasse umgekommen. Und es war Brandstiftung.»

«Brandstiftung?»

«Selbst gelegt, wie es ausschaut. Es wird sogar noch besser. Komm!»

Andreas schlug Klaus zum Abschied auf den Oberarm und eilte Mette hinterher. «Was meinst du damit?»

Mette eilte mit einem Elan die Treppe hoch, den ihm Andreas nie gegeben hätte. Lässig reichte er ihm einen Zettel über die Schulter.

«Was ist das?»

Seine Stimme hallte erhaben durchs Gewölbe. «Das ist eine Abrechnung von der ‹SOAR Life Insurances›. Die zu bekommen war ein Klacks, jetzt da Binder tot ist. Tatsächlich war er Benefisseur einer Monatsrente. Die fünf Tonnen waren keine einmalige Zahlung.»

«Eine Monatsrente wofür? Und von wem?»

Mette grinste. «Das Geld stammt aus dem Nachlass der Jungbluth-Familie und floss seit 1973.»

«1973, das ist –»

«Das Jahr, in dem der grosse Patron verstarb, richtig.»

Andreas' Verwirrung wurde immer grösser. «Fünftausend Schweizerfranken jeden einzelnen Monat? Also nach fast vierzig Jahren wären das –»

«Fast zweieinhalb Millionen Franken.»

«Für einen einfachen Bediensteten?»

Mette steigerte sein Tempo. «Komisch, gäll? Dieser Binder hatte einen gewaltigen Knall in der Birne. Lebte trotz gesichertem Einkommen in einem Rattenloch, und dann bringt er sich um.»

Wegen den nachlassenden Schmerzmitteln konnte Andreas kaum Schritt halten mit seinem Partner, der auf immer lauteren Schuhsohlen durch den Korridor marschierte. «Könnte es vielleicht was mit dem Verlust des Bootes zu tun haben? Es scheint ihm viel bedeutet zu haben.»

«So viel, dass er damit nie auf dem See fuhr. In dem Zusammenhang hatte mich drum sehr interessiert, wie das Boot einfach so verschwinden konnte.» Abrupt blieb er im Türbogen ihres Büros stehen. «Und weisst du was? Wenigstens auf *die* Frage konnte ich eine Antwort finden. Halte dich fest: Es war nie weg!» Er setzte sich in seinen Sessel und faltete die Hände. «Sieh mal; die Vanderberg ist letzten Sommer an einer Benefiz-Regatta in Dubai aufgetaucht. Auf meine Anfrage hin hat das Verkehrsamt bestätigt, dass Jungbluth das Boot bereits 1939 veräussert hatte. Und siebzig Jahre später taucht es im Nahen Osten wieder auf.» Er lächelte maliziös. «Das hat in den Liebhaber-Foren so grosse Wellen geworfen, das war kaum zu übersehen.»

Andreas ärgerte sich, dass er das Wiedererscheinen des dritten Bootes bei seinen Nachforschungen übersehen hatte. Und es schmeckte ihm überhaupt nicht, dass sein Partner ihm dies so brühwarm unter die Nase reiben musste. «Aber wenn es nie ein Segelboot gegeben hat, was hat Binder dann in dem Bootshaus getrieben? Irgendetwas muss ihm ja abhandengekommen sein, sonst wäre er doch nie so ausgerastet.»

«Da würde mir einiges einfallen. Schmuck, persönliche Dinge wie Familienfotos oder die Asche eines toten Haustiers. Auf jeden Fall scheint er mir als Tatverdächtiger im Devlin-Mord gerade auszuscheiden. Wer immer seinen Schatz stahl, *der* hatte den Werber auf dem Gewissen. Es war wohl einfach ein hundskommuner Raubüberfall. Und da seine Frau ein stichfestes Alibi hat, müssen wir bis auf Weiteres darauf hoffen, dass die Fahndung nach seinem Sprössling Kirk bald fruchtet.»

«Schön», log Andreas. «Womit machen wir nun weiter? Mit den Tankstellenräubern oder dem Sprayer?»

Dumpfe Schläge erschütterten die Decke. Es waren die Schuhsohlen von ihrer obersten Chefin, der Polizeivorsteherin Monika Mayer-Daguette, die mal wieder ruhelos in ihrem Büro auf und ab lief.

«Nicht so laut», mahnte Mette. «Wenn sie mitbekommt, dass wir nicht unser Möglichstes geben, diesen Schmuddergoof zu finden, heisst's gute Nacht um sechs.»

«Ist es wirklich wahr, dass er ihr Cabriolet verunstaltet hat?»

Mette nickte. «Anscheinend hat sich der Schmutzfink besondere Mühe bei der Verunstaltung ihrer Ledergarnitur gegeben. Und das, obwohl der Wagen in unserem abgeschlossenen Innenhof stand.» Er riss eine schauerliche Fratze. «Zellweger hatte heute das Pech, ihr über den Weg zu laufen. Klagte, er müsse seine Finken künftig zwei Nummern kleiner kaufen. Und mit Absätzen.»

«Ich weiss, ich hab eben Brupbacher ausgequetscht.» Andreas

griff nach einer Akte. «Seine Schilderungen decken sich mit den mysteriösen Meldungen über SHMUDRs bisherige Schandtaten. Es scheint fast, als verfüge der wirklich über Zauberkräfte.»

Mette nickte hart. «Dagegen sind diese Benzinräuber hoffnungslose Dilettanten. Wir müssen ihn schnappen, oder wir werden unseres Lebens nicht mehr froh.»

«Bloss, wo anfangen?»

«Keinen Blassen. Ich weiss nur, dass wir den Fall bald erfolgreich abschliessen müssen. Mit den Daten, die wir bis jetzt haben, lässt sich allerdings kaum etwas anfangen.» Er schnaubte und schielte zum Fenster. «Hoffentlich schlägt er bald wieder zu.»

***

Der Wind pfiff Enitta gehörig um die Ohren, als sie einer spiralförmigen Rampe hinab ins Manesse-Brocki folgte. Das grösste seiner Art war keiner dieser aufgeräumten und überteuerten Vintage-Shops. Kein Ambiente-Festival wie das Flohmissima-Brocki auf dem Schlotterbeck-Areal, in dessen aufgeräumten Weiten man sich stundenlang verlieren konnte. Genau genommen war es eine dreckig-muffige Ex-Tiefgarage unterhalb eines riesigen, schmucklosen Wiediker Hinterhofs. Alle paar Meter lachte ein halb nackter, dicker Greis mit Hut auf dem Kopf und Schachtel unter dem Arm von laminierten Plakaten. Alle Artikel nur drei Franken, lautete die frohe Kunde.

Enitta passierte ein schräg aus dem Grund ragendes Drehkreuz und spähte in eine von zufällig aufgehängten Neonröhren ausgeleuchtete Halle, wo ein volles Dutzend Holzgestelle mit Glasgefässen aller Art bestückt war. Ebenso viele Kunden rannten mit Einkaufskörblis herum, doch Zünds hochgewachsene Gestalt war nirgends zwischen den Regalen zu entdecken. Da fielen ihr gelbe Pfeile auf, die dem geschwungenen Rampenverlauf in tiefere Ebenen folgten. Sie marschierte vorbei an Stühlen und weiteren Gestellen, die mit gerahmten Bildern und schmuddeligen Gemälden vollgestopft waren. Wie etwa einem gepinselten Wappen von Geroldswil oder einer vergilbten antiken Karte der Stadt Zürich.

Im Untergeschoss mieften Legionen von Kleidergestellen unter kalten Neonröhren vor sich hin. Eingefasst von einer regelrechten Gammel-Bibliothek reihten sich gut zweihundert Stühle in Zehnerreihen auf Perserteppichen weit hinein ins Gewölbe. Dort, hinter einer Säule, redete ein altes Männchen in einer fremdländischen Sprache mit erschöpft klingenden Worten auf einen anderen Kunden ein. Dieser sass in der hintersten Reihe und hatte den Kopf in ein Buch gesteckt. Schliesslich wandte er sich dem Störenfried zu, fasste sich umständlich in die Tasche und streckte ihm etwas hin. «Da häsch en Stutz!», brüllte er. «Und jetzt gib endlich Ruhe!»

Das alte Männchen schlurfte mit hängendem Kopf davon und gab den Blick auf den Gentleman frei. Wie es die Stimme vermuten liess, handelte es sich um Zünd. Er trug seinen langen Mantel hochgeschlossen und die hellbraunen Haare offen.

Enitta kämpfte sich durch die Stuhlreihen hinüber. Das hatte es also mit dem Klimpern in seiner Tasche auf sich. Er bemerkte sie erst gar nicht, sondern war sogleich wieder in seine Lektüre vertieft. Die gebundene Ausgabe von «360 Grad – Der neue Hauptsitz der Postfinance». Er schien regelrecht an das Buch gefesselt. Endlich sah er auf, kniff die Augen zusammen und presste seine Fingerspitzen an die Schläfe. «Nein, warte, sag nichts … Anna … Annie … *Enitta*, richtig?»

«Wow. Dass Sie das noch wissen …»

Zünd machte den Rücken gerade. «Ab vierzig kann man sich eben nur noch Dinge merken, die einen interessieren.»

«Na darauf freue ich mich schon.» Sie wollte gar nicht erst darüber nachdenken, mit welcher Bezeichnung er sie im Adressbuch gespeichert hatte.

Im Regal hinter ihm standen mindestens hundert Bibeln herum. Rund die Hälfte davon mit Lederumschlägen. Ihr fiel auf, dass Zünd bei vielen Adjektiven, deren erste zwei Buchstaben Konsonanten waren, gerne ein «ä» einfügte und dieses in vielen Fällen zähnefletschend betonte. Wie *bälöd, gäross, schälimm*. Er tat es sogar mit Nomen. *Gälühwein, Därama, Färauen.*

Er schniefte laut und flüsterte leise. «Hast du Koks bei?»

Enitta schielte hilflos zur Seite.

«Schon gut. Vergiss es.» Er klappte das Buch zu. «Alte Angewohnheit. Interessant, dass du so spontan kommen konntest. Was machste eigentlich so den ganzen Tag? Der Fux sagte, du seist Tierfängerin. Was war es nochmals? Katzen?»

Enittas Kiefer verspannte sich. «Nein. Ich bin Privatdetektivin.»

«Privatdetektivin, allerhand.» Er verzog die Lippen und lehnte sich hervor. «Und das ist legal? Ich meine, ähm … kann da jeder?»

«Es ist kein geschützter Titel. Wie Journalist, Architekt, Schriftsteller oder Psychologe. Ich habe auch nicht mehr Rechte als andere Leute. Es ist ein Grenzbereich.»

«Ist das gefährlich oder so?»

Enitta erinnerte sich an das Drama im Drogenlabor der Appenzeller-Mafia. «Nicht unbedingt», erwiderte sie und setzte sich vorsichtig auf eine Stuhllehne. «Manchmal muss man sich etwas einfallen lassen, muss die Dinge hinbiegen können. Wenigstens habe ich einen Ausweis, mit dem sich Hausmeister, Rotzlöffel oder Zivilfahnder prima auf Abstand halten lassen.»

Er nickte vielsagend, doch sie war unschlüssig, ob er wirklich zugehört hatte. «Für eine Agentur oder so?»

«Nein, freischaffend.»

«Ja, was nun?», blaffte Zünd. «Frei oder schaffend?»

«Sagen wir, auf eigene Verantwortung.»

«Ach so, verstehe. Freilenzer sind die Tage ja heftig auf dem Vormarsch. Immer noch besser, als sich gegen Geld ins Büro sperren zu lassen.» Er blickte streng auf sie herab. «Du hast aber schon eine richtige Ausbildung, oder? Lass mich raten. Skla-V?»

«Knapp daneben. Informatikerin.»

Er zog schnoddrig die Schultern. «Da hockt man in etwa gleich viel herum. Privatdetektivin … Ja, rechnet sich das denn?»

Warum stellten ihr die Leute immer wieder diese Frage? «Aber klar doch», behauptete sie. «Man muss sich nur die richtigen Fälle aussuchen.»

«Aha. Was ermittelst du denn gerade?»

«Ich hab es mir zur heiligen Pflicht gemacht, die Zorilla-Rose zu finden.»

«So läss.» Zünd klang aufrichtig begeistert, obwohl er nicht mal entfernt lächelte. Das schien er überhaupt verlernt zu haben.

«Da hast du dir ja echt was vorgenommen. Ich hab erst kürzlich eine alte BBC-Doku darüber gesehen. Angeblich wurde in den Achtzigern bei Bauarbeiten im Niederdorf eine jahrhundertealte Fälscherwerkstatt entdeckt. Direkt unter dem Fraumünster. Man habe Teile einer Gussform gefunden, mit der man eine perfekte Kopie hätte anfertigen können. Manche Forscher glauben, die Kopie sei der Stadt untergejubelt und das Original nach Italien geschmuggelt worden, wo es auf einem Römerfriedhof in Venedig verbuddelt liegt.»

«Römerfriedhof? In Venedig?»

«Na ja, es war schon spät. Hab nicht so genau hingehört. Jedenfalls kannst du dich auf was gefasst machen.»

Enitta setzte sich. «Sagen Sie … sagt Ihnen der *Kreis 13* etwas?»

«Was soll das sein?», fragte er vorwurfsvoll.

«Weiss nicht. Ein Ort in Zürich vielleicht? Sie kennen sich ja gut aus hier.»

Zünd verzog das Gesicht. «Klingt nach einem Nachtclub in Dietikon.»

«Ich hatte eher das Gefühl, er befände sich in der Stadt.»

«Nein, nein», protestierte Zünd wirsch. «Da hat dir jemand einen Bären aufgebunden. Es gibt nur zwölf Kreise.»

Einen Versuch war es wert gewesen. Blieb die Frage nach dem Sinn dieser Begegnung. «Was ist das hier? Ich meine, warum wollten Sie mich sehen?»

«Dänk, um dir einen Job anzubieten», erwiderte er.

Also doch …

«Ich gleise grad eine neue Imbisskette auf. ‹Raffinerie› soll sie heissen. Die erste Filiale eröffnen wir im Kreis 4, gegenüber dem ‹Longstreet›.»

«Raffinerie?»

«Ja. Weil wir beste Rohstoffe zu sterbensfeinen Broten verarbeiten und dabei erst noch Lastwagenkolonnen voller Kohle scheffeln.»

«Ein Take-away an der Langstrasse? Gibt es da nicht schon viel zu viele von?»

«Ja, und genau von den falschen. Alle jammern mir die Ohren

voll, dass ihnen ‹FalAwful› oder ‹Würgerking› allmählich zum Hals raushängen.»

«Und ausgerechnet ein paar gequetschte Brötchen sollen da Heerscharen von Kunden anlocken?»

«Die *besten* der Stadt! Und die ‹Raffinerie› wird auch gleich noch einen weiteren Rohstoff verarbeiten, den's in Züri im Überfluss gibt: Nachwuchsbands. Alle, die ihre Instrumente glaubhaft halten können, bekommen bei uns eine Bühne geboten und werden mit Sandwiches bezahlt. Musiker wollen essen, und die Leute wollen Musik. Einfach ein hervorragendes Konzept.»

«Was wäre denn meine Aufgabe?»

«Einen guten Eindruck machen. Den Verkauf ankurbeln. Mit deinem hübschen Gesichtchen kannst du bestimmt gut mit Menschen.» Er sagte es so, als wäre es ganz offensichtlich, und dennoch verzog er die Miene. «Dein bäurischer Akzent ist zwar etwas sehr krude, aber im Multikulti der Langstrasse fällt er glaubs nicht weiter negativ auf.»

Noch vor einem Jahr hätte sie ihm für den frechen Spruch bestimmt eine oder drei gelangt. Aber da sie sich mittlerweile – weil fest entschlossen, ihren Dialekt zu bewahren – schon so manch Kommentar gewohnt war, fasste sie es als Kompliment auf. «Ach wissen Sie», begann sie stattdessen, «ich richte mir meine Öffnungszeiten lieber selbst ein, ehrlich gesagt. Aber vielleicht kann ich ja mal Hilfe leisten, sollte jemand einen Schinken klauen. Oder die Kasse.»

«Hm. Deine Nummer hab ich jetzt ja.»

«Aber jetzt mal ehrlich: Warum hängt jemand, der so viele Dinge am Laufen hat, an einem Freitagnachmittag im schmuddeligsten Brocki der Stadt herum?»

«Das mit dem Siezen ziehst du knallhart durch. Gefällt mir. Weisst du, ich wurde ganz einfach viel zu rasch viel zu reich.» Er stöhnte, als würde ihm dies soeben zum allerersten Mal selbst bewusst. «Und seither lebe ich glücklich unzufrieden bis an mein Lebensende, bin quasi im Unruhestand. Da muss man immer wieder Wege finden, um sich zu motivieren, um die eigene Mitte zu finden. Manche Leute meditieren. Andere plagen sich im Fitnesscenter, machen Tai-Chi oder Yoga, stürzen aus

Flugzeugen, werfen Sachen ein. Mir reicht das alles nicht. Drum gehe ich überdies regelmässig in die Brockenstube.» Er liess einen langen Blick über die Auslagen schweifen. «Es sagt eine *Menge* über eine Gesellschaft aus, wovon sie sich partout nicht trennen will. Möbel, Kleider und – ganz besonders – Bücher.»

«Für eine Leseratte hätte ich Sie jetzt nicht gehalten.»

«Ich war als Kind tatsächlich Legastheniker. In der Schule war ich in keinem Fach nennenswert gut. Aber ich hatte eine Geheimwaffe. Meine grosse Klappe. Dank der ist doch noch was aus mir geworden.» Er bedachte Enitta mit einem durchdringenden Blick. «Was immer du tust, Kindchen, sieh zu, dass du dir dein Bett zeitig machst. Ab fünfunddreissig werden die Leute stinklangweilig. Entweder weil sie einer Schwangerschaft zuliebe mit der Trinkerei aufhören oder erst recht zur Flasche greifen, weil sich alles nur noch um den Nachwuchs dreht. Sie ziehen zu zweit in eine Wohnung in Wallisellen, treffen sich nur noch mit Pärchen und pinnen sich das Programm vom Opernhaus an den Kühlschrank. Alles ganz schrecklich.»

«Haben Sie etwa was gegen Familien?»

«Nein, aber dagegen, dass heutzutage alle den Gänsemarsch machen. Alle die gleichen Klamotten tragen. Charakter mit Attitüde verwechseln. Nichts mehr wagen. Sie tanzen lieber den Banknoten-Boogie und warten auf eine abgestempelte Erlaubnis zur Verfolgung ihres Lebenstraums. Und weil die nie eintrifft, laben sie sich ab vierzig hemmungslos an der eigenen Verbitterung.»

«Und Sie geben den Leuten eine Alternative mit Ihren Bars und Clubs?»

«Ich», begann Zünd mit theatralischer Geste und unverhohlenem Stolz, «gebe ihnen die Möglichkeit, ihre Jugend bis ins hohe Alter zu verlängern. Ich meine, die Dinge sind hierzulande halt so, wie sie sind. Da muss man sich nichts vormachen. Was will man sonst tun, wenn man nicht auf die übliche Familienplanung aus ist? Auf die Politik hoffen? Auf die Strasse gehen? Ziegel schmeissen? Seien wir realistisch. Dass man eine dauerhafte Wende gewaltsam über Nacht erzwingen kann, eine Veränderung, die alles für alle besser macht, daran glauben nur Maximalretardierte. Darum nennt man die ja auch *Revo-Luschen.*»

«Sind Sie verheiratet?»

Er studierte seine Fingernägel. «War ich mal. Und dann fiel mir wieder ein, dass ich auch noch was anderes erleben wollte als blaue Wunder. Drum lass uns weitergehen.» Er schlenderte so behäbig zur Rampe, als trage er einen dicken Rucksack.

Enitta wich einer Gruppe von abgegriffenen Plastikkoffern aus. «Stimmt es eigentlich, dass Sie mal auf einem Strauss durchs Niederdorf geritten sind?»

«Und ob! Also ... eigentlich waren wir zu dritt. Die beiden anderen wurden schon nach wenigen Minuten von der Polizei eingekreist, aber mich haben etwa zwanzig Beamte eine Dreiviertelstunde lang durch die Gassen gejagt. *Läck* isch das *geil* gsi!»

Sie passierten den leeren Kassentresen. «Woher hatten Sie die Vögel?»

«Wir bestachen einen Pfleger im Züri-Zoo. Kaum zu glauben, was die Leute alles für ein paar Gratiseintritte an der Geroldstrasse tun.»

«Die armen Tiere», schimpfte sie. «Wie kommt man auf solche Ideen?»

«Plapper-Le-Pape! Die Viecher waren froh um den Auslauf, das konnte ein Blinder sehen. War ja auch für einen guten Zweck. Nämlich Werbung machen für meine neue Bar, das ‹Birds›. Von da an war ich jahrelang nur noch *Der mit dem Vogel.* Aber es war die Sache mehr als wert. Das ‹Birds› wurde zu einem der angesagtesten Lokale. Das erste übrigens mit Schnauzpflicht für Mädels. Das haben wir fadengerade durchgezogen. Wenn die Frauen uns schon nachahmen wollen, gefälligst richtig. Lange Hosen, Zigarren schloten und Panama tragen langt da nicht.» Als sie am Ende des Wendelganges wieder auf den Hinterhof traten, versuchte gerade ein japanischer Kleinwagen an Zünds Deux Chevaux vorbeizumanövrieren, welcher wieder komplett schief zwischen den Gartenmöbeln neben dem Eingang und dem Bücherschuppen am Rande des Hinterhofs herumstand. Statt sich zu entschuldigen, herrschte Zünd den Fahrer an. «Mach die Fübüx weg!» Sofort legte der Angeschriene den Rückwärtsgang ein.

Zünd quetschte sich hinters Steuer seines nummernschilderlosen Gefährtes und tippte sich an die Schläfe. «'löchen, Kindchen.»

Enitta schaute ihm noch dabei nach, wie er grossspurig aus dem Hinterhof rasselte und dabei drei Damenvelos aus dem Weg pflügte. Sie entschied, dass es Zeit war, ihr geliebtes Hundchen abzuholen. Der Weg dahin führte sowieso heimwärts. Fionas berüchtigte Guerilla-Werbeagentur, die «Spontimat GmbH», befand sich an der Gabelung, wo die Bertastrasse aus der Sihlfeldstrasse spross. Mit seinen Zinnen und Erkern war das dunkle Gebäude ein kleines Stück Gotham mitten in der Zwinglistadt. Auf den steinernen Stufen des schummrigen Treppenhauses traf Enitta auf Werbetexter Sparta aka Sven Farner (26) in Begleitung seiner Langzeitfreundin Sara, deren Alter sie nicht richtig einschätzen konnte. «Hei, Sven, schon Feierabend?»

«Ja.» Er smeilte und umarmte sie herzlich. Was seiner Begleitung wie immer gar nicht schmeckte. «Wir gehen übers Wochenende Ski fahren.»

«So guat», sagte Enitta und lenkte ihr Strahlen auf die Begleitung. «Hei, Sara ...»

Die erwiderte das Lächeln halbherzig. «Hallo, ähm ... glaubs auch schon gesehen ...»

«Gwendolyn.»

Sara riss die Augen auf, als feiere sie ein abruptes Comeback aus dem Wachkoma. «Stimmt, genau. Hallo, Gwendolyn, ja.»

Sven bedachte sie mit einem ansatzweise enttäuschten Blick. «Schon wieder?»

«Schöne Reise», trällerte Enitta und eilte die Stufen hoch zur Agentur. Kaum war sie in den hohen Flur getreten, krabbelte ihr Ba unbeholfen übers glatte Parkett entgegen. Einen Raum weiter fand sie Fiona und Anzeigenverkäufer Cruise aka Hendrik Thoma (26) vor. Fiona gab ihr ein automatisches Begrüssungsküsschen. «Wir besprechen gerade einen Pitch», erklärte sie und stellte sich zurück neben Cruise.

Der trug wie immer ein schwarz-weisses T-Shirt und ein blaues Baseballcap und lehnte sich mit verschränkten Armen an den massiven Sitzungstisch, den Blick starr auf eine Projektion an der gegenüberliegenden Wand gerichtet.

«Ey, Nittä», bemerkte er, ohne sie anzusehen.

Die Projektion zeigte ein Bild einer betörend schönen Naturlandschaft, wohl im Fernen Osten, und trug unten rechts den Leitspruch.

Schön. Aber nicht Zürich.

Der Claim wurde noch mit ein paar anderen Fotos präsentiert. Einem von Morgenlicht gefluteten Regenwald, einer in der Abendsonne schimmernden Prärie und einer äusserst stimmigen Aufnahme von den Felslandschaften des irischen Hochlands.

«Was denkst du?»

«Hmbö.»

«Was soll'n das bitte heissen?»

«Ja wiä lang hätt'n dä Sven etz für das gha?»

«So viel Zeit, wie Zürich Tourismus uns eben gelassen hat. Keine achtundvierzig Stunden.»

Cruise wiegte die flache Hand. «Chönnt no funktioniärä ...»

«Geht's womöglich ein klein bisschen präziser? Das ist ein echt wichtiger Pitch hier», sagte Fiona.

«Nöd so wichtig wiä dä für dä Yorüm. Schicksch es usä. Mal luägä, wassä säged.» Er schnappte einen Controller und holte ein neues Bild auf die Wand. Vor blauem Hintergrund posierte ein Plastikbecherchen, dessen Inneres wie eine Mischung aus Schlagrahm und Schlachtabfall wirkte. Darüber prangte mit Schnörkelschrift das Wort «YORÜM».

«Yorüm?» Enitta verzog unheilahnend das Gesicht. «Was soll das sein?»

«Din neuä Liäblingszmorgä», kommentierte Cruise. Noch immer schaute er nicht herüber.

Auch Fiona fletschte die Zähne. «Der nächste Hit vom belgischen Nahrungsmulti Charles Ottenburgh. Eine gekühlte Mischung aus Joghurt, Dürüm und viel zuckrigem Schlagrahm. Laut neuesten Marktforschungen hat es das Potenzial, die Frühstücksgewohnheiten der westlichen Welt komplett auf den Kopf zu stellen. Wenn du so willst, der Tagesanbruch der Vierundzwanzig-Stunden-Fleischfressergesellschaft. Die beste Erfindung seit dem Salatkuchen oder dem Kebab-Glacé. Sollten wir diesen Pitch gewinnen, haben wir für Jahre ausgesorgt.»

«Falls mir tatsächlich än Wäg finde, das Züügs dä Lüüt schmackhaft z'machä. Xét ja *voll* zum Chotzä us.»

«Sparta wird's wie immer richten.»

«Hm … wie wär's mit *Yorüm hola, Büüchli volla*?», schlug Enitta vor.

«Haha, fuck you, Nittä!», lachte Cruise laut heraus. Bei jemandem wie ihm, der sich so gut wie nie auf einen Streit einliess, weil ihm anderer Leute Meinung einfach nur herzlich egal war, kam diese verbale Entgleisung einem wahren Ritterschlag gleich. Cruise war eben immer auf Augenhöhe mit dem Zeitgeist und wusste genau: «Fuck You» war das neue «I Love You».

«Ich notier mir das mal», sagte Fiona. «Das wär's dann für die Woche. Cruise, Enitta: Ich geh mal eine rauchen.»

Enitta folgte ihrer Freundin auf den rundlichen Gitterbalkon über der Sihlfeldstrasse. Das Lochergut, ein abgestufter Plattenbau, ragte steinhässlich wie immer in den bewölkten Himmel. Der Bau war von Le Corbusier inspiriert worden, doch geholfen hatte es wenig. Kinder spielten Schneeballschlacht, und eine Velofahrerin wäre beinahe vom schrill bimmelnden Tram erfasst worden.

«Seit wann rauchst du wieder?»

Fiona wich ihrem Blick aus und strich sich schulterzuckend Asche von der Jacke. «Hast du die Unterschrift bekommen?»

Enitta nickte, während sie Ba streichelte. «Ab nächster Woche nehm ich ihn wieder mit ins Büro.»

«Nicht dass du denkst, er wäre mir zur Last gefallen oder so …»

«Aber etwas scheint dich zu beschäftigen. Siehst müde aus.»

Fiona nahm ein paar Züge ihrer Zigarette. «Ich hab den ganzen Mist so satt. Die Kunden. Die Aufträge.» Sie schlug ruckartig den Kragen hoch. «Dieses Roland-Emmerich-Wetter.»

«Was ist nur los? Läuft das Geschäft schlecht?»

«Das Geschäft läuft hervorragend. Die Kunden rennen uns die Türe ein.»

«Dann verstehe ich dein Problem nicht.»

«Firmen bezahlen uns immer mehr Geld für immer bescheuertere Arbeiten.»

«Andere würden von so viel Erfolg träumen.»

«Erfolg ist nur lustig, wenn er aus einer Tätigkeit erwächst, die Spass macht. In unserem Fall bedeutet es, dass wir nicht mehr frech sein dürfen. Der Internetprovider ‹CPU Ablecom› wollte uns einen saftigen Batzen dafür zahlen, den Clip für ihre Setup-Boxen von einer bärtigen Katze moderieren zu lassen. Was ist nur aus unserem Business geworden.» Fiona liess ihren Kopf übers Geländer hängen. «Niemand getraut sich mehr was. Alle unterbieten einander mit Mediokrität. Alle wissen es, alle jammern drüber, keiner tut was. Alle hängen sie an den Kathetern der Konzerne. Stellen sich Elektromobile vor den Eingang und halten sich plötzlich für nachhaltig. Dabei ist die einzig gültige Form der Nachhaltigkeit doch die Wahrheit.»

«Hallo? Sagt eine Werberin?»

«Daher das Ausmass meines Dilemmas. Wenn uns eins gross gemacht hat, dann unsere brutale Ehrlichkeit.»

«Gönne dir mal eine Auszeit. Hat Felix auch gemacht.»

«Wenn wir den Zuschlag von Charles Ottenburgh erhalten, mache ich den Laden vermutlich gleich ganz dicht.»

«Aber ‹Spontimat› ist doch dein Lebenswerk.»

Fiona schaute sie schief an. «Dafür bin ich echt noch nicht alt genug.»

«Und was soll aus den Jungs werden?»

«Sparta gleist gerade erfolgreich ein Seitenprojekt auf. Die Brauerei ‹LADS›. Und um Cruise musste man sich noch nie Sorgen machen.» Sie lachte ein trauriges Lachen. «Überhaupt. Die Welt ist auch so schon voll mit leeren Versprechungen.» Sie bediente sich eines affigen Tonfalls. «Nie mehr Falten dank unserer Creme. Ich schwöre, ich *werde* sie verlassen. Hurra, Coldplay lösen sich auf – diesmal garantiert.»

«Tschamutt», seufzte Enitta. «Lass uns nach Hause gehen.»

Drei Häuser weiter in der WG pflanzte sich Enitta einmal mehr vor die Glotze und tat sich eine Telefavela an. Es lief die Wiederholung der neuesten Leutschenbach-Sitcom über eine Ballettstudentin, die sich eine Wohnung mit einer sprechenden Geiss teilte. «Bimmel & Bommel – Zwei Ziegen in Züri» war bereits jetzt der grosse Quotenrenner. Später in den Nachrichten war die Rede von fast dreihundert Kältetoten in Europa, aber noch grössere Wellen warf der verunstaltete Mercedes der obersten Stadtpolizistin. Frau Mayer-Daguette gab kein persönliches Statement ab, liess aber über ihren Sprecher Marco Benaglio verlauten, wie tief enttäuscht sie über diese persönliche Attacke sei. Die Beleidigungen, die Sprayer SHMUDR schriftlich geäussert hatte, waren dem VJ zufolge dermassen hart, dass TeleZüri Aufnahmen des ramponierten Fahrzeuges nur verpixelt senden konnte. Nach so viel Fremddrama entschied Enitta, sich besser wieder den eigenen Problemen zu widmen.

Sie holte ihr Handy hervor und ging die Fotos von Freundesfreunden auf Instagram durch, während sie gleichzeitig die Songs abspielte, die sie während der letzten Wochen mit Shazam im Ausgang identifiziert hatte. Das tat sie so lange, bis draussen jedes Tageslicht erloschen war und sie sich im Schein des Laptopdisplays an ihr Nachtprogramm erinnerte. Sie klickte die Facebook-Seite der «Bar 3000» herbei. Heute war Plattentaufe. Von diesem Ostzillator. Um einundzwanzig Uhr. Der Anlass verzeichnete bereits sechsundfünfzig Haken und zweihundertelf gestreckte Daumen. Als sie die Seite runterscrollte, musste sie feststellen, dass dies unüblich viele Interessensbekundungen waren. Es war bereits zwanzig Uhr fünfzig. Wobei Konzerte im kleineren Rahmen sowieso meist mit mindestens einer Stunde Verspätung begannen. Deshalb schaute sie sich noch die Webseite des Acts an, welche leider sehr schlicht daherkam. Ein mit weissem Kreidestift gemaltes Bildnis vor schwarzem Hintergrund und ein paar prollige Promo-Zeilen aus Schreibmaschinenbuchstaben waren alles. Es schien sich um ein Ein-Mann-Projekt zu handeln. Ein Typ mit Sonnenbrille, Fünftagebart, einem Cäp mit geradem Dach und einer Kippe im Maul.

«Komm, Ba. Das wird bestimmt lustig.» Richtig glauben wollte sie das selbst nicht, und beim Anblick des Musikers verzog sich ihr Hundchen sofort ins Körbchen und liess sich auch mit dem liebsten Zureden nicht mehr herauslocken. Ob er ihr böse war? Weil sie ihn in letzter Zeit etwas vernachlässigt hatte? Oder lag es daran, dass sie ihn schon ein paarmal – vielleicht auch einige Male mehr – in einer Bar vergessen hatte? Bis anhin hatte er es katzengleich immer wieder nach Hause geschafft. Sie würde sich mehr um ihn kümmern müssen. Und hoffentlich recht bald, da der Fall ja schon in weniger als einer Stunde gelöst sein konnte. Dann würde sie Jerry auch im schlimmsten Gemenge getroffen und Herrn Stassel Nachricht überbracht haben. Sie ging sich im Badezimmer mit der atmungsaktiven Gesichtscreme Oxyschön aufhübschen und stapfte hinaus in die bitterkalte Freitagnacht. Ein Gefühl, als trete sie in einen riesigen Eisschrank mit kaputtem Licht.

Die Bar mit der goldenen Schnürlischrift und dem rosa Neonherzen über der Theke war einer der führenden Tummelplätze für die Schönen und Weichen, die Andersartigen und Gleichen der Stadt. Sie lag nur ein paar Schritte neben der Piazza Cella, dem Epizentrum der Langstrasse, wo es auch bei minus zehn Grad heiss zu und her ging. Enitta schlich sich zwischen den Grüppchen hindurch, ignorierte die Drogendealer, schob die baggernden Kids beiseite, bog in die Dienerstrasse und erhörte den Hilferuf einer jungen Frau auf der anderen Strassenseite. Vor dem Schaufenster der Bäckerei Happy hatte jemand ein Dutzend Fahrräder umgestossen, und Enitta musste sie alle mühselig aufrichten, damit die junge Frau ihren Göppel wieder auf die Reifen stellen konnte. Zum Dank wurde die noch frech. «Nun hast du deine gute Tat für heute vollbracht», blaffte die Griete und war im nächsten Moment um die Ecke verschwunden.

Enttäuscht stapfte Enitta zurück aufs andere Trottoir und stand endlich vor der «Bar 3000», die meist als Fumoir des Clubs «Zukunft» fungierte. Zum Glück war der unterirdische Laden noch geschlossen und die Bar im Parterre drum rauchfrei – leider jedoch pumpenvoll. Nur mit viel Mühe konnte sie überhaupt eintreten, und natürlich bewegten sich die Gäste keinen einzigen Millimeter. Schlank, wie sie war, schob sie sich charmant, aber bestimmt in die gefühlte Mitte des kleinen Etablissements. Sie sah ein paar Bekannte, mit denen sie schon häufig angestossen hatte, doch man spielte mal wieder das alte Spiel. Wer zuerst grüsste, hatte verloren. Und raffte sich doch mal jemand zu einem «Ahoi» auf, war es mehr Networking als Nettigkeit.

Zwischen der Bar und den schwarzen Sofas an der Wand

gegenüber war ein Instrumentenpark aufgestellt. Analogsynthesizer reihten sich um einen Stuhl, darüber prangten zwei riesige Plexiglaskästen, in denen Fotografien mit von Wolkenkratzern gesäumten Stränden ausgeleuchtet wurden. Enitta drehte sich auf den Zehenspitzen. Inmitten der labernden Konzertbesucher war Jerry noch nicht auszumachen. Sie schätzte die Anzahl der Personen auf gut fünfzig, aber so winzig und schummrig, wie der Laden war, hätten es auch dreimal so viele sein können. Jemand drängelte sich mit einem Bier und verzogenen Mundwinkeln durch die Masse. Es war der Typ von der Homepage. Er schaffte es seiner Ankleide nach nur knapp, nicht zu verlumpen, und schien irre schlecht drauf zu sein. Und obwohl er ein paar Leute äusserst rüde beiseiteschubste, beschwerte sich niemand. Gesprächsfetzen drangen zu ihr durch.

Geheimtipp.

Das nächste grosse Ding.

Uhuara guat!

Sobald er Platz genommen hatte, wurde es so still, dass man jeden Schluck deutlich hören konnte, als er zunächst mal genüsslich sein grosses Glas austrank und wie ein Leithirsch rülpste. Enitta wurde klar, dass sie diesem Ostzillator nur mit Mühe würde zuschauen können, während die Kinder ringsum ganz in seinem Bann waren.

Er legte einen Schalter an einem irre blinkenden Metallkasten um, und ein hölzerner Rumpel-Beat schlich sich aus den Boxen, begleitet von einem fiesen Moll-Akkord, der sich wie tiefblaue, klebrige Suppe über das Publikum ergoss. Ein Tsunami aus Unbehagen und Drama flutete den Raum. Während er stur zwischen den gleichen drei Akkorden hin und her wechselte, erhob er seine Stimme. «Und wieder einmal … sind wir in diesem … diesem … Moloch. Zu reich. Zu unrecht. Unzurechnungsfähig.» Seine Stimme wurde lauter, der Tonfall gehässiger, der aus Klangresten gestrickte Beat schneller. «Kalte Tage. Kaltes Essen. Kalte Katzen. Alte Haxen. Alles Faxen. Alles motzen. Macht mich kotzen! Werd euch boxen. Blöde –» Das letzte Wort ging in einem knallähnlichen Geräusch unter, das klang, als wäre eben die PA explodiert.

So starr und steif, wie er hinter seinen Instrumenten verharrte, wie ein ausgestopftes wildes Tier mit kaputter Sonnenbrille, war dieser Unterbruch ein einstudiertes Kalkül. Nach gefühlten drei Minuten krümmte er den Rücken durch und hämmerte auf die Tasten ein, knurrte so aggressiv, als kämpfte er verzweifelt gegen Verstopfung. «Und dann!», brüllte er. «Dann kommt die Dunkelheit, die Dunkelheit. Die! Dun! Kel! Heit!» Wieder abrupte Stille. Sein Keuchen schwoll zu einem Hyperventilieren. «Raben. Schwarz.»

Enitta fand das ziemlich gut auf den Punkt gebracht. Ob allerdings jemand diesen Eindruck teilte, vermochte sie nicht zu sagen. Waren die Leute vor Faszination gebannt oder vor Schreck erstarrt? Niemand flüsterte. Niemand schaute auf sein Smartphone. Niemand bewegte sich. Wahrscheinlich war es das übliche Herdenverhalten, das gerade in einschlägigen Kreisen zu beobachten war. Bevor man das Risiko einging, negativ aufzufallen, tat man lieber gar nichts und fügte sich dem Treiben, gleichwohl, wie bunt es war. Oder wie rabenschwarz. Derweil wurde der Klangbrei immer bizarrer. Ein rostiger Loop schepperte sich aus dem alten Moog-Synthesizer in die Musik, begann die Suppe zu dominieren und konnte nur durch viel Hebeln daran gehindert werden, aus dem Rhythmus auszubüxen. Während er grob an seinem Moog herumfummelte, schrie er entfesselt ins Mikro: «Alt und kalt und krallt und knallt. Es schallt! Es schallt! So bald! So bald!» Er stand auf und stiess dabei – wohl versehentlich – eins der Keyboards um. «Der Lurch!», schrie er aus Leibeskräften an die Decke. «Der Lurch. Der Lurch. Untendurch! Kollisionskuuuuuurs!»

Er zerrte eine Single-Cymbal heran. «Sie sagt Nein! Sie sagt Nein! Sie sagt Nein!» Bei jedem «Nein» schlug er mit der Stirn gegen das Becken. «Nein! Nein! Pulsader, Pulsader, Pulsader, Puls –»

Ein schrilles Feedback kreischte aus den Boxen, gefolgt von hohlem Rauschen. Der Musiker schlug noch ein paarmal gegen das Becken, bis er begriff, dass der Ton ausgefallen war und sein Treiben nicht länger elektronisch verstärkt wurde. Als er sich aufrichtete, fand er eine Gestalt über sich gebeugt, die ihm ein loses Stromkabel hinstreckte. Metall traf auf Holz. Hukki Zünd hatte ihm einen Einfränkler hingeknallt.

«Da häsch en Stutz!», zeterte er. «Und jetzt gib endlich *Ruhe*, du, du … *Rostzillator*, du! Verschwinde endlich!»

Mochte man auch von den richtigen Leuten cool gefunden werden, wenn einem Hans-Ueli Hukki Zünd den Zuspruch verweigerte, verdorrten alle Vorschusslorbeeren. Unter schallendem Gelächter schlich Ostzillator sich wimmernd Richtung WC davon. Ein paar Zuschauer drückten gar ihre Erleichterung aus. Zünd selbst starrte auf den verlassenen Instrumentenpark herab. Er setzte sich spontan hin, steckte das Kabel wieder ein und spielte in bester Jazzbar-Pianisten-Manier ein paar Takte. Abrupt hielt er ein und aktivierte auf dem Moog einen Oszillator. Er liess den fragilen Loop eine halbe Minute lang laufen, starrte gedankenverloren zum Fenster auf die Dienerstrasse und neigte den Kopf zum Mikrofon. «Jetzt zeig ich euch mal, wie harmonische Schwingung geht.» Mit wenig gefühlvollem, aber umso ausgelassenerem «Lalala» nölte er Vangelis' «Chariots of Fire», und das ganze Publikum stimmte fröhlich ein. Nicht wenige streckten Feuerzeuge hoch und verfielen ins Schunkeln. Was bei dem Gedränge an ein Wunder grenzte. Als der Song vollendet war, erhob sich Zünd unter frenetischem Applaus. «So! Und jetzt könnt ihr machen, was ihr wollt.» Sofort umringten ihn die Damen und schnatterten auf ihn ein. Er streichelte ein paar Schultern, vergab ein paar Schopfküsse, während er sich Zentimeter um Zentimeter zur Bar kämpfte.

Der Applaus mutierte zurück in die übliche Lärmwolke. Ein paar wenige Gäste gingen zum Rauchen hinaus, doch immer noch standen zu viele Nasen herum. Enitta trat zu den Instrumenten und schnappte sich das Mikro. «Jerry?», rief sie und schaute in missbilligende Gesichter. «Ist … ähm … Jerry … hier? Jerry Stöhli? Ähm … nein?»

Wenig schmeichelhafte Kommentare drangen aus dem Publikum.

«Wer ist denn die?»

«Still sein.»

«Ausziehen!»

Ein junges Mädchen, trendig gekleidet, aber eindeutig zu jung für Freilauf um diese Zeit, erschien vor dem Mikro. «Ich kenne Jerry», japste sie.

Enitta erkannte das Girl von Jerrys Facebook-Galerie. «Hast du heute mit ihm abgemacht?»

«Ja, wir hängen Freitagabend immer hier ab, doch heut ist er nicht aufgetaucht.» Ihr Blick wurde misstrauisch. «Was wollen Sie von ihm?»

Sah sie heute etwa so alt aus, dass man gleich die Höflichkeitsform bemühen musste? Na, das würde sie gleich ausnutzen und eins auf Autoritätsperson machen. «Ich bin … seine Klavierlehrerin.» Wie um ihren Worten Nachdruck zu verleihen, strich sie über die Tastatur des Stagepianos. «Wann hast du ihn zuletzt gesehen?» Erwartungsvoll starrte sie dem Mädchen direkt in die Augen.

Es schielte zu seiner etwa gleichaltrigen Kollegin. «Hm … letzten Samstag? Er wollte sich mit mir treffen, aber vorher noch an einen Workshop gehen.»

«Ja», lästerte die Kollegin. «Voll so der Grufti-Scheiss.»

«Weisst du noch, wo?»

«In Wiedikon. Jugendzentrum.»

Schon tippte Enitta eine Anfrage in ihr Handy. Google wies ihr den Weg auf die Internetpräsenz der OJA, der Offenen Jugendarbeit an der Zweierstrasse neben der Szeni-Bar «SioNo». Es war eine bessere Baracke auf Stelzen. Was den Kids dort wohl geboten wurde? «Hast du versucht, Jerry anzurufen?»

«Ja, immer wieder. Aber sein Phone ist ständig ausgeschaltet.»

Endlich lud sich der Event vom vergangenen Samstag ins Weiss ihres Displays. Oje!

OJA

21. Januar «So you think you can Schränz?»

Oldskool-Breakbeat-Workshop mit DJ Prügelsuff

Enitta fiel die Kinnlade runter. DJ Prügelsuff? Dem umtriebigen Musiker war sie letzten Sommer bei ihren Ermittlungen für Felber über den Weg gelaufen. So traf man sich wieder. Mit einem Foto, auf dem der über Vierzigjährige deutlich jünger aussah, als sie es in Erinnerung hatte. Jerry war also ein Fan von dem alten Schwerenöter. Man wurde einfach nicht schlau aus dem Typen. Erst noch zog er eine Hotelkette in Brasilien auf, dann spielte er für ein Butterbrot vor Minderjährigen? Stimmte überhaupt etwas von dem, was er erzählte? In diesem Augenblick wusste sie jedenfalls nur eins. Jerry war nicht hier. Von draussen kamen neue Leute herein und strahlten physisch Kälte ab. Sie musste nachdenken, brauchte frische Luft, pflügte sich einen Weg nach draussen. Vor der Bar lehnte der Ostzillator schlotternd an die Glasfront und sog mit leerem Blick an einer Zigarette. Enitta fühlte sich gerade ähnlich verloren. Da schmiegte sich ein starker Arm um ihre Schulter.

«Kindchen, da bist du ja wieder. Du stellst mir nicht etwa nach, oder?»

«Huch! Herr Zünd.»

Er packte ihre Hand und machte einen grossen Schritt Richtung Langstrasse. «Komm mit, ich zeig dir mal die Zukunft.»

«Die ist aber dahinten.» Sie zeigte zum Clubeingang rechts neben der Bar.

«Nein, die ist dort vorne. Die Zukunft ist *immer* vorne.» Er führte sie vor die «Piranha-Bar» und zeigte auf eine geschundene Häuserfassade auf der anderen Strassenseite. Eingepfercht zwischen zwei gepflegte Fronten ähnlichen Baustils, hatte sie, solange Enitta hier ausging, brach gelegen und war wohl mittlerweile sogar Besetzern zu schäbig. Zünd wies darauf wie Moses aufs Gelobte Land.

«Dort drüben wird sie eröffnet. ‹Die Raffinerie›.»

«Hä? Diese verkleisterte Rattenfalle?»

«Auch der herrlichste Palast begann mal als dreckiges Erdloch. Hier starten wir unseren Siegeszug durch die Zürcher Fast-Food-Szene. Unten machen wir die Togo-Theke rein, im ersten Stock gibt's bedienten Service, und vom Balkon dort oben werden die Bands spielen.»

«Dem kleinen Balkönli? Und wenn die nun einen Drummer haben? Oder eine Cellistin? Oder drei Backgroundsängerinnen?»

«Dann stellen wir die eben weiter hinten ins Wohnzimmer. Für Kelly-Familys gibt's im Notfall die Dachterrasse.»

Sie löste sich von seinem Arm, der sich schon wieder um ihren Nacken geschlichen hatte.

«Also, bist du dabei?»

«Vielleicht ...», erwiderte sie halbherzig.

«Was ist nur mit dieser *Generation Vielleicht*?» Seine Faxe wurde ernst. «Was machst du später?»

Gütiger. Was sie *später* machen würde? Sie wusste nicht mal, was sie *jetzt* tun sollte. Nach Hause ins stille dunkle Kämmerlein verdrücken und sich darüber aufregen, dass sie als Personenfahnderin wirklich eine Doppelnull-Agentin war, kam absolut gar nicht in Frage. Aber in dieser Gegend wollte sie auch nicht länger verweilen. Die Abercrombie-Zombies vor dem «Bagatelle» starrten schon gefährlich lange herüber, auf Teile von ihr, die sie nun überhaupt nichts angingen.

«Komm mit an die Hartzienda IV», schlug Zünd schliesslich vor.

«Hä?»

«Ich habe all meine deutschen Freunde zu einer heissen Salsa-House-Party in der alten Zigarettenfabrik eingeladen. Drüben an der Limmat.»

Salsa und House waren nach Enittas Vorstellung nicht grad eine verträgliche Mischung. Das klang wie Pommes mit Mayo oder Popcorn mit Zucker. Aber mit genug Bier würde das schon klappen. Sie brauchte ohnehin Bewegung, und so folgte sie dem mit grossen Schritten vorgehenden Zampano die Langstrasse hinab. Kurz bevor sie den Limmatplatz erreichten, passierten sie in einer parallel verlaufenden Gasse ein Wahlplakat des Rechtspolitikers Kurt Ebnöther, der stinkfrech für den Kantonsrat grinste. Mit seiner Halbglatze und der randlosen Brille sah er aus wie ein langweiliger Banker, aber von denen wusste man ja mittlerweile, wie unerhört sie sich aufführen konnten.

«Bäh!», schimpfte Zünd. «Den kann ich nicht mehr sehen.»

«Ist das nicht der, der die Polizeistunde wieder einführen will?»

«Ja, genau *der* ist das. Und ein ehemaliger Schulkollege von der Mayer-Daguette. Wenn's nach dem geht, sieht's hier künftig nach zwölf aus wie in Nordkorea.» Er griff in seinen Mantel und holte einen dicken Filzschreiber hervor. «Diese unsäglichen Fübüs. Die kapieren es einfach nicht. Wenn wir die Gehsteige nach Mitternacht hochklappen und alle Besoffenen gleichzeitig auf die Strasse werfen, ist das Chaos nur umso grösser. Die Neureichen, die sich hier im Chaib einnisten, sollen bloss so lange bei der Polizei anrufen, bis auch der letzte Club, der letzte Dönerstand und die letzte Bar hinter Brett und Nagel ist. Dann, wenn es mucksmäuschenstill ist, ziehen sie wieder weg, weil tote Hose herrscht. Würden sie in einem Schlafquartier wohnen wollen, hätten sie sich hier nämlich gar nicht erst breitgemacht, sondern wären gleich nach Höngg oder Schwamendingen gegangen, die elenden Phabeten.»

Vor dem italienischen Restaurant am anderen Ende des Fussgängerstreifens garnierte gerade ein stark schwankender Duda die Stufen mit seinem wiederauferstandenen Abendessen. «Hier herrscht aber schon sehr häufig Kriegszustand.»

«Schon schlimm mit all diesen Schweinehunden. Brünzeln, kotzen, pfunden und spritzen überall hin. Müssen jede Klingel drücken, beschmieren die Wände mit Schreibfehlern. Werfen ihren Müll aufs Trottoir. Schreien, singen, tanzen, torkeln. Höchste Zeit, dass hier wer was gegen diese räudigen Streuner unternimmt.» Er spähte einem Polizeiwagen hinterher, und als dieser in einer Seitenstrasse verschwunden war, zückte er die Kappe des Eddings und lehnte sich an das Plakat. «Stadtrat Kurt Ebnöther», knurrte er und schrieb mit Grossbuchstaben seinen eigenen Slogan unter dessen Namen. «Macht … Köter … *töter*! So, und jetzt muss ich schiffen.» Er stieg über einen hüfthohen, schiefen Drahtzaun in eins der Gärtchen und verschwand im Gebüsch. «Gottseichdank», hörte sie ihn lauthals stöhnen, dann herrschte plötzlich Totenstille. Nicht mal ein Plätschern war zu hören.

Enitta begann von einem Fuss auf den anderen zu treten. Allerdings weil die Kälte ihr allmählich zuzusetzen begann. «Herr Zünd? Herr Zü-üünd?» Es mussten mindestens fünf Minuten vergangen sein, seit er ins Gärtchen geschlichen war. Gestalten schlichen vorbei und schielten herüber. Sie beschloss, dem umtriebigen Typen zu folgen, betrat den Garten aber brav durch das Holztürchen. Sie musste aufpassen, dass sie nicht über all das Glump und den Grümpel stolperte, der unter der Schneedecke lauerte. Überhaupt war das dazugehörige Haus eine bessere Bruchbude, mit beiger Bröckelfassade, die ein blauer, handgemalter Kugelfisch überzog. Plötzlich kam ein hochgewachsener Mann um die Ecke und trat mit lauten Schritten vor sie hin. Er trug eine schwarze Strickmütze mit Streifen, eine ockerfarbene Lederjacke, Jeans und schwere Stiefel. Cool nahm er die Sonnenbrille runter und beugte sich über sie. «Enitta», stellte er nüchtern fest. «Was machsch da?»

Sie fand knapp zu Atem. Vor allem deshalb, weil sie den Fremden kannte. Mehr vom Sehen eigentlich. Er hielt sich bevorzugt an den gleichen Orten auf wie sie. Was er beruflich so trieb, darüber wusste sie kaum Bescheid. Ihre aktuellste Vermutung war, dass er sein Brot als Nachher-Model verdiente. «Miguel? Was *ich* hier tue? Was tust *du* hier, huaragopfartami?»

«Wohnen», erwiderte er spröde. «Und selber?» Sein Blick wanderte zu den Rennvelos an der Hauswand. «Du wolltest doch nicht etwa …»

«Nai! Wo denkst du hin?» Sie bemühte ein Lächeln und schielte nach Zünd. «Ich suche bloss … meinen Hund?»

«Aha. Und wo ist er jetzt, dein Hund?»

Ihr Lachen wurde nervöser. «Mir fällt grad ein, dass ich den ja zu Hause gelassen habe.»

Miguel setzte seine Sonnenbrille auf. «Du, äh … schon ein wenig auffällig, wie oft du mir über den Weg läufst.»

«Hä?»

«Letzte Woche im ‹Hive›? Im ‹Kaiser Franz›? Die Woche davor im ‹Kinski›? Und an Regulas Geburtstagsparty im ‹Damm›?»

«Immer diese Zufälle …»

«Von wegen Zufall. Woher kennst du Regula überhaupt?»

«Die kenn ich gar nicht. Bin nur zufällig dort gelandet. Um die Zeit ist in Wipkingen ja alles andere zu.»

«Hm», machte Miguel abschätzig. «Arbeitest du nicht als Schnüfflerin?»

«Manchmal.» Ob er wohl was zu verbergen hatte? Wer hatte das nicht?

Seine Mundwinkel verzogen sich. «Genau, jetzt fällt's mir wieder ein. Es heisst, du hättest die Street Parade gerettet.»

Die Abscheu, die in Miguels Worten mitschwang, war Enitta allmählich gewohnt. Besonders Leute jenseits der dreissig erzählten sich die Geschichte meist nur hinter vorgehaltener Kotztüte. Dabei hatte sie bloss ihren Job gemacht. Nicht ihre Schuld, dass die Teens der Neunziger langsam lärmempfindlich wurden. «Bin halt gut in dem, was ich tue. Hast du vielleicht zufällig einen Auftrag für mich?»

Nochmals zog er seine Sonnenbrille ab. «Hab ich. Kümmere dich ab jetzt um *deine* Angelegenheiten.» Schon liess er sie stehen und war aus dem Garten verschwunden. Sie schaute ihm noch ein paar Minuten nach. Wer war dieser Typ? Warum war er zu jeder Tages- und Nachtzeit in der Stadt anzutreffen? Warum wohnte er in so einer Studi-Hütte? Mit seiner sportlich-eleganten Kleidung passte er viel besser in die riesigen Panzerschränke an der Europaallee. Bei dem fügte sich so manches nicht zusammen.

Dann kreischte sie vor Entsetzen. Eine Pranke hatte sie am Oberarm gepackt und zur Seite gezogen.

«Was stehst da so rum?»

«Herr Zünd! Ich hab fast ein Herz-Chriäsi bekommen.»

«Jetzt tu nicht so schreckhaft, Kindchen. Man könnte ja denken, du wärst erst heute Nachmittag vom Hasenberg zugewandert.»

«Wieso hat das so lange gedauert?»

«Schon vergessen, dass ich ein beschäftigter Geschäftsmann bin? Musste einen Anruf machen.»

«Tun Sie das nie wieder. Und nennen Sie mich nicht ständig Kindchen.»

Er rieb väterlich ihr Schulterblatt. «Ich bin ein Mann. Ich darf das.»

Jetzt brauchte sie erst recht einen Drink und folgte ihm schon allein deshalb über den Limmatplatz, hinunter zur Limmat, dem unheimlichen Sihlquai entlang. Alle paar Meter schlotterten minderjährige Mädchen in knappen Höschen, glänzenden Handtäschchen und warteten auf Freier. Die Zigarettenfabrik, ein mehrstöckiges, unscheinbares Gebäude mit schrägem Ziegeldach, lag einige hundert Meter weiter, kurz vor dem SBB-Viadukt.

Die Leute standen bis auf die Strasse an, aber mit Hukki in Begleitung konnte man sich nicht nur legal und bequem vordrängeln, sondern erntete dafür erst noch bewundernde Blicke. Obwohl die Geisterstunde noch bevorstand, war der Raum schon gespenstisch gut gefüllt. Normalerweise verbrachten die Zürcher den Ausgang meist bis morgens um zwei in Bars und zogen erst dann auf die Tanzflächen. Es musste wohl an den tiefen Temperaturen liegen, dass man sich bereits zu grosser Zahl aneinanderrieb. Zu Fudi-Tätsch-Beats, Trance-Strings, dreinquatschenden Rappern und minderjährigen Sängerinnen mit hysterischen Anfällen.

Hukki posierte wie ein Kaiser und liess seinen Blick über die Köpfe schweifen. Spontan eilten Gäste heran, stellten sich neben ihn und machten mit enthusiastischen Mienen ein Selfie. Zünd liess sich nichts anmerken, sondern machte einen auf Marmorstatue. An der Wand neben der Säule hing eine Flagge, die einen weiss-rot-goldenen Reichsapfel vor blauem Hintergrund zeigte: das Wappen von Wiedikon. Zünd hatte sich ja selbst zum König von Kreis 3 ausgerufen, und drum zupfte er die riesige Fahne herunter und warf sie sich in bester Fussball-Fan-Manier um die Schulter. Erhabenen Schrittes trat er zu Mitte des Raums. Wie es sich einer Hofgesellschaft gehörte, wichen die Leute zurück, gaben einen Korridor frei, als würde er auf einen Boxring zugehen. Ein Fotoblitzgewitter brach über ihn herein. Als er das Zentrum der Halle erreicht hatte, bildete sich ein Graben um ihn herum. Ein Abstand des Respekts. Er breitete seine Arme majestätisch aus und labte sich am Tribut der Meute. Die vordersten Reihen begannen seinen Namen zu skandieren. Er hielt sich die Hand ans Ohr. «*Wie* war das? *Wer* will so sein wie ich? Ihr alle? Wirklich *alle*?»

«Hukki! Hukki! Hukki!»

Er nickte. «Da habt ihr aber Glück. Das könnt ihr nicht.»

«Jaaa, Hukki!»

«Ich bin der Beste!», verkündete er.

«Hukki for president!»
«Der Allerbeste!» Er strahlte, ohne zu lachen.
«Geile Siäch!»
Zünd liess die Menge noch einige Takte weiterjubeln, dann wandte er sich diskret an Enitta, die sich am liebsten unter der Flagge verkrochen hätte. «Siehst du, Dolcenitta? So geht das jeden Tag. Wo ich auch hingehe. Welchen Bockmist ich auch verzapfe. Selbst in der Migros Wengihof. Die schneiden das gar nicht mehr mit. Kannst du dir vorstellen, wie anstrengend das ist?»
Ein Mädchen traute sich aus der Masse, fasste unter die Fahne, holte seinen Arm hervor und schrieb mit Filzschreiber ihre Telefonnummer darauf.
«Ich kann nichts dagegen tun.» Er packte das Gesicht des Mädchens mit beiden Händen und gab ihm einen innigen Kuss. Dann schubste er es mit einem Klaps auf den Hintern zurück ins Gedränge. «Früher hab ich mich nicht einmal getraut, die dicken Mädchen auf dem Jahrmarkt im Dorf anzuquatschen. Heute liegt mir die ganze Partywelt zu Füssen. Aber leider ist Feiern auch nicht mehr dasselbe wie mit achtzehn. Früher nahm ich Pillen für Transzendenz, heute sorgt Bier für Ranztendenz.» Er erhob den Arm und brüllte. «Genug! *Musik!* … *Gute* Musik!» Er drehte sich nach dem DJ-Pult. Wieder wichen die Leute, wie das Meer vor Moses. An den Turntables wirkte laut Wandprojektion gerade DAS DJ, eine androgyne, dürre Gestalt, der Zünd sogleich die Kopfhörer vom Kurzhaarschnitt pflückte und seiner Armbewegung zufolge einmal mehr Geld fürs Verschwinden hinschmiss. Geknickt trottete der She-J von der Kanzel. «DJ Chefkönig is in der Hose!», bellte er ins Mikro und zog sich eine Vinylplatte seiner Vorgängerin so hart über den Schädel, dass sie entzweibrach. «Auf die Haxen! Jetzt reissen wir die *Bude* nieder!»

6

Samstag, 28. Januar, 00.53 Uhr, -17°

Vlàd wartete im Bauch der unfertigen ZHdK auf sein Ende. Gleich würde der Eintreiber kommen und ihn allemachen. Der einzige Weg, ihn daran zu hindern, wäre Bares gewesen. Doch davon hatte er keins mehr. Weil er die Unterschrift vom Temporärbüro nicht mehr bekommen hatte. Und weil sich dieser verdammte Hardecker so viel Zeit mit seinen Sitzungen gelassen hatte, war es hinterher eh zu spät gewesen, die «Powermen AG» um einen Vorschuss zu bitten. Diesen hätte er eigentlich für sich selbst behalten müssen, leer, wie sein kleiner Kühlschrank zu Hause war. Da lagen nur noch ein abgelaufener Cervelat, eine angebrauchte Dose Erbsli und eine festgefrorene Banane herum. Aber er hätte gehungert, wenn es ihm eine weitere Woche erkauft hätte. Lieber ein leerer Magen als ein eingeschlagener Schädel. Er schaute in den giftgrünen Schein seines Handys. Die Geisterstunde war beinahe verstrichen. Wo blieb dieser Kerl?

Unbarmherzig frass sich die Kälte in die Ritzen seiner abgetragenen Jacke und die Löcher seiner Sneakers. Er konnte kaum noch die Zehen spüren. Aus den Tiefen der Baustelle hallte ein Scheppern heran. Waren etwa wieder Wachleute unterwegs? Er blickte hinaus in die Nacht. Hinab auf die Strasse, die drei Stockwerke tiefer von Eis bedeckt ruhte. Schneeflocken feist wie Hummeln tanzten umher. Minuten vergingen, die wie Stunden wirkten. Ein weiterer Blick auf sein Handy liess ihn mit einer Mischung aus Bestürzung und Erleichterung feststellen, dass schon wieder eine halbe Stunde vergangen war. Wo steckte der Typ?

Wann würde das Warten endlich ein Ende nehmen?

Der beissende Nachtwind war ja kaum mehr zu ertragen. Doch er hätte in diesem Augenblick noch kälter sein können. Was war geschehen? Der Schläger liess sonst nie einen Termin aus. Hatte ihn die Geschichte mit der Rose derart beeindruckt, dass er ihm womöglich noch mehr Zeit einräumen wollte?

Vlàd verfiel ins Grübeln, bog gedanklich einige Male falsch ab und verlor sich in den Erinnerungen an den schmerzhaften Kinnhaken einer Beinahe-Ex-Freundin. Dann richteten sich die Neuronen in seinem Gehirn wieder aus, und ein finsterer Gedanke vereinnahmte seinen Geist. Was, wenn der Schläger selber mit der Suche begonnen hatte? Und deshalb nicht mehr auftauchte, weil er fündig geworden war? Er ballte seine Fäuste, die vor Kälte bereits glühten. Nein, das war dummes Zeugs. Er hatte zwar eine Kopie des Fotos der Villa mitgenommen, aber die konnte sich irgendwo in Zürich befinden. Theoretisch am anderen Ende der Welt. Die Landes- und Kantonsflaggen waren da kein Beweis.

Aber er selbst hätte die Rose ohnehin nicht finden können. Genau genommen waren seit dem letzten Treffen die Tage einfach so in den Ausguss geflossen. Er konnte sich kaum mehr erinnern, was er vor drei Tagen genau getan hatte. Sich aufzuraffen hatte er nicht mal im Ansatz probiert. Das musste an dem neuen Hasch liegen, das er seit drei Wochen rauchte. Grusigen Grünen aus Baden. Richtig widerliche, gestreckte Ware, wo sich manchmal sogar Borsten und Drähte darin befanden. Blütenstaub oder sein geliebtes genetisch potenziertes Gras konnte er sich einfach nicht mehr leisten, aber irgendwie musste er den Schmerz übertünchen. Das Zeug verklebte seine Hirnwindungen so sehr, dass er eines Morgens sogar die Vitamin-C-Brausetablette statt ins Wasserglas in den Becher mit dem Automatenkaffee geworfen hatte. Mann, war das freaky gewesen. Ein tanzender Zombie-Muffin. Allmählich besass er wohl die Hals-Nasen-Ohren-Koordination eines Hundertjährigen. Das jahrelange Kiffen musste ihm ausserdem sein letztes bisschen Hirni frittiert haben. Wie sollte jemand wie er – ausgerechnet er – das grösste Rätsel der Schweizer Kunstgeschichte lösen? Wahrscheinlich hatten alle Frauen, denen er je begegnet war, recht. Er war ein Loser. Ein total bescheuerter Nichtsnutz, ein Stümper und ein Bimbo, der einfach gar nichts auf die Reihe kriegte.

Aufgekratztes Gelächter schallte von den Wänden. An der Kreuzung lümmelte eine Gruppe Jugendlicher in Richtung der Clubmeile von Züri-West. Schlagartig wurde sein Herz noch schwärzer und schwerer. Die Tüte, die er vor drei Stunden gierig durchgezogen hatte, war wohl immer noch zu schwach gewesen. Er hasste es, wenn er den Schmerz fühlte. Und das tat er jedes Mal, wenn er irgendetwas fühlte. Diesmal war es Neid auf diese Kids, die bestimmt in der Begleitung von ein paar Bitches ins Nachtleben zogen, während er hier den fucking Glöckner von Notre Dame machte. Sein Neid verwandelte sich in Zorn. Verdammte Weiber!

Schon über fünfzig verschissene Dates hatte er in dieser Stadt gehabt. Wenn er ehrlich war, sie wurden sogar immer schlimmer. Mittlerweile liessen ihn Frauen nicht mal mehr in ihre Nähe, wenn er sie dafür bezahlen wollte. Seine Wut schmolz zu Wehmut. Gerne wäre er diesen Kids in den Club gefolgt. Aber das ging ja nicht. Er hatte nicht das Geld. Und musste darum kadavertreu einer Firma dienen, sich aufopfern für deren Geschäftsgang und Firmenkultur. Und wozu das Ganze? Für einen Konzern, den es so in dieser Form eh bald nicht mehr geben würde, weil sich Konzerne andauernd …

Ein Kugelblitz explodierte hinter seinen Augen, und sein Gehirn fühlte sich an, als wäre es in einen Teller Chilisuppe geplumpst. Auf einmal blieben alle Schneeflocken in der Luft stehen. Hörten einfach auf zu fallen. Die Jugendlichen waren mitten im Schritt auf dem Zebrastreifen festgefroren, und die Lichtkegel eines abbiegenden Pkws fixierten den gleichen Punkt. Was war nur geschehen? Vlȧd blickte zu den Schneeflocken und streckte die Hand nach ihnen aus. Berührte eins der Kristalle und brachte es zum Schmelzen. Und noch eins. Und noch ein weiteres. Endlich begriff er. Egal, wie hell eine Firma am Himmel funkelte: Ihr Stern musste irgendwann unweigerlich verblassen. Unternehmen veränderten sich ständig. Die ganze Zeit über hatte er sich gefragt, warum der Brief und die persönlichen Fotos von Harobeth Hensel ausgerechnet in den Unterlagen der britischen Firma «Winchester Jackson Limited» gelandet waren. Wie bekifft war er eigentlich gewesen?

Er hatte direkten Zugriff auf die gesamte Firmengeschichte von WJL, hatte in den vergangenen Wochen kaum was anderes getan, als diese chronologisch zu ordnen. Die Antwort, so war er sich sicher, lag in der Vergangenheit. Wenn er den Werdegang des Unternehmens nur weit genug zurückverfolgte, würde er vielleicht entschlüsseln, wer dieser mysteriöse Robert war. Wenn es seine Villa auf dem Foto war, musste er einflussreich oder zumindest vermögend gewesen sein. Er brauchte also bloss herausfinden, in welchem Zeitabschnitt der Firma der Name Robert auftauchte. Vielleicht gehörte ihm ja eine der Kleinfirmen, die «Winchester» über die Jahre geschluckt hatte. Oder sie war Teil eines der grösseren Unternehmen, das irgendwann unter den Sonnenschirm der Briten gekrochen war. Ein Familienstammbaum konnte das Rätsel lösen, und mit seinem Wissen würde er diesen bis aufs Blatt genau zeichnen können. Eine verrückte Idee eigentlich, aber vielleicht sein einziger Ausweg. Da ihn der Schläger offenbar versetzt hatte, blieb ihm die ganze Nacht dafür. Er würde sich sofort drüben im Firmenarchiv an die Arbeit machen.

***

Es war morgens um zwei. Die fatale Stunde, in der die meisten Jungs so hart waren, dass sie richtig weich wurden. Die Wanna-C's, Womitzer und Schnacksimodos aus Vorstadt und Hinterland, sie alle begannen ihren prallen Plunder an den Damen zu reiben. Bisher hatte Enitta die meisten dieser Kerle mit Tanzschritten ausmanövriert. Sie war einfach noch nicht bereit für die Heimreise gewesen. Nur noch einen Song, nur noch ein Bier. Schon kam ein weiterer Brauchian angewanzt. Die Zunge wehte ihm vom Gaumen. «Mein Pimmel ist … dein … Himmel.»

Sie drückte sein Gesicht mit der flachen Hand weg, und glücklicherweise war er schon orientierungslos genug, um sie im Getümmel nicht wiederzufinden. Ein anderes Exemplar war da viel präsenter. Sie konnte nicht exakt verstehen, was er zu sagen versuchte, aber er fasste in ihr Glas. Rasch flüchtete sie in die Menge, hinüber zur Hauptbar. Waren schon vorher so viele Leute durchs Bild gehüpft? Allmählich franste ihre Optik an den Rändern aus. Ein Glatzkopf überliess ihr einen freien Platz an der Theke, wo sie ihre Ellbogen auf das verklebte Holz stützen konnte. Als sie nach einer gefühlten Viertelstunde noch immer nicht bedient worden war, drehte sie sich um und lehnte sich mit dem Rücken zur Bar.

Um diese Zeit Tanzende zu mustern hatte ihr schon häufig einen lauten Lacher entlockt. Leider fiel es ihr jedoch zunehmend schwer, einen bestimmten Punkt zu fokussieren. Dazu war es zu schummrig, das Laserlicht zu nervös und grell, das Volk zu dunkel gekleidet. Doch da waren zwei Gestalten, die sich kaum vom Punkt bewegten. Es handelte sich um ein Pärchen, das sich derart heftig an den Gesichtern saugte, dass Enitta nicht die Einzige war, die den Zwang zum Gaffen verspürte. Der Lustmolch hatte seine gierige Hand mitten in den Schritt des Mädchens gegraben. Dessen Augen wurden sogar noch grösser, als die Turteltäubchen endlich voneinander abliessen. Die Kleine hatte lange schwarze Haare und feine asiatische Gesichtszüge und ihr Partner sah aus wie …

Felix!

Wütend stapfte sie hinüber und langte ihm eine. Obwohl er sie erschreckt anstarrte, gab sie ihm gleich noch eine Ohrfeige.

«Spinnt's dir eigentlich!», rief er aus.

Doch das war Enitta noch nicht genug der Bestrafung. Sie langte gleich noch nach seiner vollen Bierflasche, verspritzte dabei die Hälfte und schüttete den ganzen Rest mitten in sein Gesicht. «Schwein!», brüllte sie und türmte, bevor er reagieren konnte. Hinüber nach Shotland. Denn es konnte nur *eine* geben! Aber mit Bier als Treibstoff würde sie ihr Ziel nicht erreichen. Zu viel von dem Gesöff führte ohnehin bloss zu einem schleichenden Cervesungsprozess. Jetzt musste eindeutig was Stärkeres her, nämlich das, was an der kleineren, zweiten Bar in der Nebenhalle serviert wurde und am ehesten an ihren Lieblingsdrink, die Rostige Bärenfalle, herankam. Die Stunde der Wahrheit. In Gino veritas. Mit einem Gin Tonic mischte sie sich unter die zuckende Masse. Immer häufiger wurde sie angerempelt, wobei meist offen blieb, wer Titanic war und wer Eisberg. Aber egal. Heute Nacht war sie Gin-Giskhan, da wurde jede Begegnung zur Gin-Gin-Situation. Nachdem sie den ersten Schluck des dritten Longdrinks genommen hatte, begann sie Fotos mit dem Handy zu schiessen. Selfies und Zwölfies. Gruppenfotos. Bunten Nachschub für ihre Galerie auf Ginstagram. Und sie verlinkte auch gleich alles mit ihrer Facebook-Ginnwand. Kurz darauf war ihr Glas leer und einen Moment später sogar ganz aus ihrer Hand verschwunden. Ein hohler Schädel schwadronierte auf sie ein, doch sie zog den Schwanz ein, bevor er seinen auspacken konnte.

Zehn Schritte danach war sie auf äusserst rätselhafte Weise gefährlich nahe ans Limmatufer am Vorgarten geraten und stützte sich nur wenige Meter weiter auf ihr Fahrrad. Wenige Meter? Sie war nicht einmal mehr in der Nähe der Zigarettenfabrik. Wo war das hier? Sie stand zwei Strassen weiter neben dem dunklen Schulkomplex des KV Zürich. Die vereiste Kreuzung war längst verlassen und der Schnee in das kupfergoldene Licht der Strassenlaternen getaucht. Ein Fiebertraum in Sepia. Und ihre Tasche vibrierte. Mit viel Glück schaffte sie es, ihr Handy hervorzuklauben, und mit noch viel mehr Mühe konnte sie die Nachricht ablesen, die ihr dieser Failix geschickt hatte.

«Wobovsch? 03.48»

Pah! *Dem* Glünggi würde sie sicher nicht zurückschreiben. Abschreiben war angesagt. Und zwar die ganze Nacht. Sie versuchte sich an den Heimweg zu erinnern und ertappte sich dabei, wie sie bezwitschert auf den Boden starrte und sich krampfhaft gegen den Eindruck wehrte, ihre Schuhe seien unterschiedlich lang.

«Na? Einmal mehr depardiös unterwegs?»

Enitta schreckte hoch. Sie hatte die Frage ganz deutlich gehört. Aber wer bloss hatte sie gestellt?

«He, Bündnertschättärä.»

Fast wäre ihr das Velo entglitten. Auf der anderen Strassenseite stand ein Steinbock. Mit golden schimmerndem Fell und hoch erhobenem Haupt schaute er direkt zu ihr herüber. Sie war komplett konfus. Nach dem Bär kam der Kater. *Das* war die Reihenfolge. Ein Bock hatte sich bis jetzt noch nie dazwischengeschaltet. Einfach weitergehen. Nicht stehen bleiben. Davonschleichen. Tritt für Tritt für –

«Du hast mich schon gehört», insistierte das Vieh.

Sie schielte widerwillig hinüber. Allerdings. Schlimmer noch: Sie hatte ihn *gesehen*. Wirklich beängstigend. Und wie frech der grinste ... «Mein Grossvater hätte dich auf der Stille ... äh Stelle mit der Schrotflinte erlegt ... hätte der ...»

Das Tier lachte laut auf. «Einen goldenen Bock schiessen? Hast du doch längst.»

Nun glitt ihr das Velo endgültig aus der Hand und krachte auf den Boden. Verkrampft schüttelte sie den Kopf und zeigte mit dem Finger auf das respektlose Wappentier ihres Heimatkantons Graubünden. «Dich ... dich gibt's nicht wirklich.»

«Natürlich nicht. Ich bin eine Ausgeburt deines Unterbewusstseins.»

«Und warum spreche ich dann mit dir?»

«Tust du gar nicht. Du sprichst mit dir selbst.»

So gemein. Das Biest war auch noch schlagfertig. «Aha ... und was habe ich mir mi, mi, mitzuteilen?»

Er fixierte sie mit einem so eindringlichen Blick, sie hätte schwören können, dass seine Augen für ein paar Sekunden wie Kohlen glühten. Vielleicht aber waren das auch bloss die Sterne, die in ihrem Panorama zu tanzen begannen. «Dass du endlich eine Entscheidung treffen musst.»

«So früh?»

Der Steinbock schaute sich um. «Ich finde ja, es ist schon reichlich spät.»

Enitta drehte ihren Kopf mühselig dahin, wo der Bock hingeblickt hatte. Da war nichts. Und auch nicht da, wo er eben noch gestanden hatte. Er war einfach so verschwunden. Hatte sie ihn wirklich gesehen? Was hatte er gemeint? Warum hatte er sie so blöd angemacht? Sie bückte sich nach ihrem Göppel und schleppte sich um die Ecke, hinab zum Escher-Wyss-Platz. Von dort aus konnte sie ihren Weg leicht finden, wenn sie der Hardbrücke folgte. So bestand zumindest die Möglichkeit, dass sie mit letzter Kraft nach Hause fand und nicht am nächsten Morgen geschwängert und alkoholvergiftet im Schnee erwachte. Vielleicht spielte das Vieh ja auf ihre exzessive Nachtschwärmerei an. Klar wurde es immer später, aber bei all dem Druck, unter dem sie stand. Sie wusste nicht, wie sie beruflich vorankommen sollte. Fand keine Spur zu ihrer Schwester. Und geriet sie einmal an einen Duda, auf den einzulassen sich möglicherweise lohnen könnte, erwischte sie ihn mit einer anderen.

Es stimmte wohl. Der Ausgang war zu ihrem einzigen Fluchtweg geworden, doch dieser rettende Anker entwickelte sich eher schneller als langsamer zu einer angezogenen Handbremse. Klar, es war abzusehen gewesen, dass sie mit diesem Lifestyle würde brechen müssen, aber schon so bald? Bei der Tramstation vor dem KVZ wäre sie beinahe auf dem Eis ausgerutscht und fand in letzter Sekunde Halt bei einer Stange. Sie umklammerte das kalte Metall und kniff die Augen zu. Langsam zog sie sich hoch, und als der Wirbel an Geschwindigkeit gewann, öffnete sie die Augen und sah das Licht. Jenes der Erleuchtung. Der Kreis 13! Sie hatte ihn endlich gefunden. «I blödi Kua!», tadelte sie sich selber.

«Brauchst du Hilfe?», fragte ein Typ mit einer Haarfarbe, die an einen gefüllten Aschenbecher erinnerte.

Sie stützte sich demonstrativ auf ihr Velo. «Nai. Hau ab!» Sie wartete zu, bis er in der Dönerbude gegenüber verschwunden war, und versuchte dabei so stabil wie möglich zu stehen. Auch wenn sie wahrscheinlich schon heftig zitterte. Sie atmete ein paarmal heftig aus. Da war eben was gewesen. Sie hatte etwas herausgefunden. Sie sah sich um. Aber da waren bloss der ÖV-Fahrplan und eine Werbung für Klamauk im Theater. Die Bilder vor ihrem geistigen Auge lösten sich auf wie Würfelzucker in heissem Tee. Denkfäden, die sich in den unendlichen Weiten der Dunkelheit verloren wie der Nachtwind in den Hinterhöfen. So wichtig konnte der Gedanke auch nicht gewesen sein, wenn er ihr schon wieder entfallen war. Jetzt bloss nichts mehr wagen. Das bisschen Grips, das da noch unter ihrer Schädeldecke blinkte, musste darauf verwendet werden, einen Weg in ihr Bettchen zu finden. Sie zog ihre Melone tiefer ins Gesicht, stützte sich auf ihr Velo und stapfte los. Einen gwaggligen Tritt nach dem nächsten.

***

Zuerst hatte Vlàd versucht, den Eintreiber anhand seiner Handynummer zu lokalisieren, um zu sehen, wo er sich herumtrieb, anstatt sein Geld einzufordern. Dazu wandte er einen Trick an, mit dem er den Weibern von «Carrington Davenport» oder überhaupt allen Hühnern, deren Telefonnummer er in die Hände bekommen konnte, nachstellte. Der Software-Riese Google betrieb nämlich einen Kartendienst namens Latitude, mit dem Freunde einander ihren geografischen Standort auf ein paar Meter genau mitteilen konnten. Allerdings liess sich jede beliebige Person als «Freund» hinzufügen, ganz ohne deren Kenntnis oder Einwilligung. Man brauchte bloss die Nummer zu kennen und einzuspeisen. Eine eklatante Sicherheitslücke, die bestimmt bald behoben werden würde, sobald Leute wie er sie oft genug missbrauchten. Irgendwann mal. Google scherte sich ja eh einen Deut um Privatsphäre.

Zu Vlàds Erstaunen war der Eintreiber auf keinem Punkt der Erde zu finden. Dass er aber sein Handy abgestellt hatte, klang weit plausibler, als dass er gerade auf der dunklen Seite des Mondes wandelte. So widmete er sich lieber den eigenen Recherchen, und nach drei Dennergy-Drinks hatte Vlàd die Firmengeschichte bis in die späten vierziger Jahre zurückverfolgen können. Er konnte kaum glauben, wie viele Akten er gewälzt hatte. Aber da er sie eigenhändig sortiert hatte, wusste er genau, wo er nach was zu suchen hatte. Erstaunlich auch, wie sehr die offizielle Geschichtsschreibung verfälscht war. Um diese Vergleiche anzustellen, musste er ständig zwischen den Büroräumen im vierten Stock und dem Archiv hin- und herrennen, weil er dort unten keinen Internetzugang hatte. Nach mehreren Stunden konnte er folgenden Werdegang rekonstruieren:

2011: Die beiden britischen Companies «Winchester Dorset» und «Jackson Lewis & Co.» fusionieren zu «Winchester Jackson Limited».

2007: Der schwedische Mobilfunkriese SNEWEIS wird von «Winchester Dorset» geschluckt.

2002: Der französische Chiphersteller MAGNOLIS wird von SNEWEIS aufgekauft.

1998: Die Zulieferanten «Dioma» und «Vangolis» schliessen sich zum grössten französischen Halbleiter-Zulieferanten MAGNOLIS zusammen.

1985: Der skandinavische Telekom-Gigant APRATA lagert sein Funkgeschäft aus und nennt die neue Sparte SNEWEIS.

1952: Der Schweizer Stahlhändler «Jungbluth & Cie.» wird zusammen mit vielen anderen Firmen vom skandinavischen APRATA Solaris aufgekauft.

1947: Der Schweizer Stahlhändler «Jungbluth & Cie.» ist in einen Skandal mit der Schweizer Armee verwickelt. Es geht um die Herstellung «nicht genehmigter Kriegsgerätschaften».

Genau da war er fündig geworden. Weil der Inhaber der Firma Robert Jungbluth hiess. Und weil der angebliche Skandal, der damals Wellen über die Schweizer Landesgrenzen hinaus warf, in direkter Verbindung zu einem Projekt stand, dessen Namen er während seiner Aussortierung schon einmal gelesen hatte. Eins mit dem kryptischen Namen «Operation ZYKLOP», einem Forschungsprojekt des Schweizer Militärs. Dankbarerweise war in der Korrespondenz Jungbluths Privatadresse vermerkt gewesen. Der Magnat hatte in Zürich gewohnt, und bis zu seiner vormaligen Anschrift war es nicht weit. Rein von der Lage her war er sich sogar sicher, dass er die Rose dort finden würde. Und er vermutete auch schon, wo.

Mit müden Armen begann er die Akten zurück in die Kartons zu packen und liess es nach ein paar Stapeln gleich wieder bleiben. Nun kam es auch nicht mehr auf Ordnung an. Er musste dieses verdammte Teil finden, oder der Häscher würde ihm die Lebenslichter löschen. An eine Wiederaufnahme seines alten Sklavendaseins war keinesfalls mehr zu denken. Erschöpft schleppte er sich die Stufen hoch in die Eingangshalle, die zu seiner Überraschung bereits von goldenem Sonnenlicht geflutet wurde. Er konsultierte seine zerkratzte Swatch. Verdammt! Es war tatsächlich bereits nach acht! Hatte er etwa so lange Papiere durchforstet? Bei Tageslicht konnte er sich jedenfalls nicht ungesehen auf Jungbluths Grundstück schleichen. Wer konnte schon sagen, wer dort wohnte und wie viele? Ganz ungelegen kam ihm diese Zwangspause allerdings nicht. Er brauchte Schlaf und ein paar Utensilien für seinen Einsatz. Drum würde er sich erst mal in die Heia begeben.

Als er draussen die Veloständer passierte, wurde ihm klar, dass er weder auf seinen pfeifenden Sneakers nach Hause laufen noch aufgrund seiner geringen Kaufkraft eine Busse fürs Schwarzfahren im Bus riskieren wollte. Darum trat er vor Melanies rosarotes Velo mit Quietschklingel. Die achtlose Pute hatte es hier seit letztem Herbst stehen lassen, was man der rostroten Kette deutlich ansehen konnte. Aber Vlàd wusste genau, wie sehr sie an ihrem zweirädrigen Untersatz hing, weil angeblich ein Geschenk von ihrem doofen Ex, dem sie noch immer hinterherheulte. In nur zwei Minuten hatte er das Zahlenschloss geknackt, schwang sich auf den klapprigen Ladygöppel und radelte quer über den Turbinenplatz heimwärts. Hinein in sein bis dahin grösstes Abenteuer und höchstwahrscheinlich ein neues, strahlendes Leben, in dem endlich *er* die Hauptrolle spielen würde.

***

Der Trip wollte einfach kein Ende nehmen. Eben noch hatte Enitta das Gefühl gehabt, aus einem fiebrigen Alptraum erwacht zu sein, selbst als sie ihre Augen ein paar Millimeter öffnen konnte, ging das schwindelerregende Farbenspiel weiter. Sie blinzelte nach den blendenden Lichteffekten. Pinke Kreise mischten sich mit blauen Quadraten vor einem kontraktierenden Meer aus goldenen Dreiecken. Alle paar Herzschläge wurde das wilde Treiben von Bildstörungen zerrüttet. Sie rieb sich die Augen, und als ihr Rücken schmerzte, realisierte sie endlich, dass sie in einen engen Holzstuhl gezwängt war und auf eine Leinwand starrte. Sie blickte sich abrupt um. Stuhlreihen neben, vor und hinter ihr. Das war nicht ihr Zimmerchen, das war das Kino des Limonenhauses, wo donnerstags jeweils tschechische Filme mit deutschen Untertiteln liefen. Heute allerdings wurden grafische Animationen gezeigt. Wohl für eine Kunstinstallation oder sonst eine hippe Hundsverlochete.

Dieses pulsierende Gefühl unter ihrer Schädeldecke. So als sauge ein riesiger Moskito die letzten Tropfen Flüssigkeit aus ihrem Gehirn und liesse ihre Hirnpsyche zurück wie die trübe Suppe in einem verschmierten Goldfischglas. Das *Wo* war also gelöst, blieb nur noch das *Wann*. Laut ihrem iPhone war es halb drei Uhr nachmittags. Was war denn das für ein roter Punkt auf dem Display? Er prangte direkt am blauen Symbol mit dem weissen F und vermeldete bei näherer Inspizierung, dass sie auf nicht weniger als siebenundvierzig Fotos markiert worden war. In einer einzigen Nacht. Erinnern konnte sie sich aber bloss noch an diesen elenden Failix.

Sie richtete sich auf und begann mit steigendem Unmut die zumeist unvorteilhaften Schnappschüsse durchzuschauen. Gottlob waren die meisten unscharf. Diese Markierungen musste sie schleunigst löschen, aber die Akkuanzeige vermeldete nur noch acht Prozent. Jede Sekunde würde das Gerät ins Koma stürzen. Sie konnte sich ja selbst kaum konzentrieren, wofür aber nicht nur das Karussell in ihrem Kopf verantwortlich war, sondern auch dieser Lärm aus der anderen Hälfte des Raumes. Keine Musik, sondern Rufe, Schreie, Gelächter. Mühselig drehte sie ihren Kopf. Das Kino erstreckte sich über die gesamte Länge der Fensterfront, war jedoch in der Mitte durch graue Laken in zwei Hälften getrennt. Auf den Leintüchern tanzten menschliche Silhouetten. Das musste eins dieser Flipperkasten-Turniere sein, die von den Anschlägen in den Liftkabinen schon öfters angekündigt worden waren. Wenn die sie bloss nicht in diesem Zustand zu sehen bekamen. Mühselig stemmte sie sich hoch und wollte schon zum Ausgang schlurfen, als ihr ein Apfel-Laptop auffiel, der über ein behelfsmässig aufgehängtes Kabel mit dem Beamer an der Decke verbunden war. Die Lichtspielereien wurden also von diesem Gerät erzeugt. Sie holte das Ladekabel ihres iPhones aus der Tasche – das sie stets dabeihatte, weil der Akku einfach Katastrophe war – und schob es kurzerhand in den Laptop. Rasch rief sie ihr Facebook-Account auf ihr Handydisplay und entfernte ihren Namen Foto für Foto.

Wer waren diese Leute, mit denen sie hemmungslos fraternisiert hatte? Und woher wussten die ihren Namen? Keiner der Schnappschüsse stammte von ihr. Zum Glück wurde ihr Gesicht meist von ihren zerzausten Haaren verdeckt. Sie kam nur etwa ein Dutzend Bilder weit, dann wurden die Animationen an der Wand von einem aufstartenden Programm verdrängt. Die Fotoverwaltungs-Software iPhoto fragte an, ob die Neuzugänge ihrer Handygalerie importiert werden sollten, und natürlich drückte sie die falsche Taste, sodass alle dreizehn neuen Bilder innert Sekunden auf den Laptop übertragen wurden. Wie gut, dass sie alle paar Tage ihre Fotos auf den iMac übertrug und die Fotos danach vom Gerät beseitigte. Auf diesem MacBook hatten sie schliesslich nichts verloren. Sie wusste ja nicht einmal, wem der Kasten gehörte.

Sie wollte bereits die Löschung bestätigen, als ihr Blick auf die Leinwand fiel. Eines ihrer Bilder wurde in Gross angezeigt. Es war das Foto von der geheimnisumwitterten Villa. Jenem Gebäude, das bestimmt diesem Robert gehört hatte und ein Meisterschlüssel auf ihrer Jagd nach der Zorilla-Rose war. Sie füllte den ganzen Bildschirm mit dem Foto aus und setzte sich in die erste Reihe. Starrte die Aufnahme an. Versuchte ihre ganze Aufmerksamkeit zusammenzukratzen. Was genau sah sie hier? Zwei Fassaden einer Schweizer Villa im typischen Baustil der vorletzten Jahrhundertwende. Rechts und links von Bäumen gesäumt. Im hinteren Teil ragten drei Masten in den Himmel, an denen die Fahnen der Eidgenossenschaft, des Kantons Zürich und des mysteriösen gelben Familienwappens wehten. Davor ein makellos geschnittener Rasen. Vorne links stand eine Parkbank, und die rechte untere Ecke der Fotografie war beschädigt.

Sie seufzte. Es war zum Hühnchenschleudern. Das Gedankendilemma war immer noch dasselbe. Die Villa konnte irgendwo in Zürich stehen. Und die Fahne des Kantons Züri war noch lange kein Garant dafür, dass sie auch wirklich in diesem Kanton stand. Und wer konnte sagen, ob das Herrenhaus überhaupt noch existierte. Immer wieder wanderte ihr Blick zum weissen, spitzen Fleck in der unteren Ecke. Bei dieser Vergrösserung sah man jedes Detail der Verunreinigung. Plötzlich bekam sie

Gänsehaut. Dieser Fleck war kein Fleck, sondern ein Schwan beziehungsweise der Schwanz eines Schwans. Sie blinzelte und war sich sicher. Ein Schwan … diese frechen Viecher gingen nie weit übers Ufer hinaus an Land. Das musste bedeuten, dass sich die Villa direkt am Wasser befand. Also doch am Zürisee? Allmählich begann ihr Gehirn sich aufzustarten. Sie presste die Handflächen an ihre Wangen. Villa am Zürisee, Villa am Zürisee, Villa am … Moment! Da war doch was gewesen. Sie hatte diese Woche schon einmal von einer «Villa am Zürisee» gehört. Endlich fiel ihr die Akte ein, die bei Andreas auf den Boden gefallen war. Der tote Werber, dieser Devlin, hatte in einem Herrenhaus in Zollikon gewohnt. Ob es sich dabei wohl um das gleiche Haus wie auf dem Foto handelte? Das war nicht gerade wahrscheinlich, doch was Gescheiteres fiel ihr in ihrem maximalretardierten Zustand nicht ein. Wenige Klicks im Internetbrowser später hatte sie Devlins Wohnadresse in Erfahrung gebracht und betrachtete danach enttäuscht das Anwesen aus der Vogelperspektive. Der kantige schneeweisse Neubau kam nicht einmal annähernd hin.

Moment mal … Neubau?

Was hatte vorhin da gestanden? Sie zoomte das Haus so weit ein, dass die Aufnahme verwaschen wurde. Rein vom futuristisch angehauchten Grundriss her konnte der Abbruch des alten Gebäudes noch keine Ewigkeit zurückliegen. Sie tippte eine Suchanfrage beim Marktführer ein.

Tim Devlin baut kauft Villa Zollikon neu Jungbluth.

Treffer. Die führende Branchenpublikation «Werbewoche» bunkerte in ihrem Onlinearchiv einen Artikel von 2009 mit dem Titel: *Kopf der Woche: Neues Ufer für den Kapitän der Schweizer Werbung.*

Enitta überflog die schamlosen Lobhudeleien und filterte rasch den Abschnitt heraus, in dem Devlin von seinem 1996 erstandenen Grundstück vor den Toren der Stadt schwärmte. Es sei ihm eine gewaltige Ehre, diesen historischen Grund sein Eigen nennen zu dürfen, weil er zuvor Manuel Jungbluth gehört habe, dem Sohn vom grossen Patron Bob Jungbluth. Jungbluth hätte die Stahlindustrie in der Schweiz revolutioniert, was er schon als Kind bewundert haben wollte. Gerade darum sei es jammerschade, dass er die alte Villa habe abreissen müssen. Doch aufgrund eines Brandschadens von 1983 sei das Herrenhaus weitgehend unbewohnbar gewesen und –

Enitta stoppte mitten Satz. Was hatte Devlin da eben gesagt?

Bob?

Endlich klingelte es nicht nur hinter dem Vorhang. Bob war eine Koseversion von Robert. Sie griff nach ihrem Telefon und rief die Webseite von Wikipedia auf. Ein ehemaliger Stahlmagnat sollte dort doch Erwähnung finden. Kurz darauf die Gewissheit: Über *Robert «Bob» Jungbluth* existierte tatsächlich ein kleiner Artikel. Sie hatte ihn endlich gefunden. Harobeths heimlichen Liebhaber und den ehemaligen Inhaber der Adresse, wo später Devlin getötet wurde. Etwa weil er die Rose besessen hatte? Dann fiel ihr ein, dass auch Stassels Göttibub Jerry mit dem Sohn des Werbers befreundet war. Wie passte er ins Bild? Enitta riss die Augen auf. Gab es etwa eine direkte Verbindung zwischen dem Kunstschatz, dem Mord am Werber und dem verschwundenen Jungen? Konnte sie vielleicht drei Schweinchen mit einem Vogel schlagen? Noch vermochte sie das komplette Bild nicht zu sehen, aber sie wurde das Gefühl nicht los, dass alle Fäden an der Seestrasse 6b in Zollikon zusammenliefen. Es stand wohl ausser Frage. Den grossen Durchbruch in ihren Ermittlungen würde sie wohl nur mit einem kleinen Einbruch erzielen können.

***

Dale Carpenter III stemmte die Fäuste in die Hüften. «Was sagst du?»

«Mir fehlen die Worte», erwiderte Felix und rieb sich die Schläfen.

Der Velomechaniker strich sich über seinen rotbraunen Bart und schenkte Felix einen eindringlichen Blick. «Scheint nicht das Einzige zu sein, was dir fehlt. *You okay*?»

«Jaja. Ist gestern nur reichlich spät geworden.» Er kratzte sich umständlich am Nacken. «Nein, mir gefällt das neue Design. Wirklich.»

«Schönheit!»

«Wird nun der Verkaufspreis steigen?»

Dale schüttelte den Kopf. «Der neue Lieferant produziert billiger.»

«Dann lassen wir die Katze im Frühling aus dem Sack?»

«Nicht vor Sommer.»

«Das Ding wird alles ändern.»

«Ja.» Er breitete ein schwarzes Tuch darüber. «Wobei ich mir nicht sicher bin, ob du für so viel finanzielle Freiheit überhaupt bereit bist, *boy*.»

«Ich tu mal so, als hätte ich dich höflich überhört.»

«Tust du je was anderes?»

Felix folgte ihm über eine breite Stahltreppe ins Erdgeschoss, wo auf makellos weissen Fliesen ein gutes Dutzend Premiumräder ausgestellt waren. Fixies. Rennräder, Damenmodelle und Hollandvelos. Keines davon war unter fünftausend Franken zu haben. Felix hätte schwören können, dass die Preise ständig stiegen. «Wie laufen die Geschäfte?»

«*Awesome*, diese Kunststudenten», lachte er. «Schauen schon vorbei, bevor überhaupt was kaputt ist. Wollen bloss sicherstellen, dass Sattel und Reifen farblich zusammenpassen. Und alle wollen sie Lenker ohne Griffe.»

«Ist mir aufgefallen. Super Idee mitten im Winter. Aber von diesen Punks kann man nichts anderes erwarten. Für die ist Klingeln das neue Bremsen.»

«Der nächste Trend setzt sogar noch einen drauf.» Dale zeigte auf ein Modell, dessen stark verkürzte Griffe nach vorne hin abwärts verliefen. «Der letzte Schrei aus London. *Trust me*. Fast jeder, der so einen Designschrott kauft, schlurft spätestens eine Woche später bandagiert in meinen Laden und verlangt nach einem Velohelm. Und das Allerbeste: Die Mode ändert alle drei Monate.» Er liess sich ein Glas Wasser ein.

«Gruppendruck kurbelte schon immer die Geschäfte an. Besonders in dieser Stadt.»

«Und noch mehr hier, im Kreis 5. Apropos. Wo ist eigentlich mein Vierrad?»

«Das, ähm … das steht beim Bürkliplatz.»

«Und was tut es dort?»

«Ich wollte mit Enitta eine Runde drehen.»

«Ach ja, Enitta … Die Kleine ist gut für dich.»

«Die *Kleine* ist vor allem böse auf mich.»

Dale hängte seine Daumen in die Träger seines schwarzen Overalls. «Was hast du wieder angestellt?»

«Hat mich beim Knutschen erwischt. Gestern Nacht.»

«Du kannst auch von keiner die Finger lassen», schimpfte Dale.

«Du gäll, die war sorgfältig ausgesucht. Wie die Location. Ich weiss echt nicht, woher Enitta von der Party erfahren hat.»

Dale schnaubte verächtlich. «Schon gut, Mister Wählerisch. Was hat sie denn gesagt?»

«Gesagt hat sie nichts. Geschrien hat sie. Und mir mein Bier über den Kopf geleert.»

«Gut gemacht. War dir hoffentlich eine Lehre.»

«Als ob ich ein Schuft wär.»

«Du bist vor allen Dingen ein Depp. Eine wie Enitta bringt dich mal wieder auf den Boden der Tatsachen.»

«Du kennst sie doch kaum.»

«Ich habe ein Auge für so was.»

«Und ich muss jetzt los.»

«Ja, und zwar ans Telefon. Du rufst sie jetzt sofort an!»

Felix hievte seinen Drahtesel Richtung Ausgang. «Sie würde sowieso nicht rangehen.»

«Alles Ausreden. Wann warst du eigentlich das letzte Mal in einer Beziehung?»

«Dale, du bist Velomechaniker, kein Seelenklempner.»

«Wirst du mir wohl antworten?»

«Hallo? Franziska?»

«Das war keine Beziehung, das war ein Kippschalter.» Er liess seinen ausgestreckten Daumen wippen. «On. Off. On. Off.»

«In meiner Erinnerung waren das vielmehr ‹gesichert› und ‹scharf›. Und ehrlich gesagt haben mir beide Modi gut gefallen. Im Übrigen nehme ich keine Dating-Tipps entgegen, ich *gebe* sie.»

Dale lachte humorlos. «Das nennt man wohl toter Winkel.»

«Wir sehen uns.»

Draussen vor dem Viadukt verdichteten sich am Himmel dunkle Wolken aus dem Badener Loch wie ein böses Omen, und der herannahende Abend verfinsterte das Firmament noch mehr. Felix dachte an Enitta. Erst verkrampfte sich sein Magen, dann regte sich was in seiner Hose. Sein Handy. Enittas Name prangte auf dem Display. Noch bevor er sich das Gerät ans Ohr hielt, war er sich sicher, dass dieser Anruf sein ganzes Nachtprogramm auf den Kopf stellen würde. Womöglich sogar seine nahe Zukunft.

7

Sonntag, 29. Januar, 02.18 Uhr, -11°

Der Zürisee war zu einer silbern glitzernden Scheibenwelt erstarrt. Beidseitig gesäumt von den lauernden Schatten der Alleen am Ufer und den zerrissenen Irrlichtketten auf den privilegierten Hügeln dahinter. Anstelle der schwachen Wintersonne folgte ihnen nun ein gleissender Vollmond. Sein Licht würde sie etwaige Löcher und Risse frühzeitig erkennen lassen. Das klapprige Gefährt hatte nämlich keine eigene Lichtanlage, dafür aber einen zweiten Sitz. So war sie in dieser Polarwüste auf Zeit wenigstens nicht alleine, auch wenn sie ihre Begleitung keine vierundzwanzig Stunden zuvor noch unters Eis gewünscht hätte.

Felix trat im Gleichschritt in die Pedalen. Widerwillig, das konnte sie sagen.

«Verrätst du mir endlich, wohin wir fahren?»

Enitta hielt den Blick aufs Eis gerichtet und den Steuerknüppel mit eisernem Griff. Frostiger Nachtwind kam auf, liess die Wimpel an der Decke flattern. Unter den Pneus knisterte die feine, krosse Schneedecke. Düsteres Grollen drang aus den klirrend kalten Tiefen des ruhelosen Zürisees, klang, als riss jemand wütend an den feisten Drähten einer Seilbahn. Auch ihre eigenen Nerven waren zum Zerreissen gespannt. Sie konnte ihn starren hören.

«Okay. Ich versteh schon, wenn du nicht mit mir reden möchtest. Aber sag mir wenigstens, wo's hingeht.»

Er würde es früh genug erfahren. Falls sie es überhaupt bis an ihr Ziel schafften. Linker Hand glitt in etwa einem Kilometer Entfernung gerade die bedrohliche Silhouette des Zürihorns vorbei. Nicht mehr weit, aber was hiess das schon.

«Muss ja ein supergeheimer Auftrag sein.»

Im Körbchen hinter der Sitzgarnitur reckte Ba seine Schnauze zwischen ihre Köpfe und machte einen missbilligenden Laut.

«Sag mir erst, wieso du es getan hast.»

«Das in der Zigarettenfabrik? Sorry, von einem Rütlischwur ist mir jetzt nichts bekannt.»

«Rücksichtslos war's trotzdem. Direkt vor meinem Mund …»

«Wie hätte ich wissen sollen, dass du dort warst?»

«Es sollte keinen Unterschied machen, wo ich in dem Moment gerade war. Ach ne, sorry. Das tat es ja *tatsächlich* nicht.»

«Hör zu, ich …»

«Was bin ich eigentlich für dich? So ein rostiger Notnagel? Eine Nummer in deinem Handy? Auf Kurzwahl für Langeweile?»

«Ich weiss nicht, was du für mich bist», erwiderte er scharf und wartete einen Moment ab, bis er leise weitersprach. «Ich weiss nur, dass du *zählst*.»

Das tat er ebenso. Was die Sache umso verzwickter machte. Und je mehr Zeit sie mit ihm verbrachte, desto schwieriger wurde es. Um sich auf eine echte Beziehung einzulassen, würde sie sich aus ihrer Komfortzone herausbewegen müssen. So ein Single-Dasein kam häufig genug einem lauschigen Schneckenhaus gleich. Doch hier war ein Typ, der es trotz seiner himmelschreienden Schwächen vielleicht wert war, wieder hervorzukriechen. War sie wirklich bereit dafür? Wie viel Neuland würde sie betreten müssen? Ein paar Dutzend Meter weiter erglühte in naher Entfernung eine Erscheinung. Erst war es nur ein hauchdünner, fast flüchtiger Faden, der ihren Weg auf ganzer Breite kreuzen würde. Mit jedem Tritt in die Pedale wurde er deutlicher, kam näher, bis er nur noch wenige Sekunden entfernt war. Mittlerweile sah er aus wie eine kilometerlange Neonröhre, die sich wenige Millimeter über dem Eis von ganz links nach ganz rechts erstreckte. Fast zu spät erkannte sie, worauf sie zusteuerte, und erschrak fürchterlich. Kreischend griff sie nach der Bremse. Das Vierrad glitt noch ein, zwei Meter übers Eis, bis es nur eine Handbreite vor der Linie zum Stillstand kam.

«Was ist los? Sind wir da?» Felix spähte nach allen Seiten. «Ich kann nichts sehen, wieso hast du angehalten?»

Enitta grub das Gesicht in ihre Hände. «Cabrunz, ich schaffe es nicht …»

«Was schaffst du nicht?»

Enitta spürte, wie Feuer unter ihrer Haut ausbrach, so als hätte sich der Jahrhundertwinter schlagartig in den Rekordsommer von 2003 verwandelt.

Felix legte ihr sanft die Hand auf den Rücken. «Jetzt ernsthaft», fragte er mit geduldiger Stimme, «wieso hast du angehalten?»

«Weil dies das Ende ist!», brüllte Enitta und wies mit ausgestreckten Armen zur leuchtenden Linie.

Zwischen Felix' Brauen bildete sich eine tiefe Furche. «Da ist aber nichts. Wir sind mitten auf dem See.»

«Doch, da ist die Grenze. Sie verläuft direkt vor unserer Nase. Eine hell leuchtende weisse Linie. Siehst du sie nicht?»

«Grenze? Enitta, was für eine Grenze? Hast du etwa …»

«Die Stadtgrenze», keifte Enitta.

«Willst du mich jetzt verarschen? Was soll das Drama?»

«Wir sind genau zwischen Wollishofen und Tiefenbrunnen. Noch einen einzigen Meter weiter, und wir landen in der Pampa.»

Felix schmiegte sich wieder in das Polster in seinem Rücken. «Ach so, jetzt verstehe ich. Du leidest an Agglophobie.»

«Ich … ich hab einfach Angst, dass …» Sie brauchte einen Moment, um das Gefühl in Worte zu kleiden. «Dass mit mir was geschieht, wenn ich diese Linie überschreite. Etwas Furchtbares.»

Felix gähnte ausgelassen, so als hörte er die Story zum hundertsten Mal. «Schau, das muss dir nicht peinlich sein. Diese Neurose befällt fast die Hälfte aller Zuzügler. Völlig normal. Wenn man hier erst mal Fuss gefasst hat, erscheint die Vorstadt nur noch grau, mies und langweilig. Aber du brauchst dir keine Sorgen zu machen. Da vorn sind wir immer noch in Züri.»

«Aber nicht Stadt, sondern *Land*», wimmerte Enitta. «Und vom Land komme ich. Dahin geh ich nie wieder zurück …» Ihr war, als würde sie schmelzen wie ein Eiskristall an der Sonne.

«Hab ich kapiert, ja. Aber ich hoffe doch, dass du mich für mehr als bloss ne Schüssel Psychosalat hier rauskutschiert hast.»

«He! Ich bin nicht verrückt», jammerte sie. «Ich kann nur diese Grenze nicht überschreiten.»

Felix zeigte mit gefletschten Zähnen auf die Erscheinung. «Enitta, da *ist* nichts.»

«Da ist sehr wohl was …», wimmerte sie und kletterte aus dem Vierrad. Vorsichtig tat sie einen Fuss vor den anderen, traute sich so weit vor, dass ihre Turnschuhspitzen die leuchtende Linie beinahe berührten. Es fühlte sich an, als ginge eine elektrische Spannung davon aus. Sie spürte, wie das Blut in ihren grossen Zehen pulsierte, und stöhnte aus tiefster Seele. «Ich kann hier nicht weiter.»

Ba schaute mit erwartungsvollen Augen zu ihr hoch. Er schien die Schranke zu spüren und machte keine Anstalten, sie zu überqueren.

Nun stieg auch Felix von der Bank. Er durchschritt die Lichtschranke, als existierte sie nicht, hielt Ausschau, fand nichts und trat ihr auf der anderen Seite gegenüber. «Das ist nur in deinem Kopf, Enitta.»

«Nein, es ist auch an *deinem* Kopf.» Sein Gesicht schimmerte im neonartigen Schein der Linie. Ihre Destination war zum Greifen nahe. Dass sie allerdings die Stadtgrenze würde überwinden müssen, um die letzten Meter zu schaffen, hatte sie komplett verdrängt.

Felix streckte ihr die Hand entgegen. «Du hast mal gesagt, für Janita würdest du sogar zu Glencore gehen. Und dann schaffst du es nicht mal aus der Stadt?»

In Enittas Kopf schwirrten Birkenstöcke, Bierbäuche und Babywagen inmitten einer finsteren, wild entfesselten Windhose. Es fühlte sich an wie im Märchen von Aschenputtel. Im Rückwärtsgang. Wie als letzte Warnung verstärkte sich das Leuchten so sehr, dass sie die Augen zukneifen musste, um nicht geblendet zu werden. Doch dann sammelte sie all ihren Mut, tastete mit den Fingern nach Felix' Hand und liess sich von ihm sanft auf die andere Seite ziehen. Nachdem sie von ihm geherzt worden war, öffnete sie die Augen und bezeugte, wie ihre Gesichter wieder in Dunkelheit fielen, als die Lichtschranke verblasste.

Die weitere Reise mit dem Vierrad führte sie vorbei an den eingefrorenen Modellschiffen entlang der Tiefenbrunnenwerft.

Danach begannen dichte Büsche und Baumreihen neugierigen Blicken zu wehren, doch die Devlin-Villa, mit ihrer klinisch weissen Bemalung, leuchtete im grellen Mondlicht gespenstisch laut zwischen den Ästen hindurch. Enitta steuerte direkt auf sie zu.

«Zolliwood? Was befindet sich hier?», fragte Felix.

Noch antwortete sie nicht, sondern trat die Pedalen so lange, bis sie am Ufer vor der Villa angekommen waren. Der Übergang zwischen Grundstück und See war fliessend.

«Da wären wir.» Sie holte vier blaue Sattelüberzüge hervor, die sie beim Bürkliplatz von ein paar Göppeln requiriert hatte. Zwei davon streckte sie Felix hin und vergewisserte sich, dass er seine Handschuhe trug. War bei der Saukälte ja auch zu erwarten. Noch bevor er fragen konnte, was er mit den Plastikhüllen tun sollte, begann sie sich ihr Paar über die Schuhsohlen zu stülpen.

«Moment mal. Den Kasten kenne ich. Der gehörte doch diesem Devlin.»

Enitta nickte. Zwischen den Schatten raschelte ein gelbes Band im Wind.

Felix' Tonfall verriet Respekt. «Das ist ein Tatort …»

Sie nickte erneut.

«Ach *deswegen* die Uhrzeit. Aber warum ausgerechnet ich?»

«Weil du genug verwegen für so eine Aktion bist.»

Sein Blick wurde ungemütlich. «Was für eine Aktion bitte?»

«Na, die Zorilla-Rose finden. Wäre das nicht ein prima Aufhänger für dein Käseblatt?» Sie kletterte aus dem Gefährt und machte Balu mit der Leine am Rahmen fest. «Ausserdem schuldest du mir noch einen riesigen Gefallen. Und wehe, du steckst dir eine an!»

Grummelnd zog er die Häubchen über seine Schuhe und folgte ihr aufs Eis.

«Warte!», rief Enitta, als sie neben das Bootshäuschen trat. «Jemand war bereits hier.» Sie beugte sich über den Grund und sah Fussspuren. Zwar ohne Profil, der Grösse zu urteilen nach aber eher männlichen Ursprungs. «Seit gestern hat es nicht mehr geschneit. Wem immer die gehören, der muss erst kürzlich hier gewesen sein.» Sie folgte den Abdrücken bis vors Haus, wo sie an einem beschädigten Hochfenster endeten. Die Polizei hatte vermutlich die Bruchstelle mit einer Plane und Kleber behelfsmässig abgedichtet, aber der Eindringling hatte sie womöglich schon weggerissen, um sich Eintritt zu verschaffen, so schlecht, wie das Band noch haftete. Sie würden es ihm gleichtun. Vorsichtig zupfte sie den Plastik herunter, griff durch die Bruchstelle, um den Türgriff hochzuziehen, und wunderte sich im nächsten Moment über die fortwährende Stille. «Müsste nicht jemand die Fenster ersetzt und die Alarmanlage wieder eingeschaltet haben?»

«Für gewöhnlich ja», bestätigte Felix. «Da war wohl jemand grob fahrlässig. Wie wir gerade.»

«Hast du nun den Mut oder nicht?»

«Einbruch hat jetzt echt nichts mit Mut zu tun.»

«Pah!», schnaubte sie und schob die Glastür zur Seite. «Schicksalsjahre einer jungen Kaiserin.» Mit angehaltenem Atem trat sie vorsichtig in einen grossen Raum, bei dem es sich den vielen Möbelsilhouetten nach wohl um das Wohnzimmer handeln musste. Oder eines von mehreren. Felix folgte ihr nur zaghaft und leuchtete zuerst noch mit der Taschenlampe seines Handys hinein.

«Bloss kein Tritt zu –» Schon war Enitta über einen gelben Plastikkegel gestolpert, der ein Beweisstück auf dem weissen Fusselteppich bewachte. Sie rückte ihn mit der Schuhspitze zurecht und stellte fest, dass der halbe Boden mit diesen Markierungen übersät war.

«Bekomme ich eine Vorgeschichte?», fragte Felix über ihre Schulter.

«Du erinnerst dich an die Notiz aus dem Archiv?»

«Die Liebeserklärung, klar.»

«Nun, da waren noch ein paar andere Fotos mit dabei. Eines zeigte einen Schwan, also die Schwanzfedern eines Schwans. Da wurde mir klar, dass der Kasten höchstvermutlich am Wasser gebaut war.»

«Es stehen eine Menge Villen am Zürisee.»

Sie tastete sich Schritt für Schritt hinein ins Wohnzimmer

und tat ihr Möglichstes, nicht noch einen der gelben, nummerierten Kleinkegel umzunieten, die allen möglichen Krimskrams bewachten. «Viel zu viele», antwortete sie und vermutete stark, dass das Wort «Privat» wohl nirgendwo auf der Welt häufiger vorkam als entlang der Goldküste. «Aber in dieser Villa wohnte ein Robert. Robert Jungbluth. Also in der alten Villa, bevor dieses Möbel hier gebaut wurde.»

«Der Robert, an den die Hensel schrieb?»

Kalte Luft strömte herein und liess Staubpartikel im Lichtstrahl ihres Handys tanzen. «So genau weiss ich das nicht. Er war zumindest ein vermögender Industrieller und spielte damit zur gleichen Zeit in der gleichen Liga wie Harobeth. Und letztes Wochenende wurde auf diesem Grundstück jemand ermordet. Vielleicht wegen der Rose? Gelangte sie von den Jungbluths in den Besitz der Devlins? Musste er ihretwegen sterben?»

Felix leuchtete die geschundene Inneneinrichtung aus. «Schon etwas wild, deine Theorie. Wie die Sauerei hier. Der Einbrecher war wohl fest entschlossen.»

Enitta gelangte über eine Wendeltreppe ins Obergeschoss, wo sie eine interessante Entdeckung machte. «Nicht überall!»

Felix schloss zu ihr auf, und gemeinsam schritten sie die Zimmer ab, von denen fast alle schalldichte Türen aufwiesen. Ein Bad mit zwei Wannen, eine Zusatztoilette, ein stillgelegt wirkender Fitnessraum und ein riesiges Schlafzimmer mit einer noch grösseren, begehbaren Garderobe.

«Hier oben ist kaum etwas durcheinander. Selbst die Hemden sind so perfekt gestapelt wie im Herren-Globus.» Wobei sie hoffte, dass Felix an der Stelle nicht nachhakte. Dass sie gerne gewisse Kleidungsstücke in der Bubensektion kaufte, brauchte er nicht zu wissen.

«Wahrscheinlich weil sie einen Safe fanden, den sie nicht öffnen konnten», rief er aus dem Badezimmer.

«Warum so negativ? Ein solches Juwel sperrt man nicht einfach weg. So etwas braucht Luft zum Atmen. Licht zum Glänzen.»

Sie sahen sich noch eine Viertelstunde halbherzig um und inspizierten danach den Keller. Aber auch dort war nichts Aussergewöhnliches zu finden, es bestätigte sich bloss ihre Vorstellung vom Wohnsitz einer vermögenden Persönlichkeit. Eine Garage mit einem Boden, der mit schöneren Platten ausgelegt war als ihr Badezimmer und auf denen ein Klein- und zwei Sportwagen herumstanden. Ein muffiger Raum mit Golfausrüstungen, eine Ölheizung und eine Sauna. Nicht zu vergessen der geräumige, gut gefüllte Weinkeller und ein Abteil mit lauter Freizeitartikeln, die viel gekostet haben mussten und wahrscheinlich noch nie benutzt worden waren.

Zurück im Wohnzimmer bückte sich Enitta nach dem Bild, das sie auf dem Polizeifoto gesehen hatte. Ringsum lagen weitere zerschlagene Familienfotos, die sie in der Hocke näher betrachtete.

Plötzlich erklang Balus Gebell, und Enitta wurde von einem Lichtkegel geblendet. «Ist da jemand?», rief eine dünne, aufgeregte Männerstimme. Im Gegenlicht vermochte sie nicht zu sagen, wer die Frage gestellt hatte. Sie wusste nur, dass die Person draussen im Garten stand. «Diebe!», rief die Stimme weiter. «Ich rufe sofort die Polizei.» Der Schein liess von ihr ab, als der Mann draussen sich abwandte. «Hallo? Hallo, ist dort die Polizei?»

«Auweia», stöhnte Felix, der aus dem Keller herbeigeeilt war. «Ein Wachmann.» Er packte sie beim Arm. «Besser, wir verschwinden schleunigst.»

«Nein, dann würde er Meldung bei der Zentrale machen und nicht die Bullen rufen.» Sie riss sich los und forschte mit dem Lichtschein so lange nach dem Gesicht des Fremden, bis sie es erfasst hatte. Wie sie vermutet hatte: Es war ihr nicht völlig fremd.

«Was machst du da?», schimpfte Felix. «Es ist vorbei. Wir wurden entdeckt.»

Aber Enitta konnte sich nicht von den Gesichtszügen des alten Mannes lösen. «Nein, warte. Das ist kein Sicherheitsmensch.» Sie leuchtete den Boden aus, wischte mit dem Schuh die Scherben von einem der Porträts und hob es hoch. Es zeigte Devlins Sohn Kirk in Begleitung von Jerry und einem Greisen. Natürlich! «He!», rief sie und stürmte zur Schiebetür. «He, Sie da! Ich bin imfall eine Freundin von Jerry, ich mein … von Jeremias.»

Er nahm das Telefon vom Ohr und wandte sich mit erstaunter Miene nach ihr um. «Halt, warten Sie», bellte er ins Telefon.

Mit wenigen Schritten stand sie draussen und unmittelbar vor dem alten Mann. «Ich bin keine Einbrecherin. Ich suche nach Jeremias.»

Der Mann beäugte sie eindringlich, dann erklärte er der Notrufzentrale unwirsch, er habe sich geirrt, und steckte das Gerät weg. «Sie kennen Jeremias? Woher? Wer sind Sie überhaupt?»

«Ich heisse Carigiet. Ich bin Detektivin. Jeremias' Patenonkel hat mich auf die Suche nach ihm geschickt.»

Der Mann schaute sie verständnislos an. «Herr Stassel? Wie kommen Sie auf die Idee, ausgerechnet hier nach ihm zu suchen? Zu dieser unchristlichen Stunde?»

«Wer sind denn Sie?», fuhr Felix mit finsterem Tonfall dazwischen.

«Weber Fritz», erwiderte der alte Mann pikiert. «Ich bin der Nachbar.»

Enitta herrschte Ba aus der Distanz an, endlich mit Bellen aufzuhören. «Und warum sind Sie morgens um drei noch unterwegs?»

«Seit Tims Tod bekomme ich kein Auge mehr zu, äh … gehe oft auf dem See spazieren. Na ja, und heute sah ich die Lichter im Wohnzimmer.» Sein Blick wurde stutziger. «Was genau hoffen Sie hier zu finden?»

«Ich suche Jeremias jetzt schon seit einer Woche. Wie mir scheint, führen alle Spuren zu diesem luxuriösen Haus.»

«Luxuriös», wiederholte Weber verächtlich und schielte die weiss schimmernde Fassade hoch. «Eine Abscheulichkeit ist das. Die *alte* Villa, *die* hätten Sie sehen sollen. Eine ganz andere Zeit war das gewesen. Heute ist davon nur noch das Bootshaus übrig.» Er wies auf die Baracke, die aus so dunklem Holz gefertigt war, dass sie alles Mondlicht verschluckte.

Enitta überkam das Gefühl, etwas sehr Wichtiges übersehen zu haben. Sie liess die beiden Männer stehen und trat zum Bootshaus. Durch eine unabgeschlossene Türe fand sie hinein auf den Boden, der aus gefrorenem Züriseewasser bestand. Ansonsten war es bis auf ein paar aufgehängte Gerätschaften leer stehend.

Eine verwitterte Metalltafel hing vom letzten Nagel, mit einer amtlich wirkenden grafischen Abbildung des Schuppens. Zahlen und Buchstaben waren längst verblasst und nur noch die Linien des Grundrisses ablesbar. Etwas daran missfiel ihr zutiefst. Sie konnte bloss nicht sagen, was.

In ihrem Rücken traten Felix und Weber herein. «Und der Schuppen ist so alt wie die Vorgängervilla?»

«Soweit mir ist», sagte Weber.» Angeblich noch in den Dreissigern erbaut.»

«Was, wenn», begann Enitta und presste sich das Handy ans Kinn, sodass der Lichtschein ihren Hals ausleuchtete, «wir an der richtigen Adresse, aber im falschen Haus gesucht haben? Was, wenn die Rose all die Jahre hier drin lagerte?»

Felix machte einen missbilligenden Laut. «Wie kommst du jetzt darauf?»

«Na überleg mal. Das Bootshaus ist das einzige Überbleibsel von Jungbluths Anwesen.»

«War der Schuppen schon immer leer?», fragte Felix den alten Mann.

«Nein, hier drin lagerte seit Ewigkeiten ein Segelboot. Eine Vanderberg Swan.»

«Und wo ist die nun?», fragte Enitta.

«Das ist derzeit die grosse Frage», antwortete Weber mit hilflosem Schulterzucken. «Der Besitzer hatte sie jahrzehntelang einmal pro Woche gewartet.»

«Fuhr Herr Devlin damit oft herum?»

Der Nachbar schüttelte den Kopf. «Nein, dem gehörte sie nicht. Sondern einem Binder Benjamin. Ein ehemaliger Bediensteter der Jungbluth-Familie. Wie es heisst, hatte der grosse Patron es ihm mitsamt dem Bootshaus nach seinem Tod überlassen. Das hatte damals alle verblüfft.»

«Und wie oft benutzte Binder das Boot?»

«Soweit mir ist, überhaupt nicht. Zumindest habe ich ihn nie damit segeln gesehen. Aber wie man sich in Zollikon erzählt, kam er seit fast fünfzig Jahren jeden Mittwoch hierher und warf einen Blick in den Schuppen. So als wolle er prüfen, ob sein Schatz noch da sei.»

«Schatz …», wiederholte Enitta gedankenverloren.

«Aber letzten Mittwoch, ja, da ist er komplett ausgerastet. Jemand hatte das Boot offensichtlich entwendet.» Weber hustete vor Aufregung.

«Dann war es in der Woche zuvor aber noch da?»

«Das anzunehmen wäre naheliegend.»

«Wissen Sie etwa, wo ich diesen Herrn Binder erreichen kann?», fragte Enitta.

Weber senkte den Blick. «Herr Binder kam vor ein paar Tagen um …»

«Das … Das tut mir leid. Was ist denn geschehen?»

«In seiner Wohnung war Feuer ausgebrochen. Drüben im Stadtzentrum.»

«Der Brand an der Kernstrasse?», fragte Felix. «Laut Presse wurde der Brand von einem der Mieter gelegt.»

Enitta schürzte die Lippen. «Ob Binder wohl Selbstmord begangen hat? Weil sein Boot weggekommen ist?»

Webers Augenbrauen schossen nach oben. «Gut möglich. Es scheint ihm zumindest die Welt bedeutet zu haben. Ich kannte den Mann kaum. Doch in den paar kurzen Unterhaltungen, die wir über die Jahre geführt hatten, war nie von etwas anderem die Rede.»

Felix leuchtete mit verzogenen Lippen über die Holzwände. «Das ist alles Rosenkohl. Wenn die Gondel letzte Woche geklaut wurde, wo ist sie dann hin? Der See ist seit über einem Monat komplett gefroren.»

Enitta trat zum Ausgang des Schuppens, wo Felix einen Metallriegel beiseiteschob. Da die Unterseiten der Pforten ein paar Zentimeter oberhalb des Wasserspiegels hingen, waren sie nicht festgefroren und liessen sich laut knarrend aufstossen. Enitta schritt hinaus auf den funkelnden Zürisee. «Vielleicht nicht auf dem Wasser, sondern auf dem Eis», mutmasste sie, als Felix und Weber aufgeschlossen hatten.

«Abtransportiert mit einem Schleppwagen?»

«Bei Nacht hätte das niemand bemerkt. Und die Diebe hätten in jede Richtung verschwinden können.»

«Da gibt es nur ein Problem», sagte Felix. «Das Schiff war

bestimmt vom Eis eingeschlossen. Wie hätte der Dieb es auf das Radgestell bekommen sollen? Ausserdem war die Hütte von innen verriegelt.»

«Vielleicht wurde sie von der Polizei verschlossen.»

«Aber das Bootshaus als Versteck passt dennoch nicht zur Anspielung der Hensel. Ich sehe beim besten Willen nicht, wie das hier ein Kreis 13 sein soll.»

Enitta bekam Felix' Einwand nur am Rande mit. Sie liess den Blick über das gegenüberliegende Ufer, die sogenannte Silberküste schweifen, die sich im Mondlicht bis zu ihren Füssen auszudehnen schien, und stellte sich vor, wohin das Boot wohl geschafft worden war. In den Süden nach Rapperswil oder doch hinauf in Richtung … Stadt. Ihr war, als tauchte die Linie erneut auf. Die Linie, die das Stadtgebiet zum Süden abschloss und die sie eigentlich nie hatte überschreiten wollen. Da zündete in ihrem Gehirn ein Leuchtfeuer und verblasste langsam, um Platz für ein aufwühlendes Bild zu machen. Die Eingebung, die sie nach der Zigarettenfabrik überkommen hatte und die ihr nur Sekunden später entfallen war. Langsam setzten sich die Fragmente wieder zusammen. Sie hatte zu dem Zeitpunkt an einer Tramstation des Zürcher Verkehrsverbundes gestanden. Neben einer Tafel, welche die Karte mit den Zonen anzeigte. Jene Karte hatte ihr den Schlüssel offenbart. Ihr war, als stünde sie gerade am Fusse einer gewaltigen Vergrösserung dieser Grafik. Darauf wurde der obere Zipfel des Zürisees angezeigt, der sich noch auf Stadtgebiet befand. Diese Fläche des Sees war keinem Stadtkreis zugeordnet, sondern stand für sich alleine.

Diese Fläche musste der Kreis 13 sein!

Sie hatte es wohl laut ausgesprochen, da Felix fragte, was sie damit meinte. «Der Kreis 13 bezeichnet jenen Teil des Zürisees, der sich auf dem Stadtgebiet befindet», wiederholte sie.

«Harobeth meinte also, dass sie die Rose in einem Segelboot auf dem Zürisee verstecken würden?»

«Nicht *auf* dem See!» Sie lachte. «Darunter!»

Felix zog eine Faxe. «In einem Segelboot?»

«Nein, kein Segelboot. Komm!» Sie rutschte auf dem Eis zurück in den Schuppen vor die schief herabhängende Metalltafel und schob sie in eine vertikale Position. Triumphierend tippte sie auf den Grundriss. «Siehst du, wie tief das Becken ist?»

Felix zog die Augen zu Schlitzen. «Was sind das? Sieben, acht Meter? Das kann nicht sein. Du hältst das Schild falsch herum», protestierte er und schob das Schild in eine waagrechte Position. «Das muss die Länge sein.»

Sie schüttelte den Kopf und schob es wieder ins Hochformat. «Siehst du das Schraubenloch hier? Ich halte es richtig. Die Grafik zeigt das Bootshaus von vorne, nicht von der Seite. Schau mal, wie weit runter der Seeboden an dieser Stelle geht. Ziemlich tief für ein Schiffchen, oder?» Sie richtete ihren Lichtstrahl aufs Eis und grinste. «Hier hat jemand nachgeholfen. Du weisst doch, wie sehr wir Schweizer Tunnel und Gräben lieben.» Sie tippte heftig auf die Metalltafel. «Und das verrät uns, dass hier drin was ganz anderes lagerte.»

Felix schielte misstrauisch auf den Grund. «Ein … U-Boot?»

Enitta schritt in die Mitte des Bootshauses und warf sich in eine verwegene Pose. «Hier ist meine These: Harobeth Hensel begann ein Verhältnis mit Robert Jungbluth, als ihr Mann auf Safari war. Jungbluth war ein Industrieller, handelte mit Stahl. Es könnte doch sein, dass er das U-Boot für Harobeth entwickelt hat, um darin die Zorilla-Rose im Kriegsfall im See zu verstecken. Auf jenem Gebiet, das noch zur Stadt gehörte. Dort hätte es niemand gefunden.»

Felix zog die Stirn in Falten. «Ich weiss nicht recht. Mir scheint, die beiden verfügten über ziemlich viel Geld. Weshalb schafften sie das Juwel nicht gleich ausser Landes?»

«Vielleicht weil Harobeth fürchtete, im Ausland von Hitlers Agenten geschnappt zu werden? Oder dass der ganze Kontinent in die Hände der Nazis zu fallen drohte? Unser Land war damals ein halbwegs sicherer Hafen.» Sie zuckte mit den Schultern. «Leider hat ihr dies nicht mehr viel genutzt. Harobeth verstirbt kurze Zeit später, und Robert trägt die Fackel weiter, sieht zu, dass das U-Boot im Schuppen bleibt.»

«Hm … Wie ist das Ding überhaupt hierher geraten?», fragte Felix.

Enitta wies auf den See. «Hallo? Es ist ein U-Boot. Es wurde gebaut, um sich unbemerkt im Wasser zu bewegen. Ausserdem … der Mann war offensichtlich sehr vermögend, da hätten sich bestimmt auch auf dem Landweg einige Möglichkeiten geboten. Aber zurück zu meiner Theorie. Kurz vor seinem Tod vermacht Jungbluth dies alles seinem … seinem … was sagten Sie, was Binder war? Eine Art Diener?»

Weber schien von ihrem Vortrag so verwirrt, dass er einen Moment für die Antwort brauchte. «Ich würde sagen, Butler. Binder, äh … kümmerte sich damals um alle Belange des Anwesens.»

«Na schön», fuhr sie fort, «Jungbluth findet also in Binder einen Getreuen, der auch nach seinem Ableben über das U-Boot wacht. Also vererbt er es ihm. Die Jahre ziehen ins Land. Devlin kauft der Familie Jungbluth das Grundstück ab, ebnet die Villa ein, errichtet seine eigene. Das Bootshaus jedoch überdauert die Jahrzehnte unbeschadet. Irgendwann erfährt jemand vom Schatz, der sich darin befindet. Dieser Jemand bricht ein, tötet den Werber, stiehlt das U-Boot und fährt damit davon. Und da das Becken so tief ist, kann das Vehikel auch während der Seegfrörni problemlos unter dem Eis wegtauchen.» Sie trat mit dem Schuh gegen die Oberfläche. «Nach wenigen Tagen ist alles wieder zugefroren und jede Spur verwischt.»

«Und als Binder herausfindet, dass sein Schatz weg ist, bringt er sich aus Verzweiflung um», ergänzte Felix.

«Dennoch», hustete Weber, «der Dieb ist bestimmt schon über alle Berge.»

«Nicht zwingend», widersprach Felix. «Ich denke, der schippert immer noch im Zürisee herum, denn er nimmt bestimmt an, dass Devlins Leiche gefunden und längst nach dem gestohlenen U-Boot gesucht wird. In einem anderen Bootshaus kann er das Vehikel nicht untergebracht haben, weil bestimmt keins tief genug dafür ist. Ausserdem glaube ich kaum, dass der Dieb vor dem Einbruch was vom Boot gewusst hatte. Er muss es eher zufällig entdeckt haben, sonst hätte er nicht vorher die halbe Bude auseinandergenommen. Damit können wir ausschliessen, dass es übers Land abtransportiert wurde, denn das hätte Planung vorausgesetzt.» Er rieb sich das Kinn. «Wobei mich an der Stelle besonders interessiert, woher der Dieb gewusst hatte, wie man so ein Teil überhaupt steuert.»

«Guter Punkt.» Enitta zog sich ob ihrer Ratslosigkeit die Ränder ihrer Melone über die Ohren. «Genauso wie die Frage, weshalb Jungbluth ausgerechnet seinen Butler mit der Obhut betraut hatte und nicht seinen Sohn Manuel.»

Felix schürzte die Lippen. «Aber na ja. Irgendwann wird ihm schon der Sprit ausgehen, und dann muss es auftauchen.»

«Womit wird so ein U-Boot eigentlich angetrieben? Kohle? Benzin?»

«Aus jener Zeit», erwiderte Weber, «vermutlich mit einem Dieselmotor.»

«Das *ist* es!», jauchzte Enitta. «Die Tankstellenräuber.»

«Die was?»

«Die Bande, die seit einer Woche Tankstellen beklaut.»

Felix' Gesichtszüge entgleisten. «Die Tröten in den Militäruniformen?»

«Welche sie bestimmt aus dem U-Boot haben. Für das sie den Diesel brauchen. Deshalb findet sie auch keiner, weil sie bloss grosse Löcher im Eis hinterlassen, die alle für das Werk von Kaltschwimmern halten. Die Eisdecke ist im Schnitt bloss fünfzehn Zentimeter dick. Mit so einem Gefährt könnten sie problemlos auf- und abtauchen. Wo und wann es ihnen gerade passt.»

Felix hatte bereits sein Handy gezückt. «Mal sehen, was mein Newsportal dazu sagt.» Er strich mit dem Finger übers Display. «Also der erste Überfall fand in Küsnacht statt, an der Seestrasse. Das war Sonntag.»

«*Nachdem* das Boot gestohlen worden war. Vermutlich hatte Binder es nicht voll aufgetankt gehabt.»

«Hm, möglich. Danach schlugen sie beim Bahnhof Tiefenbrunnen zu. Dienstag. Dort klauten sie nur wenig Kraftstoff, dafür massig Chips und Bier. Weswegen sie wohl tags drauf bei der NASA-Tanke oberhalb des Bahnhofs Enge erneut auftauchten und dank gefälschten Kreditkarten ordentlich die Kanister füllten.»

«Das liegt nun aber auch schon vier Tage zurück. Mittlerweile müssten ihnen Food und Diesel ausgegangen sein. Wo ums Seebecken könnten sie als Nächstes zuschlagen?»

Felix holte sich eine Karte aufs Handy. «Da wären noch die Migrol-Tanke beim Frascati und der CORSAR-Shop beim Bahnhof Wollishofen.»

Enitta schaute hinüber zum anderen Ufer. Letztere Station befand sich exakt auf ihrer Höhe. «Bei der Migrol stehen lediglich unbediente Zapfsäulen. Nur beim Mythenquai gibt's auch was zu futtern.» Sie zeigte über den See. «Dann werden sie da drüben als Nächstes zuschlagen.»

«Das kannst du unmöglich wissen», widersprach Felix vorwurfsvoll.

«Aber ich vermute es stark. Sie *müssen* einfach ausgeschossen sein. Tauchten sie bisher nicht stets in den frühen Morgenstunden auf?»

Felix wackelte mit dem Kopf. «Schon … Jeweils so zwischen vier und sechs.»

«Und jetzt ist es halb vier. Wir könnten die CORSAR-Tanke in einer halben Stunde erreichen.»

«Soll ich etwa die Polizei verständigen?», fragte Weber nervös.

«Und ihnen was erzählen? Dass da ein U-Boot im Zürisee schwimmt?» Sie biss auf die Unterlippe. «Allerdings frage ich mich grad, was *wir* tun, wenn wir sie wirklich abfangen. In der Presse hiess es, die hätten Sturmgewehre.»

Felix grinste. «Ist doch logisch: zuerst schiessen. Mit der Kamera. *Dann* können wir die Polizei rufen.»

***

Die Kleine hinter der Theke äugte schon wieder missbilligend herüber. Flüsterte ihrem gross gewachsenen Kollegen verschwörerisch zu. Vermutlich ihr Vorgesetzter. Vlåd steckte den Kopf ins Display der Internetstation des McDonald's beim Bahnhof Enge. Die Zeitanzeige vermeldete drei Uhr fünfundvierzig. Fast vier Stunden war es nun her, da er das ehemalige Jungbluth-Grundstück in Zollikon aufgesucht hatte. Aber er war zu spät gewesen, weil er wieder mal hoffnungslos getrödelt hatte. Nach dem gestrigen Archivbesuch hatte er zu Hause drei fette Tüten durchgezogen, weswegen er erst um dreizehn Uhr dreissig unter die Decke gekrochen und nach zweiundzwanzig Uhr erwacht und Hals über Kopf aufgebrochen war. Dabei hatte er sich so uneinholbar im Vorteil gewähnt. Niemand ausser ihm hatte Zutritt zum Archiv gehabt, weswegen auch keiner von dem Geheimprojekt ZYKLOP wissen konnte, in das Jungbluth in den Vierzigern massgeblich involviert gewesen war. Im Auftrag des Schweizer Militärs hatte er ein Klein-U-Boot entwickelt, dessen Spur kurioserweise zum Bootshaus seines Anwesens führte, welches laut Google Earth noch immer existierte. Umso enttäuschter war er gewesen, die Hütte leer vorzufinden.

Der Geldeintreiber musste ihm zuvorgekommen sein. Vielleicht schon um Tage. Hatte das Boot womöglich mit einem Abschlepptruck weggeschafft. Fast hätte ihn die Verzweiflung übermannt, denn mit seinem altersschwachen Nokia konnte er den Fremden nicht länger über Latitude verfolgen. Deshalb war Vlàd mit Melanies Ladygöppel wieder seeaufwärts zum Bahnhof Stadelhofen geradelt, wo noch eine McDonald's-Filiale geöffnet hatte. Man konnte dort für einen Stutz eine ganze Stunde lang auf einer Internetstation surfen, aber zu seiner Enttäuschung war das Mobiltelefon des Schlägers noch immer offline. Zwei Stunden hatte er im Stehen auf das Display gestarrt, bis ihn der Schichtchef höchstpersönlich hinauskomplimentiert hatte. Wie von Bluthunden gejagt war er zum anderen McDonald's beim Bahnhof Enge gefahren, um von dort aus weiter über die Entwicklung zu wachen. Jene skurrile Filiale, die mit ihren bunten Wänden und den vergitterten Fenstern wie die perfekte Kinderfalle wirkte. Aber auch hier waren schon fast zwei weitere Stunden verstrichen, und offensichtlich schien es dem Personal nicht zu munden, dass er wie ein Verrückter denselben Kartenausschnitt betrachtete.

Mit dem letzten Geld hatte er erst einen platt gedrückten Cheeseburger und später einen Brownie gekauft, doch auch das war schon wieder eine Dreiviertelstunde her, und seine Anwesenheitsberechtigung stand auf tönernen Füssen. Selbst die vielen Teenies, die in der Filiale herumlümmelten, begannen zu starren und zu tuscheln, als wäre er ein Fremdkörper. Oder ein Räuber mit Ladehemmung. Wäre ihm auch herzlich egal gewesen, weil er es nie anders gekannt hatte. Doch das Mädchen kam nun hinter der Theke hervor und trat zaghaft in seine Richtung. Mit jedem weiteren Schritt, den es tat, verzog sich sein Gesicht weiter abwärts. Na gut, er hatte seit mindestens drei Tagen nicht mehr geduscht. Er versuchte es erst zu ignorieren, aber das Mädchen sprach mit lauter Stimme. «Sie. Hallo? Sie! Sie müssen imfall etwas kaufen, wenn Sie hier drin sein wollen.»

«Aber ich habe schon was gekauft.»

«Nein, haben Sie nicht.»

«Doch, habe ich. Einen Burger. Und eins der Desserts dort.»

«Also meine Schicht hat vor über einer halben Stunde begonnen, und ich habe Sie nichts kaufen sehen.»

«Reicht es etwa nicht, wenn ich surfe? Das kostet ja auch was …»

«Nein», widersprach das Mädchen aufgeregt, so als müsste es allen Mut für die Ansage zusammenkratzen. «Sie müssen *jetzt* etwas kaufen oder verschwinden.»

Verschwinden? Meine Güte, was war denn das für eine Sprache hier? Er kramte in seiner Hosentasche. Da waren Papierli, ein Nastuchknäuel, ein Feuerzeug und – yes! – noch eine letzte Münze. Mit perforierter Kante. Er holte sie hervor. Fünfzig Rappen. Er schaute auf die Displays mit den Menüvorschlägen. Was konnte er sich damit noch erkaufen? Natürlich bestand die Option, sich auf der Toilette einzuschliessen, um Zeit zu schinden, aber dann würde er womöglich den Moment verpassen, da der Eintreiber wieder auf dem Schirm auftauchte.

«Ich äh … ich will eine Portion Ketchup», sagte er dann, stand auf, eilte zur Theke, schlug den Fünfzigräppler flach auf den Glastresen und langte gleich selber nach dem roten Plastikbeutelchen. Er kehrte zu dem Mädchen zurück, zog die Verpackung auseinander und drückte sich die rote Pampe in den Mund. Das Zeug schmeckte einfach nur widerlich. Wie gezuckerter Essig. «Da! *Da!* Zufrieden?»

Im Gesicht des Mädchens erblühte das Grauen. Aber wenigstens liess es endlich von ihm ab und würde ihn hoffentlich in der nächsten halben Stunde nicht mehr behelligen. Blieben immer noch die Teenies, deren mitleidige Blicke nicht von ihm ablassen wollten. Diese kleinen undankbaren Saugoofen mit ihrer widerlichen Kaugummi-Musik. Diese Mikro-Machos mit ihren glänzenden Daunenjacken und ihren überschminkten Freundinnen, die allesamt aussahen wie frisch ab Kinderstrich. Wenn die in den frühen Morgenstunden bei «Mickey D's» abhingen und ihren nervigen Sound über Handylautsprecher laufen liessen, dann war das wieder okay. Aber diese Blicke. Früher, also noch vor wenigen Jahren, hatten sie ihn mit ängstlichen Augen angeschaut. Oder mit Aggressivität. Heute war er bestenfalls noch gut genug für Spott und Mitleid.

Da blitzte in seinem Augenwinkel etwas auf. Ein Signal! Ein rotes Oval vermeldete das Auftauchen des Schlägers. Nahe beim Bahnhof Wollishofen. Mit etwas Anstrengung konnte er in weniger als zehn Minuten dort sein. Er sprang auf und durch die Hintertüre hinaus, wo er Melanies Göppel abgestellt hatte. Dort stand einer der Teenies herum, die ihn vorhin so frech angeschaut hatten, und teerte seine Lunge. Während Vlàd das Nummernschloss öffnete, wurde er mit noch frecheren Kommentaren bedacht.

«Geils Velo», spöttelte der Teenie.

Vlàd richtete sich auf und starrte wütend zu dem Knilch. Er war gleich gross wie er, wirkte stämmig, aber das lag bestimmt an den aufgeplusterten Winterkleidern, die er trug.

«Schau auf den Boden, du Schwüggel», rotzte der Teenie.

Gleissender Zorn schoss durch Vlàds Gedärme. Er spähte nach allen Seiten, doch niemand sonst war zugegen. Na, das würde er sich von dem Rotzlöffel nicht bieten lassen. Wie sein eigener Rächer baute er sich vor ihm auf. «Das nimmst du sofort zurück.»

Der Teenie, wohl nahe an der Grenze zum Twen, schubste ihn naserümpfend von sich. «Mann, heb Pfrässi!»

Das war zu viel für Vlàd. Zu oft war er im Leben herumgeschubst und gehänselt worden. Dieser Terror würde hier und heute enden. Er konnte hinterher gar nicht mehr sagen, was er sich überlegt hatte, sondern musste einfach einem Impuls gefolgt sein. Irgendwie hatte seine Faust das Kinn des Teenies getroffen. Hatte er sich in einer US-Krimiserie abgeschaut. Der Schlag liess den Jungen rückwärtstaumeln, auf einer Eisfläche am Boden ausrutschen und hinfallen. Er schlug sich den Kopf an einer Tischkante und blieb liegen. Sein Zustand interessierte Vlàd aber weit weniger als dessen Handy, das ebenfalls auf den Boden gepurzelt war.

Er schaltete das Display ein und sah, dass der Idiot keinen Bildschirmsperrcode hinterlegt hatte. So bekam er Zugriff auf alle Systeme des Nokia-Smartphones. Vlàd wiegte das leuchtende Gerät in der Hand. Schon lange hatte er so etwas Schönes besitzen wollen. Sein eigener tragbarer PC. Damit würde er den Schläger von überall aus verfolgen können. Nochmals schaute er sich um und zog dem Kid auch noch die Daunenjacke aus. Er schwang sich auf die Räder und türmte zum Seebecken.

***

Das Ufer von Wollishofen war in Sichtweite. Fast schon bereute Enitta, den Steuerknüppel ihrem Begleiter überlassen zu haben, denn sie hielten nicht auf die Landiwiese zu, sondern ein paar hundert Meter weiter südlich auf den Schiffssteg der Badi.

«Entspann dich», sagte Felix, so als habe er ihren Unmut erraten. «Wir gelangen schon rechtzeitig zur Station.» Das Vierrad rollte über das gefrorene Kies und die vereiste Wiese zur Seestrasse, wo es Kurs auf die CORSAR-Tanke nahm. «Dass diese Clownbande Devlin kaltblütig ermordet haben soll, will mir nicht in den Kopf», murmelte er.

Auch Enitta konnte sich nur schwerlich vorstellen, dass ausgerechnet die Rasselbande in Armeeuniformen zu einer solchen Bluttat fähig sein konnte. «Am meisten verwundert mich, dass sie ihn erschlagen und nicht erschossen haben.» Sie würde aber kein Risiko eingehen und ihr Hundchen auch diesmal festbinden. Nicht dass er noch im falschen Moment ausbüxte und zum Angriff überging.

Felix steuerte übers Trottoir, das von einer endlosen Hecke flankiert wurde. Direkt darüber verliefen die Schienenstränge.

Sie hatten die Tankstelle fast erreicht, als eine hochgewachsene Gestalt ihnen entgegenschlenderte. Enitta erkannte ihn sofort. Miguel.

Er war ganz damit beschäftigt, etwas in sein Handy zu tippen, und bemerkte sie erst, als das Vierrad direkt vor seinen Füssen zum Stillstand kam. Er blinzelte erst misstrauisch zu Enitta, dann zu Felix, woraufhin sich seine Gesichtszüge sichtlich entspannten. «Hey, Felix», brummte er.

War ja klar gewesen, dass die zwei sich kannten. Hinter ihm sammelten sich Schaulustige vor dem Shop. Einige gammelten sogar mitten auf der Strasse herum. «Was ist denn da vorne los?», fragte sie.

Miguel zuckte die Schultern und richtete seine Antwort an Felix. «Wieder diese falschen Schweizersoldaten.»

«Die haben die Tanke überfallen?», hakte Enitta nach.

Erneut wandte sich Miguel an Felix. «Schon so. Mann, sahen die vielleicht abgefuckt aus. Wie auf Drogen, sag ich dir.»

«Hast du ein Foto gemacht?», fragte Felix.

Er liess mit dem Blick nicht vom Handy ab. «Ja, hab ich. Ich versuch's gerade meinem Kumpel zu schicken. Der ist Redaktor bei –»

«Darf ich mal sehen?»

«Hm, klar. Augenblick … Okay, ist durch. Also …» Er rief ein Foto auf und wollte Felix schon das Gerät hinstrecken, als das Display in Dunkelheit stürzte. Miguel fluchte auf Spanisch. «Der Akku ist schon wieder leer. Dumm gelaufen.»

«Konntest du sehen, wohin sie geflüchtet sind?»

Er zeigte zu den Bäumen und Sträuchern neben der Schiffswerft. «Über die Strasse ins Gestrüpp. Genauer wollte ich das nicht wissen. Die hatten tatsächlich Sturmgewehre dabei. Wie in der Zeitung stand.» Er verabschiedete sich nur von Felix und spazierte weiter Richtung Rote Fabrik.

Aus der Gegenrichtung vernahm Enitta Sirenengeheul. Sie rüttelte an Felix' Schulter. «Lass uns nachschauen, bevor die Polizei die Gegend abriegelt.»

Er nickte und steuerte das Vierrad quer über die Strasse an dem blöde johlenden Partyvolk vorbei, auf die schneebedeckte, von entlaubten Riesenbäumen gesäumte Wiese, die nach ein paar Dutzend Metern an den Zürisee grenzte. Rechter Hand führte ein kleiner, von zwei orangen Leuchten erhellter Schiffssteg hinaus aufs Eis. Er war gerade breit genug, um auf beiden Seiten aussteigen zu können, sobald Felix fast ganz an den vorderen Rand gefahren war. «Hast du auch grad ein Déjà-vu?», fragte er mit finsterer Miene.

Enitta quetschte die unliebsame Erinnerung an den Untergang des Lastwagens in ihr Unterbewusstsein und fokussierte lieber die fein schimmernde Oberfläche. Zu ihrer Rechten ruhten die Riesen der Zürcher Schifffahrtsgesellschaft in der sicheren Werft, und linker Hand, in weiter Ferne, funkelten die Uferlichter von Zolliwood, wo sie vor gut einer halben Stunden gestartet waren.

«Siehst du was?», fragte Felix.

«Noch nicht.» Im gleichen Moment durchbrach der Vollmond die Wolkensuppe am Himmel und machte das ganze Seebecken gespenstisch leuchten. Erst da bemerkte sie einen feisten Schatten, der sich gut fünfzig Meter vom Ufer entfernt befand. Der Geruch von Treibstoff kroch Enitta in die Nase. «Warte.» Sie vergewisserte sich, dass Ba gut vertäut war, nahm seine Schnauze in die Hände, redete ihm lieb zu. «Wir wollen nicht, dass du in ein Eisloch fällst. Frauchen ist gleich wieder da.» Jenseits der Bäume sah sie blaue Lichter aufblitzen. Die Kastenwagen der Gesetzeshüter hatten die Tanke erreicht. «Lass uns das mal näher ansehen», sagte sie zu Felix und wagte sich dem Schatten entgegen, der immer mehr eine zylindrische Form annahm. Er ragte gute zwei Meter in die Höhe, und auf ein Dutzend Meter Entfernung sah Enitta eine Stahlleiter im Mondschein glänzen.

«Tami», entfuhr es Felix, «Enitta, du hattest recht.»

Sie standen unmittelbar davor und blickten hoch. Es war der Einstiegsturm eines U-Bootes, der aus einem nicht viel breiteren Eisloch ragte. Noch bevor sie etwas erwidern konnte, flutete gleissendes Licht den Grund. Unter dem Eis züngelten Lampen in alle Richtungen. Als ihre Augen sich an die Helligkeit gewöhnt hatten, konnten sie an der Vorderseite des Wasservehikels eine Metallplatte mit dem Schweizerkreuz und der Bezeichnung «ZYKLOP-8000» erkennen.

«Wer hat die Scheinwerfer angeschaltet?», rief eine aufgekratzte Stimme. Sie stammte eindeutig aus dem Innern des Bootes. «So kaputt!», jauchzte der Jemand weiter, der Enitta verstörend bekannt vorkam. «Sieht aber uhurengeil aus. Schatz! Bring mir den Schnaps!»

«Was sind das bloss für Verrückte?», hörte sie Felix sich selbst fragen.

«Zeit, es herauszufinden. Lass uns einsteigen, bevor die abtauchen.» Sie wollte schon die Leiter emporklettern, da hörte sie Blech auf den Grund scheppern und eine Fahrradklingel bimmeln.

«Hey!», brüllte eine Stimme aus dem Schatten. «Nicht so schnell!»

Enitta blinzelte nach der Person und erkannte ein umgeworfenes Damenvelo und eine Gestalt, deren Augen gefährlich aufblitzten. «Wer ist da?»

«Ihr Weiber seid alle gleich», fuhr der Fremde fort. «Ausserhalb der Firma tut ihr immer so, als würdet ihr mich nicht kennen.»

Enitta traute ihren Ohren nicht. «Vlàd?»

«Was ist 'n das für einer?», fragte Felix.

Vlàd Claviér war an den Rand des Lichtkreises getreten. «*Talk to the face*», herrschte er Felix mit Schwarzenegger-Akzent an und zeigte auf sein eigenes Gesicht. «Ich stehe direkt vor dir.»

«Das, ähm …», steckte ihm Enitta diskret, «das wäre dann der Typ aus dem Archiv.»

«Die Vogelscheuche?», flüsterte Felix zurück. «Wirkt mehr wie 'ne Fledermaus.»

«Ich hatte ja jemand anderes erwartet, aber deine Anwesenheit ist eigentlich keine totale Überraschung, wenn ich's recht bedenke. Hatte nämlich vermutet, dass du meine Fotos gesehen und eigene Ermittlungen angestellt hast. Die im Büro munkeln ja schon länger, du würdest nebenher als Schnüfflerin arbeiten.»

«Schliesst die Luke», klang es aus dem Einstiegsturm.

Es schien, als hätte Vlàd das kuriose Objekt just in jenem

Moment wahrgenommen, so sehr wie er die Augen beim Anblick aufriss. «Wow, der Zyklop! Du hast ihn gefunden. Du hast ihn wirklich gefunden.»

Wie der dreinschaute. Richtig hinüber. «Du wusstest von dem Ding? Wie denn?»

«Ich hab jetzt keine Zeit für Erklärungen. Aus dem Weg. Ich muss da hoch.» Als sie beide nicht gehorchten, zersplitterte das Eis vor ihren Füssen, begleitet von einem Knall, der an einen unterdrückten Pistolenschuss erinnerte. «Habt ihr nicht gehört?», brüllte Vlàd. Etwas Metallisches schimmerte am Ende seines Armes. «Der nächste Schuss trifft dein Bein. Oder ihn.» Vlàd näherte sich einen weiteren Schritt, mit einem ungesunden Funkeln in den Augen.

Enitta war überzeugt, dass er die Einstiegsluke verriegelte, sobald er drin war. Dann würde er gemeinsam mit den Tankstellenräubern abtauchen. Vielleicht für immer. War er wirklich auf den Kunstschatz aus? Oder ging es ihm bloss um das U-Boot? Dieses war ja schon für sich eine Sensation. Er hatte Harobeths Liebesschreiben gesehen. Ihn auf die Rose anzusprechen war danach, trotz enormem Risiko, der einzige Weg, im Spiel zu bleiben. Sie schob Felix beiseite, der sich schützend vor sie gestellt hatte, und trat sogar noch einen halben Schritt näher. «Weisst du denn überhaupt, *wo* an Bord sich Zorillas Rose befindet?»

Er forschte in ihrem Gesicht, wurde aber nicht fündig. «Nein. Aber du bestimmt auch nicht.»

In der Ferne begann Ba zu kläffen, aber Enitta brachte ihn mit einem Kurzkommando zum Schweigen. Dann bedachte sie Vlàd mit einem Pokerface. «Und ob, mein Guter. Das U-Boot ist nämlich riesig. Ich kann dir viel Zeit beim Suchen ersparen. Und ausserdem … kann ich *ganz* laut schreien, wenn du mich noch lange herumstehen lässt. Dann wird hier gleich die Polizei auftauchen.» Sie reckte das Kinn zum Gewäld neben der Werft, zwischen dessen Baumstämmen rot-blaue Lichter zuckten.

«Na schön. Aber erst tretet ihr ein paar Schritte zur Seite.» Während Vlàd sich mit einer Hand die Griffe hochhangelte, zielte er mit einer futuristisch aussehenden Handfeuerwaffe auf

Felix. Sobald sein Kopf in der Luke verschwunden war, kletterte ihm Enitta hinterher, doch oben an der Turmspitze musste sie mit übermächtigem Brechreiz kämpfen. Dieser bestialische Gestank! Eine dichte Wolke aus Benzindämpfen, Zigarettenrauch, klebrigem Schweiss, Abgasen und Urin liess sie beinahe taumeln und hinabstürzen. Sie kratzte ihre ganze Tapferkeit zusammen und traute sich hinab in den von wenigen Lampen beleuchteten Bootsbauch. Felix folgte, schloss das Ventil von innen und stellte sich unterhalb der Treppe neben sie. Noch immer richtete ein von Schatten umfangener Vlàd seine Waffe auf sie.

Felix störte sich allerdings mehr ob dem aufdringlichen Mief. «Heilige Maria Muttergottes», stöhnte er durch seine ans Gesicht gepresste Hand.

Eine massige Gestalt in Jogginghosen und weissem schlabbrigen Shirt quetschte sich durch die ringförmige Öffnung aus dem Nebenraum herein. «Dann schliesse ich die Luke halt ...» Sie brachte sich selbst zum Schweigen, als sie die Eindringlinge bemerkte, und schien ausserstande, das Starren sein zu lassen. «Enitta?» Der Mann wirkte zu gleichen Teilen bestürzt und belustigt.

Enittas Erstaunen war mindestens ebenso gross. «DJ Prügelsuff? Was tust du hier?»

«Haha, was tust *du* hier?»

Vlàd trat aus dem Schatten unter eine der Deckenlampen. «Ich sag euch, was ihr hier tut», knurrte er. «Euch rüber in den Maschinenraum trollen.» Endlich konnte man deutlich sehen, womit er sie bedrohte. Es war eindeutig keine Schusswaffe.

«Eine Nagelpistole», schimpfte Felix. «Und damit willst du uns Angst einjagen?»

«Nicht so hastig», mahnte Prügelsuff und fuchtelte mit den Händen. «Das ist keine normale Nagelpistole. Das ist eine RX809, ein High-End-Gerät der übernächsten Generation.» Er grinste debil zu Felix. «Wenn die dich am Grind trifft, kannst du deine Stirn nur noch zum Bilderaufhängen gebrauchen. Hahaha.»

«Woher willst du das wissen?», fragte Enitta misstrauisch.

«Weil ich mich mit Baugeräten gut auskenne. Ich habe letzten

Sommer beim Bau einer Hotelkette in Argentinien geholfen. Hab ich dir glaubs erzählt.»

Enitta erinnerte sich noch ganz deutlich an das Gespräch auf der Josefwiese. Der umtriebige DJ war dort an Felix' Open Air aufgekreuzt, hatte wilden Stuss gelabert, Signalraketen abgefeuert und gleich darauf vor den Sicherheitskräften türmen müssen. «Du sagtest *Brasilien*.»

Prügelsuffs Lächeln wurde noch debiler, und auf seiner Stirn bildete sich ein Schweissfilm. «Das Ressort lag direkt an der *Grenze* zu Brasilien.»

«Genug gelabert», bellte Vlàd. «Steht näher zusammen. Du da, Fettsack! Wo sind die Gewehre?»

«Die äh … was?»

«Verarsch mich hier nicht. Ihr besitzt Maschinengewehre. Hab ich ganz deutlich in der Zeitung gelesen. Wo sind die Dinger?»

«Ach die.» Prügelsuff zeigte in eine Ecke neben der Einstiegsluke, wo die drei Waffen schief ans Geröhr lehnten.

«Sehr gut.» Vlàd lächelte maliziös. «Andere Frage; wie viele Leute sind an Bord?»

Prügelsuff setzte zu einer verquerten Denkerpose an. «Äh … vier. Vier Personen.»

«Dich eingeschlossen?»

«Äh, ja. Wobei ja manche behaupten, ich würde doppelt zählen, haha.»

«Super. Dann mach uns bekannt. Jetzt gleich.»

Prügelsuff zwängte sich nicht mehr ganz so geschwind wie vorhin durch die runde Schleuse, gefolgt von Enitta und Felix. Vlàd spähte erst noch gründlich in den Raum hinein. Wohl um sicherzugehen, dass ihm niemand auflauerte. Dann schloss er, trotz seiner dürren Gestalt, spektakulär ungelenk auf.

Das Szenario, das sich Enitta eröffnete, überwältigte sie geradezu. Sie hatte eine Assoziation zu einem völlig verdreckten, viel zu kompliziert gebauten Luftschutzbunker. Ein Labyrinth aus Röhren mit Ventilen und uhrenähnlichen Anzeigen schlängelte sich den Wänden entlang, der Gitterrost am Boden war übersät mit zerknüllten Aludosen, aufgerissenen Chipspackungen und Zigarettenstummeln, und das Klickern und Rattern zahlloser

Maschinenteile wühlte sie mehr auf als ihr erstes Jonas-Brothers-Konzert. Zwei junge Männer in zu weiten, aschgrauen Militäruniformen tippten am Boden auf einem grossen Laptop herum, und eine leicht bekleidete Latina mit Afrob und üppigem Gesäss hebelte beschwingt singend an den Geräten herum. «Was geht denn *hier* ab?»

«Sieht man doch», griente Prügelsuff. «Party!»

«Party!», nölte einer der Jungs müde, ohne aufzublicken. Aber Enitta konnte bereits anhand der Frisuren sagen, dass es sich um Kirk und Jerry handelte. Zumindest deren Schatten.

«Die Party ist vorbei!», brüllte Vlàd und zupfte ein Bündel weisser Nylonbänder aus seiner Tasche.

«Was will *der* denn?», fragte Jerry, schnellte hoch und starrte mit wütendem Blick zu Vlàd, welcher keine Zeit verlor und einen Nagel in den Oberarm des Jungen feuerte.

«Seid still. Seid einfach nur alle still!», rief Vlàd. Er verlangte von Enitta, alle ausser der Steuerfrau zu fesseln. Als sie alle brav nebeneinander im Schneidersitz hockten, erlaubte er Enitta, den Jungen zu verarzten, und befahl dann der Latina, wiederum ihr die Hände hinter den Rücken zu binden und Kirk, aus Mangel an Zurrbändern, in die winzige WC-Kabine zu sperren. Der Junge protestierte zunächst, aber der Gedanke an einen Nagel im Bein machte ihn rasch gefügig.

Sichtlich weniger gestresst setzte sich Vlàd auf die gegenüberliegende Pritsche und liess den Lauf der Nagelpistole hin und her schweifen. Dann wandte er sich der Latina zu. «He, du! Abtauchen.» Als sie nur nervös lächelnd die Hände verwarf, begann er das Kommando zu wiederholen, nur um sich kopfschüttelnd selbst abzuklemmen. «Lasst mich raten. Sie spricht meine Sprache nicht, oder?»

«Sie versteht nur Portugiesisch», entschuldigte sich Prügelsuff und übersetzte Vlàds Befehl. Die Frau reagierte zögerlich und legte mit langsamen Bewegungen einen Hebel nach dem anderen um. Der Gitterrost erzitterte, Rotlichter begannen zu rotieren, und der Lärmpegel steigerte sich.

Vlàd beäugte ihre Handlungen mit finsterem Blick. «Woher zum Henker weiss die eigentlich, wie man diese Todesfalle steuert? Ich dachte, die Generation, die das einst konnte, sei längst ausgestorben.»

«Nun …», gackste Prügelsuff, «ob du's glaubst oder nicht: Yana-Vittoria arbeitete lange Jahre als Kfz-Mechanikerin, bevor sie wegen ihrem gewalttätigen Alten aus Caraguatatuba fliehen musste. Die kennt sich sogar mit Booten und Sattelschleppern aus.» Sein Blick fand die drahtige Brasilianerin. «Sie hat mir erzählt, dass die Ingenieure die Steuerung dieser Kiste beinahe intuitiv aufgebaut hätten. Nun, vielleicht liegt's ja bloss dran, dass alles dreisprachig angeschrieben ist, wie für die Schweiz üblich.» Er zwinkerte Enitta zu. «Aber die Frau ist in jedem Fall ein Gottesgeschenk. Erinnerst du dich, wie schön sie damals im Restaurant Sonne gesungen hat?»

Schon klar, dass Prügelsuff im Rotlicht der Deckenlampen automatisch an die Langstrasse denken musste.

«Ja, richtig», stammelte Enitta und fragte sich, auf was für Drogen der Gute war. Er und der Rest seiner Crew.

«Du, äh …», raunte ihr Felix misstrauisch zu, «von welchem *Büro* hat dieser Verrückte vornhin eigentlich gesprochen?»

«Nicht jetzt!», zischte Enitta.

«Wieso sind wir noch immer an der Oberfläche?», motzte Vlàd und wies mit der Nagelpistole zum hinteren Ende des Maschinenraums. Er wurde von einem einzelnen, riesigen Bullauge abgeschlossen, auf dessen anderer Seite organische Reste und Algenfetzen vorbeitrieben. Daher hatte das Boot wohl seinen Namen. Mit einem gewaltigen Ruck verstärkte sich das Dröhnen der Maschinen erneut, und schliesslich brachte sich das Vehikel in Schräglage. Von Panik erfasst starrte Enitta hinaus ins eisige Wasser, wo die Scheinwerfer keine Fische fanden. Minuten später kehrte der Geräuschpegel wieder auf ein erträgliches Niveau zurück, und die Aussenbeleuchtung erstarb gleichzeitig mit den Rotlichtern. Das grün schimmernde Zyklopenauge wurde zu einem bedrohlichen schwarzen Loch.

Enitta war noch nie so kalt gewesen, und die Kabelbinder schnitten ihr ins Fleisch. «Wie bist du bloss so tief gesunken, Vlàd? Hätte nie gedacht, dass Buchbinder so gewaltig sein können.»

«Bibliothekar!», zeterte Vlàd. «Ich bin gelernter *Bibliothekar*!»

Grummelnd bückte er sich nach einer offenen Zigarettenschachtel, zog eine Zigarette heraus und zündete sie an. «Und da mich niemand mehr diesen Beruf ausüben lässt, ständig pleite.» Er exhalierte hart, wirkte, als wäre es ihm ein Bedürfnis, sich zu erklären. «Ich hatte Schulden bei einem Hirsch aus dem Milieu und musste seinem Häscher jede Woche Geld abdrücken. Doch das ging mir bald aus, bei dem Scheisslohn, den mir die ‹Powermen› bezahlt. Also erzählte ich ihm von dem Fund. In der Hoffnung, Zeit zu schinden. Als er plötzlich nicht mehr aufkreuzte, musste ich annehmen, dass er sich selbst auf die Suche gemacht hatte. Bis dahin hatte er mich nämlich jedes Mal ziemlich arg zugerichtet, wenn Zahlungen ausfielen. Er ahnte nicht, dass ich ihm ebenso schaden konnte. Zum Beispiel seine Handynummer gegen ihn verwenden.» Er holte ein klobiges Smartphone hervor und bemerkte nicht, wie ihm dabei gleichzeitig sein abgegriffenes Uralt-Nokia aus der Hosentasche purzelte. «Dank Google Latitude konnte ich den Typen in Wollishofen orten, aber vor einer halben Stunde verschwand er plötzlich vom Schirm. Und da das Signal leider nur auf zweihundert Meter genau ist, hab ich ihn nicht persönlich antreffen können. Wobei das streng genommen Glück war, eigentlich hatte ich gedacht, *er* hätte das U-Boot gestohlen. Aber wie man sieht, ist ihm diese Rasselbande zuvorgekommen.» Er fasste Enitta ins Auge. «Du steckst nicht etwa mit dem unter einer Decke, oder?»

Sie senkte gelangweilt die Augendeckel. «Wie sieht er denn aus, dein Schläger?»

«Dunkle Strickmütze mit Streifen, hellbraune Lederjacke und teure Stiefel. Trägt auch bei Nacht ständig Sonnenbrille.»

«Den kenn ich», platzte es aus Enitta.

«Miguel …», murmelte Felix beipflichtend.

«Was? Ihr arbeitet *beide* mit dem zusammen?»

«Nein, nein», sagte Felix. «Wir sind ihm vorhin über den Weg gelaufen.»

«Genau. Reiner Zufall.» Enitta wollte schon zu quengeln beginnen, da blutete Gezeter in den anschwellenden Lärm der Motoren.

Kirk machte sich lautstark in der Latrine bemerkbar, hämmerte gegen die Türe, fürchtete, er würde gleich zu Tode verstinken. Vlàd feuerte drei Nägel in die Latrinentüre, und als endlich wieder Ruhe war, adressierte er sich an Prügelsuff. «Und jetzt möchte ich gerne eure Geschichte hören. Was treibt ihr Nilpen eigentlich hier unten?»

Prügelsuff verzog blöde die Lippen und schielte zu Jerry. «Wir … nun, wir sind mehr oder weniger zufällig in diese Situation gerutscht. Ich hab da diesen Workshop im Kreis 3 veranstaltet, als Jerry und sein Kumpel auftauchten. Wir hatten so viel Spass, dass wir beschlossen, in Kirks Haus weiterzufeiern, gäll, Jerry? Haben wohl etwas übertrieben. Wir zogen Linien, rauchten ein paar Büschel Salvia … fanden das U-Boot und dachten, es sei Zeit fürs nächste Level.»

Enitta konnte kaum damit aufhören, den angejahrten, debil grinsenden Prügelsuff anzustarren. «Hast du eigentlich … *irgendeine* Vorstellung davon, wie bescheuert das jetzt klingt?»

«Ich weiss.» Prügelsuff lachte. «Total verrückt. Aber du kennst mich ja langsam. So bin ich halt.»

«Und ihr habt tatsächlich all diese Tankstellen überfallen?»

«Klar, war ja voll easy. Brauchten schliesslich Sprit, damit die Sause weitergehen kann.» Er wies mit dem Kopf nach dem Laptop. «Wir haben auch ein paar echt geile Tracks gebastelt. Wollt ihr mal hören?»

«Wollen wir nicht», knurrte Vlàd und öffnete eine Bierdose so hastig, dass ihm Schaum über die Finger rann.

«Ist ja schon gut», erwiderte Prügelsuff kleinlaut.

«Eine hundskommune Strolchenfahrt. Das halte ich ja im Kopf nicht aus», enervierte sich Enitta. «Ihr macht seit einer Woche Party?»

«Du, das ist gar nicht mal so lang», sagte Prügelsuff. «Das ‹Burning Man Festival› dauert amigs auch so lange.»

Sie starrte ungläubig auf den ganzen Dreck, der den Grund säumte. «Aber ohne Sonnenlicht. Ohne Frischluft. Wie zum Geier habt ihr das ausgehalten?»

«Sagte ich doch. Wir haben Tracks gemixt. Chips gefuttert. Biere gekippt … und wir hatten noch etwas vom Zombie-Fondue übrig.»

Enitta schnupperte vorsichtig. «So schrecklich riecht's hier drin nun auch wieder nicht.»

«Ist eigentlich ein Pulver. Kann man schnupfen.»

«Ihr könnt echt froh sein, dass dieses Boot über so unglaublich gute Luftfilter verfügt», bemerkte Vlàd und schlug gegen eine Röhre. «Die wahrscheinlich besten ihrer Zeit.» Mit fiesem Lächeln schielte er zu den herumliegenden Benzinkanistern. «Ein Glück, dass die Kiste dagegen so viel Sprit säuft. Sonst hättet ihr tagelang nicht auftauchen müssen, und ich hätte euch wohl nie abgefangen.»

Enitta konzentrierte sich wieder auf den Bibliothekar, dessen Wahnsinn eher in der Chemie wurzelte, die er sich *nicht* verabreicht hatte. «Wie hast *du* eigentlich von diesem Kahn erfahren?»

«Eigentlich stelle ja *ich* hier die Fragen, aber ... na schön.» Er lehnte den Kopf an eine Röhre und prüfte mit strengem Blick, ob Yana-Vittoria auch brav ihren Dienst tat. «Von den Fotos und Briefen, die mich auf Harobeths Spur brachten, weisst du ja bereits. Ich fand sie zufällig bei der Durchsicht der Unterlagen von ‹Winchester Jackson›. Ich gehe davon aus, dass Jungbluths Erben sein Arbeitszimmer in den Siebzigern komplett eintüteten und genau diese Dokumente falsch einsortierten. Nämlich bei den Unterlagen von ‹Jungbluth & Cie.›, die später im Zuge der Fusion mit ‹Winchester Jackson› zusammengeführt werden sollten. In den gleichen Ordnern fand ich während meines wochenlangen Studiums auch Hinweise auf die Geschichte dieses Bootes. Ich begriff aber erst gestern, dass sie mit jener der Zorilla-Rose untrennbar verbunden war. Der Deckname des Projekts lautete ZYKLOP, ein Klein-Tauchboot, das man an Regierungen in aller Welt verkaufen wollte. Lag möglicherweise daran, dass die Deutsche Marine dieser Sorte Vehikel damals ihre grössten militärischen Erfolge schuldete, aber da mag ich mich auch irren. Was ich bestimmt weiss, ist, dass die Idee von Unternehmer Robert Jungbluth und einem seiner wichtigsten Kunden, Hannes Fleischli, stammte, einem Major des Schweizer Militärs. Doch damit Fleischlis Leute den Prototypen entwickeln konnten, musste der Bundesrat umgangen werden – was leider durch eine falsch gelegte Rechnung aufflog. Major Fleischli wurde unehrenhaft entlassen, und Jungbluth hatte auf Geheiss des Bundespräsidenten das bereits fertiggestellte Vehikel zu verschrotten. Allerdings konnte er das Konzil davon überzeugen, das Boot stattdessen an seinen schwedischen Zulieferer APRATA zu verkaufen und den Erlös an Waisenhäuser zu stiften.» Vlàd schnaubte. «Wobei er den Verkauf bloss vortäuschte und es in Wirklichkeit in seinem umgebauten Bootshaus unterbrachte.»

«Warte», warf Felix ein. «Dass der Verkauf bloss vorgetäuscht war, wusstest du woher?»

Vlàd bedachte ihn mit einem strengen Blick. «Weil ich in den Unterlagen auf ein Transportmanifest stiess, das Dinge wie Periskopgriffe, Luftfilter und Verglasungen für Tiefenmesser aufführte. Dies legte nahe, dass Jungbluth den ZYKLOP zerlegen und die Einzelteile etappenweise zu seiner Villa in Zollikon schaffen liess.» Er machte eine Kunstpause. «Aber um das fertige Teil im Bootshaus unterbringen zu können, musste er dieses entsprechend umbauen. Ich vermute mal, dass er gleich eine ganze Baustelle vor seinem Haus aufzog. Die fielen in Zürich ja noch nie auf. So konnten angebliche Baufahrzeuge massenhaft Teile anliefern, die von Ingenieuren in der vergrösserten Baracke wieder zusammengebaut wurden – ohne dass jemand Verdacht schöpfte. Dort wartete das U-Boot mit der Rose an Bord still vor sich hin. Siebzig Jahre lang. Aus welchem Grund auch immer.»

Eben: Weil es in Wirklichkeit gleichzeitig Tresor und Fluchtkapsel gewesen war, wie Enitta sich gedacht hatte. Und dieser Verwendungszweck unterschied das kuriose Vehikel von den Kunstwerken und Karossen, die sich hinter den Fassaden und Garagen auf den feinen Hügeln über dem Zürisee verbargen. Aussen Villa, innen Zorilla.

«Dass es noch immer läuft, zeigt, was für ein technisches Wunderwerk es ist», fügte Vlàd seltsam entrückt an.

«So gut ist der Zustand nun auch wieder nicht», lästerte Prügelsuff. «Das Periskop ist eher ein Kaleidoskop.»

«Egal», fauchte Vlàd. «Dieser Kahn ist ein Vermögen wert. Vor allem weil er gar nicht existieren dürfte. Er hat zwar einen enorm hohen Dieselverbrauch und ganz schweizerisch keine Bewaffnung. Aber sein Wert als historisches Relikt ist unschätzbar. Doch wegen *dem* Schatz bin ich nicht hier. Ich will den anderen. Ich will die Zorilla-Rose. Von der ihr Deppen glücklicherweise nichts wusstet …» Er stand auf, schleuderte die geleerte Bierdose auf den Boden und beugte sich über Enitta. «Und du weisst auch nicht wirklich Näheres über das Versteck der Rose, oder?»

Sie rümpfte die Nase ob seiner schrecklichen Fahne. «Sorry», heuchelte sie.

«Dann suche ich sie halt alleine. Das ist dank eurer Sauerei nicht einfacher geworden, aber ich werde sie finden. Und wenn auch nur einer von euch etwas versucht, dann …» Er rüttelte an seiner Nagelpistole. «Tschack-tschack!»

«Vlàd», seufzte Enitta kopfschüttelnd, «du hast echt zu viele Hollywood-Filme gesehen.»

«Und du offensichtlich zu wenige. Sonst wüsstest du, wozu einen die liebe Verzweiflung treiben kann.» Grob packte er Jerry bei den Haaren und riss ihn hoch. «Auf die Beine mit dir. Wir sehen uns mal beim Eingang um. Und wenn wir hierher zurückkehren und deine Freunde nicht artig nebeneinandersitzen wie die Hühnchen auf der Stange, setzt es einen Sargnagel.» Er schupfte den Jungen unsanft zum Schott. «Hoppla, Schorsch!»

***

Andreas fischte ein Zero-Bull aus der Kühlschrank-Phalanx. Das wahrscheinlich fünfte seit Sonnenuntergang. Wie bloss hatte er sich von seinem Partner dazu überreden lassen, eine Freinacht durchzugeben und die Profile aller Sprayer zu durchleuchten, die in den vergangenen dreissig Jahren negativ in der Stadt aufgefallen waren? Unterstützt von Pizzas und einem Magen voller Kaffee? Fast war er dankbar gewesen, als ein Notruf über einen weiteren Überfall der Schweizersoldaten eingegangen war. Nur als er sich hier, in der Wollishofer CORSAR-Tanke, einmal mehr die alte Leier anhörte, wünschte er sich gleich wieder zurück an den Schreibtisch in der Urania-Wache. Die verlebten Gestalten, die sich um halb fünf Uhr draussen herumtrieben. Die mittlerweile gammligen Sandwiches. Der Aushang über den beiden

Kassen mit dem Mitarbeiter des Monats, der wie ein Fahndungsfoto wirkte. Er war einfach völlig fertig. Totaler Druckabfall in der Kabine. Tapfer schleppte er sich Mette hinterher in das kleine Office, wo er sich einmal mehr ein Video des Überfalls anschaute. Ja. Wieder drei Kerle mit Uniformen, Helmen und Gasmasken. Wieder machten sie sich mit einem Berg Chipstüten und Dieselkanistern davon und wirkten dabei aufgekratzt wie Heuschrecken im Kornspeicher. Mit angestrengtem Ohr hörte er hin, wie Mette die üblichen Fragen herunterleierte und sich unleserliche Notizen machte. Andreas bezahlte für das Soda und folgte ihm hinaus in die kalte Dunkelheit, wo Dutzende Augenpaare hinter der Absperrung rüberglotzten. Die Nacht der lebenden Weichen näherte sich ihrem Ende.

«Unfassbar», stöhnte Mette.

«Ja, dass wir diese Amateure nicht zu fassen kriegen.»

«Ich glaube, das sind Profis», erwiderte Mette abgeklärt und drückte einen Kaugummi aus der Packung, ohne ihm einen anzubieten. «Die haben jetzt schon viermal zugeschlagen, und wir haben sie noch immer nicht gefasst.»

«Und ich behaupte, es sind *Anfänger*. Blutige dazu», insistierte Andreas. «Punks. Ich kann nicht fassen, dass die immer noch frei herumlaufen.»

«Jetzt komm mal wieder runter hier. Ist ja nicht so, dass hier Wunder erwartet werden», sagte Mette, während er mit der Kaugummipackung vor seiner Nase herumgestikulierte.

«Was soll das jetzt heissen?»

«Um diese *Zeit,* wollte ich sagen. Himmel.»

Andreas biss die Zähne zusammen und schaute zum Neonschild der Tanke hoch, wo rot-blau-gelbe Fahnen ein Segelschiff formten. Aber er konnte sich nicht beruhigen. «Wäre es vielleicht möglich, dass du mal für fünf Minuten *keinen* herablassenden Kommentar von dir gibst?» Erst anhand der entgeisterten Gesichter der Herumstehenden wurde ihm klar, dass er die Frage gebrüllt hatte.

Mette bemühte dieses harzige Lächeln. Einmal mehr. «Hör zu, Jungspund, ich weiss, 's ist schon spät.»

«Allerdings. Ich hätte schon viel früher was sagen sollen.»

Sein Partner starrte ihn mit grossen Augen an, sagte kein Wort.

«Ganz gleichgültig, was ich sage. Deine Antwort ist immer eine von dreien. Entweder stimmt nicht, was ich sage, oder du weisst es schon oder du weisst es besser.»

Mette vergrub seine Hände im Mantel. «Was willst du jetzt von mir hören? Ist es meine Schuld, dass ich der bessere Detektiv bin?»

«Das glaubst du wirklich?»

«Natürlich. Weil logisch. Ich bin nun mal länger dabei als du. Und genau deshalb gerate ich auch nicht so rasch aus dem Kabäuschen.»

«Solltest du aber. Sonst tanzen die uns noch den ganzen Winter auf der Nase herum.»

«Jetzt tu bloss nicht so, als ob du den Fall sonderlich ernst nimmst. Dein Herzblut steckt dieser Tage im Fall Schmuddergoof. Und das auch nur deshalb, weil du die Mayer-Daguette beeindrucken willst.»

«Nein, weil ich es ihr versprochen habe.»

«Hättest du aber nicht gebraucht.»

«Und ob. Immerhin verdanke ich ihr meine vorzeitige Beförderung.»

«Die verdankst du hauptsächlich deinen Ambitionen. Dabei hab ich dir schon tausendmal gesagt, wie gefährlich dieser Eifer ist. Besonders in unserem Job. Hast du in den vergangenen Tagen ja mehrmals am eigenen Leib zu spüren bekommen.»

«Sagt derjenige, der es vorzog, herumzustehen, statt einzugreifen.»

«Genau, und sich dabei geprellte Rippen ersparte. Ist es denn so schlimm, dass ich so gut wie immer richtigliege?»

«Ausser bei der Street Parade. Wo du die Gefahr gebannt sahst, als das Schlimmste in Wirklichkeit noch bevorstand.»

Mette machte eine gehässige Fratze. «Der Papst bin ich nun auch nicht. Aber dafür hatten wir ja dich, der an der Sache dranblieb. Ich sage ja, dass du immer wieder mal für einen Fahndungserfolg gut bist.»

«Immer wieder mal?»

«Bitte schön», blaffte Mette und machte eine ausladende Handbewegung. «Du darfst dich gerne nützlich machen und den Fall gleich hier und jetzt lösen.»

Andreas fühlte auf einmal eine Kraft in seiner Brust. War der Moment gekommen, da er seinem Partner endlich zeigen konnte, was in ihm steckte? Er schüttete den Rest des Energydrinks in sich hinein und sprach so leise, dass die Schaulustigen seine Worte nicht hören konnten. «Sie sind *nicht* mit dem Fahrrad oder zu Fuss unterwegs, sonst hätte man sie schon längst gesichtet. Und obwohl sie kanisterweise Treibstoff zapfen, scheinen sie es nicht für ein Fluchtfahrzeug zu benötigen. Denn dann bräuchten sie den Plattformwagen nicht. Und ausserdem hätten wir ihr Fahrzeug schon lange auf Film. Trotzdem sind sie nach jedem Raub aber augenblicklich wie vom Erdboden verschwunden.» Ein Geräusch liess ihn aufhorchen. Ein sehr vertrautes. Er richtete sich an die labernden Zuschauer. «Ihr alle! Seid mal still. He! Auch du dort hinten. Halt einfach mal den Latz, ja?» Sobald die Zivilisten verstummt waren, konnte er das Geräusch identifizieren. Es hallte schwach herüber, war aber ganz eindeutig wahrnehmbar. Hundegebell. «Hörst du das?»

«Hören?», echote Mette.

«Es hat manchmal also doch Vorteile, jüngeren Semesters zu sein.» Er schlüpfte unter dem Polizeiband, das die Tanke umgab, durch und marschierte auf die Landiwiese zu. Das verrückte Kläffen und Jaulen wurde immer lauter. Am Ende eines orange beschienenen Schiffsstegs fand er die Lärmquelle. Ein kleines Hundchen, das an ein kurioses Gefährt mit vier Rädern und Überdachung gebunden war. Als das Tier seiner gewahr wurde, sprang es ihm entgegen, wechselte von wütendem Kläffen zu freudigem Gebell und strangulierte sich dabei fast mit der Leine. Selbst in der Dunkelheit konnte er sagen, dass sie sich schon begegnet waren. «Ba? Was machst du hier? Und wo ist deine Besitzerin? Frauchen ist ja echt eine lausige Halterin.» Er versuchte, das auf den Hinterbeinen hüpfende Hundchen mit ein paar Streicheleinheiten zu beruhigen.

«Was treibt der hier um diese Uhrzeit?»

Andreas stand auf und blickte hinaus auf die schimmernde

Scheibenwelt. Konnte es sein, dass die umtriebige Privatdetektivin ebenfalls den Tankstellenräubern hinterherschnüffelte? Er machte die Leine los. «Kannst du mir sagen, wo ich Enitta finde?», fragte er Ba. Sofort zerrte ihn das Tier hinaus aufs Glatteis zu einem grossen Wasserloch.

«Schon wieder so ein Vandalenakt von diesen Eistauchern», schimpfte Mette. «Dass du mir da nicht reinfällst.»

Balu hingegen versuchte so nahe wie möglich an das Eisloch zu gelangen und schnüffelte den Rand gründlich ab.

Während Andreas in den tiefschwarzen Abgrund starrte, überkam ihn eine Eingebung. «Sieht genauso aus wie das Loch beim Tiefenbrunnen. Ich glaube fast, es hat die gleichen Ausmasse.»

«Du hast recht … Eigentlich ist es viel zu gross für verrückte Kaltwasser-Glünggis.»

«Vielleicht ist das der Schlüssel.»

Mettes Blick wurde wieder skeptisch. «Ich vermag dir jetzt nicht zu folgen.»

«Denk doch mal nach: Die Überfälle fanden nur auf Tanken rund ums Seebecken statt. Ich glaube, jetzt weiss ich, wieso. Weil sie immer denselben Fluchtweg nahmen. Unters Eis.»

«Unters Eis? Was meinst du damit? Willst du auf Eistaucher hinaus?»

«Nein, nein. Ich will damit sagen … sie benutzen eine Art Unterseeboot. Das ist die einzige plausible Erklärung.»

Mette begann zu kichern und wechselte rasch in ein lautes humorloses Lachen, das er aber schon kurz darauf selber abklemmte, um in Andreas' Gesicht zu forschen. «Das ist jetzt eine so saublöde Theorie, da könnte was dran sein. In der Presse ist immer wieder mal die Rede von wissenschaftlichen Tauchfahrten. Und in so ein Boot passen durchaus zwei, drei Personen. Aber dennoch … mitten im Winter?»

«Und in antiken Armeeuniformen? Es ist wirklich verrückt, aber es würde das Verschwinden erklären. Und auch die Überfälle. Sie brauchen Sprit und Proviant, um sich selbst und das Boot am Laufen zu halten.»

«Dann brauchen wir bloss bei jeder Tanke am Seebecken eine Streife postieren, und die Halunken gehen uns bei ihrem nächsten Diebstahl direkt ins Netz. Kann's kaum erwarten, diese Witzknollen in die Finger zu kriegen», erklärte Mette händereibend. «Ich verständige gleich mal die Zentrale.»

Während sein Partner den Anruf machte, bückte sich Andreas zu Balu. Das Hundchen schaute ihn ganz treuherzig an. So als teile es seine grösste Sorge. Wenn er sich nicht irrte, war Enitta ebenfalls an Bord.

***

Der Laptop zersplitterte in Einzelteile, als ihn Vlàd gegen die Rohre schmetterte. «Wo ist dieses verdammte Mistdings?» Sein Gesicht war rot wie hundert Jahre Sonnenbrand. Seit fast drei Stunden war er durch das U-Boot gerannt, geschlichen, gehüpft und gekrochen, und dennoch hatte er die Zorilla-Rose nicht aufspüren können. Mittlerweile waren Felix und Prügelsuff Kopf an Kopf eingedöst, und Jerry, der sich endlich wieder hatte setzen dürfen, wimmerte vor sich hin. Enitta hatte Vlàds kurzzeitige Abwesenheit dazu benutzt, sein heruntergefallenes Nokia mit ihren Turnschuhen zu angeln und in die Gesässtasche zu schmuggeln. Besonders jetzt, da er mit weit aufgerissenen Augen und schwer atmend auf sie herniederstarrte, wünschte sie sich, ihr Diebstahl möge unbemerkt bleiben.

Vlàds Blick blieb an Prügelsuffs fettigem Wäschesack hängen. Zaghaft stupfte er das Teil mit der Fussspitze an und erntete ein Rascheln aus dem Innern. Es klang nach Kunststoff. «Wem gehört das?»

Enitta stiess mit der Schulter gegen den dösenden Scheibentreiber. Dieser begriff nur langsam.

«Mir», japste er.

«Was ist da drin?»

«Meine feuchte Unterwäsche. Bediene dich!»

«Den trägt er ständig mit sich herum», knurrte Enitta. «Du willst wirklich nicht …»

Vlàd hatte schon seine Hand in den Sack gegraben und zog sie keine zwei Sekunden später kreischend wieder heraus, um sie zähnefletschend an seinem Hosenbein abzuwischen. «Einfach ekelhaft!» Er trat den Leinensack in die Ecke und versuchte die Sitzflächen der Pritsche zu entfernen.

Sogar der Steuerfrau war mittlerweile das Lachen vergangen. Yana-Vittorias ängstlicher Blick pendelte schon länger zwischen Enitta und einem massiven Schraubenschlüssel, den Vlàd zuvor wutentbrannt in die Ecke geschleudert hatte. Die Idee war nicht schlecht, doch Enitta konnte sagen, dass die Brasilianerin sich nicht dazu würde aufraffen können, mit dem Werkzeug über Vlàd herzufallen. Enitta schloss die Augen, konzentrierte sich auf ihren Atem, versuchte, den abscheulichen Mief, an den sich ihre Nase partout nicht gewöhnen wollte, zu ignorieren, und kramte in den dunklen Ecken ihres Gehirns nach einer Lösung. Es musste einen Weg geben, Vlàd so abzulenken, damit Yana-Vittoria zur rettenden Tat schreiten konnte. Sie hatte schliesslich als Einzige die Hände frei. Enitta riss die Augen auf. Nein. Da war noch wer. Kirk, der gerade in der Latrine schmorte, welche nur mit einem mickrigen Metallriegel gesichert war. Sie brauchte den Teenager bloss ein bisschen anzustacheln und wusste auch schon genau, welchen Knopf sie dazu drücken musste. Selbst wenn es sich dabei um den Kill-Switch handelte. Die letzte, moralisch verwerfliche Option. Als Vlàd am anderen Ende des Maschinenraums an einer Art Sicherungskasten herumfummelte, nutzte sie ihre Chance. «Hey, Kirk», rief sie. «Bist du noch da?»

«Was ist?», antwortete eine niedergeschlagene Knabenstimme.

«Ich hab Neuigkeiten für dich. Leider schlechte.»

«Was tust du da?», grummelte ein vom Gebrüll wiedererweckter Felix.

«Es geht um deinen Daddy.»

«Ja», fragte nun auch Prügelsuff, «was ist mit Kirks Vater?»

Enitta liess sich nicht abschrecken. «Kirk, ich kann's nicht anders sagen. Dein Daddy ist tot.»

Ein erschreckter Laut drang aus der Latrine.

«Er ist tot und hat dich nie geliebt.»

«Gar nicht wahr», schrie Kirk. «Du lügst. Mein Vater ist auf Sylt.»

«Enitta!», empörte sich Felix. «Du kannst echt brutal sein.»

«Willst du lieber brutal umkommen?» Sie richtete sich wieder an den Jungen. «Ist er nicht. Mein Kollege arbeitet bei der Polizei. Die haben seine Leiche gefunden.»

«Nein!»

«Doch. Und einen Abschiedsbrief. Darin schrieb er, dass er dich gehasst hat. Darum hat er sich umgebracht. Weil du überhaupt nichts taugst.»

Mit Gebrüll polterte Kirk gegen die ohnehin schon gwagglige Holztür des WCs und brach sie nach wenigen Tritten auf. Völlig entfesselt stürzte er sich auf Enitta, würgte sie mit Leibeskräften und schrie sich die Seele aus dem Leib.

Bevor ihr rabenschwarz vor Augen wurde, eilte ihr Vlàd zu Hilfe und trennte den randalierenden Jungen gewaltsam von ihr. «Was ist hier eigentlich los? Seid ihr jetzt total verrückt?» Er starrte auf Kirk hinab, der mit zornigen Tränen zu Enitta starrte. «Du gehst jetzt sofort zurück in die Latrine. Oder ich ...»

Er beendete den Satz nicht, denn im gleichen Moment traf ihn die volle Wucht des Schraubenschlüssels, als Yana-Vittoria damit nach seinem Schulterblatt hieb. Mit ersticktem Stöhnen fiel Vlàd vornüber und prallte gleichzeitig mit der Nagelpistole auf den Gitterrost.

Enitta knuffte Prügelsuff in die Seite. «Schnell! Frag Yana-Vittoria, wo wir sind.»

«Sie sagt, wir befänden uns in der Nähe des Bürkliplatzes», antwortete er nach kurzer Nachfrage. «Warum?»

«Wir müssen auftauchen, bevor dieses Scheusal da zu sich kommt. Wir müssen die Polizei rufen, aber unter Wasser haben wir keinen Empfang. Und je näher an der Urania-Wache, desto besser.»

«Nimm Kurs auf die Quaibrücke», rief Felix. «Dort ist das Wasser etwa acht Meter tief. Genug, um bis zum Bauschänzli zu tauchen.»

Enitta sah ihn schief an. «Woher weisst du solche Dinge?»

Felix zuckte mit den Schultern. «Hatte mal was mit einer Polizeitaucherin. Die reden von nichts anderem. Wie hoch ist dieses U-Boot? Sechs Meter?»

Enitta versuchte sich an den metallenen Anschlag zu erinnern. «Könnte hinkommen.»

Prügelsuff gab das Kommando an Yana-Vittoria weiter. Das abrupt einsetzende Röhren des Motors zeugte davon, dass sie mit voller Kraft beschleunigte. Und holte auch Vlàd allmählich aus seinem Koma. Enitta trat noch vergebens nach seinem Gesicht, denn er rappelte sich bereits auf und schlurfte zu Yana-Vittoria. Er wäre beinahe nach hinten gestolpert, schräg wie das U-Boot im Wasser hing. «Wir tauchen auf? Lass das sein, halt sofort die Maschinen an!» Er riss Yana-Vittoria beiseite und versuchte den Kurs zu ändern, doch ahnungslos, wie er war, legte er all die falschen Hebel um. Einer davon löste einen Dampfablass aus, der ihm mitten ins Gesicht schoss. Augenblicklich liess er von den Kontrollen ab.

Durch das Zyklopenauge konnte Enitta sehen, wie die Schwärze des Sees einem Smaragdgrün gewichen war und allmählich in ein leichtes Blau wechselte. Stahl ächzte.

Ein heftiger Stoss erschütterte das ganze Boot, und der Gitterrost balancierte sich wieder halbwegs eben aus. Zartes Tageslicht drang durch die obere Hälfte des Bullauges. Sie waren aufgetaucht.

Vlàd fiel auf die Knie und begann kläglich zu wimmern. Wiederholte unablässig das Wort «Nein». Er raufte sich die Haare, kam hoch, schlug mit der Faust gegen den Tiefenmesser, bis das Glas barst. «Ihr habt alles kaputt gemacht.» Schluchzend stolperte er aus dem Maschinenraum, zwängte sich durch die runde Luke und kletterte die Leiter zum Ausguck hinauf, bis ein Lichtkegel auf den Grund traf.

Yana-Vittoria stand erst verloren herum, dann begann sie die Kabelbinder mit einer Nagelschere zu durchtrennen. Während sich alle die Handgelenke rieben, wollte Felix schon zum Ausgang eilen.

«Lass ihn», rief Enitta. «Den schnappen die schon. Sie sollten in Kürze hier auftauchen.»

«Woher sollte die Polizei wissen, dass wir hier sind?»

«Weil ich sie jetzt rufe. Keine Sorge, ich schreibe nicht von meiner Nummer aus.» Sie holte Vlàds abgegriffenes Handy hervor und schickte eine Nachricht an Andreas, dessen Nummer gottlob so simpel war, dass sie sie auswendig kannte.

«Tankstellenräuber beim Bauschänzli gesichtet.»

Dann steckte sie das hässliche Ding wieder in die Hosentasche. «So, jetzt wird es Zeit, dass wir uns die Rose schnappen.»

Felix zog eine verständnislose Faxe. «Denkst du echt, dir gelingt in drei Minuten, was diese Kellerassel in drei Stunden nicht geschafft hat?»

Sie zwinkerte ihm zu. «Ich hab da so eine Vermutung.» Sie untersuchte die Steuerkontrollen und machte ein senkrecht herabragendes Rohr mit Griffen aus, das wie die Kreuzung aus einem Münzfernrohr und einer fiesen Frauenarzt-Folterapparatur wirkte. Sie wandte sich Yana-Vittoria zu. «Ist dies das Periskop? Äh … Periscoppo? Periscopinho?»

Yana-Vittoria nickte. «Periscópio.»

Enitta zückte ihr Schweizer Armeemesserchen und begann die Schrauben an der Seite der Röhre zu lockern. «Du, Prügelsuff. Sagtest du nicht, die Sicht dieses Dings sei verschwommen?»

«Ja», sagte Prügelsuff mit verblüffter Miene. «Wir haben es einmal frühmorgens ausgefahren, aber da waren nur Regenbogen zu sehen.»

«So als breche etwas das Licht?» Sie entfernte die Abdeckung und griff in die Röhre, tastete vorsichtig in jede Ecke und bekam schliesslich etwas Spitzes zu fassen. Vorsichtig zog sie es heraus.

«Zeig her!», rief Felix.

«Was hast du da?», fragte auch Prügelsuff.

Enitta hatte längst ihre Handflächen um ihren Fund geschmiegt. «Das zeig ich euch nur bei Tageslicht.» Sie lachte und eilte zum Ausgang. Sie kletterte zum Einstieg hoch und wurde von den zarten Strahlen der aufgehenden Sonne begrüsst. St. Peter schlug gerade Viertel nach acht. Primetime. Showtime. Triumphierend streckte sie Zorillas Rose ins glitzernde Sonnenlicht. Ein Moment wie in einem Fantasyfilm. Als hätte sie Artus' Schwert gefunden. Nur eben in echt.

Felix zwängte neben ihr den Kopf durch die Luke, mit Augen gross wie Äpfel. «Du gestörtes Huhn. Lass mich sehen.» Er setzte sich neben sie auf den Rand. «Das ist schlichtweg unglaublich.»

Sie hielt das filigrane Kunstwerk aus Eisen, Gold und Glas noch einmal gegen die Sonne und genoss das Lichtspiel auf ihrer Haut.

«Enitta! Sie haben sie wirklich gefunden», jauchzte eine Männerstimme.

Sie wäre beinahe vom Turm gepurzelt, so abrupt, wie sie sich umdrehte. Am Fuss des Einstiegsturms stand Eric Stassel in einem ungewohnt sportlichen, aber gewohnt modischen Outfit. Flankiert von starken Männern und seiner Hosenanzug-Assistentin, die heute mehr nach Nordpol-Expedition aussah.

«Herr Stassel? Was tun Sie denn hier?»

Er wies zum Bauschänzli, eine von hohen Mauern umgebene künstliche Insel am Rand des Limmatbeckens, wo ein weinrotes Zelt in die Höhe ragte. «Mein Team trifft gerade die letzten Vorbereitungen für die Grosse Zürisee-Gala. Wissen Sie noch? Ich wollte nur persönlich sicherstellen, dass der Anlass ein voller Erfolg wird. Aber wie ich sehe, haben Sie das soeben für mich erledigt.»

Behände kletterte Enitta die Leiter hinab aufs Eis und überreichte dem Mäzen den Jahrhundertfund. «Hier. Bevor ich noch auf falsche Gedanken komme.»

Stassel wiegte die Zorilla-Rose zärtlich in seiner Hand und präsentierte sie seinen Angestellten. «Wissen Sie eigentlich, wie viele Menschen Sie glücklich machen? Ein Wunder ist geschehen. Ein wahres Wunder.»

«Gleich geschieht noch eins.» Sie presste die Handkanten an den Mund. «Jerry!»

Kurz darauf streckte Jeremias Stöhli seine Sturmfrisur aus dem U-Boot.

Stassel verlor augenblicklich jedes Interesse an dem Fund und übergab ihn seiner Assistentin, die ihn mit ihren Fausthandschuhen nur mühevoll halten konnte.

Jerry kletterte herab und wurde von seinem Onkel mit einer innigen Umarmung begrüsst. Stassel rubbelte seinem Göttibub über die Haare und holte Enitta in die Liebkosung. «Sie sind die Allergrösste, Enitta.»

Kirk sprang aufs Eis, rempelte Enitta mit grimmigem Gesichtsausdruck an und stellte sich hinter seinen Kumpel.

Von ihrer eigenen Holzhammermethode beschämt senkte sie den Kopf. «Nicht immer … aber manchmal.»

Da platschte neben ihr etwas aufs Eis. Es war der knisternde, sagenumwobene Wäschesack von DJ Prügelsuff. Erst kam er umständlich die Treppe herabgekraxelt, dann half er seiner Freundin liebevoll aufs Eis. In naher Ferne schwollen Sirenen an. Viel rascher, als Enitta es erwartet hätte. «Du, äh … ich glaub, es ist das Beste, wenn Yana-Vittoria und ich uns verziehen, gäll», sagte er mit einer Mischung aus latenter Verzweiflung und irrem Amüsement.

Alles, woran Enitta in dem Moment denken konnte, war, dass er die Hauptverantwortung für die Überfälle tragen musste. «Aber die Polizei sucht dich.»

«Ach, iwo. Soll die bloss noch ein bisschen suchen.»

«Und das ganze Chaos, das ihr angerichtet habt?»

«Hallo? Ihr habt ja die Wasserlilie. Und ein volltüchtiges U-Boot. Das dürfte den Sachschaden mehr als decken.»

Nun denn, sagte sich Enitta, was sollte sie auch tun? Versuchen ihn aufzuhalten?

Mit dem widerlichen Wäschesack auf der Schulter, Yana-Vittoria an der Hand und einem schmierigen Grinsen unter weit aufgerissenen Augen machte sich DJ Prügelsuff, das beleibte Old-Skool-Breakbeat-Urgestein, dessen Agilität Enitta immer wieder verblüffte, aus dem Pulverschnee, eilte die Stufen beim Pier hinauf und verschwand hinter dem Zwingli-Denkmal.

«Wer war denn das?», schaffte Eric Stassel zu fragen.

Enitta zuckte mit den Schultern. «Das frag ich mich selbst stets aufs Neue.» Die Polizeisirenen wurden penetranter. Das Blaulicht blitzte bereits hinter dem Bauschänzli auf. «Und du gehst jetzt auch besser», sagte sie zu Felix.

Er streckte die Hand nach ihr aus. «Komm mit. Sollen die Bullen das Rätsel doch selbst lösen. Du hast schliesslich von Vlàds Handy aus geschrieben. Wenn du nicht so doof gewesen bist, deinen Namen unter die Nachricht zu setzen, wissen die auch nicht, dass du hier warst.»

Sie erwiderte den Handschlag, hielt ihn jedoch zurück. «Hab ich nicht, aber jemand muss denen von Miguel erzählen. Der gehört zur Fahndung ausgeschrieben.» Sie zog ihn ein wenig näher. «Aber von deiner Beteiligung braucht niemand was zu erfahren, okay?» Sie blickte zu Stassel, und dieser nickte vertrauensselig.

«Gehen Sie mit Franz mit. Er wird Sie übers Bauschänzli zum Stadthausquai geleiten. Von dort können Sie ganz bequem zwischen den Fassaden entschwinden», erklärte Stassel Felix und präsentierte ihm Zorillas Meisterwerk. «Sie haben einen Beitrag geleistet, das Unmögliche zu vollbringen, und dafür stehe ich tief in Ihrer Schuld.»

Felix fasste Enitta beim Nacken und eilte dann mit Stassels Gehilfen hinüber zu den grauen Mauern der kantigen Flussinsel. Sobald sie ausser Sichtweite waren, kreisten Polizeifahrzeuge den Geburtsort der Limmat von allen Seiten ein.

Eric Stassel legte die Arme um Enitta und sein Patenkind. «Bald wird hier die ganze Stadt auflaufen», sagte er mit ungläubigem Lächeln, während er zum Einstieg hochschaute, der im stärker werdenden Morgenlicht wie polierter Lavastein schimmerte. «Was für einen kuriosen Fang Sie da gemacht haben.»

«Und ob. Ich werde eine Menge erklären müssen.» Sie nahm einen tiefen Atemzug und schaute gefasst auf die herannahenden Beamten. «Was mich aber am allermeisten freut: Ich habe ganz Züri bewiesen, dass ich nicht nur Vehikel im Zürisee versenken, sondern auch wieder welche herausholen kann.»

***

Er stiess das Knie dreimal an den Treppenstufen, bevor er endlich seine Wohnungstür im vierten Stock erreichte. Mit aller Kraft warf er sie ins Schloss und presste sich keuchend dagegen. Unter seinen Kleidern herrschte tropisches Klima. Er war den ganzen Weg vom See hierher gerannt. Aufgefallen war er bestimmt einigen Leuten, doch das war ihm egal, solange ihm keiner gefolgt war. Enitta wusste nun, wer er war, aber sie kannte seine Adresse nicht. Niemand kannte seine Adresse. Bei seinem Zuzug aus Biel hatte er sich beim dortigen Einwohneramt nie abgemeldet, und die Ämter in Zürich wussten nichts von seiner

Anwesenheit. In dieser Wohnung lebte er in Untermiete. Die polnische Geiss, auf die das Apartment lief, hatte sich seit einem Dreivierteljahr nicht mehr gemeldet. Im Telefonbuch stand er auch nicht, und sein Prepaid-Abo war auf seine senile Tante in Lausanne registriert. Nur die Personalabteilung von «Carrington Davenport International» kannte seine Anschrift, doch dort war sonntags niemand zu erreichen. Erst ab morgen Montag würden sie alle hinter ihm her sein. Wegen Diebstahl, Veruntreuung, Nötigung und Körperverletzung, wobei er sich selbst am meisten vorwarf, ein riesengrosser Volltrottel zu sein. Es blieb ihm also noch etwas Zeit.

Nur keine Panik.

Ganz ruhig.

Er schlich zu seinem Tischchen unter dem Balkonfenster und packte das Griptütchen mit dem letzten Rauchi, das er auf der Welt besass. Während die Vorfreude auf den süsslichen Qualm seine Verzweiflung langsam abklingen liess, drängte ein weiteres Problem in seinen Geist. Der Lärm. Der drecksverdammte Lärm. Wer wie er direkt an der Rosengartenstrasse und im Schatten des Lehensteigs wohnte, dem war auch am Sonntagmorgen keine Ruhepause vergönnt. Da brachten selbst geschlossene Fenster nichts. Da war dieses Rauschen, dieser konstante, kaum hörbare Summton, der seit Jahren an seinem Verstand nagte. Er zündete den Joint an und sog so hart am Filter, dass seine Lippen brannten. So als schaue von draussen ein Tyrannosaurus in seine Bude, kauerte er sich ganz in die Ecke unter die Gardinen, die durch jahrelanges Indoor-Schloten die Farbe und Konsistenz von Teppichstoppern erhalten hatten.

Er blinzelte nach dem schäbigen Gemöbel, für das ihn selbst die dicken Frauen im Brockenhaus ausgelacht hätten. Wie hatte er es bloss sechs Jahre lang in diesem Rattenloch aushalten können? Irgendetwas krabbelte über den fleckigen Teppich. Jetzt echt, es konnte unmöglich jemanden geben, der in dieser Stadt noch beschissener wohnte als er. Selbst Asylsuchende mussten es besser haben. Die vergilbten Tapeten, die angelaufenen Fensterscheiben, die Schimmelflecken an der Zimmerdecke. Er musste raus hier. Aber nicht nur raus aus Zürich. Sondern gleich die ganze Schweiz hinter sich lassen. Wo bloss sollte er hin? Nach Berlin? Dort kannte er noch ein paar Nasen. Das konnten die Behörden zwar vorhersehen, aber das Risiko musste er eingehen. Die würden ja wohl nicht gleich Interpol einschalten, oder? Er hatte niemanden getötet.

Der Rausch der Tüte nahm seinem Dilemma allmählich die Schärfe und verklärte die hoffnungslose Lage zu einer suboptimalen. Also gut. Hinauf zur Spree. Okay. Das könnte klappen. Hatte er nicht noch hundertfünfzig Fränkli auf dem Zecken-B-Sparkonto? Für Bahn oder Flugzeug würde das nicht reichen, doch er musste eh unter dem Radar bleiben. Okay … bei der Hardbrücke das Geld holen und sich nach einem unabgeschlossenen Göppel umschauen. Ja, das konnte klappen. Damit würde er erst einmal über die Grenze radeln. Und später bis nach Berlin vorstossen. Endlich fort von Zürich mit seinen Hipstessen, Szenepissern und Kunstilesen, denen er nie gut genug gewesen war. In Berlin würde er neue Allianzen schliessen, sein Comeback aufgleisen und sich schon bald als gefeierter Star gleich selbst reimportieren. Dann *mussten* ihn die Zürcher einfach geil finden! Die bejubelten schliesslich alles, was von dort oben kam. Wie diesen Bonaparte-Knilch. Bitzli Rössli hier, Bitzli Cirque de Säuli dort. Er würde –

Das Geräusch schwerer Schritte im hellhörigen Treppenhaus riss ihn aus seinen hochtrabenden Gedanken. Jemand drückte die Türfalle rauf und runter, begann daran zu rütteln, warf sich mit der Schulter gegen das Holz, liess ab. Nach ein paar Sekunden trügerischer Stille fummelte jemand mit einem Werkzeug am Schloss herum. Vlàd erhob sich wie in Zeitlupe, tastete sich auf zitternden Knien der Türe entgegen, mit dem halbherzigen Gedanken, dem Eindringling mit ganzer Körperkraft zu wehren.

Doch es war zu spät! Die Türe wurde schwungvoll geöffnet, und im Rahmen stand die Silhouette des Eintreibers. Die Gläser seiner Sonnenbrille blitzten auf wie die Linsen eines Killerroboters. «Du ekliger kleiner Hosenkack», knurrte er. «Hab ich dich endlich.»

Vlàd machte einen Satz zurück, wollte vor Schreck schreien, aus tiefster Brust um Hilfe brüllen, doch es reichte nicht einmal für ein Winseln um Gnade. Lediglich ein ersticktes Röcheln drang aus seiner Kehle.

Der Fremde schlug die Tür zu und baute sich vor ihm auf. Eine Ohrfeige explodierte in Vlàds Gesicht. «Aus dir mach ich Wurst und Käse!», schrie er und packte ihn mit fleischigen Griffeln an der Gurgel.

Von Todesangst gelähmt war Vlàds Gehirn ausserstande, ganze Sätze zu formen. Er schaffte es bloss, einzelne Worte zu stammeln «Wie … Woher … Adresse …» Dabei vergass er sogar, die Haschzigarette zu halten.

Der Eintreiber liess von ihm ab, bückte sich nach dem Joint, nahm einen tiefen Zug und langte ihm gleich noch eine. «Du bist über vierzigtausend in der Kreide. Dachtest du wirklich, wir würden dich nicht finden?»

Vlàd erinnerte sich daran, beim ersten Besuch der illegalen Spielstube dem Empfangsmädchen blöderweise seine Adresse auf einem Fresszettel gesteckt zu haben, weil sie ihm seiner Meinung nach kess zugezwinkert hatte. Doch die Bilder waren bestenfalls vage, wie die Erinnerung an überhaupt alles, was er in den vergangenen drei oder vier oder fünf Jahren so getrieben hatte.

Der Fremde spie auf den Boden und schmiss den Joint auf den Teppich, wo er Funken schlug. «Schmeckt der widerlich.» Er zertrat die Glut und schaute sich um. «Lebst du vielleicht in einem Rattenloch. Hei! Alles gelb geraucht, überall Staub, nichts zu holen hier. Passt schon. Du bist ein Nichts, und du hast nichts.» Er rieb sich die Hände. «Jetzt gibt's so lange Fünf auf die Zwölf, bis dein hundsgrusiger Grind zwischen den Arschbacken festklemmt.»

Vlàd wich noch einen Schritt zurück. Eine düstere Kindheitserinnerung liess ihn aus seiner Lethargie erwachen. Und einige weitere aus seiner Teenagerzeit. Er würde sich nie wieder schlagen lassen. Er würde auf den Balkon flüchten, sich ans Geländer krallen und so lange um Hilfe schreien, bis der Schläger das Weite suchte.

Mit klatschnassen Händen packte er das Weinregal, das sein Wohnzimmerchen von der Küche trennte, und riss es mit letzter

Kraft herunter. Dem Schläger direkt vor die Füsse. Während schäbiger Krimskrams auf den Boden krachte, wandte er sich um, verfing sich beinahe in den Gardinen und bekam den Griff der Balkontür zu fassen. Er riss ihn hoch und schlüpfte durch die Öffnung, nicht nur hinaus in die Kälte und den Krach, sondern auch mitten hinein in eine Riesensauerei aus leeren Tongefässen, Zürisäcken und weiterem Geschmäus. Während er sich mit dem Fuss in der Schlaufe eines Kehrichtsacks verfing und nach vorne stürzte, fragte er sich, wieso er seinen kleinen Balkon nie aufgeräumt hatte. Er hatte es sich doch seit 2008 fest vorgenommen. Zu diesem Zeitpunkt war er bereits mit dem Oberkörper übers Geländer gestürzt und befand sich im freien Fall Richtung Rosengartenstrasse. Wenigstens flog er nicht alleine. Der Zürisack, den er mit dem Fuss mitgerissen hatte, schloss zu ihm auf.

Während der Asphalt in Zeitlupe näher kam und er aus den Augenwinkeln schon den Mehrtönner sehen konnte, unter dessen Rädern sein Schädel gleich zu Matsch werden würde, wurde er sich der Tragik seiner Situation bewusst. Der Sturz schien sich in alle Ewigkeit zu erstrecken. Was für ein schäbiges Ende er finden würde. Als verstrichene Strassenpizza. Das dauerte ja wirklich eine Ewigkeit. Ob er den Herd wirklich ausgeschaltet hatte? Und er hatte nie diesen Trip ins Wallis unternommen. Hatte nie Angel angerufen. Sie musste einfach noch Gefühle für ihn haben, da war er sich sicher. Gewiss war sie nur unter die Haube und vierhundert Kilometer weit weggezügelt, um ihn besser vergessen zu können.

Merkwürdig, er konnte sich selbst gar nicht schreien hören. Da war kein Ton. Der ganze Saukrach der Rosengartenstrasse. Er war wie weggeblasen. Nichts wie Stille, Frieden und ein kühles Lüftchen. Da fiel ihm die braune Fassade seines Hauses auf, mit den Abgasablagerungen. Was für eine Horrorbude. Seiner nicht würdig. Nicht jemandem wie ihm, der Vlàd Claviér hiess.

Vlàd Claviér.

Jemand mit einem solch klingenden Namen war geradezu dazu prädestiniert, herauszuragen, zu einem gefeierten Superstar zu werden. Jemand, nach dem Kinder, Strassen und Sternenkonstellationen benannt wurden. Er würde endlich das Drehbuch zu jener Erfolgsserie schreiben.

True Vlàd.

Die Geschichte eines mysteriösen, blitzgescheiten und unglaublich gut aussehenden Vampirs, der des Nachts von Heerscharen heisser blonder Mädels mit höchst unchristlichen Absichten durch die Zwinglistadt gejagt wurde. Nein, all dies war nur ein böser Traum, aus dem er in wenigen Sekunden erwachen würde. Ganz bestimmt. Und dann würde er keine weitere Sekunde seines Lebens mehr mit verklebten Heftchen, gestrecktem Hasch und Selbstmitleid vergeuden. Er würde das Steuer endlich herumreissen.

Es musste einfach so sein! Er hatte der Welt noch so viel heimzuza

***

Enitta hatte fast drei Stunden lang auf dem Holzbänkchen gegenüber dem mit Panzerglas verstärkten Empfangsschalter der Urania-Wache ausharren müssen, bevor Andreas sie endlich zur Einvernahme abholen kam und ins Obergeschoss geleitete. Wenigstens war sie dank ihm mit Ba wiedervereint, der die ganze Zeit friedlich neben ihr geschlummert hatte. Angeblich hatte Andreas zuerst die beiden Jungen befragen wollen. Sie fühlte sich noch immer schuldig, dass sie so garstig zu Kirk gewesen war. Doch wäre sie netter gewesen, vielleicht würden sie noch jetzt unter der Eisdecke des Zürisees treiben, gar im Schlick auf dem Grund liegen. Als sie endlich auf dem Bürosessel vis-à-vis von Andreas Platz genommen hatte, sprudelte es trotz der Müdigkeit nur so aus ihr heraus. Andreas kam kaum mit Tippen nach. Über eine Stunde später holte er einen Ausdruck des Protokolls vom Zentraldrucker im Korridor und schlurfte damit ins Büro zurück. Mit müden Augen ging er das Geschriebene durch, wirkte zeitweise so, als würde sein Gesicht gleich wie die Oberseite eines Butterbrots auf den Schreibtisch klatschen.

«Alles in Ordnung?»

«Muss», erwiderte er mechanisch. «Bin halt schon seit über

dreissig Stunden auf den Beinen ...» Er nahm einen Stift und kritzelte einen Vermerk. «Dieser DJ Prügelsuff ... kennst du rein zufällig dessen bürgerlichen Namen?»

Enitta kniff die Augen zusammen. Sie musste die Antwort buchstäblich aus ihrem Gehirn pressen. «Aloys-Diethard ... Stubenrauch ... äh, Säcklpeter? Aber behafte mich nicht drauf. Ich bin nicht mal sicher, wie man das buchstabiert.»

Andreas nickte. «Der Mann ist nicht grad ein unbeschriebenes Blatt. Wir suchen ihn noch immer im Zusammenhang mit der Besetzung des Paradeplatzes im vergangenen November. Er war angeblich einer der Rädelsführer. Ausserdem wird er für die ‹Schranz dich frei›-Krawalle in Bern mitverantwortlich gemacht.» Er lehnte sich in seinen Sessel und rieb sich die Stirn. «Was für ein Abenteuer. Und erst dein Freund, dieser Schriftsteller ...»

«Herr Stassel?»

«Ja, der. Mein Partner hatte das Vergnügen, ihn einzuvernehmen. Der Mann nahm doch tatsächlich fünf Anwälte mit ins Verhör.»

«Fünf? Wo hatte er denn die in der kurzen Zeit her?»

Andreas schüttelte mit entnervtem Lächeln den Kopf. «Er liess sie per Helikopter einfliegen, während wir ihn vom Bauschänzli hierher geleiteten. Die machten uns gehörig die Hölle heiss. Drohten uns mit Schadensersatzklagen einzudecken, falls ihr Klient nicht schleunigst an die Vorbereitungen zu seiner Galavorstellung zurückkehren dürfte. Na ja. Wenigstens wird die Aktion ein teures Nachspiel haben. Beispielsweise für die hochverbotene Landung auf dem Bahnhofquai.»

Enitta nickte und liess sich in den Sessel sinken. «Was geschieht nun mit den Jungs? Werden die für die Überfälle belangt?»

«Du, ich bin kein Jurist, aber da sich ihre Familien bestimmt einen guten Rechtsbeistand leisten können, sollten sie glimpflich davonkommen. Ausserdem folgten sie bloss den Empfehlungen dieses DJs.» Er tippte mit dem Schreiber auf das Papier. «Sag mal, wie viele Leute waren noch mal genau an Bord des U-Bootes?»

Enitta verdrehte die Augen, so als würde sie nachdenken. «Fünf ... nein, sechs. Mit mir. Mit mir sechs, ja.»

«Da bist du dir ganz sicher?»

«Mit Staatsgarantie.»

Er zählte mit den Fingern ab. «Dieser … Stubenrauch-Säcklpeter, seine Freundin Yana-Vittoria … von der wir noch keinen Nachnamen haben … Kirk Devlin, Jeremias Stöhli, dein Firmenkollege Vlàd Claviér … und du. Ist das so korrekt?»

«Genau …»

«Merkwürdig. Einer der beiden Jungs – Jeremias – erzählte was von einem siebten Mann. Er glaubte sich an einen Freddie oder … Ferris zu erinnern.» Andreas forschte in ihrem Gesicht. «Meinte er etwa einen *Felix*? Du kennst doch einen Felix, oder?»

Sie schüttelte heftig den Kopf.

«Der Bursche, der mit dir an der Street Parade war? Doch, doch, den hatte ich vernommen. Du warst mit ihm am Pier.»

Enitta biss auf die Zähne. Bloss keine Miene verziehen. Prügelsuff und seine Freundin konnte er nicht befragen, und mit etwas Glück war Vlàd ebenfalls über alle Berge. «Da musst du dich verhört haben. Da war kein Felix. Der Junge irrt sich.» Sie lächelte gequält. «Die beiden sind ohnehin völlig dicht, nicht?»

«Das schon. Besonders der Kirk …», räumte Andreas merklich widerwillig ein und studierte das Geschriebene erneut. «Und du bist ganz sicher alleine von Zollikon nach Wollishofen gefahren?»

«Das war so.»

«Alleine in einem Velo für zwei Personen?»

«Ich hatte Balu dabei …»

«Den du einfach zurückgelassen hast, als du ins U-Boot geklettert bist.»

«Ich musste annehmen, dass die Tankstellenräuber Maschinengewehre hatten und Ba womöglich etwas antun. Er hat halt manchmal etwas Temperament.»

«Aber dass du dich ganz alleine in das U-Boot gewagt hast …»

«Hab ich doch gar nicht. Dieser Vlàd hat mich zum Einsteigen *gezwungen*.»

«Ach ja!», pfiff Andreas. «Ich bin wirklich nicht mehr ganz frisch.» Er nahm einen grossen Schluck aus seiner Tasse und stellte diese dann beiseite. «Das Zeugs wirkt nicht mehr. Doch so leer mein Kopf auch ist, einen Gedanken werde ich dennoch nicht los. Was fiel dir eigentlich ein, den Tatort in Zollikon zu betreten? Das ist ein ziemlich schweres Vergehen.»

«Ähm … da hast du mich glaubs falsch verstanden. Ich *habe* die Villa nicht betreten, sondern nur von aussen hineingeschaut.» Dass Andreas Nachbar Weber erneut zu dem Thema befragte, war ja gottlob eher unwahrscheinlich, da sie ihm nichts von ihrem Treffen erzählen und Weber darüber Stillschweigen bewahren würde. Sollte er Wort halten.

«Ist aber immer noch unerlaubtes Betreten von Privatgrund.»

«Ist es das? Der See ist doch öffentliches Gebiet. Es ist wegen der Eisdecke ja sehr schwer zu sagen, wo genau das Wasser aufhört und das Festland beginnt. Dachte halt, die Villa stehe direkt am Ufer.»

«Das beantwortet aber nicht, warum du dort warst.»

Jetzt bloss nichts Falsches sagen. Er durfte unter keinen Umständen erfahren, dass sie einen langen Blick in die Polizeiakte bei ihm zu Hause geworfen hatte. «Das stand doch gross in der Zeitung.»

«Was stand in der Zeitung?»

«Na der … Mord. Nicht?»

«Aber woher wusstest du, dass der in Verbindung zur Rose stand? Immerhin hast du behauptet, du wärst dem Kunstschatz hinterhergejagt.»

«Also *eigentlich* war ich auf der Suche nach dem Jeremias. Die Rose war mehr so … Beigemüse?»

«Jeremias, der ein enger Freund von Devlins Sohn Kirk ist, ja?»

«Ja.»

«Ja …» Andreas' Blick wurde strenger. «Nur woher wusstest du, dass die zwei befreundet sind?»

«Nun …»

«Ja?»

Enitta schielte nach der futuristischen Kaffeemaschine auf dem Gestell hinter Andreas' Sessel. «Denkst du, ich könnte einen Kafi haben? Ich bin grad so was von schläfrig.»

«Nicht jetzt. Woher wusstest du von der Freundschaft?»

«Also …» Sie schnippte mit den Fingern. «Ja, jetzt weiss ich's wieder. Haha. Bin auch langsam verbraucht, weisst du. Das war so. Ich suchte Jeremias' MX3-Profil auf, also das seiner Band Alpha and OMG, und fand dort haufenweise kordiale Kommentare von Kirk. Von da aus besuchte ich Kirks Soundcloud-Präsenz und fand dort wiederum Jeremias' Komplimente vor. Da wusste ich einfach, dass die zwei eine tiefe Freundschaft teilen mussten.»

«Tief genug, um ausgerechnet in Kirks Elternhaus nach Jeremias zu suchen?»

«Weisst du, ich hatte Eric Stassel fest versprochen, seinen geliebten Göttibub zu finden, und zu dem Zeitpunkt alle möglichen Verstecke erfolglos abgeklappert. Da erschien es mir nicht unbedingt abwegig, dass er sich bei einem engen Freund versteckt. Aus welchem Grund auch immer.»

«Ziemlicher Zufall, wenn du mich fragst.»

«Sag mal … woher wusstest du eigentlich, dass ich Maluns fürs Leben gern habe? Das weiss eigentlich nur meine Oma – und die steht nicht mal im Telefonbuch.»

Andreas verkniff sich offensichtlich ein Lächeln und deckelte den Stift. «Schätze, manchmal ist es eben doch nur Zufall.» Das Telefon klingelte. Es war ein kurzes Gespräch, aber es reichte, um seine Miene zu verfinstern.

«Was nicht in Ordnung?», fragte Enitta, als er auflegte.

«Also dieser Miguel, er … er ist nicht der Geheimnisvolle mit der Sonnenbrille.»

«Er ist *nicht* der Schläger, der Vlàd erpresst hat?»

Andreas schüttelte den Kopf.

«Aber die Beschreibung passt perfekt auf ihn.»

«Schon. Aber er hat für den Abend, den dieser Vlàd beschrieben hat, wasserdichte Alibis.»

Enitta neigte den Kopf. «Er hat mehrere Alibis? Wie viele?»

Andreas warf den Schreiber hin. «Mindestens achtundvierzig. Alle weiblich.»

«Aber wenn *er* Vlàd nicht gedroht hat, wer war's dann?»

«Das weiss wohl nur Vlàd selbst. Und bis wir den vernehmen können, wird noch etwas Zeit vergehen. Wir haben keinen registrierten Wohnort und versuchen gerade, jemand vom HR der ‹Carrington Davenport› ans Telefon zu bekommen.»

Ein Gedanke stieg in Enittas Kopf. «Telefon! Natürlich …»
«Was meinst du?»
«Wir brauchen Vlàd nicht. Wir brauchen nur sein Telefon.» Enitta war von ihrer Erkenntnis selbst überrascht.
Andreas schenkte ihr einen nachsichtigen Blick. «Das Telefon, das er wahrscheinlich gerade auf sich trägt? Was willst du damit?»
«Du hast recht. Ich hab nichts studiert. Ich muss erst mal nach Hause. Ein heisses Bad nehmen und kalt duschen.» Sie langte nach dem Protokoll. «Wo muss ich unterschreiben?»

Nachdem sie ihre Schuldigkeit als Zeugin getan hatte, hüpfte Enitta die Treppe vor der Hauptwache der Stadtpolizei so rasch wie möglich hinab und stellte sich auf der anderen Strassenseite ans Geländer über der Limmat. Sie kramte Vlàds abgegriffenes Nokia aus der Gesässtasche und ging den Nummernspeicher durch. Neben ein paar Frauennamen, die an billige Taschentussis erinnerten, war der einzige männliche Name ein sogenannter «Typ». Um nun Miguel gänzlich auszuschliessen, liess sich Enitta von Felix per Textnachricht Miguels Nummer geben und musste feststellen, dass diese nicht mit jener vom *Typ* übereinstimmte. Was an sich noch kein Beweis gewesen wäre, hätte er nicht Rückendeckung von achtundvierzig Zeuginnen-Aussagen gehabt. Schliesslich konnte jeder zwei Handys gleichzeitig herumtragen.
Wenn der Typ also nicht Miguel war, dann war es höchste Zeit, seine Identität in Erfahrung zu bringen. Sie erinnerte sich daran, dass Vlàd den Mann unter Zuhilfenahme von Google Latitude aufgespürt hatte. Bei «Carrington Davenport» hatte ja schon lange das Gerücht die Runde gemacht, dass der verschrobene Archivar Frauen mit Hilfe des Internets nachstellte. Nie hätte sie jedoch gedacht, dass sich Kaffeeklatsch mal als hilfreich erweisen würde. Sie lud sich die fragwürdige Applikation aufs Handy und speiste die Nummer des Geheimnisvollen ein. Zu ihrer grösstmöglichen Verwunderung gab ihr der Suchmaschinengigant tatsächlich chronologischen Zugriff auf alle Orte, die der Besitzer in den vergangenen sechs Wochen besucht hatte. Darunter war auch die ZHdK-Baustelle! Es handelte sich also doch um den Schläger. Und noch besser: Google verriet ihr, dass

er sich in diesem Augenblick mitten im Hauptbahnhof Zürich aufhielt, nur wenige Gebäude von ihr entfernt. Wenn sie an all die Dinge dachte, die man ihm zur Last legte, bekam sie beinahe Angst. Doch inmitten eines so gut besuchten Ortes wie dem HB, was konnte da schon schieflaufen? Zeit, herauszufinden, wer Vlàd erpresst hatte.

***

Er legte die Sonnenbrille auf die Ablage, schloss die Augen und rieb sich leidenschaftlich die Nasenflügel. Die kleine Wanderwarze war endlich abgehakt. War ihr auch ganz recht geschehen. Der ganze verdammte Aufwand umsonst. Sein vorzeitiger Ruhestand dahin. Nun denn. Erst mal ab zum Flughafen und das Land für ein paar Monate verlassen. So wie er es bisher immer getan hatte. Zugegeben, eine derartige Sauerei hatte er noch nie angerichtet, aber irgendwie musste man ja über die Runden kommen. Wenigstens ein bisschen Ruhe. Das ganze Zugabteil für sich alleine. Nur die weiche Polsterung und das flüchtige Rauschen der Lüftung …

Als er wieder aufschaute, sass sie ihm direkt gegenüber auf dem blauen Plüsch, flankiert von ihrem Hundchen. Schauten die vielleicht grimmig drein.

«DJ Prügelsuff!», sagte sie mit einer Mischung aus widerwilligem Respekt und tiefer Abscheu. «Darauf wäre ich echt nie gekommen. Kompliment. Netter Anzug übrigens. Den hast du wohl die ganze Zeit über plastikverpackt in dem widerlichen Wäschesack herumgetragen, du Chamäleon?»

«Enitta. Jetzt bin ich aber gespannt. Wie bist du dahintergekommen? Und wie zum Henker hast du mich gefunden, du kleine Abenteuermaus?»

«Nun, sobald sich Miguel als unschuldig erwies, fragte ich mich, wer auf seine Beschreibung passte und gleichzeitig in der Gegend war. Da kamst eigentlich nur du in Frage.» Sie hielt ihr Smartphone hoch. «Und als ich deine Nummer auf Latitude eingab, stellte ich ausserdem fest, dass du in den Wochen vor dem Verschwinden des U-Boots mehrere Abstecher nach

Züri-West unternommen hattest. Mit der Methode hab ich dich dann auch gefunden.» Sie musterte seine Kleidung. «Dank deinem blütenweissen Anzug bist du beim HB förmlich aus der Masse herausgestochen. Aber ich musste dich trotzdem kurz mit unterdrückter Nummer anrufen, um es zu glauben.»

«Ach, du warst das?», erwiderte Prügelsuff amüsiert. «Clever, wirklich clever …»

«Was ich allerdings *nicht* verstehe, ist, wie *du* in diese Geschichte passt.»

Er schickte ein paar Blicke über die Kopfstützen hinweg, um sicherzustellen, dass sie alleine waren. Dann lehnte er sich genüsslich zurück und schlug die Beine übereinander. «Sagen wir, ich habe multiple Einnahmequellen. Eine davon sind Russenbesuche. Vlàd hatte Schulden bei einer illegalen Spielstube in Oerlikon, drum habe ich jede Woche ein paar Scheine aus der kleinen Sau gepresst. Aber irgendwann wurde er schlampig, kam mir eines Nachts mit einem Archivfund, zeigte mir uralte Dokumente. Ich hätte sie ihm beinahe verfüttert, erkannte aber noch rechtzeitig das Familienwappen der Jungbluths.»

Sie kniff die Augen zusammen. «Aus dem Stegreif? Das Motiv ist ja nicht mal beim Staatsarchiv hinterlegt.»

Der Zug schlüpfte gerade in den Tunnel unter Höngg. Genug Zeit, ihr die Sache genüsslich zu erklären. «Ich verkehrte mal eine Weile lang in der Zunft zu den Drei Königen. Hauptsächlich, weil die im Dreikönigssaal des Kongresshauses immer die grössten Festbänke schmeissen. Deshalb sind im Korridor zur Toilette zwei grosse Holztafeln aufgehängt, die alle Familienwappen der Zunftmitglieder abbilden.»

Er musste lachen. «Wenn man genug intus hat, kommt man alle fünfzehn Minuten an denen vorbei und schaut schliesslich genauer hin. Und da die meisten Embleme relativ unspektakulär sind, sticht einem das goldgelbe Wappen der Jungbluths sofort ins Auge. Natürlich wusste ich vor ein paar Tagen noch nicht, zu welcher Sippschaft es gehörte, aber zwei Anrufe genügten schon. Jedenfalls fuhr ich noch in der gleichen Nacht nach Zollikon und musste feststellen, dass die alte Villa längst abgerissen und durch einen postmodernen Hochsicherheitstrakt ersetzt worden war. Ein Einbruch wäre viel zu riskant gewesen. Also checkte ich den Namen auf dem Briefkasten und erinnerte mich, dass einer meiner Follower auf Soundcloud genauso hiess. Ich schrieb ihn an, machte ihm Komplimente über seine wunderlichen Tracks und bestellte ihn kurzfristig an meinen Workshop im OJA Wiedikon.»

Er setzte dieses schmierige Grinsen auf. «Ein Glück, dass er jenes Wochenende in Zürich verbrachte. Eigentlich wollte ich dem Kirk ja den Hausschlüssel abluchsen, doch dann erzählte er mir, sein Daddy wäre gerade im Ausland. Tja, und darum ging's danach an die Afterparty in der Devlin-Villa. Während ich die Jungs mit einer Salvia-Pfeife und den Nippeln meiner Freundin ablenkte, durchsuchte ich die Hütte nach Zorillas Wunderwerk.» Er blickte kopfschüttelnd zum Fenster hinaus, an dem gerade die eingezäunten Wunden Oerlikons vorbeiglitten. «Man hätte denken können, dass der Hausherr sie prominent ausgestellt hätte, aber nein, Fehlanzeige.»

«Genau. Was ich dich fragen wollte … Wie kam Devlin um?»

«Der kam zunächst mal vorzeitig nach Hause. Ich wollte ihn gar nicht töten. Aber zu dem Zeitpunkt war ich gerade nervös und verärgert, weil ich die Rose nirgends finden konnte, weshalb ich mit der Büste in der Hand durchs Halbdunkel im Eingangsbereich tigerte. Da ging auf einmal die Türe auf. Ich überlegte nicht, sondern schlug einfach im Affekt zu.» Er zuckte gleichmütig mit den Schultern. «Schon lag er auf dem Boden und lief aus.»

«Die Jungs haben nichts mitgekriegt?»

«Die feierten laut in der anderen Hälfte der Villa. Und Devlin wiederum *konnte* bei seiner Ankunft gar nichts von dem Treiben bemerken, weil die meisten Türen schalldicht sind. Danach musste ich mal an die frische Luft, überlegen, wie ich aus der Baselei rauskomme. Da fiel mir das Bootshaus auf, und ich realisierte, dass es das einzige Überbleibsel aus der Jungbluth-Ära war. Natürlich warf ich sofort einen Blick rein und stiess auf den alten Kahn. Wobei mir klar war, dass ich den Klunker, sollte er wirklich an Bord sein, vielleicht nicht auf Anhieb finden würde. Aber nachdem ich das Anwesen bereits erfolglos auf den Kopf gestellt hatte, war er quasi meine letzte Option. Darum räumte ich – so gut es eben ging – alles weg, was nach Fete aussah. Die Jungs waren so zugedröhnt, dass sie mir freudig über den Garten ins Boot folgten. Bevor ich einstieg, schmiss ich noch den Stein ins Fenster, um der Polizei einen Einstiegspunkt der Einbrecher vorzugaukeln. Den Rest der Geschichte kennst du.»

Es dauerte einen Augenblick, bis Enitta etwas erwidern konnte. «Wie … wie kann man bloss ein derartiges Risiko eingehen?»

«Ich bin nun mal ein Spieler. Und die Aussicht auf die Zorilla-Rose hat mir Flügel verliehen.»

«Aber … du hast einen Mann ermordet. Der arme Devlin …»

«Arm, von wegen. Ein reicher Arsch weniger am Zürisee. Dem faucht kein Schwan hinterher.»

«Ich hatte ja immer das Gefühl, dass du verrückt bist. Aber auch ein wahnsinniges Monster?»

Prügelsuff musste auflachen. «Wenn du wüsstest, was ich über die Jahre so alles angestellt habe.»

«Nur gut, dass du die Rose nicht bekommen hast.»

«Ja, das war alles Vlàds Schuld. Und dafür hat er heute Mittag den Höchstpreis bezahlt.»

Enitta riss die Augen auf. «Hast du ihn etwa auch …»

«Ach was.» Prügelsuff winkte ab. «Der Tubbel ist ganz alleine vom Balkon gepurzelt. Ich muss dir allerdings gestehen, dass mich dein Mut ziemlich beeindruckt. Immerhin hat dir Vlàd im U-Boot ausführlich geschildert, wie grob ich zu ihm war. Und dennoch … hast du dich ganz alleine in meine Nähe getraut.»

Sie tätschelte den Kopf ihres Hundchens, das ihn während der gesamten Unterhaltung nicht aus den Augen gelassen hatte. «Ich bin alles andere als alleine.»

«Was willst du tun? Mir deine vierbeinige Fledermaus auf den Unterschenkel hetzen? Die kick ich in die zweite Klasse, da kenn ich nix.»

Das Hundchen stellte seine Ohren nach hinten und fletschte knurrend die Zähne. Prügelsuff musste sich eingestehen, dass ihn die Drohung nicht völlig kaltliess.

«Ausserdem …», fuhr Enitta fort, während sie über ihren

Sessel zum anderen Ende des Wagons schielte, «kommt gleich die Billettkontrolle vorbei.»

Er reckte den Kopf nach dem Bahnpersonal, das soeben die Treppe hinabstieg. «Und wenn schon. Hast du echt das Gefühl, dass die mich verhaften?»

«Wenn ich denen erzähle, dass du mich belästigt hast, halten die dich lange genug fest, bis die echte Polizei eintrifft.»

Er schenkte ihr einen tiefen Blick. «Hast du überhaupt ein Billett für die erste Klasse?»

Sie zog zwei Kärtchen aus ihrer Jackentasche, neigte den Kopf zur Seite und strahlte neckisch.

Darauf hatte Prügelsuff nur gewartet. Er riss ihr die Billette aus der Hand und stopfte sie zerknüllt in seinen Mund. Er musste ziemlich arg kauen und würgen, aber schliesslich hatte er sie ganz zum Verschwinden gebracht.

Enitta war von seiner Aktion derart geschockt, dass sie ihn noch immer entgeistert anstarrte, als sich die beiden Kontrolleure, ein hagerer Mann und eine dickliche Frau, zu ihnen gesellt hatten. «Guten Abend. Billette vorweisen, bitte.» Da Enitta sie gar nicht wahrnahm, beugte sich die Frau zu ihr hinunter. «Hallo, Fräulein?»

Abrupt drehte sie den Kopf nach der Beamtin und zeigte auf ihn. «Sie!», stiess sie hervor. «Sie, dieser Mann ist imfall ein Mörder!»

«Sagt ausgerechnet eine Schwarzfahrerin», feixte Prügelsuff.

«Ihr Billett bitte», wiederholte der Mann unbeeindruckt.

«Hat er! Gegessen!»

«Natürlich.» Prügelsuff lachte und präsentierte stolz sein laminiertes Generalabonnement.

«Danke», erwiderte die Frau und wandte sich wieder Enitta zu, während sie auf ihrem Mobilcomputer herumdrückte. «Haben Sie vielleicht einen anderen Ausweis?»

«Ich habe Ihnen gesagt, dass der Mann ein Mörder ist. Ein ganz kaltblütiger», protestierte Enitta, unterstützt vom Bellen ihres Hundchens. «So tun Sie doch was.»

Draussen stürzte die Welt in völlige Finsternis, als der Zug ins nächste Gewölbe fuhr. Die automatische Durchsage vermeldete auf Englisch die Einfahrt in den Flughafen Kloten. Prügelsuff packte seinen Koffer und erhob sich. «Wenn Sie mich entschuldigen würden. Ich muss hier raus.» Er hob zum Abschied seinen weissen Hut und verliess geschmeidig die Sitzgruppe.

Enitta hatte noch nach ihm gelangt, war aber vom Zugbegleiter zurückgehalten worden. Prügelsuff schaltete sein Handy aus und warf es in den Kübel neben der Papiersammlung. In Johannisburg würde er sich ein neues kaufen. Die Schiebetüren öffneten sich und gaben den Weg frei auf die neonbeleuchteten schwarz-weissen Fliesen des unterirdischen Bahnsteigs. Gleich würde er über die Rolltreppe hinauf in den Flughafen entschwinden. Als er das Fenster seines Sitzplatzes passierte, sah er Enitta laut fluchend gegen das Glas schlagen. Händefuchtelnd riss sie schauerliche Fratzen, während ihr Hundchen herumbellte und die beiden Bahnangestellten die blonde Furie mit allen vier Händen zu bändigen versuchten. Was für ein Drama. Aber eigentlich nichts Neues.

Irgendwo schrie immer eine herum.

8

Montag, 30. Januar, 11.53 Uhr, -9°

«Du hast nicht wirklich vor, deinen Wagen in die Werkstatt zu bringen, oder?»

«Wozu? Fährt doch.»

Andreas kuschelte sich tiefer in die alte Wolldecke. Der Geruch des Stoffes wurde jeden Tag schlimmer. «Ich erfriere hier noch.»

«Und ich opfere hier gerade meine Mittagspause für dich. Alles nur um deine kleine Freundin zu beeindrucken.»

«Sie ist nicht meine Freundin.»

«Hättest du aber gern.» Lautes Hupen erklang in ihrem Rücken. Der Fahrer des 33ers beschwerte sich wohl darüber, dass sie den vordersten Teil seines Haltestreifens auf der Hardbrücke in Beschlag genommen hatten. Mette streckte seinen Polizeiausweis aus dem Fenster, ohne sich nach dem Bus umzusehen. «Kannst du nicht zwei Wochen warten? Dann ist Valentinstag.»

«Auf so romantisches Zeugs steht die nicht.»

«Was redest du da? Alle Frauen lieben romantisches Zeugs. Du redest doch von der kleinen Blonden, nicht?»

«Ja.»

«Komisch. So speziell sah die gar nicht aus. Ich mein, sie wirkte nicht wie eine dieser … Du weisst schon, die mit den kurzen Haaren und … Ach egal. Woher weisst du eigentlich, dass sie hier auftauchen wird?»

Andreas schielte zu den roten Digitalziffern im Rückspiegel, die in einem Kasten unterhalb des Vordachs prangten. «Es ist Punkt zwölf. Um die Zeit beginnt sie montags immer zu arbeiten. Plus die obligaten zehn Minuten Verspätung.» Und dann kam sie im Rückspiegel in Sicht. Mit ihrer wild wehenden Mähne unter einer Melone war sie schon auf Distanz bestens auszumachen.

Im gleichen Moment da er ausstieg, füllte sich der überdachte Busperron mit den aussteigenden Gästen des 72er-Busses. Enitta manövrierte zielstrebig durch den reissenden Strom aus Pendlern und wäre beinahe an ihm vorbeigeflitzt. Im letzten Moment sah sie ihn und bremste abrupt ab. «Cabrunz!»

«Überraschung.» Andreas smeilte.

Enitta drückte sich die Melone auf den Kopf. «Hoffentlich keine böse.» Sie winkte heftig ab. «Du, ich hab deinen Kollegen gestern Abend imfall alles gesagt, was ich weiss. DJ Prügelsuff hat den Devlin auf dem Gewissen. Das hat der mir persönlich gesagt. Mehr weiss ich nicht. *Wirklich* nicht.»

«Kein Thema. Deswegen bin ich nicht hier.» Andreas holte einen Zettel aus seiner Brusttasche und faltete ihn theatralisch auf. «Ich wollte dir etwas zeigen. Wir haben es in Vlàds Wohnung an der Rosengartenstrasse sichergestellt.»

«Vlàds?»

Andreas nickte. «Es ist ein Brief von Robert Jungbluth an Harobeth Hensel. Den sie höchstwahrscheinlich nie gesehen hat.»

Enitta warf einen flüchtigen Blick auf das Schreiben und studierte das angeheftete Foto. Es zeigte Harobeth mit hochgeschlossenem schwarzem Kleid, züchtig aufgesteckten Haaren und schwerem Make-up in ihren mittleren Zwanzigern. Ihre Augen verrieten, dass sie Grosses vorhatte, verrieten Zuversicht.

Enitta blickte Andreas mit diesen grossen Anime-Augen an und kaute wie ein Schulmädchen auf ihrer Unterlippe. «Lies vor.»

Andreas lächelte. «Fein.»

Meine liebe Harobeth

Nie werde ich den Tag vergessen, da ich deinen Mann aufsuchte, um mich lautstark über eine geschäftliche Nebensächlichkeit zu beschweren. Welch wunderbare Fügung, dass er zu dem Zeitpunkt im fernen Afrika weilte und du mich mit deiner Engelsgeduld besänftigtest, mich ins Haus batest, das leer stand, weil du deinem Personal freigegeben hattest. Du geleitetest mich in den Garten, wo du die Rosen schnittest. Ich hatte mich in dich verliebt, noch bevor die Spätsommersonne hinter den Hügeln verschwunden war.

Ich weiss, dass dich diese Zeilen nicht mehr erreichen können. Dennoch brenne ich darauf, mich dir mitzuteilen; aus ihm wird ein guter Junge, darum werde ich besorgt sein. Wenn er alt genug ist, wird er sich um die Lilie kümmern. Er wird sie mit seinem Leben behüten und beschützen. Ich weiss es tief in meinem Herzen, da er alles ist, was mir von dir geblieben ist. Und jedes Mal wenn er lächelt, ist es so, als wärst du noch immer hier.

Bis wir uns wiedersehen

Dein Robert

Enitta seufzte aus tiefster Seele. «Ich stelle mir grad vor, wie sich die beiden heimlich auf der Vanderberg trafen. Wie Harobeth von einem versteckten Steg aus zustieg. Wie sie auf den Wellen schaukelten, händchenhaltend, einander verliebt zulächelnd … Auf ihrem geheimen Treffpunkt, dem Zürisee. Deswegen nannten sie ihn *Kreis 13*. Weil die Dreizehn für sie als Jüdin Freude und für ihn als Christen Wehmut bedeutete. Weil Harobeth in jenen Augenblicken glücklich war und Robert wusste, dass ihre Zweisamkeit nicht ewig währen würde.»

«Klingt nach wahrer Liebe.»

«Kann ich nicht sagen. Darüber weiss ich kaum die Menge.»

Andreas war, als blitze eine Träne in ihren Augen auf.

«Anyway. Dann war Benjamin Binder also Harobeths unehelicher Sohn?»

«Soweit wir wissen, ja. Wir gehen davon aus, dass sie ihn beim Waisenhaus in Männedorf abgab, damit ihn Jungbluth später unter die Fittiche nehmen konnte.»

Wehmut schlich sich in ihr Gesicht. «Aber … das ist doch komplett absurd. Wozu bloss tat sich Binder das an? Sein ganzes Leben darauf verwenden, ein U-Boot zu bewachen?»

«Sicher nicht die beste Lebensaufgabe. Aber es gibt viele Menschen, die noch viel weniger mit ihrer Zeit auf diesem Erdball anfangen.» Etwas Kaltes traf seine Nase. Leichter Schneefall setzte ein. «Aber ich will dich nicht von der Arbeit abhalten.»

Sie blickte zum Firmament hoch. «Tust du nicht. Wahrscheinlich rettest du mir gerade das Arbeitsleben.» Sie drückte ihm einen dicken Schmatzer auf die Backe. «Danke. Aber jetzt muss ich weiter.» Mit einem geflöteten Tschü-hüs trat sie in die Pedale.

«Ruf mich an.»

«Vielleicht», rief sie über die Schulter und raste laut klingelnd die Rampe zur Geroldstrasse hinab.

«He!», quiekte ein ausweichender Passant.

«Veloweg!», fauchte Enitta zurück.

Es war dieser Augenblick, da sich Andreas versprach, um die Kleine zu kämpfen, bis sie ihm gehörte. Mochte es auch Zeit kosten. Er war geduldig.

Warten war Teil seines Berufs.

Mette stieg aus dem Volvo und nickte anerkennend übers Autodach. «Saubere Arbeit mit der Rose, Jungspund.»

«Danke.»

Wieder erklang lautes Hupen. Ein weiterer 33er war erschienen. Diesmal streckten sie dem Busfahrer die Ausweise gemeinsam hin.

«Wer hätte gedacht, dass wir die Tankstellenräuber und den Fall Devlin gleichzeitig zu den Akten legen würden.»

«Bleibt nur noch dieser lumpige Sprayer.»

«Ich weiss nicht», erwiderte Mette und studierte den Berufsverkehr auf der Hardbrücke. «Ich finde, die Stadt hat weit grössere Probleme.»

«Aber ich hatte es der Mayer-Daguette versprochen.»

Mette fixierte ihn mit Blick und Zeigefinger. «Siehst du? *So* ist das, wenn man Ambitionen hat.» Er verwarf theatralisch die Hand. «Aber nein, Monsieur hört ja nie auf mich.»

Auf beiden Seiten der Brücke herrschte plötzlich helle Aufregung. Die Leute tuschelten und zeigten zum kantigen Prime Tower hoch, der bei Bewölkung nicht mehr tiefblau, sondern wie ein gigantischer Smaragd glänzte.

«Was ist da los?», fragte Andreas und trat so weit unter dem Vordach hervor, dass er beinahe auf der Strassenspur stehen musste, um die Spitze des Glasturms zu sehen.

«Siehst du, was ich sehe?», fragte Mette. «Das kann doch nicht sein.»

Durch den immer stärker werdenden Schneefall sah auch Andreas das Phänomen. Mit jeder Sekunde wurde es deutlicher. Er konnte sich nicht erklären, wie, doch seine Augen betrogen ihn nicht, denn ringsum waren alle gleichsam aus dem Häuschen. Sogar die Automobilisten auf der Hardbrücke verlangsamten die Fahrt, um die Köpfe aus den Fenstern zu strecken. Quer über der Glasfassade prangte in meterhohen leuchtgelben Lettern ein Schriftzug, den man bestimmt noch drüben im Herzen der City lesen konnte.

SHMUDR

Mette schlug mit der flachen Hand aufs Autodach. «Fein. Meine Prioritäten haben sich soeben neu geordnet. Diesem David Colorfield werden wir die Flügel stutzen.»

Aus Andreas' Hosentasche klingelte es. «Und wenn es das Letzte ist, was wir tun», versprach er. Er nahm ab und bemühte sich, so erfreut zu klingen, als riefen die Leute von Swisslos an. «Frau Polizeivorsteherin!»

***

Liebevoll wiegte er sein Fixie mit dem Tigerenten-Anstrich vor und zurück. Bloss kein bisschen der Rahmenoberfläche auslassen. Das Wasser nicht zu heiss, der Strahl nicht zu stark. Im Sommer konnte sein Velo vor Dreck starren, aber im Winter machte er sich diese Mühe nach jeder Tour. «Temperieren» nannte er die Prozedur. Sein Rennrad mit warmem Wasser abspülen und es zurück auf Zimmertemperatur holen. Natürlich würde er niemals jemandem von diesem Tick erzählen, aber die Zeit war es ihm wert. Obwohl er eigentlich todmüde war. Schon in der Nacht von Samstag auf Sonntag hatte er kaum Schlaf abbekommen, und am Sonntagabend war er mit Freunden ins «Helsinki» gegangen, hatte die Aufregung um das U-Boot mit viel zu vielen Rekord-Bieren runtergespült und bis morgens um drei zu den Hillbilly-Klängen des Trio from Hell getanzt. Nach nur vier Stunden Schlaf war er weitere sechs Stunden lange

Wege für seine «Hallo Velo Kurierservice GmbH» gefahren und war nun völlig am Ende. Auch mit der Pflege seines Vehikels.

Er begab sich auf seinen Balkon, zündete sich eine Zigarette an und musste spontan an Enitta denken, als eine dicke Hundebesitzerin ihren Köter Gassi führte. Dale hatte recht. Die Kleine war wirklich goldig. Aber leider auch eine Hündelerin. Das hatte ihn immer etwas gestört. Und als die Alte ihren Vierbeiner einen Moment lang am Bäumchen vor seinem Balkon parkte, fiel ihm wieder ein, warum. Köter blieben alle fünf Meter stehen und schnupperten dort, wo ein anderer Köter hingeschissen hatte, was die Aufmerksamkeit des Besitzers unweigerlich an eine Stelle lenken musste, wo kurz zuvor ein anderes Viech hingeschissen hatte. Wie man das länger als hundert Meter im Kopf aushielt, war ihm ein Rätsel. Er würde es nie verstehen.

Gleichzeitig spukte immer noch diese May May durch seinen Schädel. So leidenschaftlich wie in der Zigarettenfabrik hatte schon lange keine mehr Schmecklappen gegeben. Wiederum gab es massig Abzug dafür, dass sie seine SMS nicht brav beantwortete, wie es sich gehörte. Er zückte sein Handy. Nun wartete er schon seit dreiundvierzig Stunden auf eine Reaktion. Das brauchte er sich wahrlich nicht gefallen zu lassen. Die Kleine tat alles, um sich in der Szene zu etablieren, aber dort war er ja bereits. Und echt. Gegenüber Enitta hatte sie bloss den Vorteil, ein klein wenig jünger zu sein. Normalerweise hätte er die Option auf ein wildes Abenteuer über ein gutes Herz gestellt, da ihm «nett» meist zu langweilig war. Doch bei Maya fragte er sich ernsthaft, wie viel Ärger sich hinter der zarten Fassade verbarg. Vielleicht hatte sie stinkreiche Eltern am Züriberg. Vielleicht arbeitete sie Teilzeit bei Aldi und schlief in einem miefigen Schlafsack auf dem kalten Boden eines besetzten Areals. Oder vielleicht war alles noch viel, viel schlimmer.

Wenn er wirklich etwas mit Enitta anfangen wollte, konnte er unmöglich Mayas Nummer im Speicher haben. Da kannte er sich selbst zu gut. Besonders wenn er spätnachts so richtig besoffen war, was in letzter Zeit leider etwas zu häufig vorkam. Selbst wenn es mit der kessen Bündnerin nicht klappen würde: Wäre Maya nur halb so hochwertig, wie sie tat, würde sie ihm früh genug an einem der richtigen Orte der Stadt über den Weg laufen. Er löschte die Zigarette im überfüllen Aschenbecher und Maya aus seinem Telefonbuch.

***

Nur gut waren die Rollläden unten. Bei Tageslicht bekam sie kein Auge zu, und gerade jetzt brauchte sie Schlaf. Nicht dass sie wirklich müde gewesen wäre, aber sie war seit Freitagnachmittag fast ununterbrochen auf den Beinen. Sie konnte die Erschöpfung kaum spüren, aber sie wusste, dass sie da war. Maya Richter schlurfte über den asymmetrischen Grundriss ihrer Einzimmerwohnung an der Quellenstrasse, bettete ihren Hintern auf die mit einem gelben Laken überzogene Luftmatratze und knipste die schiefe Leselampe ins Leben. In deren mattem Schein ergänzte sie ihr Vision Bord mit der Visitenkarte eines House-Produzenten, den sie am Samstag kennengelernt hatte. Oder am Sonntag. So genau wusste sie das nicht mehr. Was sie aber genau wusste, war, dass sie in dessen engen Bezugskreis gelangen wollte. Der Typ kannte wirklich jeden. So eine Bekanntschaft konnte ihren Marktwert drastisch erhöhen. Sie schweifte über die ganzen Bilder an der Wand. Eine Villa in Montpellier samt waschechtem Millionär. All dies würde sie manifestieren. Das Universum würde es ihr liefern.

Männer waren wirklich eine praktische Erfindung. Dann fiel ihr der Stapel mit den ungeöffneten Briefen zu ihren Füssen auf. Was sich in der letzten Woche wieder an Post angesammelt hatte! Widerwillig hob sie einige Couverts auf und überflog die Absender. Betreibungsämter, Inkassobüros, die Zürcher Staatsanwaltschaft und … die Heilsarmee? Woher wussten diese Möngis überhaupt, wo sie wohnte? Womöglich war es wieder an der Zeit, sich eine neue Bleibe zu suchen.

Sie fasste hinter den Kopf der Luftmatratze, holte drei Packungen Medikamente hervor und schaute sich danach kauend um. Viel müsste sie ja nicht zügeln. Die Matratze passte in jede Tasche, und die drei Wäschesäcke könnte sie bequem mit dem ÖV transportieren. Sofern sie achtgab, dass sie nicht von den falschen Leuten gesehen wurde. Dieser Maximilian hatte ihr angeboten, in seiner Loft in Zürich-Affoltern zu wohnen. Gratis und franko und unbefristet. Aber Affoltern war einfach zu weit weg von der City-Action. Da müsste sie ja Zug fahren. Und das war wie arbeiten. Was für Sklaven. Einer Königin wie ihr nicht würdig.

Was trieb überhaupt ihr Hofstaat? Sie lehnte sich an die Wand und prüfte ihren E-Mail-Eingang. Zwischen Erregung und Irritation öffnete sie einige Attachments. Immer wieder erstaunlich, wie leicht sie die Jungs dazu brachte, Fotos von ihrem Gemächt zu senden. Und dann war da noch ein Schreiben von ihrem Sugardaddy Franz-Friedrich, der einmal mehr in seine Suite in einem der teuersten Hotels der Stadt lud. Er zahlte zwar wirklich grosszügig, aber, Gott, er wurde immer enthemmter. Um die Sachen mit sich machen zu lassen, die er sich fürs nächste Mal wünschte, würde sie wohl wirklich zu K.-o.-Tropfen greifen müssen. Einfach einträufeln und erst wieder aufwachen, wenn er endlich bekommen hatte, was er wollte. Denn seinen Zustupf wollte sie ungern verlieren. Wenn sie es recht bedachte, könnte sie damit glatt einen Trend auslösen. Dann würden bald alle Jungs dieser Stadt von ihren Girlfriends verlangen, Benzos zu schmeissen, damit sie über sie herfallen und mit ihnen anstellen konnten, was sie wollten. Und nennen würde sie es … Bodydropping.

Bodydropping by May May.

Das war es! Sie musste einen Blog eröffnen. Aber zunächst war es an der Zeit, ihre bereits existierenden Plattformen zu bedienen. Wie etwa ihr Instagram-Account «SXY_Frogkisser». Schnell noch ein Selfie machen und dabei aufpassen, dass man die Matratze nicht sah. Am besten mit Zigarette. Sie schob ein paar der Filterregler hin und her, befand sich selber für die perfekte Mischung aus heiss und süss und lud das Porträt hoch. Der Ladezirkel hatte sich keine paar Sekunden um dreihundertsechzig Grad gedreht, da blinkten am unteren Bildschirmrand bereits sieben orange Herzchen auf. Aus dem kleinen Radio plärrte «Lady» von Modjo. Ganz recht. Sie war eine Dame, keins dieser billigen Ficksahnemädchen. Sie gehörte zur Premium-Klasse. Sie war der Hauptpreis. Und der gehörte von den Herren bezahlt. In voll.

Sie legte das Handy beiseite und sortierte ein paar Platten, die ihr ein befreundeter DJ geschenkt hatte. Sie würde bald im «LaCa» oder im «Helsinki» auflegen. Da würden auch wieder ein paar Kröten rüberhüpfen. Euphorisch stellte sie sich vor, wie ihr die Massen – oder wenigstens dreissig Nasen – zujubeln würden, und schraubte die Zehnfranken-Wodkaflasche auf. Sie trank einen Zehntel, Fünftel, Drittel und schliesslich war die Flasche halb leer. Echtes Dämonen-Management. Nun war sie bereit, das Licht zu löschen und sich etwas Schlaf zu gönnen. Der überhaupt grösste Luxus, den man sich in einer Stadt wie Züri leisten konnte, wo es so viel zu verpassen gab.

***

Obwohl sie erst vor zwei Stunden aufgestanden war, fragte sich Enitta bei der Betrachtung der zur Auswahl stehenden Mittagsmenüs, weshalb sie das Personalrestaurant Villaggio noch nie besucht hatte. Eigentlich wollte sie hier ja bloss die Zeit totschlagen respektive das Grauen im Grossraumbüro so lange wie möglich meiden, aber beim Anblick des Thai-Tellers, der Vegi-Pasta und Pizzen bekam sie richtig Hunger auf ein deftiges Frühstück und Lust, herumzusitzen. Sie wählte die unter eine währschafte Bratensauce gesetzten Hacktätschli am Spiess mit Härdöpfelstock und Bohnen und suchte sich ein ruhiges Plätzchen inmitten eines Ozeans aus Schmatzen und Schwafeln, wo sie die grosse Uhr im Blickfeld hatte. Wirkte der Technopark von aussen wie ein viereckiger Öltanker, so versprühte sein Innenleben mehr den Charme eines Schulhauses. Eiserne Trichterlampen hingen drei Stockwerke tief herunter in die Aula, die Wände in den oberen Ebenen waren mehrheitlich mit Holz verkleidet, und aus den Lautsprechern erklangen Hits aus den Siebzigern. Ihr Mahl war gut gewürzt und getreu der Jahreszeit ordentlich mit Salz bestreut worden, doch sie hörte schliesslich wegen der vielen Zwiebeln auf zu essen. Sie beachtete ihre Nachbarn kaum, die engagiert ihre Projekte besprachen oder Klatsch austauschten, sondern starrte wie hypnotisiert auf die Schlagworte, die in Grossbuchstaben auf der gläsernen Rückseite des Liftschachts klebten. Das Mantra des Technoparks.

Innovation. Transfer. Produktion.

Da war doch was. Sie würde sich schon daran erinnern, wenn sie nur lange genug darüber nachdachte. Was hatte dieser verrückte Marilyn Manson in seiner Autobiografie nochmals über Innovation geschrieben?

Innovation is instigation.

Nur wer auf der Karriereleiter mindestens die Stufe des niedrigen Kaders erklommen hatte, durfte mit Einfällen ankommen. Für deren Ausführung waren dann die gemeinen Mitarbeiter zuständig. Wo käme man hin, wenn die auch noch mit Denken anfingen. Studieren – und sogenannte Geistesblitze – waren das Privileg des Managements. Und wenn sie sich jetzt nicht transferieren würde, käme heute gar nichts Produktives mehr dabei raus.

Als Enitta kurz vor zwei Uhr endlich wieder auf dem Deck erschien, ging das Däumchendrehen auf Autopilot weiter. Sie konnte rein gar nichts dagegen tun. Und so richtig untätig zu sein war weit schwieriger, als es aussah. Eine weitere halbe Stunde verbriet sie in der Ungestörtheit des Kopierraums, dessen Türe man hinter sich schliessen konnte. Sie vervielfältigte ein paar Rapporte auf exotische Ausgabeformate, und wie das Glück wollte, erlag das monströse Gerät einem Papierstau, den in Ordnung zu bringen fünfzehn weitere Minuten eliminierte. Danach gönnte sie sich zwei grosse Tassen Kaffee von der Colani-Espresso-Maschine.

Bei ihrer Rückkehr zum Schreibtisch lag auf Marias Pult die aktuelle Ausgabe vom Wanzigminuten, die sich Enitta sogleich krallte, da Marie-en-toilette mal wieder uneingeschränkt regierte. Die Gratiszeitung wertete das Auftauchen der Zorilla-Rose als Jahrhundertfund und brachte anlässlich deren Würdigung ein Foto von Eric Stassel auf der Titelseite. Der Schriftsteller schmiegte mit ausgelassenem Grinsen seine Backe an das Schmuckstück wie King Roger an seinen Wimbledon-Pokal. Vlàds vorzeitiges Ableben wurde ein paar Seiten weiter unterhalb einer Tampon-Werbung in einem Nebensatz abgehandelt, und ihr eigener Beitrag zur Auffindung fand überhaupt keine Erwähnung. Wie von ihr gewünscht. Good Times!

Ein sanftes Bimmeln holte sie beinahe von ihrem Hoch herunter. Vanushka Zenklow hatte mal wieder eine E-Mail an sie entsandt. Der Nachricht mit dem charmanten Titel «Wollen Sie bitte prüfen» waren dreizehn PDF-Attachments mit einem Störungsausmass von vierzig Megabytes beigefügt. Und dem Dringlichkeitsvermerk zu urteilen nach wünschte die Zenklow ihre Antwort bis spätestens vorgestern. Enitta überflog die Attachments und konnte rasch sagen, dass mindestens die ersten fünf Fälle bereits vor drei Wochen gelöst und retourniert worden waren.

Seufzend liess sie sich in ihren Sessel sinken. So musste man werden, wenn man sich jahrzehntelang durch nimmer endende Arbeitstage quälte. Man stumpfte ab. Verlor jeglichen Sinn für Effizienz, Empathie und Kooperation. Zumindest sah sie Prügelsuffs Behauptung widerlegt, die Welt würde bald nur noch von Konzernen regiert. So chaotisch und leerläufig wie moderne Grossfirmen geführt wurden, mit einem Fokus, der nie über die nächsten drei Monate hinausreichte, würden Konzerne nie zur Alleinherrschaft taugen. Egal, wie viele von ihnen sich zusammenschlossen. Doch wie auch immer diese Allianzen aussehen mochten, sie selbst konnte keinen Tag länger Teil der Gleichung sein. Internationale Unternehmen mit ihren Firmenkulturen waren längst veritable Sekten. Aber im Licht der jüngsten Ereignisse hatte sie ihre Religion verloren. Zeit für einen Kirchenaustritt. Bevor sie von den Hohepriestern noch zur Opfergabe gemacht wurde.

Sie wechselte in den oberen Stock, wo ihr Chef Roland Hardecker zufällig an seinem Platz sass. Schade eigentlich. Wäre er wie erwartet in einem Meeting gewesen, hätte sie ihm eine Notiz hinterlassen. So musste sie ihm die Nachricht halt persönlich überbringen.

Wie immer tätschelte er den zweiten, deutlich kleineren und tiefergelegten Sessel an seinem Schreibtisch. «Enitta. Höhö. Äh … Willkommen.»

Enitta zog es vor, unter dem Türrahmen zu verweilen. «Eigentlich … ist es eher *Auf Wiedersehen.*»

Er legte ein Dokument beiseite. «Wie meinst du?», fragte er, als hätte er gar nicht richtig zugehört.

«Ich gehe», sagte sie merklich lauter.

Endlich schaute er mit verwunderten Augen herüber. «Gehen? Ja wohin?»

«Weg.» Als er immer noch nicht zu verstehen schien, trat sie einige Schritte näher und lehnte sich über eine von Vanushkas Torten. «Ich kündige.»

Rolands Kiefer stürzte ab wie ein kaputter Fahrstuhl. «Also», schaffte er nach einigen Schrecksekunden zu sagen, «das finde ich jetzt schon schwach von dir. Mir einfach so in den Rücken zu fallen. Wo du doch genau weisst, wie viel Arbeit ansteht.»

«Wenn du mir *meinen* Rücken in den vergangenen Monaten freigehalten hättest, wäre es wohl nie so weit gekommen.» Obwohl sie ihm insgeheim sogar dankbar dafür war.

«Du kannst nicht einfach so davonlaufen, junge Dame. Da sind Fristen einzuhalten.»

Enitta dachte an die Belohnung, die ihr Stassel – hoffentlich – überweisen würde. «Also, ich hab am 1. November ein dreimonatiges Try-and-Hire begonnen, das sich nur in einen Festvertrag verwandelt, wenn nach Ablauf beide Parteien damit einverstanden sind.» Sie schielte auf den Kalender an der Wand mit den schlauen Sprüchen. «Das wäre dann morgen. Aber ich kann dir schon heute sagen, dass ich in diesem Laden nur wahnsinnig werde.»

Roland zog eine Schnute und rückte seine eigenen Porträts zurecht. «Du wirst ohnehin keine grosse Lücke hinterlassen.»

Enitta war überrascht, wie wenig ihr sein verächtlicher Tonfall ausmachte. «Warum hast du mich dann behalten?»

«Bin eben sozial. Andere Arbeitgeber werden da gewiss nicht so gnädig sein.»

Sie konnte sich denken, was er damit meinte, aber sie wollte, dass er sich für ein einziges Mal nicht in Andeutungen und kryptischen Gleichnissen suhlte. Sie wollte, dass er Klartext sprach. Etwas beim Namen nannte. Sie wollte wissen, was sich hinter dieser heiteren Maske verbarg. Sie lehnte sich herausfordernd vor. «Was genau meinst du damit?»

«Damit meine ich, dass du es auf dem Markt schwer haben wirst», sagte er hörbar beleidigt. «Du tust ständig so, als seist du was Besseres.»

Sie verkürzte den Abstand zwischen ihren Köpfen weiter. Runter auf einen halben Meter. «Du kennst mich bei Weitem nicht gut genug, um so etwas Gemeines zu sagen. Ich mag meine Schwächen haben, meine Macken und Eigenheiten. Aber weder du noch ich können sagen, wo ich in zehn, fünfzehn Jahren stehen werde.» Als sie sich abwenden und das Büro verlassen wollte, überkam sie eine Eingebung. Lachend drehte sie sich noch einmal nach Roland um. «Natürlich. Genau das *ist* es, was dich an mir stört.» Zum ersten Mal schaute sie sich genauer in seinem Büro um, und augenblicklich fiel ihr auf, wie betoniert alles war. Die Diplome. Die Pokale. Die Fotos. Alles lag weit zurück. «Du *kannst* dich gar nicht mehr verändern, stimmt's? Du denkst ... du könntest die nächsten zwanzig Jahre hier totschlagen. Wie die meisten hier ... Eigentlich ... wollt ihr alle gar nicht hier sein.» Sie konnte spüren, wie ihr Blick verächtlich wurde. «Eigentlich ... wartet ihr alle bloss auf den Tod.»

Rolands Starren verriet ihr, dass ihm die Antwort im Hals stecken geblieben war. Aber was noch besser war: Sie hatte keinerlei Furcht verspürt, ihm all dies vor den Latz zu knallen. Und aus seinem Büro zu spazieren fühlte sich an, wie über Wasser zu wandeln. Ein Stockwerk tiefer machte sie sich daran, ihren Platz zu räumen. Jemand erkundigte sich, ob sie den Platz wechselte. Sie verneinte, behauptete, sie räume bloss auf. Sie reinigte auch ihren virtuellen Desktop. Die Hello-Kitty-Kopftabletten stellte sie Marie-en-toilette hin, welche noch immer nicht aus dem Thronsaal zurückgekehrt war, und liess Marilyn Manson geschmeidig in ihrem türkisfarbenen Timbuk2-Bag verschwinden. Als sie den PC heruntergefahren und ihre persönlichen Dinge in die Tasche gepackt hatte, schob sie den Stuhl an den Tisch. Das war's.

Sie wollte bereits gehen, als allenthalben Hektik ausbrach. Wie ein von hungrigen Löwen aufgescheuchtes Nilpferdrudel verliessen die Mitarbeiter ihre Stühle und bewegten sich kollektiv und laut schwafelnd zum Ausgang. Enitta hatte ja erwartet, dass ihr Weggang eine gewisse Unruhe hervorrufen würde, aber dass gleich alle Ratten panisch das versinkende Schiff verliessen? Oder war etwa Feuer ausgebrochen? «Was ist nur los?», fragte sie einen Duda, der sich von der Aufregung der Herde nicht anstecken liess, sondern sein Handy studierend vorbeilatschte. «Townhall-Meeting um fünf», sagte er beiläufig.

Enitta war verwirrt. Diese Versammlungen, an denen hohe Tiere aus der Geschäftsleitung hochtrabend Neuerungen verkündeten, wurden eigentlich immer in einem virtuellen Stream abgehalten. «Und warum verlassen alle ihre Schreibtische?»

«Weil der Big Boss ruft.»

«Hä? Julius Carrington kommt nach Zürich?»

Endlich blieb der Duda stehen. «Er ist bereits hier. Drüben im Technopark, Transfer Ost.»

Enitta folgte der Herde durch die verwinkelten Gänge des «CDI»-Gebäudes hinüber in den Bauch des Technoparks, wo sie an der Kantine vorbei die andere Hälfte des Durchgangs, den sogenannten Transfer, erreichten, der in den Empfangsschalter auf der Seite des Turbinenplatzes mündete.

Die Ausstellungshalle wurde von indirektem Sonnenlicht aus dem Innenhof und dem Haupteingang sowie einer Vielzahl Deckenlampen beleuchtet. Zwei Brückenläufe überragten die Fläche, von wo aus schon Schaulustige auf die anschwellende Menge herabschauten. Kein Ort zum Verweilen und daher kaum geeignet für eine wichtige Ansprache. Oder lag gerade darin eine Botschaft? Auf der Gegenseite des Innenhofs schoben Mitarbeiter einen weissen Konferenztisch zur Seite, um Platz für den Hauptredner des Abends zu machen, den Firmenchef. Diesen hatte Enitta wegen seiner Unerreichbarkeit bis anhin für ein Fabelwesen gehalten. Wie den Tazzelwurm, grüne Männchen oder den gemeinen NZZ-Leser. Es gab ihn wahrhaftig. Julius Carrington-Bergier posierte in grauem Anzug und hatte seine Nickelbrille auf ein Dokument gerichtet. An der Betonwand hinter ihm prangte dank einem Beamer in transparenten Lettern der Schriftzug der Firma mitsamt Slogan.

Carrington Davenport International – It's us.

Carrington, der darauf bestand, dass man seinen Nachnamen französisch, den Firmennamen aber englisch aussprach, reichte das Dokument zurück an seine Assistenz und wartete, bis sich das Geschnatter gelegt hatte. «Jeden Tag», begann er begrüssungslos, während er einstudiert die Brille von der Nase nahm. Sein gutmütiger, aber seriöser Blick wanderte über die Zuschauer und blieb an einigen Köpfen haften. «Jeden Tag stehe ich auf und frage mich: Weshalb besitzen wir bloss sechzig Prozent des Marktes? Warum nicht achtzig? Warum nicht hundert? Wir *könnten* hundert Prozent besitzen. Wir könnten zum Apfel des Dienstleistungssektors werden.» Er ging einige Schritte auf und ab. «Im vergangenen Jahr haben wir das beste Resultat seit sieben Jahren erzielt. Und gerade vor diesem trügerischen Hintergrund dürfen wir uns jetzt nicht zurücklehnen. Grosse Herausforderungen stehen bevor. Grosse Umwälzungen. Grosse Entwicklungen. Um gestärkt aus dieser Phase hervorzugehen, bedarf es eines *uneingeschränkten* Bekenntnisses zu Qualität und Firmenvermächtnis! Das bedeutet, dass wir alles Erdenkliche dafür tun müssen, um die Ausgaben tief und die Performance hoch zu halten.» Er lächelte in die Halle hinein. «Die Stadt Zürich hat uns zwei Jahre lang hervorragend beherbergt», erklärte er mit einer umfassenden Handbewegung und spannte die Mundwinkel wieder an. «Doch so gemütlich es hier in der Limmatstadt ist: Es muss Ihnen allen klar gewesen sein, dass unsere Ansässigkeit ein Bienfait war.»

Wieder ging er einige Schritte, während manche Zuhörerinnen in Tuscheln verfielen. «Schon lange habe ich mich mit dem Gedanken getragen, auf einen optimaleren Standort auszuweichen, da diese Konstellation – logistisch und steuertechnisch – bestenfalls medioker mit dem Ansinnen unserer Interessensvertreter korreliert. Und so wurde heute Morgen entschieden, unseren Hauptsitz in den schönen Aargau zu verlegen.»

Ungläubiges Stöhnen und ängstliches Flüstern machten die Runde. Es war ein Gefühl, als würde sich die gelöste Feierabendstimmung so rasch aus der Halle stehlen, wie das Meer vor einem Tsunami vom Sandstrand floh.

Carrington nickte seiner Assistenz zu, die mit einer Fernbedienung Landschaftsfotos auf die Leinwand in seinem Rücken schaltete.

«Wir ziehen ins beschauliche Dörfchen Lupfig. Leider sind im Netz noch keine Fotos aus der Strassenperspektive erhältlich, doch ich versichere Ihnen, die Umgebung ist herrlich. Es hatten sich nach unserem Zuzug aus dem Graubünden ja kritische Stimmen geregt, die Zürich für zu wenig grün befanden.»

Er lächelte, als sei er der Überzeugung, seine Entscheidung würde das Leben der Leute verbessern. Die Diashow blieb bei einer gezeichneten Landkarte stehen, die Orte benannte und Strassenverbindungen aufzeigte. Bezeichnenderweise hiess die Nachbarsgemeinde Scherz. Er wies auf einen grossen Punkt in der Mitte der Karte. «Wir werden den ganzen Komplex für uns alleine haben. Eine zweite Mietpartei wird frühestens in zwölf Monaten einziehen.»

«Ich habe die Prospekte der Immobilienfirma gesehen. Ein Geisterhaus, sag ich dir», hörte Enitta jemanden mit Schaudern flüstern. «Tonnenweise aufgeschichtete Möbel und Teppiche. Die Hälfte aller Räume hat kein Licht, und überall hängen Kabel von der Decke. Der reinste Horror.»

Sie stellte sich schon lebhaft vor, wie die Belegschaft jeden Morgen erst zwei Meilen lang an leer stehenden Grossraumbüros vorbeipilgern musste, um im hintersten linken Eck des Baus an den eigenen Schreibtisch zu gelangen. Kein Wunder konnte sie förmlich spüren, wie so mancher Mitarbeiter um sie herum innerlich kollabierte.

«Auch für die Verpflegung ist gesorgt», fuhr Carrington fort. «Es gibt den Güggeli-Maa, den Bahnhofskiosk und sogar eine kleine Volg-Filiale. Neben unserem Standort befindet sich ein riesiger Parkplatz, und der Bahnhof ist nur eine Viertelstunde entfernt. Sie sehen also, wir werden uns im neuen Zuhause schon bald so richtig wohlfühlen.» Seine letzten Worte gingen fast im Beifall des mittleren Managements unter, das sich zuvorderst aufgestellt hatte. Carrington hob die Faust. «Strikt nach dem Usus, der uns an die Spitze gebracht hat: Gemeinsam für die Teilhaber.» Mit einem kämpferischen «Guten Tag» trat er vom Podest, schüttelte einige gut ausgesuchte Hände und war verschwunden.

Das Kader applaudierte ihm noch enthusiastisch hinterher, während die etwa zweihundertfünfzig Leute in den sich lichtenden Reihen dahinter kaum klatschten. Ihre Gesichter sprachen eine deutliche Sprache. Sie fühlten sich komplett im Stich gelassen. Zuhinterst fand Enitta Melanie und Roland um eins der Alu-Bistro-Tischchen stehen. Roland klammerte sich an den Tischrand, und in Melanies Gesicht, unter der hochgezogenen Kapuze ihres Pullis, glaubte sie Rinnsale zu erkennen. Blankes Entsetzen hatte sich ihrer bemächtigt. Sie wirkten wie Fussballfans, die nicht glauben konnten, dass ihre Mannschaft soeben 7:0 verloren hatte.

Für Melanie musste das ein herber Rückschlag sein. Sie liebte es, abends vorzeitig nach Hause zu gehen und mit ihren Gumseln in Crime im «Rimini» oder der «Seerose» umherzustöckeln. In Lupfig gab es sicher nur eine ranzige Beiz. Es bekam wohl jede das, was sie verdiente.

Rasch begab sich Enitta aus dem Gebäude, vor dem bereits die korngelben Lastwagen der Speditionsfirma Welti-Furrer vorfuhren. Stämmige Zügelmänner schritten heroisch an Enitta vorbei wie die Helden in Michael Bays «Armageddon». Das letzte Abendlicht züngelte vom Uetliberg herüber und überzog Zürich-West mit einer filmreifen Goldpatina. Mehrere Zügelmänner schielten ihr interessiert hinterher, doch sie blickte nicht zurück. Zu spät, Jungs. Das wichtigste Inventar der Company verlagerte sich gerade selbst. Sie setzte die Sonnenbrille auf. Der Sattel ihres Hollandvelos hatte sich noch nie so weich angefühlt. Die Melone zurechtgerückt. Den Duft der Freiheit tief eingeatmet. In die Pedale getreten.

Bye-bye, Corporate Switzerland.

9

Mittwoch, 1. Februar, 21.38 Uhr, -3°

CHF 17'776.00 +

Enitta vermochte nicht damit aufzuhören, die Anzeige des Postomaten am Limmatplatz anzustarren. Noch immer konnte sie den aktuellen Kontostand kaum glauben. Eric Stassel hatte keine Zeit mit der Einlösung seines Versprechens verloren, und grosszügig war er wahrlich gewesen. Sekunden später erschien zum dritten Mal die Meldung «Transaktion abgebrochen», und die gelbe Plastikkarte wurde aufgrund ihrer Inaktivität ausgespuckt. Schon wollte sie die Postcard ein weiteres Mal in den Plastikschlitz schieben, als sie unsanft daran erinnert wurde, wie lange sie den Geldautomaten bereits in Beschlag genommen hatte.

«Eypfutzä!», knurrte jemand in ihrem Rücken. Sie drehte sich um und sah eine Bande Teenies mit Dächlikappen und Nylonjacken ungeduldig herumstehen. Die Aufforderung war vom kleinen Dicken der Gruppe ausgesprochen worden. «Wotsch Schlääg?», feixte Kappa-Joe weiter.

Der zweite Automat war zwar ausser Betrieb, doch das war noch lange kein Grund für solche Frauenfeindlichkeit. Ba teilte ihre Ansicht. Das Hundchen trat so nahe an den Frechdachs heran, wie Enittas Leine es ihm ermöglichte, und bellte ihn in die hinterste Reihe seiner Gruppe. Erhobenen Hauptes streifte Enitta um die Ecke, vorbei am Hotel X-tra und drei Stufen hoch zur X-tra-Bar, wo sie von Felix an der Theke erwartet wurde. Er nahm gerade zwei Stangen von der fein angezogenen Bedienung entgegen. «Du bist dran.»

«Ja. Heute und die nächsten drei Dutzend Runden.» Das hatte sich Felix als Belohnung für seine Beteiligung an der Auffindung der Rose gewünscht. Sie schob ihr Glas vor ihre Nase und lehnte sich an die Bar. Gedankenverloren schaute sie zum Fenster hinaus, wo gerade ein Cobra-Tram vorbeirauschte. «Ich denke nicht, dass es heute nochmals schneit.»

«Wie meinst du?»

«Der See wurde heute Morgen gesperrt. Wir sollten die Hundskälte bald überstanden haben.»

«Mir ist es immer noch zu kalt, um draussen zu rauchen», erwiderte Felix und zog eine Romienne aus seiner Brusttasche. «Lass uns ins Tabaquarium gehen.» Er rutschte vom Barhocker und begab sich durch eine Glastür in den schummrigen hinteren Teil der Bar, dessen Panoramafenster zur Limmatstrasse zeigten. An einer roten Wand hingen gerahmte Bilder von Berühmtheiten, die das Lokal beehrt hatten, und von der Decke hingen viereckige weisse LED-Lämpchen über die Bar, wo die Reihen Schnapsflaschen von unten beleuchtet wurden. Ein stummgeschalteter Fernseher zeigte auf dem Lokalsender 3+ eine Aufzeichnung der Sendung «Eric Stassel präsentiert: Die Grosse Zürisee-Gala», dem grossen Event auf dem Bauschänzli.

Felix nahm ein paar grosse Schlucke und schenkte der Sendung seine halbe Aufmerksamkeit. Wie sie ihn so von der Seite betrachtete, begann sie sich in seinen Gesichtszügen zu verlieren. Er wurde ihrer Aufmerksamkeit gewahr und liess vom Bildschirm ab, um ihr ein vielsagendes Lächeln zu schenken. Ein schlechter Fang wäre er nicht. Bestimmt kein Vorbild für Zuverlässigkeit, aber Zwänge jeder Art waren ihr selbst zuwider. Angeblich hiess es ja, dass es für jeden Topf einen Deckel gebe, doch das konnte unmöglich stimmen, wenn die Männer global gesehen in der Unterzahl waren. Ein Grund mehr, darüber nachzudenken, was aus ihnen beiden noch werden konnte. Wohin der heutige Abend noch führen würde. Gute Männer waren in dieser Stadt etwa ähnlich schwer zu finden wie die Stolzewiese. Schon zu oft hatte sie sich mit einem Brandom zufriedengegeben, einem dahergelaufenen Duda, und was sie ganz bestimmt nicht werden wollte, war einer dieser Besen, die an unzähligen Theken vorbei ins Bierwana pilgern mussten, um einen abzukriegen. Eine gwagglige Trümmerliese.

Eine Schmuttärä@Guttärä.

Felix musste ihre Gedanken gelesen haben, so geschmeidig, wie er seinen Arm um sie legte.

Enitta schielte nach der Hand auf ihrer Schulter. «Was ist das hier?»

«Was meinst du?», fragte er arglos.

«Hast du überhaupt schon mal mit einer Frau zusammengewohnt?»

Lächelnd liess er von ihr ab und nahm einen weiteren Schluck. «Ach, diese Unterhaltung wieder.»

Sie wandte sich ab. «Ich meine bloss ... zu zweit muss es besser sein als alleine. Sonst macht es null Sinn.»

«Sehe ich genauso. Aber so weit sind wir ja noch nicht.»

«Ich will einfach nicht glauben, dass ich von jemandem vervollständigt werden muss, um glücklich zu sein.»

Das Fernsehen übertrug einen Spot des Gala-Sponsors, dem Bierhersteller Calanda. Dessen Maskottchen, ein goldener Steinbock, machte Männchen vor den Bündner Bergen und zwinkerte Enitta zu. In ihrem Geist hallte eine Stimme wider.

Triff eine Entscheidung.

Sie blickte in ihr Glas. «Ich glaube, ich muss allmählich loslassen.»

Wieder legte ihr Felix den Arm um die Schulter. Diesmal wärmer und fester. «Bloss nicht.»

Im Fernsehen präsentierte Stassel seinem Publikum die Zorilla-Rose und erntete stehende Ovationen. Diesen historischen Moment hätte sie sogar miterleben können, wäre sie nicht von der Bahnpolizei bis kurz vor Mitternacht festgehalten worden, was bei ihrem widerspenstigen Verhalten eigentlich kaum verwunderlich gewesen war. Danach flimmerten Bilder einer Livedarbietung über den Bildschirm. Laut Einblendung gaben der Blues-Musiker Phil Fenkhof und Band eine Swing-Coverversion des New-Order-Hits «Jetstream Lover» zum Besten. Wohl eine Anspielung auf Stassels Weltbestseller.

«Ich spreche von Janita», fuhr Enitta fort. «Es hat einfach keinen Zweck mehr.» Sie fummelte an ihrem Glas herum, nahm noch einen Schluck. «Vor drei Jahren kam sie hierher. Mit Händen voller Hoffnung. Einem Herz voller Träume. Und leider auch einem Kopf voller Flausen. Womöglich *zu* vielen.» Sie schlug mit der flachen Hand auf die Theke. «Huaragopfartami.

Ich wünschte, bloss eine einzige Tat, die ich in den vergangenen Wochen begangen habe, hätte mich ihr einen Schritt näher gebracht. Wenn ich nur den kleinsten Kiesel ins Rollen gebracht hätte. Das wäre mir schon ein Trost gewesen.»

«Hast du bestimmt», sagte Felix nach einer Pause.

Das war die Vergangenheit. Zeit, an die Zukunft zu denken. Sie holte tief Luft und schielte zum Fenster hinaus, als sie die Frage stellte. «Denkst du … wir sollten was Festes …»

«Ach, ich weiss nicht recht», murmelte er. «Zum Furzen auf den Balkon gehen und morgens vor meinem eigenen Badezimmer anstehen müssen?»

«Also wenn du bei mir zu Besuch bist, kommst du nicht drum rum.» Sie dachte lachend an ihre neu gefundene finanzielle Freiheit. «Ich stell mir grad vor, was für ein wunderbares, trendiges Szeni-Pärchen wir abgeben könnten», scherzte sie. «Immer nur reisen und Feten schmeissen. Alle fünf Minuten unsere Füsse am Strand oder dem Balkon fotografieren und damit wildfremde Neider auf Facebook und Instagram sammeln.»

Felix rutschte näher und schaute ihr direkt in die Augen. «Mir völlig wurscht, was andere denken. Du bist für mich das wunderbarste Mädchen auf der ganzen weiten Welt.»

Das Bekenntnis, das, soweit Enitta es sagen konnte, aufrichtig war, kam etwas gar heftig und unerwartet. Sie wich mit dem Blick auf den TV aus. Gerade noch rechtzeitig, um Stassels Auftritt zu erhaschen. Sie rief nach der Bedienung, die still und leise Gläser rieb. «Könnten Sie das bitte lauter machen?»

«Du kannst auch nicht genug von deiner eigenen Heldentat bekommen, hm?», bemerkte Felix.

«Ich hab's mir wirklich noch nicht angesehen», sagte Enitta, ohne den Blick von Stassel zu nehmen, der gerade warm lächelnd und perfekt geföhnt zum Mikro griff.

Felix' Unmut schien sich zu verschlimmern. «Willst du das etwa wegen *ihm* sehen?»

Sie brachte ihn mit einem liebevollen Zischen zum Schweigen.

«Ja, meine Herrschaften», sprach Stassel zum Publikum, «so ist das. *Wahre* Grösse! Jeden Tag: *Grösse*!»

«Wahre Grösse ist in der Hose», lästerte Felix.

«Du gäll!»

Er rieb seine Wange an der ihren. «Du weisst, dass es stimmt.»

Sie stiess ihn sanft von sich. «Lass mich, ich will das sehen.»

«Was *gefällt* dir an dem Typ?»

«Also zunächst mal ist er charmant, anständig … saumässig gut angezogen …»

Stassel schritt von Lichtkegeln gefolgt über die Bühne, hielt sich das Mikro erst nach einer Kunstpause an den Mund und bemühte einen feierlichen Tonfall. «Und nun, meine hochverehrten Damen und Herren, da sich dieser grossartige Abend seinem Schlusspunkt neigt, ist es mir ein besonderes Vergnügen … einen *Überraschungsgast* anzukündigen. Einen Mann … von dem wir schon so viel Spannendes gelesen und gehört haben. Man könnte fast sagen, ein Star, der sich seine Bühnen ganz bewusst aussucht. Der Ihnen eine wichtige Mitteilung zu machen hat. Seine Firma ist weit über die Grenzen unseres Landes hinaus bekannt *und* beliebt. Wir alle kennen sie. Die meisten von Ihnen haben schon häufig bei ihr eingekauft. Für manche … ist sie überhaupt nicht mehr aus dem Leben wegzudenken. Und heute Abend, geschätztes Publikum … *heute* Abend werden wir dieses gefeierte Unternehmen von Weltruf … von einer ganz neuen Seite kennenlernen. Der Chef höchstpersönlich wird uns einweihen. Bitte begrüssen Sie mit mir: Urs Scheller, den Inhaber von Scheller Schuhe Schweiz.»

Enthusiastischer Applaus begleitete das Erscheinen eines makellos gekleideten Scheller, dessen sonnenbebrillte Begleitung wenige Schritte hinter ihm stehen blieb und im Gegenlicht der blauen Laserlichter zur baren Silhouette wurde. Wieder mal typisch für solche Männer. Frauen hatten schön im Hintergrund zu warten. Scheller nahm Stassel das Mikro händeschüttelnd ab, tauschte ein paar diskrete Worte und trat vor ein Rednerpult, das Assistenten hastig herbeigeschleift hatten.

Felix stellte sein Bier ab. «Unglaublich! Das muss sein erster Fernsehauftritt seit Jahren sein. Seit dem Skandal ist er schwieriger vor eine Linse zu bekommen als der Yeti.»

«Mein Freund Eric hat recht», sagte Scheller und neigte demütig den Blick. «Seit Jahren meide ich öffentliche Auftritte aller Art. Ich schätze … die Nachricht über die Wiederauffindung der Zorilla-Rose ist nicht mehr zu toppen, ganz gleich, was ich Ihnen nun erzählen werde.» Nach wohlwollenden Lachern aus dem Publikum verblasste auch das Schmunzeln in seinem Gesicht, und seine Stimme wurde fester. Er blickte direkt in die Kamera. «Der *einzige* Grund, weshalb ich heute Abend hier vor Ihnen stehe, ist eine junge Frau, der ich neulich im Lift begegnete. Ich würde sie hier sehr gerne namentlich erwähnen, aber sie wollte mir partout ihren Namen nicht verraten.» Wieder heiteres Gelächter. «Diese junge Dame ermahnte mich der Verantwortung, die ein erfolgreiches Unternehmen wie meines trägt. Schuhe sind ein enorm wichtiger Teil unseres Alltags. Nicht bloss Statussymbole oder Accessoires. Ohne sie wäre unser Leben weit umständlicher. Aber in anderen Teilen dieser Erde kann die Absenz guten Schuhwerks weit gravierendere Konsequenzen haben. In Russland beispielsweise gibt es Kinder, die nicht zur Schule gehen können, weil ihre Eltern zu arm sind, ihnen die Schuhe für den weiten Weg zu kaufen.»

Enitta war, als wäre sie in die Zwielicht-Zone gerutscht. Zweifellos sprach er von ihrer Predigt. Nie hätte sie erwartet, dass diese etwas bewirken würde.

«Und hier in Europa? Unsere Recherchen haben ergeben, dass etwa die Hälfte aller Kinder zu kleine Schuhe trägt. *Zu kleine Schuhe*, können Sie sich *das* vorstellen?» Er schüttelte den Kopf. «Eigentlich», meinte er mit gequälter Miene, «eigentlich wollte ich heute Abend verkünden, dass Scheller Schuhe Schweiz nächste Woche eine neue Geschäftssparte lanciert. Dass wir zum ersten Mal in unserem fünfundsiebzigjährigen Bestehen auch Schuhe für Herren anbieten.» Applaus brandete auf, den er mit strenger Stimme quittierte. «Ich wollte heute sagen: Hernieder mit der Diktatur der Angepassten. Wehret dem Konformismus, dem gefährlichsten Krebsgeschwür moderner Gesellschaften. Unser neues Label *Plœffer* soll echte Männer mit Mut und Charakter darin unterstützen, Geschichte zu schreiben.» Der Lautstärke des Klatschens nach waren viele Zuschauer vor Freude aufgestanden. Scheller genoss den Beifall einige Herzschläge, dann winkte er sachte ab. «Für den Markennamen ist die mysteriöse junge Dame aus dem Lift übrigens ebenfalls verantwortlich.»

Nun konnte Enitta kaum mehr glauben, was sie hörte, und bestellte sogleich zwei weitere Biere.

«Aber ich sagte *eigentlich*. Denn *Plœffer* wird unseren Umsatz nochmals erheblich steigern. Daher soll dies meine eigentliche Botschaft an Sie sein. Ich habe mich letzte Woche mit Eric und der Hensel-Stiftung zusammengesetzt. Ich möchte Ihnen hier und heute persönlich zusichern, dass hundert Prozent aller Erträge der neuen Marke während dem ersten Geschäftsjahr Bedürftigen und Benachteiligten zugeführt werden.» Er ballte die Faust. «Scheller Schuhe Schweiz wird sich mit sofortiger Wirkung nachhaltig darum verdient machen, dass schon bald kein Kind dieser Erde mehr ohne passende Schuhe herumlaufen muss. Ein ehrgeiziges Ziel, dies ist mir bewusst. Doch mit vereinten Kräften *werden* wir reüssieren. Haben Sie vielen Dank.»

Von den Eindrücken überwältigt, reichte Enitta der Bedienung wie in Trance den Zehner. Sie allein sollte ein wohltätiges Projekt dieser Grössenordnung angestossen haben? Das wäre ja der reinste Wahnsinn. Das würde bedeuten, sie hätte tatsächlich etwas bewirkt.

Scheller steckte sein Mikro in die Halterung am Rednerpult und verbeugte sich vor dem tosenden Applaus, den er mit seiner Ansage erntete. Ohne hinzusehen, streckte er galant die Hand nach hinten aus, und seine Begleitung trat näher, noch immer eine von blauem Laserlicht umfangene Schattengestalt.

«Moment mal …», meldete sich Felix zu Wort. «Bist nicht du ihm kürzlich im Lift begegnet?»

Die Frauengestalt griff nach Schellers Hand und stellte sich neben ihn. Sie wirkten wie ein Präsidentenpaar, das ihrer Anhängerschaft nach der gewonnenen Wahl zuwinkte. «Ja», sagte Enitta. «Ihm und seiner Freundin dort.» Die Frau nahm ihre Sonnenbrille im gleichen Moment ab, da Enitta an die Begegnung im Lift dachte. Die zwei Bilder überlappten sich und lösten eine Gedankenkaskade aus. Der Schock war so gross, dass sie kaum bemerkte, wie ihr das Bierglas aus der Hand flutschte.

Ihr war, als würde Mono zu Stereo.

Kerzenschein zu Flutlicht.

Pixelbrei zu HD.

Ätsch zu 4G.

Neben ihr erschien ihr eigenes Abbild. «Sie wurde wiederholt von der Nummer eines VIPs angerufen», flüsterte sie sich selbst zu.

Der Geist verblasste und machte Platz für Eric Stassel, der ebenfalls so klang, als riefe er aus einer riesigen Lagerhalle an. «Ein Mann, an den man nur sehr schwer herankommt.»

Stassel wurde zu Andreas. «Das richtige Haus, aber das falsche Stockwerk.»

Zuletzt erschien Sparta, der Werbetexter der «Spontimat GmbH», so wie er während des Gesprächs im letzten Sommer auf der Josefwiese ausgesehen hatte. «Keine Kreditkarten, Telefonrechnungen oder Kontodaten.»

Die Fragmente setzten sich vor ihrem geistigen Auge zu einer erschütternden Erkenntnis zusammen. Sie hatte in der *richtigen* Stadt gesucht, aber in der *falschen* Sozialschicht. Die dort oben lebten praktisch in einer Parallelwelt, mit Daten, an die man kaum herankam. Das Mädchen im Lift des «SOAR»-Gebäudes. Es war schwer angetrunken gewesen und hatte vielleicht deshalb nichts mitbekommen. Und da es im Halbdunkel eine Sonnenbrille trug, hatte Enitta auch nicht bemerkt, wer da vor ihr stand.

Noch einmal zoomte die Kamera die ritterliche Genugtuung auf Urs Schellers Gesicht ein und schwenkte langsam nach rechts, auf das feine Antlitz der jungen Frau. Diese Augen. Dieser gefasste Blick. Härter, als es Enitta in Erinnerung gehabt hatte. Doch die tausend Volt, die in dieser Sekunde wie zornige Götterblitze durch ihre Adern zuckten, liessen keinen Zweifel. Wie sehr sie sich in diesem Moment dafür hätte hauen können, dass sie Stassels Zürisee-Gala nicht persönlich beigewohnt hatte, dass diese Bilder nicht live, sondern bloss eine Aufzeichnung waren.

Noch bevor ihr Glas auf dem Boden zersplitterte, kam ihr ein Flüstern über die Lippen.

«Janita!»

Glossar

A

Agglos – Bewohner der Agglomeration
allenthalben – überall
amigs – jeweils
ändli – endlich
Anya (ungarisch) – Mutter
aso guat – also gut

B

Ballettbommel – Haarknoten
Binz – vormalig besetztes Areal im Stadtteil Binz
Bostitch – Tacker
Brauchian – Bedürftiger
Bündnerland – Graubünden
Bündnertschättärä – Frau aus dem Kanton Graubünden, die es krachen lässt
Büsi – Katze

C

Cabrunz – Mist (fiktiver Fluch aus dem Kanton Graubünden)
Calanda – Biermarke aus dem Kanton Graubünden
Cervelat – Schweizer Wurstspezialität
Collabo – Zusammenarbeit (engl. collaboration)
Chum bring sie hei. – Komm, bring sie nach Hause.
Cüpli – ein Glas Sekt

D

Denner – Schweizer Discountkette mit grossem Alkoholsortiment
Dessert – Nachtisch

Duda – Typ
Duvet – Bettdecke

E

Einfränkler – Einfrankenmünze

F

Fasnacht – Fasching
Fixie – Velo mit starrem Gang
Fudi-Tätsch – Klaps auf den Hintern
Fübü – Füdlibürger (Spiessbürger)
Fübüx – Füdlibürger-Büchse (Pkw)

G

gäll – gell
Glacé – Eiscreme
Glünggi – Schuft
Göppel – altes Velo, liebevoll, leicht abschätzig
Gommesi! – Kommen Sie!
Goof – abschätzig (in Zürich) für Kind oder Jugendlichen
Griete – Tante
Grind – Kopf
grusig – widerlich
gspässig – merkwürdig
Güggeli-Maa – Hähnchen-Verkäufer
Gumsel – Zicke
gwagglig – wackelig

H

Habasch – Blödmann
Härdöpfelstock – Kartoffelpüree
HB – Hauptbahnhof Zürich
Herz-Chriäsi – Herzinfarkt

Hive – Zürcher Nachtclub
HR – Human Resources (Personalabteilung)
hundskommun – stinknormal

I
I blödi Kua han zlang gwartat. – Ich blöde Kuh habe zu lange gewartet.
imfall – nämlich

K
Kafi – Kaffee
Kännsch Augä im Chopf? – Hast du keine Augen im Kopf?
Kreis Chaib – Synonym für den Stadtkreis 4

L
Latz – Mund
Lusche – Blödmann

M
Marroni – Kastanien
Milchkasten – Postkasten
Mongo – Blödmann

N
nai – nein
Nastuch – Taschentuch
Natel – Mobiltelefon (eigentlich Abonnementsvertrag beim Telefonprovider Swisscom)

O
Öppart diheima? – Jemand zu Hause?
ÖV – Öffentlicher Verkehr

P

Parterre – Erdgeschoss
PKZ – hochpreisige Modekette
Plöffer – Angeber

R

Räf – Zicke
Rekord – Zürcher Biersorte
Rüebli – Karotte

S

SBB – Schweizer Bundesbahnen
Schalugge – Bruchbude
schampar – sehr
schleiken – hinter sich herziehen
Schnürlischrift – verbundene Schreibschrift
Schnörrä – Schnauze
Siäch – Kerl
Sprint – Zürcher Biersorte
Spunten – Kneipe
Stange – ein Glas Bier
Stutz – Schweizerfranken

T

tamisiäch – Fluch
Töffli – Moped
Trottoir – Bürgersteig
Tubbel – Blödmann

U

uhurengeil – wahnsinnig toll

V

Velo – Fahrrad

W

Wanzigminuten – Kosename für die grösste Gratiszeitung der Schweiz

Was isch? – Was ist?

weich – bescheuert

weisch – weisst du

WG – Wohngemeinschaft

Wotsch en Schlumpf? – Willst du einen Schlumpf?

Wotsch Schlääg? – Willst du Schläge?

Z

Zmorgä – Frühstück

ZHdK – Zürcher Hochschule der Künste

zügeln – umziehen

ZVV – Zürcher Verkehrsverbund

Mike Mateescu
MORDSFONDUE
Broschur, 240 Seiten
ISBN 978-3-95451-376-5

Enitta Carigiet betreibt eine Privatdetektei in Zürich. Unverhofft wird sie vom Präsidenten der Street Parade kontaktiert: Gerüchte über eine perfide Killerdroge bedrohen die Durchführung der weltgrössten Freiluftparty. Unterstützt vom verwegenen Velokurier Felix beginnt ein abenteuerlicher Streifzug durchs rauschende Nachtleben der Zwinglistadt. Zu spät erkennt Enitta, dass sie sich auf einen erbarmungslosen Gegner eingelassen hat ...

www.emons-verlag.de